義母狩り【狂愛】

麻実 克人

フランス書院文庫X

義母狩り【狂愛】

もくじ

義母狩り

11

後妻狩り
父の新しい奥さんは僕の奴隷

319

フランス書院文庫X

義母狩り
【狂愛】

義母狩り

プロローグ

花に囲まれたフラワーショップ、その奥の事務所で二人は結婚式場のパンフレットを眺めていた。

「ここでどうかしら。お友達が式をあげたのだけど、駅の側で便利なのよ。上がガラス張りで、教会風の会場に日差しがさんさんと降り注いで……あの子の花嫁姿、きれいだったわねえ」

情景を思い出して、三田絵衣子は二重の瞳を細めた。

「へえ、そうなんだ。……ねえ絵衣子さん、いいのかな？　結婚相手が僕で後悔しないかい？」

ソファーの隣に座る大原武の表情が曇っていることに、絵衣子はそこで気づいた。

「武さん、どうしたの？　改まって」

「僕らは、世間一般のカップルより年が離れているだろ。その上、僕は三度目の結婚だからね。絵衣子さんのご両親だって、内心よく思ってはいないはずだよ。初婚で二十七歳の大切な娘を、四十八歳の男に奪われるなんて」

不安そうに言う武に、絵衣子はクスッと笑った。

武はカラオケ店やボーリング場、温泉施設などを運営するレジャー企業のトップだった。だが多数の従業員を束ねる立場にあるとは思えないほど、人当たりはやさしい。

「うちのパパもママも、武さんが挨拶に見えた後で、いい人で安心したって言っていたからだいじょうぶよ」

絵衣子は男の大きな手の甲に自身の手の平を重ねた。絵衣子の父は県庁勤務、母は教職に就く公務員だった。堅い職業だということで、武が面会時にガチガチに緊張していたことを絵衣子は思い出す。

「ごめん。僕の方がマリッジブルーだね。若くてきれいなきみが、僕の妻になってくれる現実が夢みたいで」

「夢じゃないわよ、あなた。プロポーズの時、〝年の差なんか関係ない、きみを絶対にしあわせにする〟って言ったのは、どこの誰でしたっけね？」

武がエプロン姿の絵衣子をじっと見た。

「そうだったね。ご両親の前でもしあわせにするって誓ったんだった」

己の台詞を思い出したのか武は大きくうなずき、絵衣子の手を握り返した。

「あなた、か。いいね。武さんよりその呼び方がいいな」

武は身を寄せると、絵衣子の細肩をつかんできた。女の口元に向かって、相貌をかぶせてくる。

「なにをするつもり？　ここは仕事場よ。誰かに見られたら」

「お客さんはいないし、従業員は配達中なんだろ」

事務所のガラス窓から、店内の様子は見えた。人影はなく、飾られた花々だけが静かにたたずんでいる。

「でも、店の前を通る人に見られたら。それにもうすぐアルバイトの子が戻って――あっ」

武がエプロン姿の女体を抱き上げた。己の膝の上へと横座りの形で腰掛けさせると、腰を抱きしめて唇を重ねてくる。絵衣子は仕方なくまぶたを落とした。

（弱気になったり、強引になったり……年上なのに放っておけない人）

たまたま寄ったフラワーショップの店主である絵衣子に恋心を抱いて、武は連日のように花を買いにやってきた。最初は父親ほども離れている年の差に抵抗感を抱いたものの、武の情熱的な求愛に次第に女心は動かされた。交際を了承してからはトントン拍子で、武の結婚申し込みまで半年もかからなかった。

長めのキスが終わり、絵衣子は潤んだ瞳を武に向けた。

「わたしはまだ息子さんと……陽一さんと一回も顔合わせをしていないことが心配だわ」

武は病気で亡くなった最初の妻との間に、男子を一人もうけていた。現在は、武のもとを離れて寮のある私立校で暮らしていた。

「あいつも大学受験だからね。勉強で忙しいみたいで。一、二年の頃は頻繁に家に帰って来たんだけど」

一人息子の陽一が学んでいるのは県内でも有数の進学校であり、週末も補習や模擬テストがあり、実家に戻る暇がほとんどないらしい。

「今度の土日には戻ってくるから。初顔合わせ、緊張する？」

武が女の腰に回した手をすべらせ、薄手のデニムパンツ越しに尻を撫でてきた。

絵衣子は、武の二の腕を軽く叩いた。

「こら、おかしなところをさわらないで。……もちろん緊張するわ。ふつうはもっと前にご挨拶をするものでしょ。いきなり現れて結婚しますなんて言われたら、誰だっていい気はしないと思うの。息子さんとうまく会話できるといいんだけど」

あまり年の離れていない少年と家族になり、いきなり母親となる。どう振る舞えばいいのだろうかと、絵衣子は悩む日々が続いていた。

「そんなに構えなくていいんじゃないかな。そうそう、この前陽一に絵衣子さんの写真をメールで送ったんだ」

「わたしの写真を。どんな写真？　へんな格好の時じゃなければいいけど」

「僕と一緒に温泉旅行に行った時のスナップだよ。渓谷の吊り橋の上で撮ったやつ。陽一のやつ、きれいな人だねって驚いていた。父さんは、いつまでも前回の失敗を引きずってないで、さっさとこの美人と結婚しろってさ」

美人と言われたことにくすぐったさを覚え、絵衣子は頬をほんのり赤らめた。

その反応を見て、武は面白そうな表情を作ると尻たぶを強く揉んできた。絵衣子は男の膝の上で腰をくねらせ、「んふん」とかわいらしい呼気を漏らした。

「武さん、いたずらしないで」

「相変わらず感じやすいね。絵衣子さんのむちむちヒップが、さわって欲しいって言ってるから」

武は隠微な指遣いをやめようとはしない。尻たぶを揉みほぐしながら、女体の昂揚を確認するように、笑って絵衣子の顔をのぞき込んでくる。

「わたしのお尻はそんなはしたないこと言っていません……いやだ、人の顔をじっと見ないで」

絵衣子は首を横に回して、火照った美貌を隠した。

「そっぽを向いてたら、式場を決められないよ。案内状を送るスケジュールだってあるんだから。せっかく僕がこうして出向いているのに」

「もう、武さんがいやらしいことをするからでしょ」

絵衣子は非難するように武の肩を叩いた。武は尻を撫でていた指を外すと、肩をすくめるように両手を広げた。

「ふふ、式場はきみの気に入ったところに決めよう。なんたって主役は花嫁だからね。息子の方は問題ないよ。春には大学生だし、新しい母親に反発するような年齢じゃない。じゃあ僕は、そろそろ会社に戻るとするよ」

絵衣子は武の膝の上からおりようと腰を浮かせた。

「お花、社長室に飾る分、持って行きます？　バラのいいのがたくさん入ったの――あんっ」

だが武が足の付け根に手を差し入れてくる。絵衣子の尻はまた武の膝の上にペタンと落ちた。

「あっ、また……このいたずらっ子は」

「中年はねちっこいんだよ。油断しちゃだめだよ、若奥さん」

四十八歳の男は、女の身体のツボをよく知り尽くしている。生地の上から、大事な箇所を探るようにまさぐり、弄くる。パンツと下着越しであっても、過敏な粘膜に指刺激は充分染みた。花唇が潤みだす。

「ね、あなた、よしてください」

くなくなと腰をゆすり、美貌を赤く染めて絵衣子は訴えた。

「花はいいよ。きれいな花なら、ここで充分愉しんだから」

武がもう一度、口を寄せてきた。女の可憐な喘ぎ声はキスで消された。

「絵衣子さん、愛しているよ」

年下の許嫁の悶え顔に武は目を細め、唇をかぶせて愛の台詞を囁く。舌先が絵衣子の唇の隙間をくすぐった。

(口を開けるの? 真っ昼間からディープキスなんて)

だがとろけていく肉体は、抵抗できない。絵衣子は男の膝の上で細腰をくねらせながら、口をゆるめて武の舌を受け入れた。指愛撫を誘うように膝頭が左右に勝手に開く。武の手の動きに合わせて、むちっとした太ももと尻の丸みがゆれた。

静かなフラワーショップの店内に、唾液の絡む音と女の切なげな泣き声が響いた。


武が店の入り口で絵衣子の頰にふれた。二十七歳の美貌はリンゴ色に上気したままだった。

「じゃあね、絵衣子さん」

「お仕事がんばってくださいね、あなた」

見送りの声は艶っぽく潤っていた。絵衣子はそれに気づいてばつが悪そうに俯いた。たっぷり唇を吸われ、下半身には指で悪戯を施された。ショーツの股布はじっとり湿っていた。

絵衣子の耳の横にたれたほつれ毛を指先でかき上げながら、武が口を耳に近づける。

「絵衣子さんも、がんばってね。きみはその前に、パンティ穿き替えないといけないかもだけど」

潜めた声で耳打ちをされ、絵衣子は首筋まで真っ赤になり、「バカ……」と年上の恋人をにらんだ。武は笑って店の前に駐車してあったドイツ車に乗り込んだ。車が消えるまで手を振り、絵衣子はくるりと向きを変えた。目の前に人影があった。

「きゃっ、真山くんいたの」

アルバイトの青年、真山洋だった。眼鏡を掛け、すらりと背が高い。

「配達終わりました。今の方が店長の？」

「え、ええ。そうよ」

武が交際相手だと、他の従業員も知っている。絵衣子は認めた。

真山は裏口から戻ってきたのだろう。もしや事務所内での交情も見られていたのだろうかと、絵衣子は不安の目で青年を見た。目が合うと、真山はきょとんとした表情で首をかしげた。

「店長、ずいぶん顔が赤いですね」

「そ、そう？　今日は日差しが強いからじゃない。そうだ真山くん、そこのバケツ洗ってくれる。わたしは新しいお花を並べてしまうから」

絵衣子は誤魔化すように仕事を言いつけた。真山はうなずき、店頭に重ねてある桶やバケツを手に持った。店のなかへと入ろうとして足を止める。

「店長、今夜のお祝い、僕も出ていいんですか？　まだ一ヶ月しか働いていないのに」

「もちろんよ。あなたも大事なスタッフだもの」

夜、店を閉めてから、従業員全員で絵衣子の婚約祝いのパーティーを開いてくれる予定だった。

「チーフの藤田さんに聞いたわ。レストランの予約をしてくれたの、真山くんなんでしょ。ありがとうね」

「そんな、たまたまレストランの経営者と知り合いで、安くしてくれるっていうから……」

真山は照れくさいのか、逃げるように奥へと消えた。絵衣子はその様子に微笑む。

（事務所での様子は見られていないみたいね。よかった）

真山洋は大学生で、いつもは授業が終わってからのシフトで入っていた。昼間店に立つことが多い絵衣子と会話の機会は多くない。

（かっこいいから、最近あの子目当てで若い女性のお客さんが増えたって、遅番の子たちが言ってたわね。確かに接客はそつがないし、仕事は手抜きしない。彼は当たりだわ。十八歳か。わたし、あのくらいの男の子のお母さんになるのか）

週末に初めて会う義理の息子のことを考えながら、絵衣子は武が来たことで中断していた水替えの作業に戻る。足下のホースを取ろうとかがみ込んだ。

（真山くんみたいな子だったら、うまくやっていけそうなんだけど……あっ）

股の付け根で、ショーツと肌がヌルッと不快に擦れるのを感じた。中腰の姿勢で、絵衣子は一瞬固まる。

（べっとり貼り付いちゃってる。武さんが、いたずらをするから）

指で押し込まれたため、股布が秘唇に食い込んでいた。それが蜜を吸った下着と、まだ潤みの止まらない女肉の不快な密着感をいっそう際立たせる。

（デニムパンツまで染みてないわよね。武さんの言うように、下着を穿き替えないとだめかしら）

ホースを摑んで立ち上がろうとした時、人の気配を背後に感じた。絵衣子が振り返ると真山が真後ろに立っていた。腰の辺りに視線を向けている。

「な、なに？」

絵衣子は身体をくるっと回転させて、真山の目から双臀を隠した。その時、手に摑んだホースから、水がツーッと垂れ落ちた。慌てて絵衣子は身体からホースを離した。

「平気ですか？」

「え、ええ。水がホースのなかにたまっていたみたい」

「じゃあそこのバケツも持って行きますね。足下いいですか？」

「あ、そっか。ごめんなさい」

絵衣子が横に避けると、真山は残りのバケツを手にしてさっさときびすを返す。

絵衣子はほっと息をついた。

（わたしのお尻を眺めていたように見えたけど……気のせいね）

「店長って濡れやすいんですね、ふふ」

店内に入る直前、真山がぽつりとつぶやくのが聞こえた。

（え？　え？　濡れやすいって？）

絵衣子は濡れ染みのついたエプロンを見つめた。それから己の双臀に手をあてがう。

(彼、笑っていたわよね)

真山の姿は既に消えていた。狭間にそっと指先を差し入れると、温かく湿った感触がした。絵衣子は美貌を真っ赤に染めて、しばらくその場に立ち尽くした。

第一章　狙われた義母の熟臀

1

見慣れた照明が天井にあった。

（わたしのマンションの部屋？　いつの間に帰ってきたのかしら）

酔いの回った頭で、絵衣子は自宅のベッドに寝ていることを不思議に思う。乾杯の声とシャンパングラスをぶつける賑やかな音が、まだ耳の奥に鮮やかに残っていた。

（お祝いの言葉をもらって、おいしいイタリア料理が次々にやってきて……ワインをいただいたけれど酒量は控えたのに）

アルコールの弱さは自覚している。過度に摂取すると、意識が朦朧とする体質だった。絵衣子はベッドから起き上がろうとした。だが身体に力が入らない。掛かっている布団をよけて、大きく息を吐いた。

(ドレスのままだわ。着替えないと)

出かけた時のグレーのシルクワンピース姿で、肩にはレースのストールが掛かっていた。

(まとめ髪もそのまま、化粧も落としていないわね。だらしない。洗面所へ行かなきゃ)

意志とは裏腹に、まぶたが勝手に落ちてくる。うとうとと睡魔に呑まれそうになった時、寝室のドアが開いた。入ってきたのは真山洋だった。

「どうして真山くんが」

絵衣子は驚きの声を漏らした。

「店長、酔って足下もおぼつかない状態だったから、僕が付き添ってきたんですよ。覚えてないんですか?」

絵衣子は混濁した頭のなかから、今夜の記憶を辿ろうとする。だがもやがかかったようにはっきりしなかった。

「そうだったの。ありがとう助けてくれて」

感謝の言葉を述べる一方、己の不用心さがショックだった。

(結婚を控えた身なのに、武さん以外の独身男性を一人暮らしの部屋に招き入れるなんて。なるべく早く帰ってもらわないと)

「これ飲んで。すっきりしますよ」

真山がペットボトルのお茶を差し出した。絵衣子の背を手で支えて起こす。絵衣子は飲み口に唇を当てた。冷たいお茶がのどに染みた。

(ずいぶん苦い)

痺れるような苦みが舌に広がる。絵衣子は眉間に皺を作った。

「横になってください。冷やしたタオルも持ってきましたから」

真山は絵衣子を寝かすと、額に濡れタオルを置いた。目元まで塞がれ、視界は真っ暗になる。ひんやりとした冷たさが、火照った肌に心地よかった。

「どうです?」

「気持ちいいわ。ねえ、今の時間がわからないけれど、もう遅いのでしょ――」

「吐き気はありますか? トイレ行きたいですか?」

帰宅を促そうとした絵衣子の台詞は、真山のてきぱきとした質問に遮られた。

「いいえ。だいじょうぶよ」

「お酒を召し上がる時は、自分の適量を把握した方がいいですよ」

「そうね。迷惑を掛けてごめんなさい」

年下の大学生からの注意を、絵衣子は素直に聞き入れる。

(真山くんの声、武さんに似ているわ……)

目を閉じて真山の声を聞いていると、武本人に叱られているような気さえした。

「じゃあ僕は、これで帰りますね」

真山が側を離れる気配がした。玄関まで見送りに立とうと思うが、やはり身体は鉛のように重い。心臓の鼓動も先ほどより早打っていた。

「部屋の鍵、開けっ放しじゃまずいと思いますから、施錠してエントランスの郵便受けに入れておきますね。テーブルの鍵、借りますよ」

照明が消える気配がした。

「あっ、真山くん、どうもありがとう」

慌てて礼を口にするが、既に部屋を出たのか返事はなかった。

(だめな女。ここまで酔っ払うなんて……どろどろだわ)

酔いは引かず、猛烈な睡魔に絵衣子は襲われる。いつの間にか、意識はまどろみのなかに落ちていた。

内ももの辺りを、やわらかなものが繰り返し這いずっていた。気持ちよさを伴う掻痒感が、女体に覚醒を促した。

「だ、だれ？」

絵衣子は闇のなかで声を上げた。目元はタオルで覆われたままだった。

「僕だよ」

足下から聞こえたのは、大原武の声だった。武とわかり、絵衣子の心は一気に安堵感に包まれる。

「あなたなの。わたし今夜はちょっと飲み過ぎたみたい。パーティーでね、スタッフみんながあなたとの婚約を祝ってくれたの」

絵衣子は声を浮き立たせて報告した。武が自分に会いに来てくれたのが、とてもうれしかった。楽しい夢を見ているような、いつにない多幸感が女体を包み込む。

「ね、なにをしているの？」

足を摑まれ、左右に開かれていた。その間に武は身を入れているのか、膝やふくらはぎに武の肩や肘が当たっていた。

手を動かそうとして、己の手首に何かが巻き付いていることに絵衣子は気づいた。

「観察って？　んっ」

「観察してたんだ」

(なに？　縛られてる？)

手首を縄のようなもので括られ、その先はベッドの支柱にでも結わえられているのか、両手を頭上に掲げた格好から動かせない。

「あなた、これは——」

突然唇を塞がれた。口づけの感触だった。隙間から液体が滴ってくる。絵衣子は口を広げて受け止めた。流れ込んだ液をゴクンと呑み下す。

「なにを飲ませたの……ん、んふっ」

絵衣子は咳き込んだ。液体の通り過ぎた喉が、焼け付くように熱かった。口元には揮発性の芳香がプンと漂う。

「さ、もう一口」

口移しでまた飲ませられる。吐き出すこともできずに嚥下した。食道、そして胃がカアッと燃え立つ。

（かなり強いお酒……）

武は下へと戻ったのか、また太ももを摑んで広げてきた。室内の生温かな空気が、鼠蹊部をすうっと撫でる。

（わたし、あられもない格好をさせられている）

ドレスの裾が大胆にまくり上げられ、下着姿が露わになっていた。その上足を大胆に開かれ、股の付け根を存分に晒していた。酒精が巡っていても、恥ずかしさがこみ上げてくる。

その時、カシャカシャとカメラの撮影音のようなものが聞こえた。

「いったいなにを……んっ」

間を置かず、やわらかな感触が内ももを這った。絵衣子は刺激に驚き、背筋を反らした。

「いや、舐めないで、あなた」

武の口が太ももをしゃぶっていた。唾液ののった舌が肌を擦る。

（さっきも武さん、わたしの足を舐めていたんだ）

武の悪戯に、二十七歳の肉体は翻弄される。手は自由にならず、目に映るのは暗闇しかない。足を閉じようとするが、押さえつける男の手には敵わなかった。

「パンティは白なんだね。濃い匂いがする。これが絵衣子さんの身体の匂いか」

「嗅がないで」

絵衣子は喘いだ。武がショーツの上から鼻を押しつけていた。クンクンと鼻を鳴らす音が耳まで聞こえた。汗や汚れのこびりついた秘部の匂いを知られる羞恥で、絵衣子の美貌は上気する。

(今日の武さん変だわ。タオルはちっとも落ちてくれないし)

いくら頭を振っても、両目を隠すタオルがずれる気配がなかった。

「ね、タオルを取ってください」

「タオルじゃない。目隠しだよ」

(目隠し？)

「敏感な女性は視覚を奪われた方が効果があるからさ。全身が性感帯になったようでしょ。ほら」

男の指先がショーツの股布の上から、秘部を撫で上げた。陰核を擦られ、腰に甘い電流が走った。女は足を突っ張らせて喘いだ。

「あん……だめっ」

ショーツの股布が横へずらされる。絵衣子が制止の言を口にする前に、女の中心を舌がヌルリと這いずった。

「ん、いやッ。あなた、汚いから。今夜はシャワーを浴びてないっ」

絵衣子は細あごをクンと仰け反らせた。舌が粘膜の狭間を上下にうごめく。温かな感触は、とろける快美を誘った。腰が震えた。

「絵衣子さんのクリトリス、小さくてかわいいね。陰毛は薄めで、肉ビラは小ぶりで清楚なピンク色」

またカメラのシャッター音が聞こえた。無抵抗な開脚姿勢で、大事な箇所をあますず記録されていた。

(急にカメラなんて使いだして)

「じゅぶじゅぶになって。昼間と同じだ。濡れやすいたちだね」

武の台詞が、身の置き場のない恥辱感をさらに煽った。たまらず絵衣子が唸りをこぼすと、男の舌が膣口にヌルッと潜り込んできた。なめらかに押し広げられる挿入感は、電気ショックのような痺れとなって腰の裏に走った。

「あう、ね、ゆるひて」

哀願の台詞はろれつが回らない。舌先が狭穴をくすぐるようにちろちろとまさぐり、唇が花弁に吸い付いた。

「やっ、だめよ……そんなにされたら、あんッ」

密着してヌルヌルと擦れ合っていた。絵衣子は責めを避けようと、下半身を動かす。だが男の手が太ももをがっちり摑んで逃さない。

「ふふ、ちっともきれいにならないな。後から後から溢れてくる」

「うう、言わないでください」

からかうような武の口調に、絵衣子はか細い声で哀願した。全身の血が逆流するようだった。股間はジンジンとし、頭はのぼせて意識がかすれる。自分のいる場所も、なにをされているのかも、わからなくなりそうだった。

(武さん、愛液を呑んでるの？)

潤んだ女穴に男は唇をかぶせ、吸っていた。故意に音を立てているのか、ジュルッと啜る音が絵衣子の耳にまではっきりと聞こえた。

(武さんの、こんな舌遣い初めて)

絵衣子は豊腰をよじって、吐息を漏らした。

「……で、結局昼間は下着を替えたの？」

口愛撫を止めて男が訊く。ドレスの胸元を大きく喘がせながら、絵衣子はうなずいた。

「おトイレに入って、穿き替えました……」

消え入るような返答を聞くと、男は愉しそうに笑った。

「ふふ、そうだったんだ。じゃあそろそろ感度の良い絵衣子さんの美声を聞かせてもらおうかな。いい声で泣いてよね」

追い立てるような執拗な愛撫が始まった。舌が陰核をはじき、指が膣穴をまさぐる。充血した肉芽に強い刺激は堪えた。

「いや、いやんっ」

女は啜り泣くように声を絞り出した。

「クリトリス、ピンって勃ってるね。こっちはねっとりだし」

浅く侵入した指に、女壺の粘膜はうれしげに絡みつく。左右の膝を曲げ、爪先を折って快感を耐えるように内ももの筋肉を強張らせた。

「遠慮せず気分を出していいんだよ」

武は垂れ流れる愛液を指に絡めて、開き気味になった花弁ごと素早く浅瀬をかき混ぜた。

「あッ、あッ、あッ、ああッ」

絵衣子は短い間隔で息を吐きながら、呻いた。女のよがり泣きに対抗するように男の指遣いは速まる。淫らっぽい汁音が女の股間から響いた。

(わたし、なんで縛られているの？　もうなにもわからない)

目隠しされた頭を振り、縛られた両腕を枕の上でゆすり突っ張らせる。まとめ髪は崩れて、枕元に舞い広がった。昂りと羞恥、酩酊が混じり合い、身体がぐにゃっと崩れるようだった。肌からはべっとりとした汗がしみ出し、乱れた毛筋が首筋やあごに貼り付いた。

「そろそろ達しそう？」

「は、はい」

女は昂揚を認めた。子宮は滾り、膣奥から新たな蜜液が分泌される。武はクリトリスにキスをし、口に含んで舌で包皮を剝いてくる。尖った肉芽を責められると、火のような赤色が脳裏にパッと広がった。

「いやっ、おかしくなっちゃう」

「ちゃんと声を上げるんだよ。我慢しちゃだめだからね」

幼子を諭すような武の言に小さくうなずき返した時、クリトリスを強くピンと弾かれた。太ももが突っ張り、脚の内側に力が入る。頭のなかの赤が鮮やかさを増し、肉体は快美の渦に呑み込まれた。

「あ、ああッ、イ……イクッ」

二十七歳の女は、艶やかなエクスタシーの音色を響かせた。湧き上がってくる熱気に意識のすべてを奪われる。腰は浮き上がり、開いた足は戦慄いた。

「ふふ、ビクンビクン震えてる」

武は笑って汗の浮かんだ内ももを舐め上げる。唾液で濡れた陰核を指で摘まんでは、揉み転がした。紅唇は涎を滲ませ、泣き声をこぼした。

「あッ、いやッ……あッ」

黒髪がシーツの上をのたうつ。酒精の臭気とムッとした汗の香の漂うベッドの上に、発情した牝の甘酸っぱい匂いが広がり、混ざり合った。そのなかを湿り気を帯びた女のよがり泣きが、嫋々と奏でられた。

2

忙しない呼吸の音が続く。三田絵衣子は胸を波打たせて、喜悦の余韻に浸っていた。

真っ赤に染まった肌からは、白い湯気が立ち昇る。グレーのシルクドレスは汗を吸い、黒く変色して女体に貼り付いていた。

「絵衣子さんのエッチな声、よかったよ」

男の手が乱れた髪を愛しげにすいた。好いた男性から受ける称賛の台詞、髪を撫でる手つきはオルガスムスを迎えたばかりの女体に、なんとも快かった。

「喉が渇いているでしょ。これを飲んで」

大原武から口移しで与えられたのは、またもや度数の高い酒だった。むせそうになりながら絵衣子は嚥下した。

「……もう呑ませないでください」

目隠しされた美貌をゆすって、絵衣子は弱々しく訴えた。

「いいんだよ。酔っ払った絵衣子さんをもっと見たいんだ」

「だって、わたしお酒に弱いのよ」

「だからいいんじゃないか。正気を失った絵衣子さんの反応が愉しめる」

武は女の頬を手の平で包み、笑い声をこぼす。絵衣子はカッカとした体内の熱を逃そうと、ため息を何度もついた。

（武さん、わたしを弄んで……身体が熱くて、頭は霞んだようになってるのに）

新たなアルコールが、燃え上がった肉体に薪をくべていた。男がまたいたぶりを始めたら、生々しい反応が抑えられそうにない。

（あっ、武さんのが当たっている）

開いた股の間に、硬くなった陰茎が擦れていた。

（外に出しているんだわ。勃起を……）

目隠しされた女の脳裏に、反り返ったペニスが映像として浮かび上がる。絵衣子は無意識の内に、ゴクッと喉を鳴らした。その音が予想外に大きく響く。

（生唾を呑んで、はしたない。欲しがっているなんて武さんに知られたら）

己を諌めるように思うものの、挿入を期待した肉体は、秘唇に愛液をじっとりと滲ませる。酔いのなかで迎えた性的絶頂が、二十七歳の女を淫らに変えていた。下腹が切なく疼く。

「これが絵衣子さんの腋の下の匂いか。生の絵衣子さんの香りだね」

男の言葉に、絵衣子はハッと身を震わせた。

「嗅がないで。そこは恥ずかしい」

武が右の腋窩に鼻を近づけて、匂いを嗅いでいる気配があった。両腕は手首を縛られ、頭上から動かせない。袖のない肩紐タイプのドレスのため、腋の下は完全な無防備だった。

「普段から香水はあまり付けないんだよね。さすが花屋さんのオーナー」

香水は花の香を邪魔する。デオドラントの類いや化粧品も、絵衣子は無香か控えめな匂いのものを選ぶようにしていた。

腋の窪みに、生温かな息遣いが当たった。

「あなた、舐めないでっ」

絵衣子は焦りの声を放った。だが懇願むなしく、右の腋窩に舌がペロリと這う。くすぐったい感触に、絵衣子は背を反らせた。

「どうして？　ムンムンして良い香だよ。しょっぱくておいしい。きれいに剃り上げているね。偉いな」

武は丁寧な処理を褒めるように言い、腋の下にキスをしてきた。

人間であれば当然汗をかき、一日活動した後となれば相応に不快な匂いを放つ。恋人にそこを嗅がれ、舐められる羞恥は尋常ではない。

(腋の下に口づけなんて。こんな場所を、武さんが舐めてくることなんてなかったのに)

「ほら、絵衣子さんのイッた時の声と腋の匂いで、こんなになった」

男が腋窩から口を離して告げる。女の恥丘に、ごりごりと勃起を擦りつけていた。

（ああっ、熱く膨れあがってる）

薄い繊毛の下の地肌に、引き締まった硬さと熱を感じた。

「これが欲しいでしょ」

男が絵衣子の耳元で尋ねる。女は汗に濡れた細首を左右にゆらした。意識の片隅に残った慎みが、破廉恥な同意をかろうじて抑えさせる。

「欲しくないの？　変だな。身体が火照って、たまらないはずなんだけど」

男がいきなり女の唇を奪ってきた。口づけをしながらペニスを女の股間に潜らせ、愛液にまみれた蜜裂を亀頭で縦になぞった。

「ん、くふん」

甘い刺激に、絵衣子は喉でか細く呻いた。

「こんなにガチガチになってるんだ。これがヌプッて嵌まり込んだら気持ちいいだろうね」

男が囁き、舌を伸ばして絵衣子の口元を舐めてきた。逞しさへの渇望を煽るように、下では勃起を何度もすべらせてくる。雄々しさを誇示する男の行為に、頭のなかがぼうっとゆらいだ。

（武さんの言う通り、身体が滾ってどうしようもない）

柔ヒダの中央をヌルヌルと擦られ、力が抜ける。絵衣子の朱唇はゆるみ、男の舌を受け入れた。己の舌を差しだし、ねっとりと擦り合わせた。濃密なキスが発情を加速させる。膣口から淫蜜がトロンと漏れでて、互いの粘膜に絡んだ。

（感じやすい体質だけれど、こんなに敏感じゃなかったのに……）

シルクドレスは腰まで裾をまくり上げられ、足はむき出しになっている。絵衣子は我慢できずに、男の下肢に左右の素足を絡ませた。

「ん、むふん、あなた……ん」

鼻を鳴らして、舌と舌を巻き付け合うディープキスに耽った。

「ふふ、足でしがみついてきて」

絵衣子の積極的な変化に、男は愉しげに喉を震わせた。女の口めがけて唾液をとろっと垂らしてくる。

（武さんの唾液……）

揶揄に相貌を赤らめながらも、絵衣子は落ちてきた唾液をコクンと呑み下した。とろみのある喉越しが、妖しい昂揚を新たに生んだ。女は太ももを男の腰に擦りつける。

「ね、今日は安全な日？」

口をわずかに引いて男が訊いた。絵衣子は思考能力の衰えた頭で、今が受胎期だったかを懸命に考えた。

「……いえたぶん危ない」

「じゃあゴム付ける？」

目隠しの向こうにいる男に向かって、絵衣子はうなずいた。

「いつものように避妊具をお願いします」

「いつも？　へえ、毎回付けてるんだ。……そうだね。ちゃんとゴムを付けないとね。結婚前にお腹を大きくするわけにはいかないしね。ウェディングドレスが着られなくなっちゃうもの」

男が身を起こした。避妊具を装着する気配を感じながら、絵衣子はじりじりとした気持ちで挿入準備が終わるのを待った。

（なんだろう。なにかが変……）

先ほどから違和感が頭をかすめる。だが酒と性的昂揚で沸騰したようになっている頭では、その原因をたぐり寄せることができない。

「付けたよ。さあ絵衣子さんも脱ごうね」

男の手が女の腰の左右にふれた。シルクサテンのホワイトショーツが、むっちり張った腰つきから引き下ろされる。絵衣子は尻を浮かせて足を持ち上げ、協力した。下着が取られると、またカメラのシャッター音が聞こえた。

（撮られてる）

絵衣子は足を閉じようとした。だが男の手で、あられもない角度に開かれていく。

「あなた……こんな姿、撮らないで」

反射的に忌避の声を漏らすが、撮影の音は無情に続いた。シャッターの音が響く度に、女は汗ばんだ足を強張らせた。赤い唇は、羞恥の吐息を漏らす。

「上もどんな感じか見たいな。今度はこっちを脱ごうね」

男がドレスの胸元にふれてきた。ドレスはボタンで前を開けられるようになっていた。一つ二つとボタンが外され、ブラジャーに包まれた乳房が露わにされる。

「パンティとお揃いの白だね。やっぱりおっぱいはボリュームたっぷりだね。これのカップサイズは？」

男の手が左右の膨らみをむんずと摑んだ。

「え、Ｆカップです」

量感を確かめるように男の指が動く。絵衣子は相貌を横に回して、呻いた。乳房もいつになく過敏になっている。快美のさざ波が広がった。

「Fか。花屋に来た男のお客さんは、みんな視線をここに向けるものね。ねえ、このむっちりボディは、何人の男を知っているの？」

男が女の鼻先に吐息を吹きかける。息遣いが荒かった。

「それは……あっ」

ブラジャーが上へとずらされる。ブラカップが外れると、丸みのある膨らみはたぷんとこぼれでた。

「かわいらしい乳首。ピンク色でツンとして」

男の手が、直接乳房を揉み立てた。やわらかな膨らみが指で押されて形を変える。立ち昇る甘やかな官能に、絵衣子は縛られた腕をゆらして身悶えた。

「未来の夫に隠し事？　ね、絵衣子さんは経験何人なのさ」

上にのしかかってくる重みを感じた。避妊具を付けたペニスの先端を、女の潤みに押しつけ、じりじりと沈めてくる。絵衣子は唾液でヌメッた唇を半開きにして喘いだ。

（入ってくる）

クッと切っ先が押し込まれる。だがそれだけだった。呆気なく引き抜き、先ほどのように女裂をなぞる上下運動に戻った。

（武さん、焦らしてる？）

絵衣子は眉間に皺を作って、見えない双眸を男に向けた。ペニスの先端が、ぷっくり膨らんだクリトリスを突いてくる。

「あっ……あん」

女はビクッビクッと身を引きつらせた。ゴムを被せた亀頭が、肉芽をヌルヌルと擦る。乳房を愛撫する手は、乳頭を指で摘まんで、揉み込まれる。情欲を煽られ、紅唇は切なく息を吐いた。

（だめ、我慢できない）

絵衣子は顎を持ち上げて、口を開いた。

「ふ、二人しか知りません。最初に付き合った男性と武さんと……それだけです」

「たった二人？　身持ちが固いんだね。僕の見込んだ通りでうれしいな。さ、次はどうして欲しいか言いなよ。これが欲しいんだろ？」

男が絵衣子の耳に息を吹きかける。耳穴を吐息でくすぐられ、下では挿入を意識させるように、ペニスが再び膣口に浅く突き刺さる。女は苦しげに首筋をゆらした。体験人数を口にしたことで、羞恥心は朽ちていた。

「あ、あなたの硬いのを、ください」

声を震わせて絵衣子は哀願した。

「そうだよ。妻は夫に従順じゃないとね」

男が笑って腰を沈めてくる。肉茎がヌプリと花弁をかき分けた。

「あ、あんッ」

女は細顎を跳ね上げ、朱唇から艶めかしく嗚咽を放った。逞しいモノがゆっくりと潜ってくる。余裕のない拡張感だった。

(あう、太いッ)

「ほら、根元の方まで入るよ。しっかりこの味を覚えてね」

勃起がジリジリと沈められ、絵衣子の内にずっぽりと埋め込まれる。ドレスの肢体は、男の手に摑まれたままの豊乳をゆらして喘いだ。

(すごい……こんなにぴっちり)

男根は最奥まで嵌まり、内から膣肉を存分に押し広げていた。呼吸まで奪われるような重厚な嵌入感に、女体は過敏に震える。

「い、いったい……どうなさったの？」

「なにが？」

「だ、だって、こんなに奥まで届いて……いつもの武さんじゃ——あぁッ」

女の疑問の声を遮って、抜き差しが始まった。雁首の反りが膣ヒダを甘く引っ掻き、戻ってきた亀頭が子宮口を擦って奥にトンと当たる。経験したことのない深い交合の愉悦が立ち昇った。

（子宮が上に押される感じだわ。わたしの身体壊れちゃいそう）

肉体に残る記憶と結びつかないとろける快感に襲われながら、女は色めいた喘ぎを漏らした。

「おかしなこと言うね。相手をした男が二人ってのは嘘なのかな。男の味の区別が付くほど、絵衣子さんは経験豊富なんだ」

「あぁッ、そうじゃなくて……そんな言い方をしないで」

淫らな女だと責めなじるように、有無を言わせぬ腰遣いで男は衝き上げてくる。互いの身体は密着し、汗が飛んだ。男の肌の匂いが絵衣子の鼻孔に届く。

（……この匂い？）

嗅いだことのない体臭、馴染みのない汗の香だった。ゾワッと全身の血が逆流した。

「そんなッ、あなたは一体──」

絵衣子は声を上ずらせた。不貞を犯した脅えと、見知らぬ男に貫かれている恐怖が、女体を一気に狂奔させる。

「おお、急に締まった。すごいな、絡みついて」

悲鳴をこぼす女の口を、男が強引に唇で塞ぐ。ぴったり重なり合ってキスをしながら、乳房を揉みこみ、剛棒をズンズンと女の股の付け根に打ち付けてきた。

（激しいッ）

両腕を拘束されている。絵衣子は抵抗できぬまま、男の嵌入を受け続けるしかない。

（だめ、意識がかすれる……）

膨れあがった長大なペニスは、絶大な粘膜摩擦を生み、女体に着実な愉悦を刻む。男の手は豊満な双乳を乱暴に絞り、乳頭を摘まんで硬く尖らせた。酒精でよどんだ頭のなかが、性の悦楽で赤く染め上げられる。

「いつもと違うのは当たり前だよ。今夜の絵衣子さんがステキだから、勃ち具合も跳ね上がる。ね、わかるでしょ」

男がキスを止め、グッと腰をせり上げた。充塞感が女の芯をとろけさす。不安と恐れに駆られながらも、女の口からはよがり声がこぼれた。

（あうう、おかしくなるッ）

絵衣子は目隠しされた頭を振り立て、唸りをこぼした。抜き差しを受ける度に、無我の浮遊感が底の方から湧き上がる。抽送を阻もうと、脚で男の腰を挟んだ。

「どうしたの？　イキそう？」

男が笑いながら尋ねる。絵衣子は否定するように、かすかに顎をゆらした。だが腰遣いはより鋭さを増し、豊乳は付け根からきゅっと揉み絞られる。

（このままでは屈してしまう）

突き込みから逃れようと、絵衣子は身を捩った。鼻腔に感じる男の体臭に、わずかに花の香を感じた。みずみずしいバラの匂いだった。突然、今夜の記憶がフラッシュバックする。

（——お酒に酔って、アルバイトの男の子が付き添ってくれて）

大学生の青年がマンションの部屋を訪れたこと、そして今我が身に起きている状況が、パチッと音を立てて結びつく。その瞬間、膨れあがった男性器が膣の上側の性感帯をククッと擦った。

「ああッ、いや、わたしッ――」

女は紅唇を丸く開いて、息を大きく喘がせた。腰の奥を渦巻く熱気が、狂おしい愉悦となって一気に噴き上がる。

「そら、イケ」

男は亀頭で膀胱側の膣壁を執拗に圧迫し、小突き上げる。硬さを増した肉塊が女壺をこねくっていた。女の鼻梁から漏れる呼気が、悩ましく艶めく。
（イクッ）
絵衣子の頭は一気に白み、肢体はピンと突っ張った。訪れたのは、崩れるような恍惚の波だった。絵衣子は縛られた手を強く握り込み、太ももで男の腰を締め付けた。

「唇を噛んじゃって。さっきみたいにかわいい声を聞かせてくれればいいのに」

ヒクつく女体を押さえ込んで、荒々しい抜き差しが繰り返される。オルガスムスの波が滞留するなか、新たな摩擦刺激が巻き起こる。絵衣子は身を引きつらせて悶えた。

「いや、止めて……違うッ。あなたは武さんじゃ」

懸命に声を絞り出した。

「そんなことは気にしなくていいんだよ。今は考えるのおっくうでしょ」

男はやさしい囁きで耳元をくすぐり、硬い勃起で収縮する女肉を容赦なく穿つ。

「いやっ、だめ、よして」

陶酔の高まった状態からの肉交に、紅唇は泣き啜った。愉悦の波をかき乱され、苦しささえ覚える。

「僕はまだ射精してないからね。ほら、もう一回一緒にいこう」

子宮を圧すように奥まで突き入れ、素早く引き出し、また叩き込む。絵衣子は髪を乱して、頭を振り立てた。男は乳房の手を離し、絵衣子の腰を摑んだ。ダイナミックに打ち付ける。

「いやっ、あなたっ、助けて、あなたッ、あんッ」

救いを求める声は、色めいたよがり泣きへと変わる。絵衣子の白い脚は大きく開かれ、宙でゆれた。

（あぁッ、来ちゃう）

雄渾な追い打ちに、二十七歳の肉体は為す術がない。極まった状態から、さらに一段上の限界点を越えた。絵衣子はオルガスムスの声を高らかに響かせた。

「だめ、だめ……ああ、イクぅッ」

「エロい泣き声だね。ああ、こっちも出るよッ」

吠え声とともに、膣肉に嵌まった勃起が激しく律動した。

(射精してる)

放出の痙攣を生々しく感じた。汗にまみれたドレスに男の汗粒が滴る。

「ああ、絡みついてステキだよ、絵衣子さん」

男は深い位置にとどまり、ゆるゆると腰を遣っていた。汗に濡れた女の頬を、男の手が撫でた。

(この人は武さんじゃない——)

恋人でもなんでもない男が、自分のなかで達していた。言い得ぬ絶望感が、絵衣子の胸を締め上げる。女の瞳から滲んだ涙が、目隠しの布を濡らした。

「はあ、いっぱい出た」

放出の震えが収まると、男は満足そうに言って腰を引いた。ゆっくりとペニスが抜き取られる。野太い男性器が体内から脱落する感覚に、女の下半身はぶるっと戦慄いた。

(どうにかしなくては)

朦朧とした頭で、絵衣子は思う。極まった性官能と酔いが思考力と抵抗力を奪う。手足に力は入らず、声をだすことはおろか息を吸うこともままならない。

カメラのシャッター音がまた聞こえた。ドレスの胸元をはだけ、だらしなく脚を開いた女の痴態が記録されていた。

「……い、いい加減に――んっ」

絵衣子が懸命に絞り出した弱々しい非難の声は、男のキスで消された。

（またお酒を？）

案の定、男は口移しでなにかを与えてくる。吐き出そうとするが顎を押さえて、それを許さない。絵衣子は流れ込んできた液体を飲んだ。なにか固い粒のようなものが喉を通るのを感じた。

「な、なにを」

「もっと夢心地になれるモノだよ。相手が誰かなんて気にならなくなる薬」

太ももを摑まれ、脚を広げられる。女唇になにかが当たったと思った瞬間、ズムッと突き刺さった。

「あうっ、そんなっ……あ、だめッ」

絵衣子は狼狽の声を漏らした。長大な勃起が、女肉のなかへ沈んでくる。

（続けざまに……）

背筋に気持ちの悪い汗が、じわっと滲みだすのを感じた。

「ああ、武さんッ」

年上の婚約者の名を口にして、女は啜り泣いた。

「そんな名前を呼んでもどうにもならないよ。こうしてぶっすり刺さってるんだからさ。ゴムは交換してあげたから。やさしいでしょ」

女の乳房の間に、ベチャッとなにかが音を立てて置かれた。

(使用済みのゴム？　熱い……)

絵衣子はそれが男の精子の溜まった避妊具だと気づく。火傷しそうな精液の熱が地肌に伝わり、美貌は柳眉をたわめた。

「たっぷりでしょ。まだまだ溜まってるから。期待してね」

抽送が再開される。

「硬い。ああ、な、なんで……。あ、あんッ」

逞しさは、先ほどとなんら変わりがない。四十八歳の武が相手の時には、考えられない回復力だった。その信じられない雄々しさは、恋人以外に貫かれている現実を絵衣子に突きつける。

「いやっ、もうしないでッ」

絵衣子は悲鳴を放った。

「身体は嫌がってないみたいだけど。ヌレヌレオマ×コで、ぎゅっと喰い締めて愉しんでるくせに」

「そ、そんなこと、あぁッ」

蜜ヒダを引っ掻くような角度を付けた抜き差しに、女は紅唇を喘がせた。男の言う通り、立ち昇る快感に反応して股の付け根に力がこもる。膣肉はとろとろの愛液を分泌して、ペニスをくるみこんでいた。湿った交合の音色が、一突き毎に卑猥に奏でられる。

「乳首だってこんなに勃たせて。僕にハメられて、うれしいんでしょ」

男は剥き出しになった豊乳を丸みに沿って撫で上げ、ぐいと鷲摑みにする。ピンと隆起した乳頭には指を添え、円を描いた。

（こんな責めに負けてはならない）

絵衣子は紅唇を噛んで耐えた。男が左の腋の下にキスをしてきた。既に尋常でない量の汗をかいている。腋の匂いも濃くなっているだろう。そこに躊躇いなくキスをしてきた。

「いや、あああン」

女は身を捩った。

「絵衣子さんは、腋の下を責められるのが好きなんだね。オマ×コの締まりが抜群だよ」

男は含み笑いを漏らし、剃毛処理された腋の窪みに、歯を当てて甘噛みしてきた。

「胸も、腋の下もよしてッ」

「遠慮はいらないよ。もっとしてあげる。薬で記憶は飛んでも、この身体はちゃんと覚えているように」

腰を大きく振り立て、女穴を深々と貫いた。腋窩には強く口づけし、双乳を摑んだ指で胸肉をゆすり、乳首をこねる。抽送に合わせて女の身体は大きくゆれた。

（なにかが飛ぶっ、飛んじゃう）

重奏の刺激が二十七歳の肢体を翻弄する。女はヒッヒッと喉を絞り、茹だった肌に浮かんだ汗粒をシーツに垂らした。

「ああっ、絵衣子さんのオマ×コ、絡みついて悦んでる。腰がとろけそうだ」

男は快楽の声を上げ、男性器の根元を膣口に密着させるようにして、こね回してきた。互いの恥骨を擦り合わせ、女壺を抉る。すさまじい肉の快楽だった。下腹が熱を孕み、股の付け根が爛れるように熱くなる。

「だめっ、そんなにされたら、壊れる。いやッ」

目隠しされた黒い視界に、赤いバラが映った。乳頭を爪の先でピンと弾かれ、陰茎を根元まで埋められた刹那、目の前の赤い花びらは四方に飛び散った。

「ああンッ、イクッ」

絵衣子は高らかに牝の喘ぎを響かせた。太ももを男の腰に擦りつかせ、膣ヒダは収縮を盛んにする。

「ふふ、絵衣子さんばかり愉しんじゃだめだよ。こっちはまだなんだから」

男は責めを止めない。左右の乳房を揉み立てて、硬い勃起はアクメにヒクつく膣肉を醐るように貫いた。

「や、休ませて」

絵衣子はうわごとのように訴えた。酸素不足で呼吸は忙しない。昂った肉体は、酒精の巡りも促進する。はだけたドレスの下に見える肌は、鮮やかな朱色に染まって甘酸っぱい熟柿の匂いを放った。

(もうなにも考えられない)

「まだだよ。がんばって。次、僕が出したら縄も目隠しも、取ってあげるからさ。

ほら、このチ×ポを感じながら、派手に泣くんだよ」

男が女の口にキスをする。唾液がまた垂らされる。注がれる男の唾液を口の端からこぼしながらも、絵衣子は嚥下した。差し込まれる男の舌に応え、舌を差しだしてヌルヌルと絡ませ合った。

「ん、んふ……ふむん」

情感のこもった呻きをこぼして、絵衣子は勃起の嵌入を受け続けた。どろどろとぬかるみのような快楽の沼に沈んでいくようだった。

男が力を加えて豊乳を揉みほぐす。反射的に、絵衣子は男の背にしがみつこうとする。だが手首に食い込む縄がそれを阻んだ。

(そうだ、縛られているんだった。レイプをされているのに)

頭のなかは混濁し、自分が今どこにいるのか、上にのっているのが誰かもわからなかった。ただ快感だけが、ひっきりなしに湧き上がる。

「いっぱい哭くといい。酒に睡眠導入剤、向精神薬……どうせ朝になったらなにが起こったかわからなくなってるんだから」

男の声が聞こえた。だが絵衣子は既に言葉として認識できない。紅唇から嗚咽を放って、男の唾液をもっと飲もうとするようにぱくぱくと動かす。その喘ぐ口元めがけて、ポタッと液体が垂れた。

（この香り……）

濃い栗の花の香が、鼻孔を刺した。男は放出したばかりのコンドームの中身を、絵衣子の口に向けて垂らしていた。半開きになった唇のなかに、トロトロの樹液が流れ込む。

「絵衣子さんのために溜めておいたザーメンだよ。遠慮せず味わって」

精液が女の歯列を濡らし、ピンク色の舌の上を這い、喉に溜まる。

「う、うぐン」

絵衣子は唾液と一緒に呑み下した。とろみのある喉越し、むせ返る牡の芳香が官能をドス黒く彩った。

「ふふ、ピンク色に染まった肌に、白い精液がよく似合うね」

ゴムから滴った樹液は、なおも糸を引いて垂れてくる。赤い唇を濡らし、顎や頬にこぼれて、目隠しされた女の美貌を汚した。

（まだ太くなってる。すごい。硬いッ）

勃起が膨張を高めていた。隙間のない女肉のなかを、ヌチュヌチュと音を立てこれでもかと抉り込む。生じるのは、圧倒的な快感だった。性感は際限なく高まり、絵衣子の身悶えは一段と激しくなる。

「あ、ああッ……もう、もう、だめッ」

肉の歓喜を訴える牝泣きが、寝室に木霊する。頭のなかが赤く灼け、そして真っ白になる。

「いやんっ、イクうッ」

絵衣子はアクメの声を響かせた。拘束された女体は苦悶するように捩れた。

「ザーメンを啜りながらアクメする。たまらないでしょ。そらっこっちも二回目。うう、出るッ」

ペニスが女の内で戦慄く。牡の匂いに包まれながら、二十七歳の肉体はズブズブととどめを刺された。

(二度目の射精)

女の本能はかろうじてそれだけを認識する。しかしそれだけだった。快楽に溺れ、精液味のする唾液を呑み、たがが外れたようによがり泣いた。

「ああ、許してッ、これ以上されたら……どうにかなっちゃうッ」

こみ上げる快感がなにもかも奪う。自分がなにを口走っているかもわからなかった。縛られた手を握り込み、脚を男の腰にすりつける。

「約束だから目隠しを取ってあげないとね。ほんとは中出しがよかったけど……自覚のないまま、ママになるなんてかわいそうだものね」

　突如、光が差し込んだ。目を覆う布がずらされていた。ドレス姿の女体の上にのしかかる男を、女の涙に濡れた瞳が捉える。若い男性、澄んだ眼差しの甘いマスクが、女を見下ろして微笑んでいた。

（ま、真山くん――）

「絵衣子さんは僕が探し求めていた女性だよ。これからずっと離さない。絵衣子さんは、僕のものだからね」

　男の声は女の耳に届かなかった。快楽の縁から転げ落ちるように、絵衣子の意識は途切れていた。

第二章　息子の性奴隷にされて

1

三田絵衣子はビーフシチューの入った鍋を、焦がさぬようゆっくりとかき混ぜていた。

(陽一さんのおくちにあうといいのだけど)

絵衣子は大原家の自宅キッチンにいた。週末の土曜日、息子の陽一が久しぶりに学生寮から帰ってくる。武と絵衣子、そして陽一の三人で食事をする予定になっていた。

電子音が鳴り、オーブンが加熱時間の終了を知らせる。絵衣子はオーブンから肉料理を出すと、手慣れた様子で戸棚から皿を取り、盛りつけの準備をした。何度かこの家に泊まったことがあった。キッチンで料理をするのは初めてではない。

(武さんとの交際を快諾してくれているといっても、陽一さんのいない隙に自宅にまで入り込んでいることは、よく思われないでしょうね。彼のことを軽んじていたわけではないけれど、軽率なのは確かだわ)

陽一は来春には大学生となる。思春期のデリケートな年齢ではないが、注意を払うに越したことはない。

(今はまだ家族でもなんでもないんですもの。わきまえて行動をしないと——)

ふっと立ちくらみがした。絵衣子はキッチンカウンターの縁に手をついた。

(お酒が残っているのかしら。パーティーがあったのは、一昨日の夜だっていうのに)

昨日は目覚めた時から頭痛がし、身体も重かった。立って歩くことも困難だったため、フラワーショップの仕事を休んで一日ベッドで横になっていた。

(飲み過ぎなんてね。おまけにあんなおかしな夢まで見て……)

絵衣子はカウンターに置いた手を、ぎゅっと握り込んだ。ワインで悪酔いをしたのか、口にするのも憚られるような淫夢を見た。

(目隠しをされて手を縛られて……あれはレイプよね)

アルバイトの大学生、真山洋に無理矢理抱かれる内容だった。なぜ真山に凌辱を受ける羽目になったのか、多くの夢がそうであるように経緯も会話もあやふやだった。ただ、ところどころ生々しい場面が記憶にこびりついている。

（極まって許してって訴えても、真山くんは激しくする一方だった。あれはわたしの願望ってことじゃないわよね？）

自由を奪われ、若く逞しい男性に繰り返し責め立てられた。そんな危うい欲求を自分は奥底に抱いているのだろうかと考え、女は一人頬を赤らめる。

「ああ、いい匂いだ」

ポロシャツにベージュのスラックスの武が、キッチンへと入ってくる。

「でしょう。良いできばえよ。お肉もやわらかいんだから」

「どれどれ」

武が絵衣子の背後へと回る。絵衣子は鍋のレードルを持ち上げて、中身を武に見えるようにした。武の手がヒップに当たる。すうっと撫で上げてきた。いやらしい触感に、絵衣子は身を震わせて「きゃっ」と声を上げた。驚きでレードルを勢いよく引き上げたため、シチューが飛んでエプロンとブラウスの袖にブラウンの染みが付いた。

「痴漢みたいなさわり方しないで。跳ねちゃったじゃないの。もう、陽一さんが帰ってくる前に着替えなきゃ」

「絵衣子さんのヒップがいつもより魅力的に見えてさ。僕にさわってよって訴えてくるんだ」

「なにくだらないことを言っているの。あんっ、こら、よしなさい」

武は両手で絵衣子の尻たぶを摑み、揉みほぐしてきた。今日はブラウスと、ぴったりとしたスリムパンツの出で立ちだった。薄手の生地のため、武の指遣いがはっきりと伝わってくる。

「絵衣子さんのお尻って、こんなむっちりしてたっけ。男のエキスを吸って育ってない？」

武が鼻息を荒くしていた。髪をアップにしてあるため、剝き出しのうなじに温かな呼気が当たる。

「エキスって……育ってないわよ。木曜に会ったばかりなのに、なに言ってるの。あん、焦げたらどうするの」

注意をしても、武は指愛撫を止めない。絵衣子はくびれた腰つきを、くなくなと左右にゆらした。その仕草が余計に興奮を誘ったのか、武は絵衣子の耳の横にキスをし、舌を伸ばして舐めてくる。

「僕が悪いんじゃないよ。男を誘ってくるこのムチムチのヒップが悪いんだ」

耳たぶを嚙み、耳穴に吐息を吹きかけながら、武は指を股の付け根にまで差し入れてきた。

「あっ、ン」

スリムパンツの上から軽くさわられただけで、ジーンと痺れが走った。絵衣子は鼻に掛かった甘い喘ぎをこぼした。性交の名残が、呼び覚まされる感じだった。

（いっぱい舐められて弄くられたけど、あれは夢のなかの出来事なのに……）

実際に凌辱を受けたような疼きが肉体に残っていることに、絵衣子は戸惑いを覚える。

「ね、あなた、木曜にわたしの部屋へ来てないのよね？」

絵衣子は武を振り返って尋ねた。マンションの合い鍵を、武は持っている。

「その質問、二度目だね。木曜は深夜に会社を出て、まっすぐこの家に帰ったよ。新規出店の計画が大詰めで忙しいんだ」

（やっぱり武さんじゃない。ほんとうに真山くんが？）

フラワーショップのスタッフにも電話で確認をしたが、パーティー後、真山洋は絵衣子とは別のタクシーで帰ったらしい。マンションのドアもしっかり施錠してあり、テーブルに鍵が置いてあった。室内にも侵入者の形跡は見られなかった。しかし絵衣子は、もしやという脅えが消せずにいる。

「絵衣子さん、どうかしたの？」

「……いいえ。寝ていた間に、インターフォンが鳴っていたような気がして」

レイプされたかもしれないなどと、軽々しく口にはできない。絵衣子は誤魔化した。

「なんだそんなことか。新聞の勧誘か、宅配便かなにかじゃないの？」

「そうね。……あなたはいつまで、お尻をさわってるの」

「またパンティを穿き替えないといけないかな？」

木曜の昼、愛液で濡れたショーツを交換したことを思い出し、絵衣子は美貌を上気させた。

「……バカ」

武は笑って、絵衣子の頬にちゅっとキスをする。そしてようやく愛撫の手を離して、鍋のなかをのぞき込んできた。

「おいしそうだね」

「上手にできたと思うけれど、前の奥様はレストランの経営をなさっていたんでしょう？　陽一さんの舌を満足させられるか、自信がないわ」

武の離婚した前妻は、料亭や複数のレストランを所有する実業家だった。調理師の免許を持ち、毎日家族の健康に気遣った手作りの食事を用意したと武から聞いた。当然陽一も発達した味覚の持ち主に違いない。

「だいじょうぶ。食べ盛りの学生だもの。それなりの料理でも、出されるものはなんだってばくばく食べるさ」

「フォローになってないわよ。わたしの手料理は、それなりって言いたいわけ？」

絵衣子は持っていたレードルを、武の胸元に突きつけた。武はナイフで脅されたかのように、両手を掲げて降参のポーズを作る。

「冗談だよ、冗談、ははは」

武はそのまま後ずさって、キッチンから姿を消した。

（しょうがない人。……陽一さんが帰ってくる前に着替えなきゃ）

絵衣子は鍋の火を止めて、寝室へと向かった。寝室に入り、エプロンを外して新しいシャツを取り出す。

「ただいまー」

玄関の方から、快活な声が聞こえた。武の声に似ているが若々しい。

（陽一さんだわ）

姿見の前でブラウスを脱いだ絵衣子は、急いでシャツを着る。袖を通そうとして、腕を持ち上げた絵衣子は、左の腋の下に小さな痣があることに気づいた。

（これって）

鏡に近づき、確認をする。唇で吸われたような赤い痕だった。夢のなかで、真山洋がそこに口づけしていたことを、覚えている。

（まさか、あれが現実だなんてこと……）

絵衣子の背中に冷や汗が滲む。

「絵衣子さん、陽一が帰ってきたよー」

武の呼び声がした。

「は、はい」

頭を整理する間もなく、絵衣子はシャツを身につけて寝室を出た。リビングに武と制服姿の青年がいた。すらりと背が高い。

「あ、来た来た。絵衣子さん、こっちが息子の陽一。陽一、彼女が絵衣子さんだよ」

陽一が絵衣子の方をくるりと向き直った。

「初めまして。絵衣子さん」

「こんにちは陽一くん」

絵衣子は会釈をし、挨拶をする。だが青年の顔を見た瞬間、美貌は凍り付いた。

(——どうして真山くんが)

大原陽一はアルバイトの大学生、真山洋と同じ顔をしていた。絵衣子は義理の息子となる予定の青年を、呆然と見つめ続けた。

2

和服の女性が、コーヒーののった盆を手に、畳敷きの居室へとしずしずと入ってくる。着物は草花文様の小紋、そして赤茶地の帯、長い髪は頭の後ろにまげを作ってきれいにまとめていた。

「夕ご飯、おいしかったよ、ママ」

坐卓についている大原陽一が、女性に声を掛ける。白瀬千鶴はうなずきを返した。かつて大原の姓を名乗り、陽一とは義理の息子と母親の間柄だった。

「陽一さんは、ちゃんとご飯を食べてらっしゃるんですか?」

陽一の座る坐卓の前と、その隣にコーヒーを置いて千鶴は尋ねた。陽一が以前より痩せているように見えた。

「食べてるよ。でも最近忙しかったから。ママだってわかっているでしょ」

息子の含んだ物言いに、千鶴は眉をひそめる。名を変え、大学生と偽って新しい母となる女性、三田絵衣子に近づいていたことを千鶴も知っていた。

(どんな女性か観察するためと、陽一さんは言っていたけれど……止めるべきだった)

身分を隠して近づくような怪しい真似をされて、絵衣子が良い印象を抱くわけがない。

「おいでよ」

陽一が母の手首を摑んだ。ぐいと引っ張り、着物姿の女体を抱き寄せた。胡座をかいた膝の上にのせる。千鶴は息子の胸に、背を預ける格好になった。

「待って、まだ食器の後始末が」

千鶴は背後に訴えた。

「後でいいよ。明日の朝までしか一緒にいられないんだから」

今は日曜の夜だった。陽一は月曜の早朝には発たないと、始業時間に間に合わない。

「この家に寄らずとも、まっすぐ寮に戻ってもよかったんですよ」

週末、陽一は白瀬の屋敷で千鶴と過ごすのが習慣だった。だが今週は父の新しい恋人と面会するために、実家へと戻った。

「どうしてそんな風に言うのさ。僕に会いたくなかったの？　日曜の夜だけでもママと一緒の時間を過ごそうと思ったのに」

抗う母を押さえつけ、和服の襟元へと陽一が左手を差し入れてくる。襦袢の内側に指をすべり込ませた。千鶴はブラジャーを付けていない。息子の手が、やわらかな乳房を直接摑んだ。

「あ、あんっ」

千鶴は細顎を引いて、喘いだ。三十六歳の熟れた膨らみを、手の平の上で転がすように弄んでくる。

「学食や寮の食事はいまいちでさ。一緒の家に住んでいた時はよかったな。ママのおいしい手料理が、毎日食べられたもの」

ともに暮らせないことを陽一は責めてくる。千鶴は目を伏せた。

「ごめんなさい陽一さん」

後ろから陽一が千鶴の頬に手を添えた。自分の方へと振り向かせる。

「でもおかげで、こうして二人きりで過ごせる」

陽一が千鶴を間近で見つめていた。広い白瀬家の屋敷に、千鶴一人で暮らしている。古い建物や広い庭の維持管理のため使用人を雇ってはいるものの、夕刻には皆帰る。和室内に聞こえるのは互いの息遣いだけだった。息子が唇を近づけてきた。

（拒めない）

千鶴は観念したようにまぶたを落とした。母と子の唇は重なり合った。紅の塗られたぽってりとした唇を陽一が吸い、舐める。十八歳と三十六歳、年齢差が倍あるにもかかわらず、陽一は元義母を己の女のように扱っていた。

「足を開いて」

唇を重ねたまま、陽一が命じた。女の膝の上に置かれた右手が裳裾を割って、内側に潜り込もうとしていた。いや、と言うように千鶴は首を左右に振った。乳房を撫でていた手が、膨らみをむんずと掴んだ。刺激に驚き、千鶴は薄目を開ける。

（わたくしは母親なのに……）

青年の吸い付くような瞳が、年上の女を捉える。わずかな逡巡の後、白足袋の爪先が畳を擦って左右に開いた。人の手が入る隙間を作る。

「んふんっ」

内ももを擦って潜り込む息子の手の感触に、千鶴の息は乱れた。荒くなる鼻息を陽一に気づかれたくない。千鶴は陽一の肩を押して唇を外すと、前を向いた。

「そういえば絵衣子さんのごはんも、ママに負けず劣らずおいしかった。鴨のローストに、シチューに……」

陽一の口にした〝絵衣子〟の名に、千鶴はビクッと肩を震わせた。土曜の昼が陽一と絵衣子の初顔合わせだった。陽一を目にした時の反応がどんな風だったか、千鶴も気に掛かっていた。

「か、彼女は……どんな、ごようすでしたか」

「僕を見たら目を丸くして驚いてたよ。食事中も上の空だった。ふふ、当然だよね。アルバイトの大学生が、息子だって言って現れるんだもの」

陽一の指先が恥丘の飾り毛に届く。和服を着る時の習いでブラジャーと同様、ショーツのたぐいは穿いていない。陽一が指に恥毛を絡めてすいていた。恥ずかしさが女の落ち着きを奪う。息子の膝の上で、千鶴は腰をもじもじとゆらした。

「あ、あの、武さんはなにも?」

「気づいてないね。絵衣子さんが僕のことを父さんに喋るかと思ったけど、なにも言ってないみたいだから」

息子の指がスッと下りた。最も敏感な箇所にたどり着き、女唇の形をなぞるように、やさしく表面を撫でる。

「え、絵衣子さん、さぞ混乱なさったでしょうね」

千鶴は声を上ずらせながら告げた。上辺に戻った指が、クリトリスの位置で止まる。指腹で押さえ、円を描いて擦ってきた。甘やかに走る快感に、千鶴は喉元で唸りをこぼした。

「だろうね。ママにも見せてあげるよ。映像に撮ってあるんだ」

(映像?)

陽一が千鶴の胸元から左手を抜き取った。千鶴の脇から前へと伸びた手は、坐卓の上にあったリモコンを操作し、正面にあるテレビを付ける。録画再生デッキの電源も入れ、再生のボタンを押した。テレビ画面に映し出されたのは、グレーのドレス姿でベッドに寝そべる女性だった。

「ああっ」

千鶴は悲鳴を放った。三脚を使っているのか、足下の方から俯瞰する角度でベッドの上を撮っていた。女性の両足は大きく開かれ、ドレスの裾が大胆にめくり返されて下着が丸見えだった。手は縛られ、頭上のベッドの支柱にくくりつけてあった。さらに美貌には目隠しがされている。犯罪じみた光景に、着物姿は戦慄いた。

「陽一さん、あなたはなんてことを……いつこんな真似を」

「木曜の夜だよ。絵衣子さんの部屋にお邪魔して。ママ、怒ったの？」

千鶴の股間に差し入れた指が、女唇をクイッと割り広げた。その中央を、指先が擦り立てる。千鶴は膝の間に差し込まれた陽一の腕を、強く摑んだ。だがまさぐる指は止まってはくれない。花芯の内側をスッスッと撫で上げてくる。

（あのドレス姿は……わたくしのお店にいらっしゃった夜に）

三田絵衣子たちが婚約祝いのパーティーを開いたのは、千鶴がオーナーを務めるレストランだった。会話は交わしていないが、千鶴も絵衣子の姿をレストラン内で見かけた。千鶴は色白の美貌をゆがめた。長い睫毛は悲しげにゆれ、瞳には大粒の涙が滲む。

「ママが責任を感じる必要はない。悪いのは僕なんだから」

「いえ、わたくしも共犯です」

千鶴は力なく告げる。レストランの予約を入れてきたのは、陽一だった。よく知った場所であれば、細工もやりやすい。

（企みに気づくべきだった。きっと料理かお酒に、よからぬ薬を混入して絵衣子さんの正気を失わせたに違いないわ）

画面のなかの絵衣子は目隠しをされ、手を縛られているにもかかわらず、悲鳴一つこぼしていない。異様な状況だった。

（もし絵衣子さんが、警察に駆け込むようなことがあったら）

不安と恐怖が義母の胸をかき乱す。夫と別れた今でも、陽一のことは大切な一人息子と思っていた。我が子の悪行を止められなかった悔いが、涙滴となって女の頬を流れた。

「責め嬲るのはわたしだけにして欲しいと、何度もお願いをしましたのに」

「だったら、僕の前から逃げ出さなければよかったのに」

陽一の指が、母の女穴にクッと刺さる。千鶴の細顎が過敏に持ち上がった。

「そ、それは……」

千鶴が武と別れることを、陽一は望んでいなかった。過去を責めるように、息子の指が潤みの入り口を乱暴にかき混ぜる。刺激に反応して愛液がとろりと分泌される。心はショックを受けていても、肉体は指愛撫を悦んでしまう。そういう女にされていた。

「ふふ、ヌルヌルになってきた。絵衣子さんもね、ママと同じで感度は抜群だったよ。後から後から溢れてきてさ」

陽一が背後から囁いた。涙で霞んだ千鶴の目に、凌辱の画が映る。

（——舐めている）

ドレス姿の絵衣子の足を摑んでM字の形に開き、その中央に陽一が頭を入れていた。陽一の頭がかすかにゆれる度、絵衣子は『あん、あン』と喜悦の声を放って、目隠しされた美貌を振り立てる。首筋や胸元の素肌が、鮮やかな桜色を帯びていた。

（絵衣子さん、感じてらっしゃるんだわ）

息子の舌愛撫の巧みさを思い出し、紅唇は切なくため息をつく。繊細でいてしつこく、その気がなくとも情欲を引き出された。千鶴の身体を使って、息子は性のテクニックを上達させていった。

「いい香り。ママの匂い好きだよ」

陽一が母の肌の匂いを嗅いでいた。着物の襟からのぞくうなじに、キスをし舌を這わせる。千鶴は首を横に倒して、喘いだ。陽一の左手が再び胸元に差し込まれ、右の乳房を摑んでゆすり立てた。尖った乳頭の下に指を添え、擦り上げる。唇から漏れそうになる甘い呻きを、千鶴は奥歯を嚙んで押し殺した。

(陽一さんは、わたくしの身体のかわいがり方を知悉している)

昂りが抑えられない。膣奥はじっとりと潤り、秘穴から新たな蜜を吐き出して陽一の指を濡らした。花びらのような陰唇と絡んで、ヌチュヌチュと淫らな汁音が足の間から漏れ聞こえた。

「すごい音。ママも溜まってたんでしょ。一週間ぶりだものね」

発情を揶揄する息子の言に、千鶴の美貌は朱色に染まった。

「そんな、これは違います。待ってください陽一さん、今は真剣なお話を……」

「慌てちゃって。絵衣子さんも似たようなものだから安心しなよ。テレビを見てごらん」

息子の促しに、千鶴は再び眼差しをテレビに注いだ。画面のなかの陽一が、絵衣子の身体から離れる。絵衣子の足は大胆に開かれたままだった。口唇愛撫を受けて濡れそぼった女の中心が、照明を反射してキラキラと光っていた。

(本来は、淑やかな女性でしょうに)

絵衣子が足を閉じようと内股になる。だが陽一の手が膝を押さえて阻んだ。その間にも新たな愛液がピンク色の花唇から滲み出て、ツーッと滴る。生々しい様相に、千鶴は目を背けそうになる。その時陽一が、絵衣子の上に覆い被さっていった。女の脚の間に下半身を入れ、女体を抱きしめる。

「ほら、絵衣子さんを僕のものにした場面だよ」

向こうの陽一が腰を沈めるのと同時に、母を抱いた陽一も膣口のなかに指をヌプリと差し込んできた。

「あ、ああンッ」

千鶴とテレビのなかの絵衣子が、声を揃えて艶めかしく泣き声を放った。指が内奥まで埋まり、膣ヒダをねっとり擦る。

「絵衣子さん、来週、大原の家に引っ越してくるんだってさ。僕は寮生活だから、実質父さんと絵衣子さんの二人で暮らすようなものだけど。ふふ、楽しみだな」

(同居?)

陽一の笑みに、千鶴は嫌な予感しか抱けない。きっとまたよからぬ手出しをするはずだった。

「陽一さん、恨みをぶつけるのはわたしだけに。お願いです、絵衣子さんを巻き込むのはもうおやめになって」

指愛撫を受けながら、千鶴は哀訴した。

「恨み？　そんな感情はないよ。ママのことだって、こんなに愛しているのに」

指が膣洞を広げるように内部で円を描いていた。胸元の手は、豊乳を揉み絞った。千鶴が着物の肢体を戦慄かせれば、画面のなかの絵衣子も、ドレスをまとった肉体を切なげに捩る。たまらず千鶴は視線を落とした。

「僕はママのことをいつも考えているんだよ。ママの感じる場所だって誰よりも知ってる。ママの好きなキスの仕方だって」

陽一が千鶴の顎を摑んで、後ろを向かせる。母と子の視線が絡み合う。

（うそ……あなたは亡くなられたお母様のことを、忘れられずにいるくせに）

陽一が義母の紅の塗られた唇を塞ぎ、舌をヌルリと口内に差し入れてきた。

「ん、ふン」

潜ってきた舌先に口蓋をくすぐられる。千鶴は細首を仰け反らせた。陽一の舌が歯茎を舐め、歯列をなぞり、その裏側にまで舌は潜り込んだ。深く口元を重ねて、喉元に引っ込んでいた母の舌を絡め取る。唾液をまぶして男女の舌がヌルヌルと擦れ合った。心身をかき乱すようなディープキスだった。千鶴はたまらず手を回して、息子の二の腕にしがみついた。

『ね、絵衣子さんは経験何人なのさ？』

絵衣子に尋ねる陽一の声が、テレビのスピーカーから流れる。

『ふ、二人しか知りません』

既に思考力はないのだろう。陽一の声に、うわごとのように絵衣子は答える。

「聞こえた？　絵衣子さんは二人だってさ。ママの方が少ないね」

義母の口のなかを舌でまさぐりながら、陽一がくぐもった声で言う。武と出会うまで千鶴は処女だった。そして二人目の男性が、義理の息子の陽一だった。

（息子であり、わたくしに女の悦びを教えてくれた人……）

「ん、陽一さん……」

甘えるような声を漏らして、千鶴は自らも舌を積極的に巻きつけていく。溜まった唾液を混ぜ合い、互いの口の間を行き来させた。

着物の尻にゴツゴツと硬いものが当たっていた。千鶴は手を後ろへと差し伸ばす。尻を浮かせて、ズボンの上から硬くなったそこを撫でた。

「直接、さわってよ」

陽一が母の口に唾液を与えながら命じた。濃厚なキスでとろけた女の意識は、息子の言葉に逆らえない。唾液を呑み啜りながらズボンのファスナーを探り、摘まんで引き下げた。

『ほら、根元の方まで入るよ。しっかりこの味を覚えてね』

陽一の声、そして絵衣子の色めいた呻きがテレビから響いた。

（絵衣子さん、陽一さんに貫かれている）

二人の身体がぴっちり繋がっている画が、脳裏に浮かぶ。千鶴は陽一の下着をずらし下げ、父の恋人を犯した男性器に指を重ねた。

（これが絵衣子さんのなかに……）

一週間ぶりにさわる雄々しさだった。手のなかの勃起が自分以外の女性を味わったかと思うと、もやもやとした疼きが胸に湧き上がる。

（嫉妬？　陽一さんはわたしの義理の息子で、まだ学生なのよ）

悋気と認めたくない。千鶴は胸に宿る不穏な想いをかき消すように、陽一と唇を擦り合わせ、含んだ舌を狂おしく吸った。三十六歳の女が、十八歳の男の子に恋慕するなどあってはならないことだった。

（おかしな感情を抱いてはならない）

だが女の指は焦燥感を宿して、鋼のような肉茎にしっかと巻き付く。もどかしく上下にすべらせた。

「ママ、欲しいの？」

キスの口を引いて、陽一が問い掛けた。千鶴の下唇からは透明な唾液が垂れ、小紋の胸元に染みを作った。そこで千鶴はハッと我に返り、前を向いて真っ赤になった美貌を隠した。

（落ち着きなさい。陽一さんを注意しなければならない立場なのに、いつの間にか夢中になって）

「我慢できないんでしょう。そのまま乗っかっていいよ」

陽一の誘いの言葉に、千鶴はぎゅっと肉茎を握りしめて身動きを止めた。

（絵衣子さんを凌辱する映像を見ながら、陽一さんの上に？）

息子の愚行を諌めることもできず、刹那の肉欲に身を任せてしまってはあまりに情けなさ過ぎる。千鶴はかぶりを振って、息子の胡座の上から立ち上がろうとした。だが逃すまいと、陽一がもう一本の指を女穴にヌプリと差し入れた。

「あ、あうッ」

女は腰を打ち震わせて、細首をゆらした。二本指がズズッと膣奥まで入ってくる。手のなかにある雄々しい勃起に貫かれているような錯覚が、痺れる性感を生んだ。白足袋を履いた足は爪先を反り返らせ、踵は足掻くように畳を蹴った。

「本物が欲しいんでしょ？　絵衣子さんみたいに」

胸元に差し入れた手で豊乳を弄びながら、息子がなおも甘い囁きで義母を惑わす。テレビのなかでは、ドレス姿の絵衣子が双乳を掴まれ、正常位でズンズンと突き上げられていた。

（わたくしもあんな風に……）

映像を見ているだけで、千鶴の心は妖しく乱れ、下腹の辺りがぽうっと火照る。

「ですが陽一さん、ゴムを付けてませんわ」

誘惑を振り払って千鶴は告げた。陽一との性交は、毎回避妊を徹底していた。相姦の間柄で赤子を孕むわけにはいかない。相手は息子であり、十代の学生だった。妊娠は、陽一のこれからの明るい未来を潰すことになる。

「ママの生理周期は知ってるよ。危ない時期じゃないでしょ。外に出せばいいよ」

「外に？　でも失敗をしたら……あんッ」

陽一の指が、膣壁の膀胱側を擦り上げる。性交とは違い、決して荒々しい指遣いはしない。性感帯を狙ってゆっくりと圧を掛け、指腹でジクジクと弄くってくる。千鶴は耐えきれずに、太ももを引きつらせて緊縮のうごめきで指を絞った。鼻腔から漏れる吐息が、悩ましさを帯びる。

「ほら、おいでよママ」

女の身体をやさしくまさぐる指遣いに、千鶴は細首をゆらす。理性が欲望の狭間にドロリととけ落ちていくのを感じた。

(不道徳で、倫理観の欠片もない)

千鶴はため息をつくと、ペニスに絡ませていた指をほどいた。それを合図に、陽一が女陰に刺さっていた指を抜き取った。胸を弄っていた手も引き抜く。

(だめな女。結局こうなってしまう)

千鶴は腰を浮かせて、足をそろそろと開いた。陽一の膝を跨ぐ格好となり、着物の裾が横に開いてはだけ、むっちりとした太ももが完全に露わになる。白く丸い尻が、息子の腰の上で不安げにゆれた。

濡れそぼった女穴の下には、そそり立つ男根が待っていた。避妊具の被さっていないペニスは、エラの張った切っ先をカウパー氏腺液でヌルヌルとかがやかせていた。

3

（あんなに先走りの液を滲ませて）

千鶴は膝を曲げ、双臀を沈めた。陽一が勃起を支え持っていた。花弁に亀頭がピタッと当たる。このまま尻を落とせば、なんの隔たりもない状態で互いの性器がふれ合うことになる。

（受胎期ではないけれど、安全な日でもないのに。もし、妊娠をしたら）

『だめっ、そんなにされたら、壊れる。いやッ』

躊躇う女の後押しをしたのは、自分よりも若い女の、色めいたよがり声だった。

千鶴の心の内に、不穏な熱が広がる。

（陽一さんの欲望を受け止める役目は、わたしだけのはずだったのに……）

縛られて犯される絵衣子の姿、それはかつての自分の姿でもあった。

最初は陽一がもっと若い時だった。夫が出張でいない夜、寝室に入ってきた陽一に手を縛られ、犯された。

（それ以降も、わたしは陽一さんをきっぱりはねつけられなかった）

陽一が青年になるまで、家庭内相姦は続いた。千鶴が離婚を決断した理由がそこにある。禁忌の肉体関係が、陽一の成長に良い影響を及ぼすはずがない。夫や周囲の人間を騙す生活も苦しかった。籍を抜き、陽一と距離を置くことしか解決法は思いつかなかった。

（でも、離れて暮らすようになっても、陽一さんはわたしを手放そうとはしなかった）

学生の息子は、週末ごとに会いに来て当然のように千鶴の身体を抱いた。そんな状態がもう二年近く続いている。

（わたしが陽一さんの側から逃げ出さなければ、絵衣子さんに目を向けることもなかったのに）

後悔と嫉妬が女の身体を動かす。千鶴はグイと腰を落とし込んだ。硬い先端が陰唇を割り開いて、膣肉に突き刺さる。滴る愛液が挿入をスムーズにした。

「あ、あああぁッ」

亀頭が嵌まった瞬間、目の前に桜の花がパッと舞い散った。女の歓喜の泣き声が糸を引くように伸び、着物の肢体は細顎を持ち上げて背をきゅっと反らせた。

（あぁッ、だめっ、たまらない。息子に跨がって勃起を味わうなんて……許されない行為なのに）

尻を完全に沈める。陽一の分身は、付け根までぴっちりと女壺に収まった。呼吸さえ奪われるような結合感だった。

「ああ、吸い付く感じだ。最高だよ。これが生の感覚なんだね」

「え、ええ……」

戦慄く紅唇は、充塞と恍惚の吐息をこぼす。何度交わっても雄々しさへの畏怖が変わることはない。十八歳の猛々しい勃起に、三十六歳の肉体は虜だった。

脇に置いてあった鞄から、陽一がなにかを取り出す。正面の坐卓の上に置かれたそれは、ビデオカメラだった。レンズが千鶴と陽一の方に向けられる。

「あ、あの、これは？」

千鶴は尋ねる。陽一が千鶴の左右の膝に手を置き、グイと割り開いた。脚が百八十度に近い角度に広げられる。

「きゃっ」

「ふふ、生娘みたいな悲鳴を上げちゃって。こんなにずっぽり咥え込んでいて、今更恥ずかしがるのはどうかと思うな」

陽一が下から腰を浮かせて、さらに密着を深めた。

「あうっ、待って陽一さん」

「絵衣子さんだけじゃ不公平でしょ。ママの恥ずかしい姿も記録しないと。もっと足を開いて」

(こんな破廉恥な姿まで撮影されて)

喘ぐ女の目は、カメラのレンズに映る己の姿に気づく。むっちりとした白い太ももと、下腹の黒い陰り、露わになった女性器とそこに突き刺さる野太い男性器、交わりの画が小さく反射していた。

「今夜はこれを寝室のテレビに流しながら、ママを抱いてあげるね。ついでに絵衣子さんとどっちの濡れ具合がひどいか、画面でじっくり確認しようね」

(そんな辱めを)

息子の言に千鶴の呼気は乱れる。きっと息子は言葉通りにするだろう。大股を開いて貫かれる今の千鶴の痴態を見せつけながら、雄々しい勃起で何度も何度も犯すに違いなかった。その姿を思っただけで女の胸は切なく締め付けられ、肌はじっとりと火照る。千鶴はカメラレンズから目をそらすように美貌を横にした。

「表情を隠しちゃだめだよ、レンズを見て」

「ゆ、許してください」

「ママ、僕の言うこと聞くんじゃなかったの。この身体を自由にしていいって言ったのはママなのに」

和服の襟元を掴み、襦袢ごと肩から外した。肘の位置まで下ろす。上体が露わになり、胸元では丸い乳房が重たげにゆれた。

「ああ、いやっ」

千鶴は羞恥の声を上げた。脇から回された陽一の指が、豊乳をすくい持つ。

「ママのこのでっかくてやわらかなおっぱい大好きだよ。たっぷりマッサージしてあげるから、絵衣子さんに負けないくらいいやらしく泣くんだよ」

双乳を揉み立てながら、下から反動を付けて衝き上げてくる。エラの張った肉茎が柔肉を擦り立てた。跨がった女体が縦にゆれる。

「あ、ひッ」

千鶴はむっちり張った腰を悶えさせ、ボリュームある胸肉を波打たせた。ペニスが女穴に出入りする様も、ビデオカメラには丸見えになっているだろう。交わりの姿を記録される恥ずかしさが、普段とは違った愉悦を女体にもたらす。

（うう、いつもより痺れるっ）

「今夜は絡みつきがすごいね。ナマ最高でしょ。ゴム無しでやって良かったね」

陽一が息を喘がせて言い、下からの抽送を速めた。膣口にズンズンと衝撃がかかる。千鶴の細首はがくがくとゆれた。陽一の指摘通り、直接擦れ合う摩擦の快美は、女を芯からとろけさすようだった。

「ママ、もっと腰振って」

（自分から快感を貪れと）

母親の立場を失う行為だった。

（でも、きっと陽一さんは、絵衣子さんと味を比べている）

千鶴はちらとテレビに目を向ける。目隠しされた絵衣子が、陽一の身体に脚を絡めて、色っぽい音色を奏でていた。

三日前に絵衣子を抱いたというのなら、記憶も新鮮に残っているだろう。新しい母となる二十七歳の肉体と、三十六歳の元義母の嵌め具合の違いを今、陽一は噛み締めているはずだった。

（劣る女と思われたくない）

羞恥心を抑え込んで、千鶴は自ら腰をクイクイとゆらめかした。

「こ、これでよろしいですか？」

競うような真似は愚かしいとわかっている。だが陽一にとって価値のある女でありたかった。千鶴は括約筋に力を込めて、陽一を一心に締め付ける。くびれた腰を徐々に大きく振り立て、ゆたかなヒップを淫らに躍動させた。

「ふふ、上手だよママ」

陽一が笑う。恥辱で千鶴の胸の内が、カッと焔を上げた。同時に捨て鉢な気持ちも湧き、腰遣いは大胆さを増した。まとめ髪がほつれて女の頰に垂れ、そのまま汗で貼り付く。

（恥ずかしいと照れていたら、陽一さんに満足していただけない）

粘り着くように腰遣いの緩急を変え、膣穴も弛緩と緊縮を繰り返した。

（この体位だと、奥に強く当たって……ああッ、子宮にまで届くこの感じ）

女の体重が結合部に掛かり、内奥をぐぐっと擦り上げられる。自分の予想以上に垂直の出し入れの愉悦は深い。

「あうんッ」

抑えきれない喘ぎ声が、熱気を帯びた。猛った肉茎で押し広げられ、反りでごりごりとヒダを弾かれる度に、女の柔肌は至福に震え、汗がドッと浮かんだ。

「この映像の効果だね。ママに気に入ってもらえてうれしいよ」

陽一が膣奥を小突き上げる。母の性感帯を知っている。千鶴の丸っこい腰つきは、息子の膝の上でゆれ動く。

「き、気に入ってなんか」

「だって乳首はピンピンだし、アソコは締め付けを強くしちゃって……ふふ、ママの願望丸わかり。縛られて僕に抱かれるの好きだものね。同じ風にして欲しいんでしょ」

「言わないで……」

息子の台詞で、奴隷のような緊縛セックスを千鶴は思い出す。麻縄で両腕を縛り、牝犬のように床に這った千鶴を犯すことを、陽一は好んだ。そして千鶴も毎回派手な声を放ってよがり泣いた。

「ほらママも一緒に揉んで。ぷるんぷるんおっぱいをゆらして、お尻を振り立てるママのいやらしい姿、カメラに残さなきゃ」

豊乳を息子の指がゆさぶる。恥ずかしさが、劣情を後押しする。陽一の手の甲に千鶴は手の平を重ねた。ビデオカメラを見つめながら陽一の指遣いに合わせて、自ら乳房を揉み立てた。

「ああ、陽一さん、わたしっ、もう」

恥辱の情が官能を煽る。紅唇は陶酔の喘ぎをふりまいた。美貌からは汗が垂れ、大ぶりの乳房の谷間を流れ落ちる。

「どうしたの？　イクの？」

問いかけながら、陽一が突き上げを鋭くした。性急に波が盛り上がる。千鶴は内ももをきゅっと引きつらせて、ふくらはぎを緊張させた。次の瞬間、下腹の辺りに溜まっていた熱気が渦を巻いて噴き上がった。

「陽一さん、ママは……ああっ、イ、イクッ」

千鶴は艶やかに泣き声をこぼし、高みへと駆け上がった。甘い快楽の奔流が全身を包む。腰遣いを止め、ゆれる身体を支えるために、陽一の膝を摑んだ。ヒクッヒクッと剝き出しの肩を戦慄かせ、朱唇は恍惚の吐息を漏らす。潤んだ瞳は焦点を失い、空をさまよった。

「イクなら事前に言ってくれなきゃ。ママがイク時の声で、引きずられそうだった。僕が暴発させちゃったらどうするつもりだったの？」

胡座座りの陽一が、汗ばんだ母の乳房を絞った。

「ご、ごめんなさい」

過敏に身を震わせながら、千鶴は謝った。陽一が首筋から鎖骨、肩のやわらかなラインに舌を這わせてきた。

「妊娠だけはダメだって、いつも言ってるくせに」

『あぁんッ、イクッ』

会話に割り込むテレビの声に千鶴は反応する。陽一の荒々しい腰遣いを受け、絵衣子がアクメの声を響かせていた。明るい顔立ちの上品そうな美貌が、性の悦楽に染まって紅唇を喘がせる姿は、恍惚に酔った千鶴の感情をさらに妖しく乱す。

「この後は一緒にお風呂に入ろうね。ママの身体を洗ってあげる」

陽一が胸をさわっていた手を千鶴の口元へ移動させ、人差し指と中指を女の唇に差し込んできた。千鶴は息子の指を咥えて、舌を這わせた。塩気のある汗の味と、先ほどの愛撫でこびりついた酸味のある愛液の味が、舌に広がった。

「ママは僕のモノを満足するまでフェラチオしていいよ」

指を含み洗う母にご褒美を与えるように、息子が告げる。

(陽一さんのモノを、好きなだけおしゃぶり……)

千鶴はゴクッと喉を鳴らした。口いっぱいに頬張る姿を想像して、女体は燃え立ってしまう。一緒に暮らしていた時は、陽一の勉強机の下に潜り込んで、勉強している間、ずっと口唇愛撫させられたこともあった。口のなかには自然と唾液が溢れ、花唇はヒクつく。

「その前に僕をちゃんとイカせてよね。ほら、休んでないで、お尻を振らなきゃ」

紅唇から引き抜かれた指が、女の腰を摑んでゆすった。

息子にせき立てられ、千鶴はゆたかなヒップを振り立てた。絶頂の波は収まっていない。すぐさま昇り詰めるであろう予感を抱きながら、千鶴は懸命に勃起を女穴で扱いた。

「あ、は、はい」

(わたし、きっとひどい姿に堕ちている)

着物の上下ははだけ、丸出しの乳房をゆらして淫らに腰をゆすっていた。染み一つない白い肌は昂揚で真っ赤に染まり、まとめ髪はさらに崩れて垂れた毛筋が頰を打つ。その痴態を無情にビデオカメラが撮していた。

(母親などと名乗れる立場ではない)

陽一の手がまた脚の付け根へと戻った。千鶴自身の唾液でヌルヌルになった指先でクリトリスをこね回す。

「ああっ、そんなにされたら、またわたくしは……陽一さん、あまりいじめないで」

ペニスの抽送と指刺激、ひっきりなしに湧き上がる快感に、千鶴は汗でぬめ光る胸肌を波打たせ、呼気を乱した。

「ね、ママ、このまま出していい？　いいよね」

「そんなっ、外に出す約束では」

千鶴は慌てたように背後を振り返った。朦朧としていても、妊娠への警戒感は忘れてはいない。

「ママのなかでイキたいんだ。僕の精子でママを孕ませたい」

「だ、だめっ。それだけはいけません……あううッ」

勃起した陰核を息子の指先が弾く。女は泣き啜った。乳房の先端ははしたなく尖り、秘処はペニスをもっと呑み込もうというように蠕動を起こす。

「うう……いやっ、ああッ、イクッ」

嬲りに屈して、三十六歳の肢体は呆気なく頂点へと舞い戻った。肢体を仰け反らせ、よがり声をふりまいた。酸欠の間際で息が苦しい。目の前が赤く染まる。

「また勝手にイッて。一人で愉しんでばかり、悪いママだ」

陽一が千鶴の脇を支え持ち、突き入れると同時に手を離した。ずんという衝撃が女体を貫く。

「ひいっ」

アクメしたばかりの千鶴は、悲鳴をこぼすことしかできない。引き下げられた小紋と白い襦袢の上に、汗がぽたぽたと落ちて黒い染みを作った。

（どうしよう、意識が飛んでしまいそう）

「ママのなかに出していいよね？　ママの許可が欲しいんだ。ずっとママと直に繋がりたかった。ママのなかにぶちまけたかった」

陽一が母の肢体を抱きしめ、耳元で囁きながら抉るように繰り込んでくる。射精前の張り詰めたペニスは、摩擦の引っかかりが尋常ではない。女を埋め尽くす野太さが千鶴を責め立てる。

「いやっ、陽一さん、しないで……奥の方ばっかり責めないで。ママ、おかしくなるっ」

陽一は千鶴の弱点を知っている。子宮を押し上げるように膣奥に圧迫を掛けてきた。桃色に染まった肌を震わせて、女体はむせび泣いた。

「お願い。ママとほんとうの家族になりたいんだ」

女は首を回して肩越しに息子を見る。切実な声、そして真剣な眼差しが母を射貫く。

（ほんとうの家族……）

千鶴が大原家を離れ、陽一との母子関係はもろく崩れた。その消えない自責が千鶴の内にはある。

『絵衣子さんは僕が探し求めていた女性だよ。これからずっと離さない。絵衣子さんは、僕のものだからね』

ちょうどテレビから陽一の台詞が聞こえ、千鶴はハッとした。

（陽一さんは絵衣子さんのことを……そんな、この子はわたしの、わたしだけの）

絵衣子に逞しい肉茎を突き立てる映像が目の前にある。母子愛と恋慕の情、愛欲がねじれを起こして女心に絡みつく。千鶴は下唇を噛み、そしてあえかな息とともに口を開いた。

「今日だけ……これ一度きりですよ」

捨てきれない倫理観を呑み込み、女は最後の一線を踏み越えた。陽一が女のくびれた腰に手を回した。そしてぐいぐいと突き入れてくる。女は喘いだ。

「ようやくママが同意してくれた。この五年間、長かったよ。初めてママを抱いた時だって、ゴムを付けないなら舌を嚙みきるって言い張って。絵衣子さんの映像を、苦労して用意した甲斐があった」

（まさか陽一さんは、このために絵衣子さんを手籠めに——）

すべては陽一の計算だったのだと女は気づく。だが遅かった。昂揚の残る肉体に、避妊具無しの猛った勃起が激しく襲いかかり、千鶴の意識は愉悦のなかにとけ落ちていく。

「ああッ、陽一さん、だめ、そんなにされたらっ」

反動を付けて、長棒が秘穴に差し込まれる。膣肉は愛液を吐き出し、きゅっきゅっと収縮を起こす。染み入るような快感だった。女の官能はたどり着いたことのない高さまで押し上げられる。

「一緒にイこう、ママ」

「はい……ああ、イ、イクぅッ」

ゆたかな乳房を跳ねゆらし、千鶴は絶頂の声を絞り出した。背筋に快い電流が流れ、四肢が痺れた。ペニスをくるむように膣肉が緊縮する。三十六歳の肢体に訪れたのは、経験したことのない性の陶酔だった。

「こっちはまだだよ」

だが陽一の抜き差しは止まらない。快感を貪るような肉茎の摩擦が、女をさらに追い詰めた。

「あう、すごいっ、わたし……だめになります……また、イクッ、あぁッ、陽一さんッ」

オルガスムスが連続する。快楽の波が広がる時間さえ与えてもらえない。失神寸前だった。口元からは涎をこぼし、肢体は痙攣を起こす。

「ママ、うう、出るッ」

朦朧とした女の意識は、息子の射精を感じ取った。

(違う。全然違うッ)

避妊具無しのペニスが女肉のなかで震えを起こしていた。ドクンドクンと重い粘液が噴き上がって、膣奥に当たっていた。

(息子の精液を、直接浴びている)

生殖液が膣に注がれるのを感じる度に、ゆたかな腰つきがビクンッと戦慄く。取り返しの付かないことをした後悔と背徳感が、膣内射精の愉悦をより高めた。

「いっぱい出たよ。これで、妊娠していたらいいのに」

荒い息遣いで言い、陽一が千鶴の鳩尾を撫でた。

(わたくしたちは親子なのに)

許されない相姦の陶酔が、母と子の身体を包む。汗の匂いと着物のかぐわしい香が混じり合って、甘い芳香となって肌から立ち昇る。下腹をさわっていた指が、股の間に潜って結合部をなぞった。千鶴はビクンと身を震わせる。

「ぐっしょりだね」

残液を出し切るように、陽一が腰をゆすっていた。千鶴は「あン、ああン」と声を漏らす。

「ママ、口を開けて」

秘部の周囲を撫でていた指が、千鶴の口元に差し出される。指先に付着する透明と白濁の粘液は、混じり合って泡だっていた。紅唇を広げて指を咥え、舌を絡める。口のなかに牡と牝の生々しい味が広がる。

「どんな味?」

「……わたくしの好きな陽一さんの味ですわ」

指を含んだまま千鶴は小さく答えた。

「ママは僕のザーメンが好きだものね」

否定はできない。フェラチオで口内射精をされれば、毎回呑み啜っていた。今では陽一の体調の善し悪しも、精液の味で判断が付いた。

（今日も、匂いと味が濃い……）

若さと生命力の強さを感じる、うっとりとしてしまうような香味だった。

「一度家族になったから結婚はできないけれど、恋人なら誰にも迷惑を掛けない。そうでしょママ」

陽一が指を引き抜き、女の頰を撫でた。

「ま、待って」

口づけの気配を感じ取った千鶴は、坐卓にあったコーヒーに手を伸ばそうとする。呑み込んだといっても、ザーメン臭が口元に依然残っている。だがその前に陽一が、女の頰を手で摑み、強引に唇を奪ってきた。

「いいよ、口なんかゆすがなくても。どんな風になってもママはママだよ。僕のモノなんだから」

「ん、むふん」

陽一の手が肢体に回される。乳房を摑み、硬くなったままの乳頭を指先で弾いて弄ぶ。女肉に刺さったままのペニスはまだ硬さを失っていない。体内で息づく息子の存在を感じながら、千鶴は舌を熱烈に絡ませていった。

4

湯煙の立つ浴室に、裸身の千鶴と陽一はいた。

和風のひのき風呂には不似合いなエアマットが、洗い場には敷いてあった。その上に千鶴は膝を崩して座り、陽一は母の太ももに膝枕の姿勢で寝転がっていた。水蒸気と汗で、互いの肌はしっとりと濡れている。

「気持ちよろしい？」

「うん。ママの手は最高だよ」

陽一は安らいだ相で、答える。千鶴の右手は陽一の股間に伸びて、陰茎を握っていた。たっぷりの性感ローションをまぶして、ゆるゆると扱く。

（わたしの身体をさんざんいたぶってくれたコレ……また成長をなさってる）

摑んだ時の感触の違いを、女は過敏に察知する。長さと太さが増していた。その証拠は、股の奥の疼きにも残っていた。

（先ほどの余韻がちっとも消えてくれない）

長棒でさんざん突き上げられた。女の狭穴には、陽一の男根がずっと突き刺さっているような異物感があった。

(淑やかな母でいたいのに……陽一さんの逞しさが、わたしをおかしくする。あんなに大量に注がれて。もし身ごもったりでもしていたら)

避妊具無しで射精を受け、夥しい数の若い精子が子宮に届いた。居室から浴室へと移動するわずかな距離の間にも、ポタポタと股間から中出しの精液が垂れ、廊下を汚す羽目になった。息子の求めに屈して、また一つ罪を重ねてしまった悔いが女の胸を締め付ける。

「ん、ママ」

息子がか細く声を漏らし、なにかを訴えるように千鶴を見つめた。

「陽一さん、どうかしました?」

千鶴の問いかけに、陽一は顎を持ち上げるような仕草をした。

「陽ちゃん、欲しいのね」

我が子を慈しむ表情と声に戻って、千鶴は告げた。陽一がはにかんだ感じに小さくうなずく。息子の甘えた態度が、千鶴を女から母親へと変える。

千鶴は左手を陽一の後頭部に差し入れて頭を支え持った。互いの距離が近づき、吐息も重なり合う。

（こうしてキスをするのも、何度目かわからない）

決して一方的に支配されているわけではなかった。牝として仕える時もあれば、本来の母と息子の関係に立ち返り、やさしく包み込む時間もあった。母と息子、男と女の間を行き来して、二人の情愛は捩れ合っていた。

千鶴は相貌を倒して、陽一の口に朱唇を被せていった。互いの口元はしっとりと重なり合った。

（硬くなった）

相姦のキスが、少年を昂らせていた。指のなかで勃起がギンと充血を高めるのがわかる。千鶴の指にも力がこもった。きつく絞って、上下にシコシコと擦り立てた。

（わたくしのなかで達したばかりなのに）

勃起がお腹の方に向かって、悦びを示すようにクンクンと反り返りを強める。陽一は喉で唸りをこぼし、千鶴の胸元に手を伸ばしてきた。垂れ下がる胸肉をさわり、乳首を指が摘まんだ。

「んふっ」

今度は千鶴が呻く番だった。性交の余韻が肉体に色濃く残っている。双乳をほぐされる甘い性感に、千鶴は我慢できずに口元をゆるめてチロと舌を出した。すぐさま陽一が口を開けて応じる。母は息子の口のなかに舌をヌルリと差し込んだ。

「ん、むふん」

母と子の艶めかしい吐息が交差する。千鶴は舌をまさぐり入れつつ、陽一の口内につばを垂らした。唾液の溜まった状態で舌を巻き付け合い、ヌチュッグチュッと卑猥な音を響かせた。鼻から漏れる男女の息遣いが、熱っぽさを増す。

（わたしのかわいい陽一さん……）

薄くまぶたを開ければ、眉間に皺を寄せた息子の悶え顔が見える。千鶴は積極的に舌を遣いながら、細指をなめらかにすべらせた。幾度となく握って、息子の精を絞り出した。キスに夢中になっても、扱き立てる仕草を身体が覚えている。

（もっと気持ちよくなって）

千鶴は五本の指を巧みに遣い、竿裏を擦り、亀頭の括れを撫で、尿道口を指腹で擦った。息子が切なげに呻いて、両手で乳房にしがみつく。ペニスは興奮の透明液をトクントクンと吐きこぼし、女の細指を温かく濡らした。

「ああっ、ママ、上手だね」

顎を反らせて、陽一がぷはっと息を吐いた。張り詰めた勃起とは対照的な半開きの口元、情感に潤んだ瞳、愛撫にとろけた表情が千鶴に悦びを生む。

「あなたにさんざん仕込まれましたから」

陽一の唇の端に涎が付いていた。千鶴は舌で舐め取って目を細める。いったん陰茎を放して、陰嚢を手の平で包み込みさわさわと撫で揉む。睾丸をころころと転がすようにマッサージすると、陽一が腰をもぞつかせた。

「ね、おっぱいも」

千鶴を見上げて、陽一が幼子のようにおねだりをする。

母は陽一の頭を己の胸元へと持って行く。両手を豊乳にあてがい、陽一は右の乳頭を含んで吸った。

「ふふ。どうぞ」

赤子の授乳の姿勢と同じだった。千鶴は乳を吸う息子の髪を、指先ですくように撫でた。母性愛の満たされる、なんともしあわせな気持ちが女の胸に宿る。

(吸い方は、赤ちゃんとまったく違うけれど)

舌先で乳頭を転がし、時に強く吸い、軽く歯を当てて噛んでくる。赤子とは異なる欲情を引き出す舌遣いに、千鶴は背や肩をビクッビクッと震わせた。

「ね、このおっぱいは誰の？」

口を離して、陽一が尋ねた。

「もちろん陽一さんのものですよ」

「良かった」

陽一が双乳を握りしめて、うれしそうにつぶやく。千鶴は息子の様子に頬をゆるめると、再びペニスに指を戻して摑んだ。刺激を待っていたかのように、陰茎が手のなかで戦慄く。千鶴は上体を斜めに倒して、右手を素早くすべらせた。

（あっ、またミルクがっ）

身動きで、蜜壺に溜まっていた粘液の塊が逆流した。体内からこぼれ落ちるドロリとした感覚に、女は眉宇をしかめた。中出しの精子は足の踵にへばりついて、ゆっくりとマットへ流れていく。

「ママ、どうしたの？」

母の表情の変化を過敏に察知した陽一が、心配そうな目で見ていた。

「陽一さんのが、アソコから漏れてきたの。いっぱいママのなかに注いだでしょう？」

「……ママ、中出し嫌だった？」

陽一が窺うように尋ねる。どんな形であれ決断をし、受け入れたのは千鶴自身だった。その責を息子に背負わせてはならないと思う。

「いいえ。ママが望んだのよ。そうでしょ」

千鶴は言い終えると同時に、息子にキスをした。再度唾液を与える。陽一が喉を鳴らして嚥下する音が、女の胸をジンとさせる。

以前から禁忌の相姦を重ねながら、陽一が無理矢理に膣内射精を強行することは一度もなかった。片親だけで育った幼少期が影響しているのだろう、妊娠という行為には、男女の揃った愛情と覚悟が必要だと陽一は考えているに違いなかった。

（そう陽一さんが考えるのは、わたくしがお母様から武さんを奪ったからよね）

陽一の母、真山由美は資産家の一人娘だった。武は父母を早くに亡くした由美と結婚し、真山家の財産を使って事業を興して、成功をした。だが財を築くと武は由美への愛情と興味を失い、千鶴に近づき求婚した。

妻はお嬢様育ちで金遣いが荒く、ほとほと手を焼いている。隠れて浮気もしている。息子も自分の子かどうかわからない――。

交際時の武の言を、信じた自分を愚かだと思う。若い女の同情と歓心を買うための嘘だと、今ならわかる。だが武に恋心を抱いていた当時はまったく見抜けなかった。

世間を知らない由美は、武に正当な財産分与を要求することもなく、離婚を受け入れた。陽一が二歳の時だった。

（乳離れしたばかりの陽一さんを抱え、お母様はさぞ途方に暮れたことでしょうね）

千鶴はキスの口を離した。唾液の糸が作られ、母と子の間を結ぶ。息子の手が豊乳を揉み上げる。母を求めているようだと、千鶴は息子の手つきを見ながら思う。前かがみになり、陽一の口元へと乳房を差し出した。陽一はすぐさま吸い付いてくる。

「おっぱいおいしい？」

息子を見つめて千鶴は問いかけた。陽一は瞬きでうなずき、吸い付きを強めてくる。千鶴は脇に置いてあるローションのボトルを取り、ペニスの上に新たな液を垂らした。指を絡めて粘液を引き延ばし、ヌルリヌルリと擦りながら息子に微笑みを向ける。

（わたくしが現れたせいで、お二人を不幸にした。本来ならわたしは、陽一さん

に恨まれても仕方のない立場)

頼りにできる親も親戚もなく、母と子は狭いアパートで暮らした。やがて由美は陽一を残して病に倒れ、この世を去った。父親の武以外に陽一の引き取り手はなく、千鶴が母親となって世話をすることになった。初めて会った時、陽一は十歳だった。痩せてがりがりの少年だった。困窮の生活だったことは、容易に推察できた。

(最初、償いの気持ちがわたくしのなかにあったのは事実。でも今は……)

「ママ、そろそろ」

少年が乳房から口を離して、快楽に浸った震え声で訴える。ピクピクと勃起が痙攣をしていた。

「我慢できないの?」

千鶴は亀頭の裏側を指先でスーッと撫で上げた。ペニスがお腹の側にゆれ動く。

「んふん、漏れちゃうから、あん」

息子のかわいらしく悶える相は、苛虐心をそそられる。快感顔をもっと歪めてやろうと、千鶴は根元を摑んで素早く上下させた。

「女の子みたいな声を出しちゃって。こんな甘えっ子だってわかったら、学校のお友達はどう思うかしら」

息子の自尊心を刺激するように千鶴は言う。陽一は学年で一、二を争う成績で、友人は多く教師の受けも良い。表向きは誰もが認める優秀な学生だった。

（でもそのひたむきな努力は、お父様への反発心や対抗心ゆえ）

真山家の財産を奪い、実母と自分を一度捨てた父に対して、陽一がさげすみの感情を抱いていることを千鶴も知っていた。

「だってママの指、エッチすぎて」

「ママをこんな風にしたのはあなたでしょ」

喘ぐ陽一の顔に乳房を押しつけ、谷間に埋めてしまう。射精感を耐えているのだろう、伸ばした両足の爪先が折れ曲がっているのが見える。さらに指の締め付けを強めると、陽一は膝を立てた。

（ふふ、内股になっちゃって。そろそろ限界ね。パンパンに張り詰めている）

千鶴は乳房を息子の顔から離して、指遣いを止めた。そそり勃ちは根元から先端までピンと緊張し、今にも爆ぜてしまいそうだった。

「じゃあいつものようにすっきりしましょうね」

千鶴は抱いていた陽一をエアマットにおろし、頭の下にバスタオルをたたんで枕代わりに敷いた。仰向けの息子の腰の横へと移動して、正座の姿勢で美貌を股間に沈める。

（この匂い……）

ローションと先走り液にまみれたペニスは、牡の芳香がほんのり立ち昇って女の鼻腔を刺激する。千鶴は唇を近づけ、チュッと音を立ててキスをした。

（陽一さんが、見ている）

息子の視線を感じた。長い髪は頭の後ろでスティックを使ってまとめている。口元のようすは丸見えだった。女の頰は羞恥の色に染まる。

（この恥ずかしさだけは、いつになっても慣れることがない。枕を置いて眺めやすくしたのは、わたし自身なのに）

自嘲気味に思いながら、千鶴は茎胴に細指を添えた。付け根部分をさすりつつ、ソフトクリームを舐める要領で亀頭を舌で舐め上げれば、突き立ったそれはうれしげに震える。

（興奮のお汁が……）

カウパー氏腺液が、尿道口に玉となって浮かび上がる。唇を寄せて吸い、そのまま舌を伸ばして押しつけ、亀頭の周囲をぐるりと舐めた。

（気持ちよさそうな息遣い）

女の耳は、少年の速まっていく呼吸音を聞く。根元を擦りながら、舌先でペニスの裏を何度もなぞった。

「あ、あンッ」

快さそうに陽一が喘ぎを奏でると、舌遣いはよりねちっこくなる。女の胸に湧き上がるのは性奉仕の悦びだった。亀頭を含み、尖らせた舌先で尿道口を突くようにして舐めた。突然息子が手を伸ばし、千鶴の尻の方をさわってくる。

「あっ、いじらないで。指が汚れますよ」

舌遣いを止めて、千鶴は喘いだ。いつの間にか陽一が上体を起こしていた。母の腰に右手をやり、恥部の表面を指先でまさぐる。

「溜まっているね。僕のザーメンでドロドロだ」

「んッ、おくちが遣えなくなりますから」

温かな粘液の滴る唇弁を掻き分け、指先が女口を探る。千鶴は裸身を悶えさせ、丸い尻をクンッと持ち上げた。

「ママの方だって、凜々しくて頼りになる経営者だって従業員のみんなは信じてると思うよ。でも実際はフェラチオも手コキも一級品で、僕のザーメンゴックンが大好きだなんて知ったら、みんなは驚くだろうね」

ヌルッとした感触とともに、指が潜ってきた。

「別に、だ、大好きだなんてことは……あんッ」

息子の指が内部を押し広げるように、女壺を弄くる。甘い刺激に、熟れた腰つきはうねった。

「この音聞こえる？　わかるでしょ。いっぱい垂れてるよね」

発情を知らせる汁気を含んだ卑猥な音色が、女の腰から響いて広い浴室内に木霊していた。美貌は真っ赤に上気し、朱唇はペニスに向かって切なく吐息を漏らした。

「相変わらずエッチなオマ×コだね。指に吸い付いてくる」

精子を注がれたばかりの膣粘膜は侵入物を悦び、きゅっと収縮を起こした。息子は千鶴の性感帯を知り尽くしている。膀胱側の粘膜を圧する指のうごめきに、美貌は歪んだ。

（また恥をかいてしまう）

ジンジンとした快美が、意識を赤色に染める。女は抗いを諦め、勃起に舌を這わせた。指で袋の部分をソフトに包み込み、睾丸を転がすように指を動かした。

「ママ、呑みたいんでしょ。咥えていいよ」

陽一が命じる。いつの間にか息子に主導権が移っていた。千鶴は息子の言葉に従い、紅い唇を丸く広げた。真上からエラの張った先端部を呑んでいく。ペニスの表面をやわらかな唇がすべり、包む込む。粘膜を通して、秀でた硬さと太さが女体に伝わってくる。

(なんて逞しいの。おくちいっぱい)

半分以上呑み込んだ千鶴は、鼻から満ち足りた息を抜く。雄々しさを感じて、女体は熱を帯び、股の付け根はジュンと潤みを増した。

「ふふ、ヒダが絡んでくる。おくちだけじゃなくて、こっちも欲しいって言ってるね」

指が奥まで入ってくる。小刻みな動きで子宮口の周辺を探ってきた。丸いヒップはゆれ、膣肉はうごめきに反応して蠕動を起こす。

(だめ、締め付けちゃう。このままじゃ陽一さんより先に昇り詰めてしまう)

千鶴はペニスを切っ先まで吐き出し、また呑み込んだ。陰嚢を揉みほぐし、相貌を上下に振り立てた。熱心な吸茎の動作で毛筋がいくつか落ちてくる。それを指で掻き上げつつ、頰をへこませて舐めしゃぶった。口唇奉仕に耽ることで気を紛らわせようとするが、今度は別の指がクリトリスを撫でてきた。

「んふッ」

刺激で尖った陰核を丹念に揉まれる。千鶴は長い睫毛を震わせて、横目で息子を見た。陽一は笑みを浮かべて、ズブズブと指を抜き差ししてくる。

「ママの小さな口にすっぽり入るんだから、不思議だな。ママ、もっと深く咥えて」

「あん、むふん」

千鶴は喉で唸りをこぼし、返事をした。ディープスロートの作法は心得ている。空気の玉を呑むようにして嘔吐感を防ぎ、口内いっぱいに納めていく。

(息が詰まりそう)

唇は伸びきり、口腔にわずかな余裕もない。満足に呼吸も出来ず、頭が白んだ。

(でも、この感覚が……)

息子の雄々しい勃起を、頬張った時だけに得られる充塞感だった。野太いペニスと己の口が一体になったような錯覚が生じ、日常生活では決して味わえない恍惚感が広がる。

「ママのおっぱい、絵衣子さんより大きいよね」

陽一の左手が、胸元に垂れる豊乳をさわってくる。

（こんな時に絵衣子さんの名を出さずとも……）

今は二人だけの時間のはずだった。陽一が唾液で濡れたピンク色の乳首を、ピンピンと指で弾き上げた。千鶴は我慢できずに括れた腰をうねらせた。

「絵衣子さんはどんな風にしゃぶるのかな。ママはどう思う？」

（わたしにそんな質問を……意地悪な人）

いずれ息子は、絵衣子にもフェラチオ奉仕をさせるつもりなのだ。妬心が焚き付けられる。千鶴は喉奥に尿道口を押し当てるようにして、敏感な先端部を刺激し、口腔全体を使って竿部を摩擦した。付け根部分は唇でぎゅっと締め付けた。

息子の言葉に煽られ、舌遣いと吸引は激しさを増す。

「その調子、もうすぐこってりしたのをゴックンさせてあげるからね」

三十六歳の母に向けて、息子がやさしく告げる。蜜壷の指が二本に増える。女性器を指で犯しながら、胸元では尖った乳頭をくすぐり乳肉をゆする。指からこぼれるボリュームの膨らみはぷるんとゆれ、やわらかに形を変えた。吸茎の陶酔感に、指刺激の快感が重なり女を追い詰める。

（陽一さんより先に気をやっては……ああっ、もう少しだけ我慢するの）

愉悦に抗いながら、千鶴は一心にペニスを吸った。

おいしい、と思う。漏れ出る先走りの粘液さえ、甘く感じた。下腹が滾り、膣奥がとろんと潤んで精液混じりの愛液がしとどに漏れ出る。

「ママ、イクよ」

「んむん」

千鶴は呻きで応えた。フィニッシュの寸前、息子の手は頭の上に置かれる。快楽を貪るように、髪を摑まれて上下にゆすられた。道具のような乱暴な扱いを受けるこの瞬間、牝としての悦びは最高潮に達する。

(絵衣子さんのことは忘れて、もっとわたしのおくちで気持ちよくなって)

絵衣子への対抗心と被虐の悦びが混じり合い、女の熱情を高めた。陽一の手の動きに合わせて、自らも美貌を激しく振り立てた。口内ではヌルヌルと唾液を絡めて舌を押しつけ、唇は歯を立てぬように棹部分を絞り込む。頭のなかが煌々と燃え上がる。

「ママ、出るよ。呑んでっ」

陽一が叫び、汗でまばゆくかがやく乳房をぎゅっと絞り上げた。

「ん、むふん」

息子が絶頂を迎えるのに合わせて、女は口元をいっそう淫らにうごめかした。口腔全体で肉棹を圧迫するように吸い、すぼめた唇は根元にぴったりと押しつけて、すべてをくるみこむ。その瞬間勃起が口のなかで律動し、ドッと熱い液が噴き上がった。

(陽一さんのミルクッ)

新鮮なザーメン液が喉に当たり、口内に広がる。むせ返る牡の匂いが女の劣情を一気に押し上げた。唾液と一緒に粘ついた液を呑み啜った。舌に残る塩気のある味、飲精特有の喉にへばりつく感触が、たまらなかった。

(だめ、呑みながらイッちゃう……イ、イクッ)

官能の針が振り切れる。勃起を深く頬張ったまま、千鶴も大きなヒップを痙攣させた。

「ママ、ああ、いいよ。もっと吸って」

母のアクメを感じたのか、陽一が指を深々と差し込んでくれる。千鶴は喉で呻き、指を女壺で食い締め、もっと弄ってと請うように丸い尻を淫らにゆすった。

(息子の精子を呑んでオルガスムスに達するなんて)

退廃的な己を嘆く間も、アクメの波は甘美に湧き上がって女体を包む。千鶴はヒクッヒクッと背筋を震わせながら、吐き出されるザーメン液を呑み干した。倒錯の昂揚で裸身はピンク色に色づく。汗が湯気の水蒸気を吸って、柔肌の上を流れ落ちた。

（このままずっとしゃぶっていられたら）

こうして咥えている時間は、自分が陽一を独占していられる時間だった。崩れかけた髪をゆらし、鼻を鳴らして千鶴は延々と舌をそよがせた。陽一の指は女穴に刺さったままだった。内奥を指で擦り、やさしい後戯の刺激を送ってくる。滲み出た愛液が息子の指に垂れ、女の太ももを伝っていた。

「ママ、もういいよ」

射精の痙攣が収まり、尿道口から漏れる精子の味を感じなくなった頃、息子が終了を告げた。母の胸から手を外し、女穴の指も抜き取られる。

（もう終わり……）

硬さが戻って、二度目の射精まで舐めさせることがあった。だが今日はそうではないのだと、千鶴は名残惜しさを押し隠して唇を引き上げた。

「ママ、マットの上に這いなよ」

息子の台詞に、女はハッとする。口元にこびりつく涎を指先でぬぐいながら、千鶴は窺うような目を向けた。陽一が黙ってうなずく。命令は絶対だった。千鶴はその場に両手、両膝をついた四つん這いの姿勢を取った。そして双臀を陽一に向かって差し出す。

「これでよろしいですか?」

股の付け根が丸見えになる、牝奴隷同然のポーズだった。紅唇はこもった息を漏らした。いたたまれない心地と恥辱感で胸を締め付けられながら、同時にべっとりとした肉欲への期待感が湧き上がる。

「ママ、開いて見せて」

どことはっきり言われずとも、千鶴には理解できた。躊躇いがちに両手を己の尻の後ろへと持っていく。顔と両膝で身体を支えることになり、双臀はますます上を向いて恥部が露わになった。千鶴は股の付け根に指を差し入れ、花弁の左右に添えた。羞恥をこらえるように唇を噛み、そしてグイと拡げた。

「ぐっしょり濡れているね。ママ、足りないんでしょ?」

陽一が晒された内粘膜を指でスッと撫でる。千鶴はヒップをゆらして、喘いだ。居室で性交し、ザーメン液を浴びた。それでも満足できないのかと、息子に嘲笑われているように思え、女の顔は真っ赤に茹だる。息子の吐息が秘処に吹き掛かるのを感じた。千鶴は身構える。

「あっ、そこは違いますッ」

息子の唇がふれたのは女陰の上、排泄の穴だった。不浄の部位に、やさしく口づけをする。

「間違ってはいないよ。ママのここもかわいがってあげないとね。ちゃんとマッサージしてる？」

肛門にキスをしながら、千鶴が指で拡げている女穴に指先を差し込んで、かき混ぜる。二穴の刺激に、千鶴は喘いだ。

「は、はい。お風呂に入った時に、揉んで拡げるようにしています」

肛門をほぐすよう、陽一に以前から言われていた。なにが目的か、千鶴にもだいたい想像が付いた。アブノーマルな行為に忌避感や嫌悪感を抱くものの、陽一に逆らうことも出来ず、毎晩の入浴時には自身の指で拡張に努めていた。

陽一の舌が皺の一本一本を伸ばすように、窄まりの上を這っていた。千鶴は狼狽の声を上げた。

「ああ、そんな風に舐めないで」

「ふふ、声が裏返ってる。前より敏感になっているみたいだね」

そう言って陽一が、舌を括約筋のなかにねじ入れてくる。汚れた器官の内側に、直接息子の舌がふれる心理的な抵抗は大きい。千鶴は花弁に添えていた手を前に戻して、マットの上に爪を立てた。

「なかはいけませんッ。ゆ、ゆるして」

マットに這った裸身は哀願をするが、陽一は聞き入れてくれない。膣肉を指でゆっくりとかき混ぜながら、ヌルヌルと腸管内を舐めしゃぶる。千鶴の括約筋に力がこもって、舌と指を絞り込んだ。その状態から陽一は勢いよくヌルンと舌を引き抜いた。

「あひ、ううッ……んふ」

艶めかしい牝声を漏らして、千鶴は相貌を振り立てた。排泄感に似た摩擦の心地は、鳥肌が立つようだった。髪をまとめるスティックが落ち、黒髪がマットの上にざわりと垂れる。

「いけません。陽一さん、ね、よして」

閉じた肛門に、硬く尖らせた舌先がまた潜り込んできた。切なく訴える母の声だけが、浴室内に響く。息子の口愛撫は一向に止まらなかった。指が膣穴を抉り、舌が腸管をほじる。千鶴は黒髪を乱して、丸いヒップを跳ねゆらした。紅唇はアニリングスの愉悦に呻く。

「もう少しゆるんできたら、ママのこっちも使ってあげるからね」

たっぷり舐めほぐした後に、陽一がようやく口を離した。女穴の指も引き抜く。

(お尻の穴まで感じるようになって。情けない)

愛撫を悦ぶように、花唇から蜜がだらだらと垂れていた。唾液を吸った窄まりは、余韻でヒクヒクと蠢く。劣情の抑えられない己が、どうしようもなく恥ずかしかった。

陽一の手が千鶴の腰の左右を摑んだ。膣口になにかがピタッと当たる。

「行くよ」

「え?　あ、ああンッ」

いきなりの挿入だった。拡げた花弁の内に、猛った勃起が一気に押し入ってくる。女の背筋はきゅっと反り、ゆたかな腰つきが震えた。

「ああ、さっきよりいい嵌め味だね。ママのオマ×コ、トロトロだ」

「うう……あ、あの、ゴムは?」

挿入の快感に美貌を歪めながら、千鶴は背後を振り返る。陽一がペニスにゴムを被せた気配は感じられなかった。

「〝今日だけは〟中出しOKなんでしょ。ママがさっき自分で言ったじゃない」
「え、そんなつもりでは……あっ」
陽一が手を前に伸ばして、千鶴の左右の腕を摑んだ。尻の方へと引っ張ってい
く。そして紐状のものを取り出し、千鶴の手首に巻き付け始めた。
「ま、また縛るのですか?」
麻縄だった。幾度となく母の柔肌を縛めた縄は、女の汗を吸って所々黒ずんで
いる。
「そうだよ。ママはこういう風に責められるのが好きでしょ」
「そ、そんなことは……」
千鶴の声は弱々しい。身動きが取れない状態で抽送を受け続ける、緊縛セック
スの魔悦を肉体が覚えている。重ねた左右の手首に、麻のざらざらとした感触が
擦りついただけで、肌がぼうっと火照って汗が滲んだ。
「でも嫌いじゃないよね。今もオマ×コが、うれしそうに僕のチ×ポを締めつけ
てきてるし」
息子の言に、千鶴は頰を赤く染めた。膣穴に肉茎がぶっすりと突き刺さってい
る。粘膜の収縮は丸わかりだろう。愛液も潤沢に分泌され、発情の反応は誤魔化

しようがない。

女の腕が腰の裏で一纏めに括られると、今度は上半身に麻縄が巻き付けられた。乳房の上下に麻縄が通され、女の膨らみが卑猥に絞り出された。紅唇は色っぽくため息を漏らす。肌に縄がぎりっと食い込む度に、被虐の情欲が高まっていく。

「あ、あの陽一さん、こういった行為はわたくしができる限りお相手を務めますから、どうか絵衣子さんにこれ以上の手出しは控えてくださいませんか。絵衣子さんが警察に相談なさったりしたら大変なことになりますわ」

千鶴が一番恐れるのは、絵衣子が警察に駆け込み、陽一が法の裁きを受ける身となることだった。

「ママは絵衣子さんじゃなくて、僕の心配をしてくれるんだ」

陽一の指摘に、千鶴の胸がずきっと痛む。千鶴は絵衣子の身の安全よりも、陽一の犯罪が露見することの方を恐れていた。

「わ、わたくしはあなたのママですから」

声を震わせながら千鶴は告げた。

歪んでいる、と思う。正しくないと、わかっている。だとしても、母として陽一を守りたかった。

「花屋でアルバイトしていた時に偶然聞いたんだけどさ、父さんが絵衣子さんに、〝絶対にしあわせにする〟って言ってた。それってママにも言った台詞じゃない？」

「え、ええ」

千鶴はマットに擦りついている相貌をゆすって認めた。

（絶対しあわせにする……おそらくわたくしや絵衣子さんだけでなく、由美さんにもあの人は同じ台詞で求婚を）

「父さんの言葉は軽いんだ。やさしい態度の取れる自分が好きなだけ。表面的なポーズに過ぎない」

（確かにそう。結局あの人が興味があったのは、ご自分のことだけ……一度でもいい。武さんに我が事のように真剣になってもらえていたら）

血の繋がりのない陽一の子育てに悩み、何度武に相談をしたことだろう。子供なんて放っておいても育つさ――武はそう言って、まともに取り合おうともしなかった。

陽一と千鶴の不適切な関係――、家族の異変に最後まで気づかず、千鶴の差し出した離婚届に武は理由も聞かずに判をついた。交際を始めた頃の熱意が嘘のようだった。

「できたよ。ふふ、相変わらず縄化粧が似合うね。白い肌にムチムチの身体で、おっぱいが大きいから」

腕を後ろ手に縛られ、ゆたかな乳房は縄で括り出された。陽一が母の臀部を両手で摑み、腰を軽くゆすった。

「あっ、ああっ」

鋭い快楽の波が背筋を走る。自由を奪われた女は、悩ましく鼻息を漏らしてマットに鼻梁を擦りつけた。

「ママのこっちの味を知っているのは僕だけだね」

陽一が後穴に親指をねじ入れてくる。唾液で濡れた関門は、ヌルッとすべって侵入を許した。

「そんな、両方なんてッ」

「慣れないとね。もっと太いモノがじきにここに入るんだから。ああ、こっちを弄ると、締まりが良くなるね」

陽一が快さそうに言い腰遣いを速めた。緊縛されて這う母の肉体を、肛門に刺さった指と勃起が同時に責め立てた。千鶴は排泄感を刺激されながら、肉の快美を味わう羽目となる。

「あうう」

千鶴は鼻を啜った。

「どうしたの、つらいの？」

「はい。生き恥をかかされていますから」

虜囚のように縛られた上に、不浄の穴までいたぶりを受けていた。母としての体面は皆無に等しい。

「ママはマゾだから、僕がこうしていじめてあげるんだよ」

（わたくしがマゾ……）

母に投げかける形容ではない。だがブルッと女の裸身は震える。

「正直になりなよ。両方責められるの、なかなかいいでしょ」

息子が笑って、勃起と指をさらに深く埋め込む。身体のなかを蹂躙される埋没感に千鶴はヒッと喉を絞った。

「このままだと絵衣子さんは、亡くなったお母さんやママと同じ轍を踏む。そう思わない？」

ズンズンと貫きながら、陽一が言う。出し入れの勢いで、縛られた女体は前後にゆれた。丸い乳房は自身の重みでつぶれ、硬く屹立する乳頭がマットと擦れ合う。同意の返事を強要するような、荒々しさだった。

「ああん、そ、そうかもしれません」

千鶴は流されるように、陽一の言を肯定した。抽送運動を繰り返すにつれ、潤んだ粘膜が十八歳の肉柱にぴっちりと吸い付き、喰い締める。後穴の異物感はそのままに、肉奥までみっちり繰り込まれる充塞感に、痺れるような快美が女の腰に生じた。

「だから、ママも協力してよ」

（協力？）

千鶴は目を閉じて、唇を噛んだ。陽一の腰がパンパンと千鶴のヒップに打ち当たる。

（わたくしは覚悟を決めなくてはならない。元はといえば、わたしが陽一さんの家庭に割り込んだから。家族を壊した相手であるわたしを憎まないために、陽一さんはこうするしかなかった）

〝新しいママと仲良くね〟

息を引き取る前に、由美は息子にそう言ったという。由美は陽一が武のもとに引き取られるとわかっていた。陽一はその母の遺言を守ろうとしているに過ぎない。義理の母と愛を交わすことで実母の言いつけを守り、同時に妻を寝取ることで、武にも復讐をしている。

「わ、わかりました。わたくしに出来ることならば」

千鶴は呻くように告げた。

結局、自分は息子を捨てられないのだ。母として支え、女として付き従う道をとっくの昔に選んでいた。

（離婚したからといって、この倫理に反した関係が許されるわけではない。世間体や人の道を言い訳にして、心に歯止めを掛けていただけ。わたくしは陽一さんのことが……。ならばこの罪を抱えて、陽一さんに寄り添っていくだけ）

禁忌の愛が己の胸に宿っていることを千鶴は認める。腰をより高く掲げ、臀丘をできる限り淫らな仕草で打ち振った。

「いい子だねママ」

息子からのご褒美は、指とペニスを擦り合わせるような抽送だった。薄い膜を隔てて、指と勃起がぶつかり合う。千鶴のヒップは悶えゆれた。

「あっ、ひ、ひうッ」

「父さんじゃ、このエロい身体を満足させられなかったものね。でっかいお尻をうれしそうにゆらしちゃって」

はしたない女だと笑い、パンと尻肉を平手で叩く。鮮烈な痛みが、牝の情欲をさらに加速させる。熟れたヒップを引きつらせ、二つの穴は絞りを強めた。

「そのうち、絵衣子さんと並べて犯してあげるね」

「あん、ひどいことを仰らないで」

むごい仕打ちを受ける未来を想像して、千鶴の胸が締め付けられる。

「ママのオマ×コ、僕のザーメンを欲しがってるね」

陽一はなおも尻肌に平手打ちを食らわせてくる。

「だって、だって、陽一さんがわたくしをいじめるから、あんッ」

猛ったペニスが、汁音を立てて女壺を貫く。水蒸気と汗を吸った麻縄が、ぎゅっと締まる。柔肌に食い込み、乳房はより絞り出された。

(こんなの狂いそう)

息子から受ける打擲の痛み、そして容赦のない二穴責めの恥辱が、被虐悦をゾクゾクと煽った。頭のなかが朱色に染まり、黒髪をのたうたせて千鶴は艶めかしい泣き声をこぼした。丸い双丘には脂汗が浮かんだ。気を抜くと、あっという間に達してしまいそうだった。

「そろそろイクよっ、ママッ」

「ああん、ください。陽一さんッ」

勃起が硬く引き締まっていた。それがズンと叩き込まれ、指が同時に肛穴を抉り込む。叩き込む腰遣いに応えるように、千鶴は腰を振る。

（だめ、お尻の穴まで気持ちいいッ）

激しい抽送に、身体がきしむようだった。尻肉だけでなく、背肌や腕にも歓喜の汗が滲み、ギラギラと光る。

「陽一さん、ママは、あんッ、イクッ」

絶頂感が三十六歳の肉体を覆う。交接の音色が響く広い湯殿に、千鶴は牝のよがり泣きを艶麗に奏でた。

「く、出るっ、ママ、ああうッ」

陽一が吠える。腰振りを促すように、平手打ちが熟尻を打つ。千鶴は必死に力を振り絞って、勃起と指を食い締め、腰をくねらせた。陽一の指が臀丘に食い込む。

「ああッ、熱いのが来てるッ。イクッ、だめっ、イッちゃうッ」

勃起が爆ぜ、精液が膣内にまき散らされていた。樹液を浴びて、悦楽の波がさらに高くうねりを起こす。緊縛の裸身は硬直した。オルガスムスの至福が腰の奥から噴き上がる。

「ああ、すごい絡みつき。僕の精液の味を知って、もっと呑みたいって言ってるみたい。最高だよ、ママのオマ×コ」

(わたしの身体を最高と……ああ、うれしい)

女としての悦びが湧く。キュッと締め上げた。とろりと漏れ出る感覚が、精を注がれたことを実感させる。先妻の子である陽一への気兼ねがあり、武との間に子はもうけなかった。だが千鶴にも子を孕み、母になりたいという欲求が当然あった。

(祝福されない子かもしれない。でも陽一さんの子を宿したい)

好いた男性の赤子を授かりたいと願いながら、深々と刺さったペニスの感触を噛み締める。後穴に刺さった指が、突如蠢いた。

「あッ、いやッ」

尻の狭間にローション液が垂らされ、肛穴と指の隙間に流れ込む。ヌルヌルとした感触を馴染ませるように、陽一の指が腸管を擦り立てる。

「ふふ、いい食い締め。ほら、もっと続けるよ。この感じならすぐ硬く戻るからさ」

膣内に溜まったザーメン液をそのままにして、勃起が出し入れされる。隣り合う肛門の指と、ごりごり擦れ合っていた。

(硬さが少しも衰えていない)

萎えるという生理を忘れたように、逸物は確かな硬度を保っていた。指遣いと、陰茎の出し入れが徐々に激しくなる。汗を吸った縄は漆黒に染まり、女の肌を擦る。千鶴は鼻梁から切なく息を抜き、唇からは湿っぽい啜り泣きを放った。

「ああっ、ゆるして。身体が持ちませんわ」

尻を掲げた姿勢で、千鶴は哀願した。

「そんな台詞、違うよね。わかってるでしょ？　今夜は注ぎ放題だったよね」

陽一が叱るように尻肌を叩いた。ヒッと悲鳴を放って、千鶴は細首をゆらした。長い髪が、汗で濡れた頬や首筋にまつわりつく。

「陽一さんが望むのなら……何度でも膣内射精をしてくださって構いませんわ」

千鶴は隷属の台詞を吐き出した。息子が後ろ手に縛られた母の腕を摑み、腰遣いを勢いづかせた。

「わかったよママ。今夜は僕のザーメン、たっぷり味わって」

「は、はいっ。あ、ああンッ」

浴室によがり声が反響する。縛られた裸身は、もはや牝泣きを隠すこともできなかった。三十六歳の美母はゆたかなヒップを自ら打ち振り、息子の二穴責めを受け続けた。

第三章　家の中にいる悪魔

1

三田絵衣子は、自宅マンションから持ってきた服をクロゼットに掛けた。

衣服の入った段ボールのほとんどが片付いた。寝室の時計を見る。午後三時になろうとしていた。

(陽一くんが手伝ってくれたのは助かったけれど)

平日だが陽一がいた。学校の創立記念日で休みなのだという。タンスや本棚、重い荷物を引っ越し業者の人間と一緒になって運んでくれた。だが当然、業者の人間が帰ってしまえば、大原家の邸宅内は陽一と絵衣子二人きりとなる。

(陽一くんはお部屋で勉強をしているのよね。こうなりたくないから、週末を避

けたのに）

手伝いが終わると、陽一はさっさと部屋に引きこもった。絵衣子はカーディガンのポケットに入れた携帯電話をさわる。身の危険を感じたら、すぐに武と連絡を取るつもりだった。

実家の父が引っ越しを手伝うと言ってくれたが、絵衣子の方から断った。二年前に心臓の手術をしてから、父の体調はすぐれない。

（でも……もし真山くんが陽一くんだとしたら、あんなに堂々としていられるものかしら）

荷運びの作業中も、陽一に不審なところは見られなかった。声も外見も似ている。だが他人の空似かもしれないと思う。

（大学に問い合わせて、真山くんの在籍を確認するべき？　それで別人かはっきりする）

アルバイト申し込み時の履歴書に書かれていることが本当なら、真山と陽一は別人ということになる。

酒に酔った木曜の夜から、真山とは会っていなかった。大学のテスト期間中ということで、フラワーショップのアルバイトを休んでいた。

（あの日も木曜日だった。ちょうど二週間前……）

結局自分は、真山に抱かれたことを現実と思いたくないのだろう。だからこうして、真相を突き止めることなく、引っ越しを済ませている。

絵衣子はため息を一つ漏らして、寝室を出た。キッチンに行き、紅茶を入れる。

『できたら家庭に入って欲しい。僕をサポートしてくれると助かる』

同居を迷っていた絵衣子の背を押したのは、武の言葉だった。武は事業の拡大をしようとしている。社長として今後もっと多忙になるだろう。それを絵衣子に支えて欲しいと希望していた。

（お仕事をやめるなんて思ってもいなかった。フラワーショップを開くのがわたしの夢だったから）

貯金をし、店舗を開き、軌道に乗せるまで苦労した。

（お店は大切な存在だけれど、武さんはもっと大事なパートナーですものね）

結婚を機に店を手放す方向で、絵衣子は考えを決めつつあった。陽一の件を武に黙っているのも確証のないことを言い出して、余計な心配を掛けたくないからだった。

紅茶の用意をした絵衣子は、陽一に声を掛けようと二階に向かった。陽一の自室のドアが薄く開いていた。

「陽一くん、お茶を——」

絵衣子の声は途切れ、ノックをしようと持ち上げた右手も宙で止まった。ドアの隙間から見えたのは、ベッドの端に腰掛けた陽一だった。股間に右手をやり、剝き出しのペニスを握っていた。ズボンの前が開かれている。

（……自慰の最中？　こんな場面に出くわすなんて）

とっさにどう行動をとっていいかわからず、ドアの前で絵衣子は固まった。陽一は目を閉じていた。覗き込む絵衣子に気づいた様子は見えない。左手で口元を覆い、右手は摑んだ陰茎を忙しなく擦っていた。充血し、雄々しく衝き上がった男性器が、絵衣子の視線を惹き付ける。

（あんなに膨らむもの……）

武の比ではない。初めて目にする長大さだった。

「ああっ、絵衣子さん」

陽一が小さく叫んだ。絵衣子は持ち上げていた右手で、己の唇を押さえた。そしてゴクッと口内のつばを呑み込んだ。

（どうしてわたしの名を）

陽一は口元にあてがった左手に、なにかを持っていた。薄ピンク色の生地が指の隙間から見える。それを鼻に押しつけて、陽一は匂いを嗅いでいた。

（もしやわたしのショーツ？）

陽一が自分の名を口にしていなければ、そんな想像はしなかっただろう。だが同じ色の下着を絵衣子も持っていた。

（引っ越しの作業中に、こっそり盗み取った？）

当然洗ってある。体臭は残っていないだろうが、だからといって盗用が許せるわけではない。陽一の右手が上下に速く動いていた。強張ったペニスが赤みを増していた。

「絵衣子さん……えいこっ」

義母となる女の名を連呼し、陽一が勃起を勢いよく扱き立てた。次の瞬間、口元のショーツをペニスの先端へと被せた。

（出している）

陽一は顎を突き出し、下半身を引き攣らせていた。廊下に立つ絵衣子のところまで、荒い息遣いが漏れ聞こえた。

絵衣子はそこで金縛りがとけたようにハッと我に返る。後ずさりをし、極力足音を消して階段を下りた。寝室へと戻り、鍵を掛けた。自宅から持ってきたタンスの引き戸を開けた。薄ピンク色のショーツを探す。だが見つからない。

(陽一くんは、やっぱりわたしのショーツでオナニーを)

——これからずっと離さない。絵衣子さんは、僕のものだから。

男の言葉が不意に絵衣子の脳裏によみがえる。真山の声、そして陽一の声だった。いつ聞いたか定かではない。だが耳元で囁かれたことを肉体が覚えている。足下が震えた。絵衣子は自分の身体に腕を回して、ぎゅっと抱きしめた。

2

白い指に握られた包丁が、大きな鯛をスッスッと捌いていく。内臓を取り除き、頭を落とし、身を外していく。流れるような手つきに、隣で見ていた絵衣子は見惚れた。

「真由美さん、そんなにお上手なのに、なぜ料理教室に？」

「おだてないでくださいな。ただの三枚おろしですよ」

白井真由美が苦笑を浮かべた。しかし手は休めない。包丁を替え、今度は柵にした身を薄くそぎ切りにしていく。

白井真由美とは、料理教室で知り合った。日々の食事の支度をするようになれば、料理の得意だった前妻と比較されるのはわかりきっている。少しでも腕を上げたかった。

絵衣子の選んだコースにはたまたま二十代前半の若い女性の生徒が多く、彼女たちとの会話は難しいと思ったのか、真由美の方から積極的に絵衣子に話しかけてきた。その日のうちに電話番号を交換して、急速に仲良くなった。

「出来ましたわ。じゃあいただきましょうか」

真由美と絵衣子はエプロンを外し、リビングルームのテーブルへと完成した料理の皿を運ぶ。

「この蕪蒸し、教室で作った時よりおいしい気がします」

「ほんとう。絵衣子さんの味付けがよかったんですね。これなら立派な花嫁になれますよ」

向かいに座った真由美が、にっこり笑う。恋人と婚約関係にあり、結婚を控えた身であることは真由美に話してあった。絵衣子は笑みを返してから、ドギマギと頬を赤くする。

（お世辞だとわかっていても、照れてしまうわね。同じ女性の目から見ても、真由美さんはステキなんですもの）

若く見えるが、おそらく真由美は三十代だろう。細面で二重の瞳は切れ長で涼やか、ふっくらやわらかそうな唇には薄く紅が塗られている。身につけるブラウスの白はウェーブの掛かった黒髪を引き立て、胸元にのぞく細いゴールドのネックレスが、ボリュームあるバストの谷間へと視線を誘うようにかがやいていた。

「よかった。絵衣子さんの笑顔がようやく見られました」

「え？」

絵衣子は疑問の相を作った。

「最近、表情がすぐれないように見えましたから。杞憂ならいいんです。でも話しかけても上の空のことが何度かありましたから、ちょっと気に掛かって」

絵衣子は、真由美が急に自宅へと招いてくれた理由に気づいた。箸を置いて頭を下げた。

「気遣ってくださって、ありがとうございます」

（真由美さん、わたしがふさぎ込んでいるのに気づいていたんだわ。……そうだ、彼女に相談をしたら）

真由美は息子の教育方針で夫と食い違い、離婚をしたと聞いていた。相談相手としたら、これ以上の適格者はいないように思える。

「実は先週、陽一くんが自慰をしている場面と出くわしてしまって……」

引っ越し当日に、義理の息子となる青年が自分の下着を使って、手淫をしていたことを絵衣子は話した。

「まあ、それは驚いたでしょう」

「はい。叱ることも出来ず、そのまま何事もなかったように接しています」

「でも自分で欲望をきちんと処理しているのなら、問題はないと思いますわ。女は不健全と否定しがちですけど、性的な欲求が強くなる年頃でしたら、男の子の自慰行為は当たり前のことです。下着を使うのも、女性という存在の代替に過ぎませんし、エスカレートの危険はないはずですよ。ただ絵衣子さんの下着を盗んだりするのはいけませんね。そこだけはしっかり注意なさった方がよろしいかと」

絵衣子の不安を鎮めるように、真由美が穏やかな口調で告げる。説明に一応の納得は出来るが、絵衣子の心は晴れない。

（今思えば、陽一くんは故意に見せつけたのかもしれない）

あのときドアは開いていた。絵衣子の呼びかけの声や近づく足音が、陽一に聞こえなかったはずがない。

（一体なんのために、あんな姿を）

絵衣子の脳裏に、膨張した勃起の画が浮かぶ。陽一の昂った姿は、武を遥かに上回る野太さだった。逞しい逸物の映像を消そうと、絵衣子はかぶりを振った。

「まだなにかありますの？　もしよろしかったら全部話してみませんか。他人に話すことで悩み事の整理がされて、解決策が思い浮かぶこともありますよ」

首を振る絵衣子を、真由美が心配そうに見ていた。

（彼女に真山くんのことも……すべてお話ししたら）

真由美なら、馬鹿げていると一笑に付したりしないだろう。もやもやとした気持ちを、誰かに吐き出したい欲求もあった。絵衣子はお茶を一口飲み、そして口を開いた。

「最初は夢だと思っていました。アルバイトとして雇っている子に身体をいたずらされる内容で、現実と思いたくありませんでしたから――」

婚約祝いのパーティーから始まり、酒に酔った夜の断片的な記憶、同一人物ではないかと疑うほどの陽一と真山の外見の相似、そして大原家に引っ越した日までの出来事を、絵衣子は順を追ってつまびらかに話していった。

「陽一くんの自慰を目にしたことがほんとうにショックで。これ以上放置は出来ないと思って、翌日大学の学生課に電話をしてみました。真山洋という名の男子学生が、在籍をしているかどうか」

「彼は存在していなかった？」

身を乗り出して真由美が訊く。

「いいえ。真山洋という学生は確かにいると。学部も学年も、履歴書通りでした」

絵衣子の言葉を聞き、真由美は緊張が抜けたようにふうっと息を吐いた。そして微笑を浮かべる。

「よかったではないですか。陽一くんとアルバイトの子は別人。絵衣子さんは身体をいたずらされることもなかった」

「でも一度抱いた陽一くんへの不気味さ、気持ち悪さが心のなかから消えてくれません。このまま結婚をしても家族として無事にやっていけるのか、ここ数日悩んでいます――」

突然だった。視界がぐらりとゆれる。絵衣子は口を閉じて、右手でこめかみを押さえた。

「どうかなさいました？」

「すみません、めまいがして」

俯いたまま、絵衣子は小声で告げた。真由美が席を立って、絵衣子の方へと回った。

「それはいけませんわ。後ろのソファーに横になって」

絵衣子の肩を支えて、複数掛けのソファーへと運ぶ。絵衣子は春らしい淡いピンク色のワンピース姿だった。その身をソファーの座面に横たえる。

(おかしいわ。突然重い風邪でも引いたように)

ぼうっと意識は混濁し、手足の感覚が乏しくなっていく。

「熱はないようですね。絵衣子さん、ずっと緊張なさっていたのでしょう」

絵衣子の額に、身を低くした真由美が手の平を置いて言う。絵衣子はうなずいた。ここ最近の出来事をどう捉えていいのかわからず頭は混乱し、神経は常に張り詰めていた。

「睡眠も足りていませんよね。少しこのままお休みになって」

前髪をやさしい手つきで撫でながら、真由美が囁く。

「で、でも」

「いいんですのよ。絵衣子さんは、マリッジブルーかもしれませんわね。結婚は人生の一大事ですもの」

やわらかな微笑が、絵衣子を包む。

「そうかも、しれません……」

温かな手が、絵衣子の目元を覆った。すべてを吐き出したことで、心も軽くなっている。絵衣子のまぶたは自然と落ちた。

「ご自分でも気づかれているでしょうが、真山くんにいたずらされたというのは、寂しさが生んだ妄想なのかもしれませんね。絵衣子さんの彼はお仕事が忙しいんですよね。夜の生活も途絶えているのではありませんか。絵衣子さんよりずいぶん年上だと聞きますし」

(欲求不満で、わたしはあんな夢を？)

絵衣子自身、そう疑ったことを思い出した。返事をしようとするが、唇が重い。既に睡魔に似た倦怠感に、身体は呑み込まれていた。

「今はなにも考えずにゆっくりお休みになって」

真由美の穏やかな声は、子守歌を聞かされているようだった。絵衣子はスースーと静かな寝息を立て始める。

「武さんでは満たされないから……絵衣子さんは男性としての魅力を、武さんではなく息子の陽一さんに感じているのかも。自分にふさわしい男性を、女性は本能的に嗅ぎ取るものですよ……」

夢うつつの絵衣子の耳に、真由美の台詞は心地よく入り込んだ。やがて気怠さが、女の意識を完全な闇の世界に誘った。

3

三田絵衣子の双臀を抱えて、陽一が腰を振っていた。

「ああっ、相変わらず絵衣子さんの嵌め具合はいいね。あったかくてチ×ポに吸い付いてくる」

陽一が気持ちよさそうな声で言い、絵衣子の丸い尻肌を褒めるように撫でた。

陽一は完全な裸身、絵衣子は足にセパレートの白のストッキングを穿き、白のガーターベルトだけを身につけている。そして腰の高さの拘束台に、うつぶせの姿勢で拘束されていた。

「それにバックからだと、このムチムチのお尻が丸見えなのがいいな」

陽一は突き出された絵衣子の尻たぶを両手でグイと摑んで、猛った肉茎を繰り返し出し入れした。

(なんと憐れな)

拘束台の横に立つ千鶴は、その凌辱の画を見ていられず、視線を背けた。上半身を預ける台は細長く、腰部をベルトで止めるようになっている。両腕は腰の裏に回され革の手錠で繋がれていた。女体は腰を背後に突き出した姿勢で固定されており、拘束台の上から逃れることは不可能だった。

(声も視界も奪われて)

さらに絵衣子の唇は、捩じった絹布で猿ぐつわを嚙まされている。両目は黒い細布で目隠しをされていた。整った鼻梁は鼻孔を大きく膨らませて、「ふー、ふー」と乱れた息をこぼしていた。

「ママ、ちゃんと撮れてる?」

絵衣子を貫きながら、陽一が母に訊く。千鶴は手にビデオカメラを持っていた。性交シーンの撮影を、陽一から命じられていた。

「あ、はい」

千鶴は慌ててビデオカメラを顔の前に構え直した。息子が、父の再婚相手を凌辱する光景を記録する。

「料理教室に通って花嫁修業に励んで……絵衣子さん、偉いよね。ふふ、ママに負けたくないんだよ」

陽一が尻を軽く平手で叩いた。丸みのある腰がヒクッと震える。白い肌に浮かんだ玉の汗が痛々しかった。

「絵衣子さん、とても熱心でしたわ」

熱心にノートを取り、講師に質問をして、良き妻、良き母になろうと努力をする様子を見て、千鶴の心もゆれた。だが結局はこうして絵衣子を陽一の手のなかに、引きずり込む手助けをした。

（そう。今更良心の呵責などと言っても遅い）

絵衣子を招いたこの家は、白瀬の邸宅ではなかった。元は武が売り払った真山家所有の洋館で、三年前に千鶴が買い戻して、一室を陽一の希望で調教室へと改造した。女体を吊るための天井のフックや、磔刑のように女体を張り付けるためのX字の形をした台、キングサイズの広いベッド、隣には専用の浴室とトイレもあった。

（わたしの身体を責め嬲るための、特別なお部屋だったのに）

「ふふ、感じてる感じてる。ママにも絵衣子さんのお尻がピクンピクンしているのが見えるでしょ」

「はい、わかりますわ」

ビデオカメラをズームさせる。尻の狭間、ピンク色の女唇を充血した勃起が穿つ。棹の根元や、女の花弁は愛蜜でヌラヌラと光っていた。

「絵衣子さんもママと一緒で、奥が好きみたいだよ」

陽一が男性器を、根元までズンと埋め込む。絵衣子の背筋はキュッと反って、喉元から呻きをこぼした。薬で意識が朦朧としていても、肉悦を味わっているのがわかった。

（無反応でいられるはずがない）

出入りしている様子をカメラにおさめながら、千鶴は思う。自分も同じ台に拘束されて、嬲られたことがあった。口枷と目隠しをされ、四肢の自由を失って突き回されるだけの存在に堕とされた。声すら出せず、許しを請うことも出来ない。ひたすら嵌入を受け、何度オルガスムスに達しても陽一は犯し続けた。

（最後は失神するしかなかった……）

肉茎で膣粘膜を擦られる感覚だけが肉体を支配し、そのなかで味わう絶頂感はノーマルな性交の何倍にも膨れあがる。意識を解き放って逃れる以外、快楽地獄から抜け出す術はなかった。

(なんの罪もない絵衣子さんが、こうして慰み者の牝として犯されているのに、わたしは……)

千鶴の唇から、艶めかしい吐息が漏れた。ファインダー越しに眺めていると、自分も拘束され、刺し貫かれているような気持ちになる。下腹の辺りがジンと火照るのを感じ、千鶴はその場で小さく足踏みをした。

「絵衣子さん、とっても気持ちよさそうでしょ。絵衣子さんの穴ってヌルヌルなのに締め付けはきつきつなんだよ」

母の発情に気づいているのだろう、陽一が横を向いて頰をゆるめた。千鶴は相貌を赤らめた。羞恥の汗が滲む。

「これでほんとうに共犯だね」

陽一の言に、美母は長い睫毛をしばたたかせてうなずいた。

「はい。わかっています」

「うぐぐッ」

その時、絵衣子が大きく身を悶えさせた。首筋を引き攣らせて、猿ぐつわの奥から苦しげな呻きを放つ。太もも丈のストッキングを穿いた両足も、ぶるぶると震えていた。

「おっと、絵衣子さんイッたね」

奴隷のように犯されながら、絵衣子はアクメへと達していた。手錠の掛けられた手は、拳を作って指をきつく握り込む。背肌には昂揚の汗が滲んで、キラキラと光っていた。

(ひどいお姿……いえ、わたしはなにもわかっていなかった)

自分のしでかした罪の重さを、目の前の凄惨な情景が教える。額に汗粒が浮かび、テーブルから垂れた髪は苦しげにゆれていた。鼻から漏れる息遣いは忙しなく、猿ぐつわの絹布が吸いきれなくなった唾液が口から溢れ、赤い唇を濡らして顎先へと滴る。

(犯罪以外のなにものでもない。名を偽って近づき、騙すなんて)

前妻とわからぬように、白瀬千鶴ではなく白井真由美と名乗って絵衣子の前に現れ、親しくなった。

(絵衣子さんは、わたしを頼って相談までなさったのに)

陽一から渡された薬剤を、絵衣子の分の料理、そしてお茶にこっそり混ぜた。絵衣子が昏睡した後は、ワンピースと下着を脱がせ、こうして映像を撮っている。

「真山くんが存在してるって知って、絵衣子さんがっくりしてたね」

陽一は腰遣いを止めて、丸みに沿って臀丘を撫で回し、絵衣子のアクメが収まるのを待っていた。

アルバイトの申し込み時、陽一は学生数の多い大学を適当に選んで、そのなかから実母と同じ姓の学生の名を調べて名乗った。真山洋が存在するのは当たり前だった。

(絵衣子さんは、自分がおかしくなったのではないかと、脅えを感じていたに違いないわ。たぶん夜もろくに眠れていなかったはず)

化粧で隠していたが、絵衣子の目の下にうっすら隈が見えた。結婚が不安だと、憔悴した表情で絵衣子は告げた。助けを求めてきた相手の想いを裏切った事実は、千鶴の胸をきりきりと締め付ける。

「だいじょうぶなのですか？　意識が戻った時に、もし絵衣子さんの記憶が残っていたら」

前回は薬を使って、うまくいったのかもしれない。だが体調によって効果も変わるだろう。目が覚めた時、都合良く記憶が消えているとは限らない。

「いいんだよ。覚えていたら、それはそれで愉しめる」

陽一が酷薄に笑う。千鶴はそれ以上なにも言い返せなかった。陽一が千鶴を手招きした。千鶴が近づくと括れたウエストに手を回して、女体を抱き寄せた。

「ママはこういう普通の格好も似合うね。有能な秘書か、美人教師って感じ」

普段の風雅な印象の和服姿ではなく、胸元の開いた白のブラウスに、黒のロングスカートの洋風の出で立ちだった。黒髪もおろしている。陽一が母の顔に向かって唇を近づけてきた。

「あの、渡されたお薬は、ほんとうに絵衣子さんのお身体に、害はないのですか？」

キスの前に千鶴は尋ねた。

「今回飲ませたのは、睡眠導入剤がメインだから。ふつうにお店でも売っている薬だよ。安心して」

息子の口が母の朱唇を奪った。千鶴は唇を吸い返しながら、ビデオカメラを持つのと反対の手で、息子の胸肌をさわった。細身だが、がっちりとした筋肉で引き締まっている。小さな乳首を指先で撫でると、陽一はくすぐったそうに喉を震わせて、口を開けてきた。千鶴も口元をゆるめて応じる。

「んふっ」

重なり合った口のなかで、男女の舌がヌルッと擦れた。

(陽一さん、絵衣子さんをまた責めていらっしゃる)

母と口づけを交わしながら、腰を遣っていた。絵衣子のくぐもった嬌声がそれを教える。妬心が掻き立てられ、千鶴は陽一の舌にむしゃぶりつく。乳頭に爪も立てた。陽一が喘ぎを千鶴の口のなかに吐く。

(冷たくて残酷で……でも愛情はひたむきで)

三十六歳、倍も年齢差のある千鶴を、陽一は一生離さないと言う。生涯自分の女として添い遂げると、迷い無く告げて義母の心を奪う。

陽一が口を引いた。唾液で濡れた息子の下唇を、千鶴は指で拭った。陽一が瞳をやわらげた。

「ごめんね。ママにまで手を汚させて」

「いいえ。わたくしが望んだんです」

千鶴は悄然と告げた。陽一から身を離して、撮影に戻る。

「江戸時代から続く料亭の女主人が、料理教室に通うなんて誰も思わないだろうな。絵衣子さんもまったく疑ってなかったね」

絵衣子の括れたウエストを摑んで、陽一が本格的に責め立てる。ストロークの強弱を変え、浅く小突き、深く抉り込んだ。

「ひぐうッ、うぐっ」

絵衣子は髪を乱して喉から呻いた。唇には涎が垂れ、糸を引いていた。なめらかな女の肌は脂汗でヌメり、歓喜の桃色に染まっていく。まさに牝奴隷という形容が思い浮かぶ光景だった。

「記憶が飛んでも、このチ×ポの形だけは覚えてもらわないとね。絵衣子さんを、父さんじゃ満足できない身体に変えてあげないと。ほら、ここが好きなんだろ？」

陽一はしなやかに腰を繰り込み、二十七歳の裸身を追い立てる。深い突き込みで性感帯を責められ、女はむせび泣きを派手にした。

（きっと絵衣子さんも堕ちてしまう）

千鶴の肉体を使って学んだテクニックで、陽一は新たな義母、絵衣子を虜にしようとしていた。若く頑強なペニスで繰り返し貫かれ、女体は鮮烈な性悦を覚え込まされる。刺激に慣れ、さらに強い刺激を欲するように人の身体は出来ていた。絶頂を極める度に、武では物足りなさを感じるようになる。

「そろそろ出るぞ、絵衣子」

名を呼び捨てにして陽一がフィニッシュに掛かる。尻肌に腰を盛大に打ち付けた。千鶴は突き入れる陽一の姿を撮り、苦しげに喉声を発する絵衣子を撮った。

やがて拘束台の上の柔肌がブルッと痙攣を起こした。

「んふんッ、あふ……んくんッ」

猿ぐつわの内から漏れたそれは、熟れた果実がすりつぶされるような音色だった。

「ああ、出るッ、っく」

絵衣子が絶頂へと昇り詰めたのを見届けて、陽一が達した。相を歪めて深い位置で腰遣いを一旦止め、その後は発作に合わせて、ぐっぐっと尻肌に圧迫を掛けるように腰を前に突き出した。

「いいぞ。ほら締めろ」

千鶴を抱く時と同じだった。むちっと張った尻肉を平手で打って、緊縮を強いる。狭穴の絞りを増して射精の快感を高めさせ、さらに臀丘を叩いて膣奥をぐりぐりとこねくる。女は細首をゆらして、啜り泣いていた。

（ひどい抱き方）

ビデオカメラを回して初めて気づく。自分がやられている時は、陽一の乱暴なやりように気づかなかった。千鶴はため息を漏らす。両足は内股になり、いつの間にかショーツの股布がぐっしょりと濡れている。

(でもひどい抱き方が、女にはたまらなくなってしまう)

拘束テーブルの周囲は熱れた汗の香、そして牝の甘酸っぱい匂いがぷんと漂う。絵衣子の裸身からは白い湯気が立っていた。両足を包む白のストッキングにまで汗は染み、うっすらと黒ずんでいた。

「ふう、出た出た」

陽一が腰を引いた。媚肉から勃起を抜き取り、千鶴の方を見る。ペニスにはコンドームが被せてあった。千鶴はビデオカメラを下ろして、横にあるベッドの端に置いた。そして陽一の足下にひざまずいた。

「後始末、致します」

口上を述べ、反り返ったままのペニスの前に美貌を近づけた。愛液の新鮮な匂いが香った。ゴムの先端の精液溜まりには、大量の白濁液が詰まっている。指を添えて、中身をこぼさぬよう慎重に外した。

(二回目なのに、まだこんなにたっぷり)

精液の詰まったコンドームは、端を伸ばして自身の小指にくるりと巻き付ける。既に一つ目のゴムが、千鶴の小指に引っかけてあった。陽一は絵衣子の身体を使って、二度射精を遂げていた。二回分の精液は、ずっしりと重みを伴って義母の細指に絡みつく。

「おきれいにしますね」

千鶴は息子のペニスに唇を近づけた。うっすらと白濁液で覆われた陰茎は、濃い栗の花の匂いがした。千鶴はピンク色の舌を伸ばし、躊躇いなく擦りつけていった。

(陽一さんのお味)

粘ついて塩気があり、香味はいつまでも舌の上に残る。女の口のなかには、自然と唾液が溢れた。

(アソコのヌルヌルが、どんどんひどくなっていく)

ペニスを舐め清めているだけで、三十六歳の肉体は昂ってしまう。女芯は疼き、ショーツで吸いきれない淫蜜が内ももにまで垂れてきた。

「着物姿でしゃぶらせるのもいいけど、スカートのママも違う雰囲気でいいね」

「んふん」

千鶴は舌を伸ばしたまま喉声で応えた。和装時とは違い、長い髪を結ってはいない。頰にかかる毛筋を指で耳の後ろに流しながら、角度を変えて舌を這わせていく。

（おいしい）

唾液を潤沢に絡めて、棹腹を丁寧に舐め洗った。涎が唇の周囲を濡らして、顎に垂れるのもいとわない。露わになった胸の谷間と、ゴールドのネックレスの上に唾液の滴がポタポタと垂れた。

「こぼしちゃって、だらしないな」

陽一の手が女の胸に伸びた。ブラウスの上から乳房を摑んで、ゆすった。

「あん、すみません」

赤い紅の塗られた唇を卑猥にテカらせて、千鶴は謝りの言葉を吐く。食い込む指の感触が、痺れる快感を生む。両膝をついた義母は、息子の足下で背筋をくねらせた。我慢が出来なかった。精液をぬぐい取ったペニスを両手で捧げ持つと、口元を先端に寄せていった。

「陽一さん、おくちにいただきますね」

情感に浸った声音で囁き、義母は息子の亀頭の頂点にキスをした。そして清楚な美貌には不似合いなほど、大きく口をあける。十代の男根は、連続で精を吐いても硬い芯が残り、しっかり上向きを保っていた。下からすくい上げるのではなく、上から唇を被せていかねばならない。朱唇は、ゆっくりと肉棹を納めていく。

（陽一さんのコレ、いつもより……絵衣子さんのお相手をなさっているから？）

二回射精をした。それでも膨張の度合いがまったく薄れていないように思え、千鶴は眉をひそめる。中程まで呑んだところで、ふっくらとした唇で歯先をくるみ込み、きゅっと締め付けて確認をする。

（やっぱり太くて硬い……）

興奮の著しい理由が絵衣子にあると思うと、もやもやとした感情が千鶴の内にわき上がる。唇を一気に沈めた。先端が喉に届き、高い鼻梁は陰毛のなかに埋まった。

（わたしだけの陽一さんだったのに）

千鶴はスカートの腰つきを切なそうにゆらした。舌で棹裏を包み込み、ヌルヌルと蠢かす。亀頭は呑み込むように喉を動かして、刺激した。残液がトロリトロリと漏れ出る。呼吸をすると精液臭が鼻に抜けた。

（ああ、ただ咥えただけで、わたしの身体はこんなにもとろけてしまう）

妬心を抱きながらも、牡液の香味と直に感じる引き締まった感触、身体に染みついた逞しさへの畏怖が千鶴の下腹に火を点す。

「ふふ、ママ、うれしそうだね。老舗の料亭と、レストランをいくつも経営する女社長が、息子のチ×ポをおいしそうに呑み込んじゃって」

美母の心の内を知ってか知らずか、陽一が愉しそうに笑っていた。豊乳をさわる手は、乳頭の位置を狙って指先で弾く。

「んっ、んむん」

千鶴は頬を赤らめた。そして恨めしそうに息子をちらと見た。

「しゃぶりながら、服を脱ぎなよ。僕も絵衣子さんも裸なんだからさ。ママだけきっちりした格好じゃ不公平だ」

陽一が命じた。千鶴は勃起を頬張ったまま、両手をブラウスの胸元に持って行く。言われた通りに、手探りでボタンを上から外し始めた。ブラウスの前が開き、双乳が生地をはねのけるようにして表に出る。

「今日は黒のシースルーなんだね。勃起した乳首が丸見えだよ。ママによく似合うよ。娼婦っぽくて」

ボリュームある膨らみを包むのは、黒い下着だった。しかもカップ部分がレースの薄い生地で、透けている。豊乳の頂点で、赤い乳首が尖っているのが丸わかりだった。

(娼婦だなんて言われるのは当たり前)

年甲斐もなく、と思う。派手な下着を買うことに、千鶴自身抵抗はあった。

女は鼻から切なく息を漏らし、ブラウスの袖を外して、下へと脱ぎ落とした。

次はロングスカートだった。ホックを外して、ファスナーを下ろす。だが丸みのある臀丘に引っかかり、スカートはすんなり落ちない。

「ふふ、僕のザーメンを呑んで、ムチムチヒップがまた育ったみたいだね」

息子の言に、母の相貌は真っ赤に上気した。

(ウエストは変わっていないのに、お尻周りだけむっちり張って。恋をすると女は変わると言うけれど……)

絵衣子を凌辱するビデオを見せられ、陽一に抱かれた夜から、避妊は行っていない。息子の精子を、子宮めがけて何度も注がれていた。

十代の精液を浴びて、三十六歳の肉体が悦んでいるのかもしれないと自分でも思う。乳房も膨らみ、最近手持ちのブラジャーをきつく感じるようになった。

「裸のママとフェラ顔に興奮してきた。いつものようにしていい？」

陽一が手を千鶴の頭の上に置いた。それだけでなにをするつもりなのか、千鶴は理解をする。視線を上に向け、まばたきで「どうぞ」と促した。陽一が腰を前に出した。ペニスが朱唇のなかに潜ってくる。

「んぐっ」

女は喉で呻いた。口腔深く押し込まれ、そして前後を始めた。千鶴は口元を弛緩させて、陽一が抽送をしやすくする。

（おくちをレイプされているみたい）

充塞はそのままに、ズブズブと剛棒が滑った。息苦しさと嘔吐感、余裕のない粘膜の摩擦が義母を襲う。下唇からは涎がだらだらとこぼれた。頭はぼうっと霞み、同時に身体が熱く滾る。

（ああ、辛抱できない）

愛蜜を滲ませる秘穴が、疼いてたまらなかった。スカートを強く引っ張ってヒップから外した。腰を浮かせて膝から足首へと通し、スカートを脱ぐ。

「そのTバックパンティも、ママのむっちりヒップが強調されていいね」

陽一が腰を遣いながら、目を細めて告げる。ショーツもブラジャーと同じ黒色で、バックラインは細い紐状になっていた。若い頃は所持することもなかったデザインだった。腰には絵衣子と対照的な黒のガーターベルトを付け、両足は黒のセパレートストッキングを穿いている。身体のラインを保つためではなく、男に媚びるための下着姿だった。

（娼婦や商売女と嗤われてもいい。陽一さんが悦んでくださるのなら）

母の扇情的な姿を見て、口に含んだ逸物が膨張し、硬度を増しているのを感じた。破廉恥な下着を身につけることで陽一に昂ってもらえるのなら、恥ずかしさは耐えられる。息子の視線を愉しませるように、千鶴は胸元をゆすった。膨らみが重たげにたぷんと波打つ。

「シースルーブラにガーターベルト……和服の時のママとは別人だな。好きだよ、淫乱っぽいママも」

陽一が髪を引き絞り、唇への出し入れを繰り返した。

（喉の奥までぶつかってくる）

千鶴は陽一の腰にしがみついた。

「絵衣子さんにも、そのうち股間に食い込むようなTバックを穿かせたいな。パンティの見えそうなミニスカート穿かせてさ」

（陽一さん、今は絵衣子さんでなく、わたしを見てください）

千鶴は息子の太ももに豊乳を擦りつけ、腰遣いに合わせて吸引した。陽一は腿の筋肉を緊張させ、容赦なく突き立ててきた。角度と勢いがぴったりはまり、喉元を超えてズブッと侵入する。

（ああ、この感じ……イッちゃいそう）

激しい抽送にくらくらと頭が痺れ、股の付け根も煮えたぎった。女性器を貫かれているのと同様に、粘膜摩擦の愉悦が全身に巡る。千鶴は丸い尻をもどかしくゆすった。興奮が高まったのか、陽一が腰をクッと持ち上げた。角度が変わり、気管が圧迫される。

「ングッ」

一気に嘔吐感がこみ上げた。意志では制御できない本能的な反応だった。千鶴は頭を引いて、ペニスを吐き出した。

「ごめんママ。つい入れすぎた」

俯いて咳き込む千鶴に息子が謝る。千鶴はすぐに仰ぎ見て微笑んだ。

「い、いいえ。わたくしが上手にできないから。……どうぞ続けてください」

目尻の涙を手の甲で拭い、ゴクッと口内の唾液を呑み下した。息を整える間も置かずに勃起に唇を寄せ、再度頬張っていく。奥深く迎え入れ、温かく濡れた舌と喉で吸い上げた。

（陽一さんに満足していただけるようにやれていたら、絵衣子さんに目を付けることもなかったかもしれない）

陽一の目を、自分だけに向けておくことのできなかった悔いがある。千鶴は潤んだ瞳を上に注いだ。息子と視線が合う。

「そうだね。ママの唇は僕のチ×ポ専用だった」

事実、義母の口は、以前から陽一の精液の吐き出し口となっていた。何度飲精したかわからない。陽一がまた千鶴の黒髪を掴んだ。

「今度は口を外しちゃだめだよ。もっと激しくしてあげるから」

最初はゆっくりと、徐々に普通の性交と変わらぬスピードで、陽一が母の喉を突き犯す。

（存分に愉しんでください、陽一さん）

左手は陽一の尻に回した。右手は己の股の間に差し入れる。Ｔバックショーツの股布を、指で摘まんで横にずらした。指腹を女唇に擦りつける。

「んッ」

そこは既にドロドロにとろけていた。指が軽く当たっただけでジーンと電流が走り、温かな愛液が滴る。千鶴はヌメった液を指先にすくい取って、肉芽に塗りつけた。指先で小さな隆起をくりくりと嬲る。

「ママ、気持ちいいの？」

母が自慰をしていることに陽一も気づいていた。面白そうに瞳をかがやかせて、痴態を眺めていた。

（おくちにいただきながらオナニーに耽るなんて、さすがにやり過ぎかもしれない）

これ以上は止めようかと心は躊躇う。だが一度初めた自慰の指遣いは、抑えられなかった。充血したクリトリスに、さらに愛液をまぶしてこねくった。

（だめ、堪えられない）

太ももの間から、ヌチュクチュと卑猥な音さえ漏れ聞こえる。絵衣子が眼前で慰み者にされる場面を目にしたことで、心の箍が一つ外れてしまった気がした。

「じゃあ、このまま呑みたい？」

陽一が腰を振りながら尋ねた。ビデオの撮影、そして射精後の舐め清めと、次の性交のためにフェラチオで硬く勃たせ、新しい避妊具を装着する——。それが今日陽一から言いつけられた千鶴の仕事だった。だが女体に渦巻く淫らな欲求は、刻一刻と大きくなる一方だった。

（呑みたいわ。陽一さんのとろとろザーメンミルク、ごっくんしたい）

千鶴は陽一の尻肌を撫で回し、媚びた瞳を頭上に向けた。そして同意するように喉で呻き、豊腰をゆすった。その仕草を見て、陽一が頬をゆるめる。

「仕方ないな。溜めてあるのは絵衣子さんの分だったけど、特別だよ。このままママの口のなかに一発出してあげるね」

息子の台詞に、千鶴は鼻を鳴らして悦びを表した。舌を蠢かし、頬をくぼませて精一杯吸い立てた。右手は潤んだ花唇を指先で弄くる。

「いいよっママ、もっと吸って、ああッ」

陽一が歓喜の声を上げ、頭をゆさぶった。双乳も波打ち、一緒にゴールドのネックレスまで跳ねゆれる。ガポグポというイラマチオの音色が、調教室に響き渡った。

（おくちも喉も熱くて、息ができない）

唇が、口奥が、ジンジンと熱かった。上手に鼻呼吸ができず、美貌は真っ赤になる。だがその苦しさも、女の被虐悦を高めた。蜜穴にねっとり指を差し入れる。牡への渇望が、女芯を慰める指遣いに表れる。膣肉をこねくった。

（ああっ、イキそう……）

朦朧とした意識が、昂揚の朱色に染まる。さらに別の指を後ろに伸ばして、排泄の小穴も撫でた。

（こちらの穴まで、自分で弄るようになってしまった）

陽一がそこを愛撫するようになってから、アナル性感が急速に開発されている。風呂場で揉みほぐすためのマッサージがエスカレートして、肛穴オナニーに変わっていたことも一度や二度ではなかった。

（後ろの穴はもどかしくて、切なくて……この味をわたしは知ってしまったから）

窄まりに指を挿入し、前後二つの穴を同時に擦り立てる。心細さを誘われる排泄感と、膣肉の痺れる性官能が混じり合い、女の腰つきはヒクヒクと戦慄いた。自身の手で両穴責めを自ら施す惨めさ、情けなさ、ここまで堕ちてしまったという諦念が、マゾヒスティックな絶頂感を三十六歳の肉体にもたらした。

（うう、だめ、イ、イクうッ……）

無我の至福が、股の付け根から湧き上がる。太ももは震え、括約筋は己の指を絞った。美貌を赤らめ、むふん、くふんと鼻息を漏らして、千鶴は喉で泣き啜った。

「自分だけ愉しんでフェライキするなんて、悪いママだ」

上にあるのは、母の乱れ姿をじっと観察する冷徹な眼差しだった。黒髪を引き絞って、喉を犯す。紅唇の隙間から泡だった唾液が滴り、乳房を濡らした。恍惚に耽りながらも、千鶴は顎を弛緩させ、歯を立てぬよう懸命に抜き差しを受け入れる。

(だめ、また、飛んじゃうッ)

性官能が持続していた。口いっぱいに男性器を押し込まれる度に、意識が煌々と赤らんだ。甘酸っぱい牝の匂いが、己の足の付け根から立ち昇る。熱く滾った女芯が収縮を起こして、指に絡んでいた。日焼けのない白磁の裸身はいまやピンク色に染まり、ヌメついた汗のかがやきが淫靡さを彩る。

「そろそろいくよママ」

美母の唇は、男が快感を貪るための器官だった。ずぼずぼと抽送が速まる。千鶴は口腔性交の悦楽に浸りつつ、唇を必死に窄めて舌をヌルヌルと蠢かせた。

「あぁッ、ママ、出るっ、うう」

陽一が叫んだ。引き締まった腰が痙攣を起こす。陽一は最後にズンと叩き込み、両足を突っ張らせた。勃起が震え、次の刹那、樹液が千鶴の喉に当たった。

(陽一さんのミルクが……ああ、わたし、またイクッ……だめ、おくちでイッちゃうッ)

火傷しそうな熱だった。女は腰をくなくなと悶えさせた。陽一は、射精に合わせて髪をぐっぐっと引っ張り、根元まで含ませる。

「んぐうっ、むぶんッ」

喉への刺激で涙をぽろぽろこぼし、朱唇は呻いた。口のなかに粘液が溢れ返る。精子の匂い、粘ついた感触、こってりとした味、十八歳の生命力が凝縮しているようだった。

(陽一さんのミルクいっぱい、しあわせ……)

欲望をぶつけられる充実感は、何物にも代えがたい。陶酔感で、千鶴は肩と背筋をビクビクと引き攣らせる。

「すぐ呑み込まなくていいよ。遠慮せずじっくり味わっていい」

陽一が息を荒らげながら告げる。千鶴は口内粘膜で陽一をゆっくり扱いた。息子の言葉通り、精液を溜めて生々しい香味を愉しむ。

(こんなにおしゃぶりが好きになるなんて。最初はキスをするのも抵抗があった何度も勃起を咥えて牡液の味を知り、口腔性交の悦びを覚えた。今では一時間、二時間、陽一が望むのなら一日中でも股間に顔を埋めて、舐めていられた。

「ママの乳首、ピンピンに勃ってるね」

母の乳首を指先で弾き、ブラカップをずらして、直接乳房を揉み立てる。指摘と愛撫に女は美貌を上気させながら、それでも舌遣いと唇の吸引は止めなかった。蜜穴と排泄の穴の指も、余韻を楽しむように粘膜を弄くる。

(あ、こぼれるのに)

十代の射精量は多い。唇の端からザーメンが漏れるのを感じた。慌てて千鶴は、己の唾液と一緒に、口内の樹液をゴクッと喉を鳴らして嚥下した。

(ドロドロしてる。たまらない)

絡みつく濃厚なザーメンの喉越し、これこそが口内射精の至福だった。吐精しても硬さを失わない勃起を舌で擦り、尿道に残っている精も丁寧に搾り取る。

「気持ちよかったよ。ママ、今回は上手に出来たね」

放出の痙攣が収まり、陽一が母の髪を撫でる。褒められるうれしさは隠せない。女は上に視線を向け、切れ長の瞳の目尻を下げた。残液が完全に止まるまで熱心に舌を絡ませ、千鶴はチュプリと唇を引いた。

「陽一さん、ごちそうさまでした」

女の口はうっとりと陶酔の息を漏らした。それを見て陽一が、いきなりグイと腰を突き出してきた。吐き出したばかりのペニスを、母の美貌に擦りつけてくる。唾液が柳眉を濡らし、鼻梁を湿らせ、頬にこびりついて糸を引いた。

「あん、あの……なにを」

玩弄に戸惑いながら、千鶴は息子を見た。陽一が母の右手を摑んで、持ち上げる。股間から手は抜き取られ、掲げられた。

「ぐしょぐしょだね。フェラだけじゃ物足りないんでしょ」

卑猥に濡れ光った指先を息子に見られ、千鶴は「いやっ」と恥じらいの声を漏らした。勃起が母の頰を叩いた。ペニスは既に反り返っていた。

「絵衣子さんと一緒にママもかわいがってあげようか?」

息子が笑って尋ねる。

(陽一さんは、わたしと絵衣子さんを同時に……)

千鶴は長い睫毛をゆらしてまぶたを落とした。年上の矜持、母親としての尊厳、それらを失う浅ましい行為だとの自覚はある。だが、女の肉体は被虐の扱いにむらむらと劣情を掻き立てられてしまう。

(そういう性質の女に変えられてしまったから)

左手で下腹を押さえる。雄々しいペニスを欲しがり、膣肉の奥がシクシクと疼いていた。

「正直になりなよ」

息子が母の細顎を摑んだ。上を向かせる。千鶴はまぶたを開けて息子を見た。吸い付くような瞳の色だった。

「……お、おねがいします」

年上の女は体面を捨てて、十八歳の少年への恭順を選んだ。

(陽一さんは、とことんわたくしを支配してくれる)

三十六歳の義母は首を前に差しのばし、そそり立つ息子の勃起に頬ずりをした。

4

陽一が拘束台に手を伸ばした。バチンと音を立てて、絵衣子の腰のベルトを外した。後ろ手に括ってある革手錠も取る。

「ママもパンティ脱ぎなよ。絵衣子さんと同じ格好の方が絵になる」

陽一は傍らに立つ千鶴に命じた。絵衣子の身を軽々と持ち上げ、壁際にあるベッドに運んで横たえた。

「は、はい」

千鶴は黒のシースルーブラジャーを外し、Tバックショーツを脱いだ。陽一は三脚を使って、ビデオカメラをベッドの横に固定していた。ベッドの上へとレンズを向ける。

(絵衣子さんと同じベッドで……)

いつかこうなるであろう予感があった。胸がヒリつく。千鶴は覚悟を決め、ベッドへ上がった。

(武さんと出会わなければ、こんなお姿にはなっていなかったのに)

目隠しと猿ぐつわをされた絵衣子を見て、千鶴は思う。

白いガーターベルトに白いストッキング、二十七歳の汗で濡れた裸身に、黒のガーターベルトに黒のストッキング、三十六歳の女体は覆い被さっていく。

絵衣子の身体はやわらかで、温かかった。自分と遜色のない豊乳に、千鶴は双乳を重ねて抱きつく。薬の効果が残っているのだろう、肌がふれても仰向けの姿勢から身動きをしない。

(絵衣子さんも、尖ってる)

こりこりとした互いの乳首が当たるのを感じた。

「準備はいいみたいだね」

陽一が背後から声を掛ける。陽一もベッドに上がると、絵衣子の足首を摑んで脚を左右に開いた。それを見た千鶴は、膝を立ててヒップをクイと掲げた。絵衣子の腰を跨いだ牝のポーズを取る。膝立ちになった陽一が、絵衣子の足の間に入ってきた。右手には勃起を握っている。硬い感触が、千鶴の女唇をスッと擦った。ほぼ同時に下になった絵衣子も身をゆする。

(陽一さん、どっちを使うか選んでいる)

行き先を迷うように、女二人の女裂を亀頭が撫でていた。期待感と背徳感が、血の逆流するような興奮を生む。紅唇は切なくため息をつき、花唇はじっとり潤んで発情の蜜を垂らした。

「うんぐッ」

先に喘いだのは絵衣子だった。目隠しの頭を振り立て、猿ぐつわの内から喘ぎをこぼした。

「絵衣子さん……」

千鶴の声に反応したのか、絵衣子は上に手を伸ばして、首に腕を絡ませてくる。喉から啜り泣きをこぼして、ひしとしがみつかれると愛しさが募った。千鶴も絵衣子の身体をぎゅっと抱きしめる。

（どうせ覚えていないのなら）

絵衣子の目隠しがずれて、外れそうになっていた。千鶴はそれをほどき取った。潤んだ大粒の瞳が現れる。だが焦点は合っていない。摂取した薬剤の作用で、絵衣子の意識はいまだ現実を離れていた。

（きれいな人。ご両親にいっぱい愛されて育ったのでしょうね。こんな方が店主ならば、お花屋さんが繁盛するのはうなずける）

千鶴は女の頰を撫でた。育ちの良さの感じられる絵衣子の柔和さは、一緒にいても心地よかった。

陽一の手が、合図をするように千鶴の尻をポンと叩いた。次の瞬間、猛った勃起が千鶴の膣穴にヌプリと突き刺さる。

「ああんっ」

背筋を反らせて、女は裸身を戦慄かせた。

(陽一さん、きちんとゴムを付けてらっしゃる)

ヒダの引っかかり具合、擦れ合う抽送の心地、生挿入とは埋没感が異なってい
た。千鶴は後ろを見る。尻を抱える陽一は、義母と目が合うと白い歯を見せた。
「さっきゴムを付けなかったのは、絵衣子さんへの意地悪？　こっそり身重にし
てやるつもりだった？　交換はママの仕事だよね」
「あぁ、違います。忘れてしまいました」
「フェラに夢中になって？」

陽一が叱るように、腰遣いを速める。待ち望んだ勃起だった。雄々しい嵌入に、
蜜ヒダが歓喜するように蠕動して絡みつく。千鶴はうなだれて、甘い摩擦の刺激
に耐えた。
「はい。おしゃぶりに夢中になってしまいました」

頬を赤らめて、白状をする。下手な言い訳を口にする余裕もなかった。
「ふふ、お尻を振っちゃって。そんなに欲しかったんだ」
(欲しかった。コレが欲しくてたまらなかったっ)

噴き上がる情欲を抑えられない。イラマチオを受け、道具のように唇を使われ、
飲精した。その昂りが肉体に色濃く残ったままだった。千鶴は絵衣子のなめらか

な肌に身をすりつかせて、腰を卑猥にくねらせる。アクメの赤色が、脳裏に見え隠れした。だがヌプッと音を立てて、陽一が呆気なく去っていく。

「ん、くふん」

今度は下になった絵衣子の身体がゆれる。品のある美貌を悦楽に歪ませ、猿ぐつわの絹布を噛みしばっていた。

(すっかり陽一さんの責めに馴染んで。二人の女を側に置きたいと、陽一さんが望むのなら……)

自分が陽一に逆らうことなど出来ないとわかっている。千鶴は吐息をつき、絵衣子の額に浮いた汗を指で拭った。絵衣子が喉を反らして、身をクンッと突っ張らせた。鼻息を荒くし、猿ぐつわの奥から艶めかしい唸りをこぼす。

(気をやってる。……彼女が欲求不満というのは、事実かも知れない)

絵衣子の過敏な反応を見て思う。女には牡の荒々しさ、乱暴さを求める本能がある。だが元夫は、女性を満足させられないタイプの男だった。

(あの人は、寝室のなかでも独りよがりだったから)

絵衣子の呼吸を楽にしてやるために、千鶴は口を塞ぐ絹布もほどいた。途端に紅唇からオルガスムスの絶叫が響いた。

「イクッ、ああん、いやあ……イク、イクぅッ」

ツンと尖った乳房、汗でキラキラと光る張りのある肌が、眼下でよがり泣いていた。艶やかで美しいと思う。陽一が法を犯してまで手に入れたいと望む若い肉体は、自分にはないものだった。

「武さんとは違うでしょう。あなたを満足させてくれるのは陽一さんだけですよ」

千鶴は耳元で囁いた。既に絵衣子の肉体は愉悦の波間にとけているのだろう。眉間にくっきり皺を作り、口元はとろんと開いて荒い息をこぼしていた。

（なんてかわいらしい――）

絵衣子の腕に力がこもる。しがみつく千鶴に向かって顔を近づけてきた。かわす間もなかった。赤い唇が千鶴の口に当たり、吸い付いた。

「ん、絵衣子さんッ」

（女同士で口づけを）

千鶴は困惑で目を白黒させた。

「もしかしてママと絵衣子さん、キスをしてるの？」

陽一が面白そうに言い、今度は千鶴を刺し貫いた。キスの唇を外そうとした千鶴は、喉で呻いた。身体から力が抜ける。

「ううっ」

陽一の腰が尻肉にパンパンと当たっていた。一突き毎に、意識の霞む快感が背筋を走る。

「あん、真由美さん」

絵衣子が千鶴の偽名を口にして鼻を鳴らす。舌が千鶴の唇を舐め、隙間から潜り込んできた。

(こんなの、異常なのに……)

絵衣子の舌遣いはあくまでやさしかった。甘い唾液の味と花の香のような吐息が、千鶴の理性をやわらかに崩す。

口元ではソフトなキスの心地、後ろからは折檻するようなふてぶてしい肉塊の抽送を受け、女体は沸騰する。千鶴も舌を差しだし、絵衣子の舌遣いに応えた。唾液を垂らして、ヌルヌルと巻き付け合う。

「ふふ、派手に音を立てちゃって。エッチなレズキス、こっちにも見せてよ」

陽一が義母の尻肌を平手で打って要求する。千鶴は己の相貌と、絵衣子の顔を横に傾けた。背後から見えやすくし、さらに口を大きく開けて、女同士の舌が擦れ合う様子も陽一に見せつけた。

（ああっ、陽一さん昂ってる）

膨張と硬さが増し、突き込みが荒々しさを帯びた。母の尻肌に指を食い込ませ、抜き差しに合わせて臀丘をゆっさゆっさとゆさぶられた。十回ほど突き入れると、陽一は絵衣子の肉体に移った。交互に女を責め立てる。

「ママのオマ×コの方が熱いね。入り口のきつさは絵衣子さんで、なかのヌルヌルがひどいのはママ。ヒダがねっとりなのは絵衣子さんで、チ×ポへの吸い付き具合はママかな」

（絵衣子さんと、味比べまで）

同時に犯されるだけなく、抱き心地の批評まで聞かされる。女として決して喜べる状況ではない。だが肉体は妖しい倒錯感で昂ってしまう。千鶴はくふんと鼻を鳴らして、絵衣子の口に唾液を注ぎ込んだ。コクンと鳴る嚥下の音色が、官能を盛り上げる。陽一の勃起がまた絵衣子へと移動した。

「んう、イク……ああッ」

絵衣子がひときわ大きく肌を戦慄かせた。唾液で濡れた赤い唇は、キスの口を外してよがり声をこぼす。

（絵衣子さん、イキッ放しになっている……）

責め続けられて敏感になった肉体は、絶頂の垣根が低くなる。苦しげな絵衣子の息遣いが首筋に吹き当たり、震えた肌が千鶴の身体にすりついた。長い睫毛を震わせ、千鶴を見る瞳は潤み切っていた。

「絵衣子さん、これで何回目だっけ？」

「たぶん、五回目だと思います」

千鶴は答える。拘束責めの間、目で確認できる大きなオルガスムスを三回は迎えていた。細かなアクメを足せば、十回近くの絶頂感を味わっているに違いなかった。

（絵衣子さんにとって、陽一さんは出会うべくして会った相手なのかもしれない）

二人は身体の相性も良いのだろう。二十七歳の肉体は、既に陽一の虜となっているように見えた。

「陽一さんは、何度も女に悦びを与えてくれます。あなたにふさわしいのは、陽一さんですよ」

絵衣子の唇の下に垂れた涎を舐めて、千鶴は告げた。

（運命なのは陽一さんも同じ。陽一さんは、絵衣子さんのなかにお母様の面影を見ているのだろうから）

亡くなった陽一の実母、由美の姿は写真で見た。瓜実の容貌に丸い瞳、整った鼻筋、かわいらしい唇の美人で、絵衣子と似た雰囲気があった。陽一が絵衣子に固執する理由はそこにもあるはずだった。陽一がまた千鶴の女穴に戻ってくる。

（ああっ、陽一さん、ゴムを付けてないッ。すごい）

直接擦れ合う陰茎の感触を、膣粘膜は生々しく感じ取った。千鶴は歓喜するようにヒップをゆらした。

「ママは、ナマが良かったんでしょ？　ほら、絵衣子さんとキスを続けなよ」

陽一が腰遣いを速めてくる。女体は一気に華やぐ。

「は、はい。ありがとうございます」

生挿入に酔った女体は、陽一に言われるまま絵衣子の口に唇を擦りつけた。

「絵衣子さん、いきなり口づけなんてなさってはいけませんわよ。わたくし、とっても驚いたんですから」

たしなめるように言いながら、舌をまさぐり入れる。絵衣子もあえかな息遣いをこぼし、必死に口を開けて舌を絡ませてきた。

「ああ、そろそろ出すよ」

陽一が告げる。

「ゴムを付けていませんから、どうぞ出すならわたくしのなかに」

女同士のキスを交わしながら、千鶴は訴えた。

「射精するならこっちがいいな」

陽一が排泄の小穴を指で撫でてくる。千鶴は美貌を強張らせると、絵衣子の口から舌を抜き取り、後ろを振り返った。

「いやッ、そこはだめです、陽一さん」

「だめじゃないだろ。さっき僕のチ×ポをしゃぶってた時は、ここを自分で弄ってたでしょ。物欲しそうにふっくらとしてるよ。それにママは僕の初アナルセックス、他の女性に先を越されたら後悔しないの？」

息子の指先が窄まりをくすぐり、ジリジリと差し込んでくる。千鶴は艶めかしい吐息を漏らした。

（一番最初に、不浄の穴で陽一さんをわたくしが受け入れる……）

独占欲の掻き立てられる、魅力的な提案だった。恋敵となる美貌も目の前にあった。

（いずれお尻のバージンも捧げるつもりだった。早いか遅いかそれだけ）

その気も無く、毎日のように風呂場でマッサージなどしていない。千鶴はきゅっとヒップを突き出した。

「ど、どうぞ。ご賞味なさって」

肛門性交を請う恥ずかしさで、女の顔は朱色に染まる。その母の様子に陽一は楽しげに笑い、ヌルリとした液を尻の狭間に垂らした。ローション液だった。表面、そして内部にたっぷり塗り込めていく。

「あ……あ、あん」

準備の指遣いだけで艶めいた声が漏れ、女唇の愛液の分泌が増した。

「オマ×コ濡れてるよ。ママも興奮してるね」

「そ、そんな……」

「じゃあ入れるよママ」

千鶴はうなずいた。尻肉を掴まれ、硬い肉茎の先端部があてがわれた。グッと切っ先が潜り込み、窄まりが引き延ばされる。嵌入の心地に、千鶴は歯を噛み締めた。

（いけない。力を抜かないと）

ハーハーと息を吐き、弛緩に努めた。ローションの潤滑で、狭口がすべって伸び広がるのがわかった。ゆっくりと、だが着実に関門がこじ開けられていく。

「もう少しで、入りそうだよ」

(ほんとうにだいじょうぶなの。うう、裂けてしまいそう)

ピンと張り詰めても、さらに負荷が掛かってくる。陽一のサイズにまで拡張できるのだろうかと恐怖を抱いた頃、陽一が臀丘を強く握りしめた。

「あとちょっとだからね……ほら入ったっ」

クンッと太い亀頭部がくぐり抜けるのを感じた。圧迫がわずかに弱まり、義母はほうっと安堵の息を吐いた。

「よくほぐれてる。毎日マッサージしたおかげだね。偉いよママ。残りも入れるからね」

棹部分がズズッと差し込まれる。陽一の腰が尻たぶに当たり、勃起は千鶴の腸管内にみっちり嵌まり込んだ。長棒を深々と呑む充塞感に、千鶴は呻きをこぼす。

(呼吸が出来ない)

「ママのバージン、僕がもらったね」

「……は、はい」

絶え絶えの息を吐きながら、千鶴は細首をゆらす。拡がった関門もジンジンと痛んだ。

(でも、陽一さんとお後ろの穴で繋がっている)

排泄に使う箇所でまで息子を受け入れていた。ふつうの性交では得られない達成感と幸福感が確かにある。千鶴はクスンと鼻を啜った。

「動くよ」

馴染むのを待って、陽一が抜き差しを始めた。なめらかな腸粘膜を、エラの張ったペニスが擦った。

(うう、苦しい。めくり返されて、お尻の穴が壊されそう)

腸管内を、硬い金属の棒で引っかかれているようだった。不快感と排泄感を催すおぞましい刺激に、千鶴は唇を噛む。

「ママ、つらい?」

「いいえ」

ライバルの絵衣子が眼前にいる状態で、泣き言を口に出来るわけがない。千鶴は痛苦を否定した。

「もっと速く動いても平気ですよ。陽一さん、気持ちよろしいですか?」

「いいよ。ああっ、ママのお尻、きりきり締まる」

息子が情感のこもった声を漏らし、腰を勢いよく豊臀にぶつけた。重苦しい交合感に、こぼれそうになる嗚咽を千鶴は必死に耐える。

（でもうれしい。陽一さんに悦んでもらえている）

近親愛にのめり込み、アブノーマルな性交まで踏み込んだという負の感情も、息子の喜悦の反応さえあれば消し飛ぶ。千鶴は陽一が肛姦しやすいように、尻を高く掲げた。ヌチャヌチャというローション液の湿った音色が、調教室に響く。

（お尻の穴が熱い）

勃起の摩擦が、腸管に熱を生む。紅唇は苦しげに息を漏らした。大量の粘液が塗布してあっても、太い勃起は擦過の痛みを引き起こす。

「ママは一生、こうして僕に犯されるんだよ。口もおっぱいもアソコも、お尻の穴も……ママの身体は全部僕のモノだから」

「は、はい。陽一さん……」

女は黒髪をゆらして、うなずいた。千鶴を支配するという宣言であり、生涯離さないという愛の台詞でもあった。女心はとろけ、肉体は至福に沸き立つ。

（好きです、陽一さん）

千鶴は想いを込めて喰い絞った。陽一は鋭く腰を遣って、腸壁を抉り込む。野太い陰茎の出し入れは、小さな窄まりを切り裂くようだった。抽送の容赦のなさが女の被虐悦を盛り上げる。紅唇からこぼれる千鶴の喘ぎ声は、徐々に艶っぽさを帯びた。

(うう、子宮にまで衝撃が来る)

ズンと腸奥まで突き抜かれると子宮が圧迫され、経験したことのない性感が湧き上がった。突き刺さったペニスが引き出される時は、腰から背筋に電流が走るようだった。

「ママは抜く時が好きなんだね」

「あん、は、はい」

千鶴は色めいた喘ぎで快美を認めた。排泄に似た脱落のえも言えぬ感覚は、身震いが起こる。

「ん、真由美さん、くふん」

甘えるような声を漏らし、ピンク色の舌が下から巻き付いてくる。

「真由美ではありませんわ、わたくしは千鶴です」

肛門性交を受けながら、千鶴は絵衣子とキスを交わした。

「だいぶスムーズになってきたね。ママのお尻の穴、僕のチ×ポをおいしそうに呑んでいるよ。卑猥に光って、大きく拡がって」

陽一が新たなローション液を、双臀の切れ込みの上から垂らした。追加の粘液を吸った肛孔と勃起が擦れ合い、交接の音色が一段と大きくなる。

(ヌチャヌチャいってる。なんていやらしい音)

千鶴の耳にも肛姦の響きが生々しく届く。興奮は盛り上がる一方だった。

「絵衣子さん、忘れないでください。陽一さんがわたくしたちの旦那さまですよ」

千鶴はキスを止め、ザーメンの入ったコンドームを小指から外した。袋を逆さまにして、絵衣子の口元に垂らし落とす。精子の青臭い匂いが広がった。

「この味を覚えるんですよ」

白濁液で濡れた唇にキスをしながら、千鶴は囁いた。舌で絵衣子の口腔をまさぐる。やわらかな舌の感触、女の口の甘い匂い、そしてドロドロとしたザーメンの香味、罪深い口づけの心地が倒錯感を加速する。

(わたしも絵衣子さんも、すっかり陽一さんの虜になって)

栗の花の香は、女たちの情欲を高める催淫剤のようだった。絵衣子がゴクンと喉を鳴らして滴る精液を呑み下し、千鶴は絵衣子の唇に付いた白濁を舐め取る。淫らな気分に染まって、互いの乳房と尖った乳頭を擦り合わせた。

「絵衣子さん、おいしいでしょ、ん、んふ」

腹のなかをかき混ぜるように、ペニスが蠢いていた。抽送に煽られるように、千鶴のキスにも熱がこもった。女同士という抵抗感も、繰り返す内に薄れていく。なにより愛する男性を、不浄の穴で受け入れている現実が平常心を奪う。

千鶴は絵衣子の口に残っていた精液混じりの唾液を啜り取り、自分の唾液を足して送り返した。互いの口を幾度も行き来させ、最後は半分ずつ分け合って呑み下す。

「ね、陽一さんのミルク、ステキな味でしょう、絵衣子さん」

千鶴の声に、絵衣子が目を細めてうなずいたように見えた。

「あぁっ、この締まり、最高だよ」

下腹を押し潰すような勢いで、勃起が打ち込まれる。痛苦寸前の鮮烈な刺激が、女体に響いた。

「だめ、そんなにされたらわたくしはっ」

千鶴は細顎を跳ね上げ、よがり泣きを放った。キスを続ける余裕もない。

「もっと大きな声で哭くんだよ。絵衣子さんの記憶に残るように」

陽一が千鶴の垂れた双乳を摑んだ。ゆたかな胸肉を揉みながら反動を付け、肉茎を叩き込む。肛穴が灼けるような熱を孕んだ。

（ああ、このなにもかもぐちゃぐちゃになっていく感じ、たまらない）

勃起の出し入れがより速くなる。突きだしたヒップを悶えさせ、女体はガクガクと仰け反った。

「あん、陽一さん、硬くて太くて、すごいっ。あう……千鶴はお尻でイッてしまいます」

「ママ、イケッ」

息子の指が乳房を強く絞り上げる。脂汗の浮いた臀丘を引き攣らせ、千鶴は絶頂へと昇りつめた。

「千鶴、イ、イッちゃいますッ……ひッ、ヒイッ」

身の崩落するような恍惚が、裸身を襲う。折れんばかりに背筋をくねらせ、千鶴は泣き悶えた。黒のストッキングを穿いた脚が震え、白いヒップは生々しく痙攣を起こし、肛門は緊縮の反応をする。

「おおッ、ぎちぎちに締まってる。こっちもいくよ、ママ」

肉塊をキリキリと食い絞られ、陽一が唸りをこぼした。最後の一突きを熟れた臀丘にぶち当てると、ドッと白濁の精を放った。

「あう、熱いッ、うんッ」

千鶴は灼熱のしぶきを感じて、声を上ずらせた。精子を浴びたことのうれしさ、すべてを捧げた至福で、痛苦と快感がひとかたまりとなってとけあう。

「ほら、いつも通り締めて」

放出しながら、陽一が丸いヒップを貫く。射精の快楽を貪る腰遣いは、女性器を使う時と同じだった。

「は、はい。あ……ああんッ」

千鶴は息んで、括約筋を懸命に絞った。きつい収縮のなか、陽一は奥をこねくるように勃起を蠢かしてくる。丸い尻は左右にゆれ、ガクガクと腰が跳ね上がった。

「あ、ひいッ……ひうッ」

引き攣る腸粘膜の感覚に、千鶴の牝声はひときわ大きくなる。絵衣子がキスを求めるように唇を開いて喘がせていた。かわいらしく潤んだ瞳が、千鶴を見つめる。

「そんな目をなさらなくても、絵衣子さんだって同じようにいじめてもらえますよ」

千鶴は絵衣子の張りのある若い乳房に手を這わせ、揉み込んだ。指の股に乳頭を挟む。

「陽一さんのお部屋やキッチン、お風呂場、望めばどこでだって……絵衣子さんは、陽一さんのママになるんですから」

もう一本の使用済みコンドームが、小指に括ってある。千鶴は一度中身を口に含んでから、絵衣子の朱唇めがけてとろっと垂らし落とした。ふわっとしたザーメン臭の漂うなか、女たちは口づけをし、舌を絡み合わせた。

「もう一発、ママのお尻で愉しもうかな。ほら気を抜いちゃだめだよ」

陽一が、汗ばんだ臀丘を平手で叩いた。千鶴は「ひゃん」と喉で悲鳴を漏らす。腰に力を込め、肛穴の陽一を喰い締めた。

(ああっ、太いまま……もう一度、お尻でセックスを)

硬さを失わない男根が、深く突き刺さっていた。腸粘膜は初めての肛姦で爛れてヒリヒリとする。だがその疼きも、マゾ悦を生む材料となった。千鶴はうっとりと鼻から息を漏らし、口内の精液と唾液を呑み下した。後ろを向いて潤んだ瞳を注ぐ。

「どうぞ、千鶴のお尻の穴でもっとお愉しみになって」

陽一が笑って、精液とローションで濡れた腸腔を穿つ。

「ああっ」

重厚な摩擦感が女を襲った。この瞬間は後悔も煩悶もなかった。十八歳の少年は三十六歳の母を淫らな女に変え、最後には男にすがりついて悦ぶ情けない牝にまで堕としてくれる。我を忘れ、年上の女は喜悦に酔い痴れることが出来た。

（絵衣子さんもわたくしも、陽一さんの母親であり恋人であり……牝の奴隷）

身を切られるような肛悦を味わいながら、千鶴は絵衣子の唇に唇を重ねる。泣き啜りをこぼして、美母は不道徳で濃厚なザーメンキスに耽った。

第四章　もう母とは呼ばないで

1

三田絵衣子は、洗濯物を取り込もうとベランダに出た。曇り空で、まつわりつくような湿気を感じる。午前中に干したため、衣類はどうにか乾いているようだった。絵衣子はかごに洗濯物を入れ始めた。途中、ふわーとあくびが出そうになり口元を押さえる。

（いけない。昨日はついお酒を飲んでしまったから）

週末の金曜日、白井真由美に食事に誘われ、自宅に遊びに行った。

真由美との親密な交流が続いていた。料理を教えてもらうという名目で、絵衣子は毎週のように彼女の邸宅を訪ねていた。

　昨日は焼きたてのピザをご馳走になり、カクテルを飲んだ。アルコールは控えるようにしているが、真由美に柔和な笑みで勧められると、断りづらい。一杯だけのつもりがつい杯を重ねてしまい、途中からうとうとと居眠りまでしてしまった。

（眠りこけるなんて、真由美さんあきれたでしょうね。だめね、わたし。……それにしても、薄焼きのイタリア風ピザ、おいしかったな。レシピを詳しく聞くべきだったわね。若い子はああいうの、ぱくぱく食べるでしょうから）

　土曜日とあって、陽一が寮から帰ってきていた。休日も仕事に行くことの多かった武も、今日は珍しく自宅でくつろいでいた。

（夕食はなににしよう。カレー？　ハンバーグ？　子供っぽいメニューだと、武さんが不満をこぼしそう。……ふふ、家族になるってこういうことね）

　あたたかな気持ちが胸を包む。以前のように陽一に嫌悪を感じなくなった。おかげで過度に警戒をすることなく、自然に接することが出来た。

（会話もふつうに出来ているし、この調子なら陽一さんとは結婚後も良い関係が築けそう。真由美さんには感謝をしないといけないわね）

　真由美に相談したおかげで心のもやが晴れ、すっきりした気持ちで同居生活を送れるようになった。

結婚式は一ヶ月後に控えている。式場も決まり、招待状も送った。ウェディングドレスも注文した。準備は滞りなく進んでいた。

(三田絵衣子から、大原絵衣子になるのよね)

しみじみ思った時、手にヌルッとした感触が当たった。掴んだのは干してあった絵衣子の黒のショーツだった。見ると生地に、白い粘液がべっとりと付着していた。

(これって……)

絵衣子は恐る恐る鼻を近づけ、匂いを嗅いでみる。栗の花に似た匂いがした。

(やっぱり精液だわ)

犯人として真っ先に思い浮かんだのは、陽一だった。引っ越しの日に、自慰に耽っている姿を目撃したことを忘れていない。

(陽一くん、またわたしの下着を使ったのね。……これを見過ごしてはいけないのよね。しっかり注意した方がいいって、真由美さんも仰ってた)

絵衣子は真由美のアドバイスを思い出す。ショーツを手に陽一の自室へと向かった。ドアをノックする。どうぞと声が聞こえ、絵衣子はドアを開けた。

「ちょっといいかしら」

陽一は床の上で腕立て伏せをしていた。絵衣子を見て立ち上がる。下半身はぴったりとした綿のパンツ、上半身にはなにも着ていない。十代の引き締まった筋肉は、うっすら汗ばんでいた。

(裸……男性の匂いだわ)

汗と熱気、陽一の若々しい体臭が室内にこもっていた。その空気を吸い込んだ瞬間、絵衣子の身体はゾワッと鳥肌が立つ。

「なんですか、絵衣子さん?」

端整な容貌に微笑を浮かべて、陽一が小首をかしげた。

「あ、あの、こういうことはよくないと思うの。わたしの下着を使って……」

絵衣子は視線を落として、もじもじと切り出した。

(裸だなんて困ったな。陽一くんは気にしていないんだから、堂々とすればいいのだろうけど。つい夢の内容を思い出してしまう)

ずっと淫夢が続いていた。最初はパーティーの夜に見た、真山洋に抱かれる夢だった。いつからか相手は外見の相似した真山から陽一に変わり、淫らな内容の夢を定期的に見るようになった。

(昨日だってそう。真由美さんのお宅でうたた寝をした時におかしな夢を見た)

陽一と絵衣子と真由美、三人一緒に入浴する夢だった。洗い場に敷いたやわらかなマットの上で裸で抱き合い、オイルを使ってヌルヌルと互いの肌を擦り合わせ、最後は寝そべった陽一の腰にまたがり、自ら腰を振り立てた。

(その前は真由美さんと二人で、陽一くんにフェラチオをする夢だった。いつも口にするのもはばかられるような内容ばかり。しかも義理の息子が相手だなんて……)

「下着？　下着がどうかしました？」

陽一が側に近づいて尋ねた。俯いた絵衣子の視界に、自然と陽一の股間が入ってくる。綿パンツの前は、男性器の形に盛り上がっていた。

(いやだ、武さんより……)

つい恋人と比較をしてしまう。夢のなかで見た陽一の膨張した陰茎も、逞しかった。絵衣子はゴクッとつばを呑む。

「絵衣子さん、顔が赤いですね。風邪でも引きました？」

陽一が絵衣子の額に手を当ててきた。絵衣子はハッとして後ずさった。

「ち、違うの。その、わたしの下着に男性の体液が……」

手に持っていた黒下着を差し出して、上ずった声で説明をする。陽一によく見えるよう、白濁液で汚れた部分を表にしてショーツを広げた。

(陽一さんのことを変に意識するようになって……エッチな夢のせいだわ)

最近では陽一の側に寄るだけで、顔の辺りが火照るようになってきた。嫌悪とは異なる緊張が生じる。

「男性の体液？　ほんとうだ。いっぱいこびりついていますね。絵衣子さんは、それを僕がやったと」

絵衣子は曖昧にうなずきを返しながら、陽一の顔をじっと窺った。焦りや脅え、そういった感情は表情に浮かんでいない。声も落ち着き払っていた。

(わたしの勘違い？　でも外部の犯行はあり得ないし)

邸宅を囲む塀は高く、外からは見えない構造になっている。セキュリティ会社と契約し、塀の上や庭にはセンサーも設置してあった。外部からの侵入は簡単ではない。

「おーい、絵衣子さーん」

武の呼び声がした。陽一が「ここにいるよー」とドアの外に向けて叫ぶ。すぐに武がやってきた。

「今電話があって、急いで会社に行かないといけなくなったよ。ん、どうかしたのかい？」

武は部屋に漂う不穏な雰囲気に気づいて、絵衣子と陽一を交互に見た。

「絵衣子さんのパンティに精液がぶっかけてあって、その犯人が僕じゃないかって」

「陽一が洗濯物に？　ああ、絵衣子さん、こういうことは前にも何度かあったんだよ。辺りに変質者がいるみたいでさ。別れた妻も、ブラやパンツに精液を掛けられたって何度か言ってたよ。外には干さない方がいい」

武が困った風な顔つきで、絵衣子に語りかける。

(以前から？　もしかして陽一くんは、前の奥様にも同じようなことを)

盗み取ったピンク色の下着を使って、オナニーを行っていた場面を絵衣子ははっきり見ている。前妻の下着も欲望の処理に使ったのではと、絵衣子は陽一を疑いの目で見た。陽一と目が合う。陽一が申し訳なさそうに、身を縮こまらせた。

「すみません。絵衣子さんに余計な疑念を抱かせる僕も悪いんですよね。僕が休日も寮にいた方が良いなら、そうしますから」

「おいおい。そういう言い方するなよ。せっかく家族になるっていうのに」

武が取りなすように言う。陽一が犯人だと怪しんでいる気配は見られない。

「で、でも武さん……わたし、引っ越しの当日に――」

自慰の場面を目撃したのだと言おうとして、絵衣子の声は途中で止まった。夫の背後で陽一が笑っていた。愛想笑いや気まずそうな笑みではない。幼子やかわいいペットを見た時のような、やさしく慈しむ笑みだった。

（な、なにこの感覚……）

場にそぐわない陽一の表情に、心臓にナイフを当てられたような気持ち悪さを感じた。

「一度陽一も怪しい男の影を見たんだよな？　声を掛けたらベランダからジャンプして、庭を走って逃げていったらしい。だから絵衣子さん、勘違いじゃないかな」

武が絵衣子の相をのぞき込んで告げる。

（わたし、なにか大事なことを忘れている気がする）

「絵衣子さんが望むのなら、僕の体液を提供しますから、遺伝子検査をしても構いませんよ。それで気が済むなら」

陽一の言に、武が慌てたように振り返った。

「遺伝子検査って、そんな大事にしなくてもいいだろう」

「だけど絵衣子さんの気持ちが一番大事だと思うから。せっかく父さんの奥さんになってくれるっていう女性だもの、大切にしなきゃ」

（検査？　犯人は陽一くんではないの？）

潔白でなければそんな提案はできないだろう。ここは引き下がるしかなかった。

「ご、ごめんなさい陽一くん」

絵衣子は深々と頭を下げた。

「下着は別に干すようにします。早合点をして、陽一さんに失礼なことを言ってしまいました。申し訳ありません」

「うん、わかってもらえて良かった。ほら陽一、絵衣子さんもこう言ってるから、もういいだろ」

「そうだね。絵衣子さんが納得してくれたなら、僕は充分だよ」

陽一の許しの言葉を聞いて、絵衣子は頭を戻す。

「じゃあ、解決だな。絵衣子さん、スーツやネクタイ、支度を頼むよ。僕は髭を剃ってくるから」

武が陽一の部屋を出て行く。絵衣子も後に続こうとして、違和感の原因をふっと思い出した。

(陽一くんのオナニーを見た時、声を掛けたわたしに気づかないのはおかしいと思ったけれど、あれがやっぱり故意だとしたら)

絵衣子は右手に持っている黒いショーツを見た。

別人の精液を用意し、ショーツになすりつけてベランダの物干しスペースに戻しておけば、陽一が犯人と絵衣子は思い込む。

(あんな場面を見せることで、わたしが陽一くんを一番に疑うように仕向けた。現にわたしは陽一くんの精液だと信じ切っていたのだから。……すべては、わたしを陥れるために?)

陽一が絵衣子の肩にふれた。絵衣子は「きゃっ」と声を漏らして後ろに下がった。ドアに背がつく。

「悲鳴? 軽くさわっただけなのに、ひどいな」

「あ、ご、ごめんなさい。ちょっと驚いてしまって」

陽一がドアに近づき、絵衣子の頭の左右に手をついた。引き締まった裸身から、男っぽい匂いが香る。

「そ、そんなに近づかないで」

「絵衣子さんのパンティ、セクシーなデザインですね。そんなの穿くんだ」

黒のショーツは精緻なレースで装飾の施された光沢シルクで、バックラインが紐状になっていた。絵衣子は下着を握りしめて背に隠した。ザーメン液の湿った感触が指に広がる。

「あ、あなたには関係ないでしょ」

「犯人だって疑われたのに？」

陽一の指摘に、絵衣子は言い返せない。真っ赤になって目を伏せた。

「僕を怪しむ前に、絵衣子さんは派手な下着や、夜遊びをする若い女性みたいな出で立ちに気を遣うべきでは？　なぜそんなミニスカートなんです？　若い男を挑発するような丈だと思いますよ」

「え？」

（ほんとうだわ。どうして、わたしはこんなに短いスカートを）

少しかがめば、下着の見えそうな危うい長さだった。絵衣子はスカートの裾を持ち、少しでも脚を隠そうと下に引っ張る。

「父さんに脚線美を見せるため？」

絵衣子はうなずきそうになる。ミニスカートが好みだと、誰かが言った記憶がある。

（だからこんなミニを穿いた気がする。でも武さんではなくて……）

「寂しいから、構って欲しいってアピールかな。それとも若い男が欲しいとか。ムラムラして溜まってるんでしょ」

棘のある言い方だった。陽一の口元には笑みが浮かんでいる。絵衣子は相を強張らせた。

「陽一くん、なにが言いたいの？」

「父さんは、絵衣子さんの気持ちになんか絶対に気づかないってこと。さっきだって、絵衣子さんのために真相を突き止めようなんて気はさらさらなかった。父さんは、周囲にいかに自分をよく見せるかしか興味ないから。今頃、無事に騒動を収められた自分に満足して、ほくほくしているはずだよ」

陽一が腰を低くし、絵衣子と同じ目線になる。そして絵衣子の細顎に指を添えた。

「あんな男が相手じゃ、絵衣子さんはしあわせになれない」

陽一がスーッと口を近づけてきた。

（キ、キス？）

条件反射のように絵衣子はまぶたを落とした。両手を伸ばし、男の身体に抱きつこうとして、ハッと我に返った。

「よ、よしてっ」

そのまま陽一をドンと突き放した。

(わたし今、キスを受け入れようとしてた)

陽一が薄笑いを浮かべて、絵衣子を見ていた。全身がカーッと熱くなる。絵衣子はドアの外へと飛び出し、一気に階段を駆け下りた。リビングに入ると、そのままフローリングの床にペタンと座り込んだ。

(もうすぐ武さんの奥さんになるのよ。陽一くんは、息子なのに……わたし、どうしちゃったの)

夢のなかで何度もしたように薄く口を開けて、舌を差し出す準備までしていた。

(でも陽一くんと、キスをするのが当然みたいな気がした)

胸がドキドキと高鳴り、汗が肌に噴き出す。右手のショーツをぎゅっと摑む。左手は太ももの間に挟み込んだ。股の付け根がじっとり濡れていた。

2

出しっ放しのシャワーの湯が足に当たる。裸で洗い椅子に腰掛けたまま、絵衣子は物思いに耽っていた。

（なぜ陽一くんは、実の父親を悪し様に言ったのだろう。武さんと二人で仲良く暮らしているのだから、余計な人間に加わって欲しくないと、わたしを牽制するため？）

もっと小さな子ならあり得る反応だろうが、陽一は受験を控え、しかも週の大半は寮で暮らしている。父親を取られたくないという感情を持つには、違和感があった。

（それにキスをしようとしたことだって……）

単純な嫌がらせとは思えなかった。

会社に行った武はまだ帰っていなかった。二人きりの夕食の時、陽一がなにかをしてくるのではと警戒をしたが、ほとんど会話を交わすこともなかった。

（わたしが悪いの？　母親になろうというのに、あんな大胆な下着やミニスカートを身につけていたから）

絵衣子は前を見る。洗い場の鏡には、裸の女が映っていた。ここ一ヶ月で乳房の膨らみは増し、腰つきも女らしく丸みを帯びている気がする。

(わたし、男性を欲しがっている？　Tバックショーツだって、いつ買ったのか覚えが無いし)

時折、記憶があやふやになることがあった。ずっと淫夢を見ていることにも不安を誘われ、恥を忍んで真由美に相談すると、欲求不満なのだろうと事も無げに言われた。

(欲求不満……そうなのかもしれない。武さんは相変わらずお忙しいし)

武は仕事に掛かりきりで、最近夜の生活は途絶えている。絵衣子は椅子に座ったまま裸身をぎゅっと抱いた。身体が疼いて、ベッドに入っても寝られないことすらあった。

(フラストレーションが溜まっているから、ミニスカートを穿いて、知らず知らずのうちに陽一さんの気を引こうとしていたのかもしれない)

そう思うと、居たたまれないような恥ずかしさがこみ上げる。絵衣子は顔を赤らめ、ため息をついた。いい加減、身体を洗おうとスポンジに手を伸ばす。

その時、背後の磨りガラスの引き戸が開かれた。絵衣子は振り返った。現れたのは裸の陽一だった。絵衣子は悲鳴を上げることも忘れて、義理の息子の引き締まった裸身を呆然と眺めた。

「あっ、絵衣子さん、いたんですか。ごめんなさい」

陽一が驚いたように言う。だが前を隠すことすらせず、その場で堂々と立っている。絵衣子の方から視線をそらすように俯いた。

「ええ、お先に入らせてもらってたの」

陽一は去ろうとしない。それどころか浴室内に入ってくる気配がした。

（出て行ってくれないの？）

「せっかくだから背中を流しましょうか」

頭の上から声がした。絵衣子の真後ろに陽一がいた。

「け、結構よ」

（陽一くん、最初からわたしが入浴中とわかっていて入ってきたのでは）

浴室の照明が付いている。脱衣室には着替えも置いてあった。入浴中だと気づかぬはずがない。

「僕のこと、そんなに嫌いですか？」

「い、いいえ。嫌いじゃないわ」

「いいんですよ、無理をしなくても。前の母親もそんなことを言って、結局この家を出て行きましたから。今度は新しいお母さんとうまくやりたい、仲良くなりたいなって思っていたんですけど……でも、今日のように疑われるのはさすがにショックですね。母親っていう存在に憧れがあったせいか、余計に堪えるな」

「ご、ごめんなさい」

　確証もなく、陽一が下着を汚した犯人だと決めつけたのは事実だった。絵衣子は洗い椅子の上の裸身を小さくする。

「父さんは事業の関西進出に本腰を入れるようで、近々拠点も向こうに移すらしいです。結婚をしたら絵衣子さんを連れて、あっちに移り住むつもりなんでしょう。二人で住むのに手頃なマンションを探しているみたいですから」

（それで武さんは、わたしに仕事を辞めて欲しいと……）

「だから僕が絵衣子さんと一緒に暮らすのも今だけです。父さんが好きで結婚するんですから、僕が邪魔なのはわかりますけど、あからさまに邪険にされるとさすがにね」

「ああっ、違うの。あなたを傷つけようとか、そんなつもりでは」

「ではどういうつもりなんです。すこしでも親子らしい関係になりたいとこうして申し出ても、冷たく断られているのに」

「じゃ、じゃあ、お願いするわ。背中を流してくれる？」

そこまで言われて突っぱねることなど出来ない。絵衣子は鏡越しに頼んだ。

「いいんですか？　よかった」

陽一がうれしそうに言い、湯桶を足下に置き、ボディ用のスポンジを手に取る。

（陽一くん、大きくなってる？）

鏡に映る陽一の股間では、陰茎が反り返っているように見えた。

（こ、こんなのまずいのに……）

身の危険を感じるが、どう咎め立てしていいのかわからない。ここで勃起を理由に出て行けと言えば、陽一との溝がさらに深まるのは目に見えていた。陽一の手が背中に当たる。ボディソープを塗り込めているのか、ヌルヌルとした手触りだった。

「絵衣子さん、きれいな肌ですね。腕を持ち上げて。脇の方も」

言われた通りに腕を上げる。陽一は身体の横にも粘性の液をまぶしてきた。

「あっ、んっ」

脇腹を指先だけでスーッと撫でられ、絵衣子は喘ぎをこぼした。

「くすぐらないで。それになにを塗ってるの？　ソープじゃないの？」

「マッサージオイルです。前の母親にもよくこうしてマッサージをしてあげていたんですよ」

陽一が絵衣子の背中にピタッと身体を被せる。胸板が肩胛骨に当たり、左右の手は脇から前に回される。背後から抱きかかえられる格好だった。

「あっ、いやッ、くっつかないで、あんっ」

陽一の手が乳房を掴んだ。絵衣子は悲鳴を発して身を捩った。腰の辺りには、ゴリゴリとした硬い長棒の感触があった。

（故意に男性器を押し当ててる）

無防備な裸身を抱きしめられ、胸を揉まれるだけでなく、充血した勃起を擦りつけられている。既に母子の温かな交流という状況ではなかった。絵衣子は腕を振り回すようにして、さらに暴れた。だが若い男の力には敵わない。

「わたしの胸から手を放して」

「そう言わずに。一回味わってから、判断してください。前の母親も僕のマッサージは褒めてくれたんですよ」

絵衣子の非難の声を無視して、乳房をやわらかに揉みあやしてくる。オイルまみれのヌメッた指遣いに、甘い性感が走った。女体は背筋を引き攣らせる。絵衣子は男の手の甲を摑んで引きはがそうとするが、オイルですべって力が入らない。

「絵衣子さん、おっぱい大きいから肩がこるでしょ。ふふ、張りがあるのにふかふかで弾力あってずっしり重い。だのに先端はかわいらしいピンク色」

ゆたかな胸肉を絞るように指がすべる。乳首を指が摘まんだ。既にそこはピンと屹立している。ピリッとした電気が走った。絵衣子は嗚咽をこぼした。

「あ、あんッ」

「いい声。身体の力を抜いて。もっと気持ちよくしてあげますからね」

息子の右手が乳房から外れ、股間にすべり落ちる。慌てて太ももをぴったり閉じるが遅かった。股間に陽一の右手が潜り込んでいた。

「だめッ。マッサージなんていらないから。身体も自分で洗います。だからもうっ、あ、あんッ」

陽一の指が最初に狙ったのはクリトリスだった。クンッと肉芽の上を指先が擦った。女の身体のなかでも特に敏感な感覚器を弄られれば、当然感電したような痺れが走る。絵衣子は陽一の手首を摑み、洗い椅子の上で尻をゆすった。

「ああん、いやあッ」

恋人でもない男に、秘部をいたずらされる恥辱、悔しさに女は嘆きの声を艶っぽくこぼす。指がさらに蠢く。陰核をくりくりとこね回していた。

(どうしたらいいの。逃げられない)

がっしりした胸板と腕に挟まれ、腰は男の脚で押さえつけられていた。絵衣子は膝を曲げ、太ももに力を込めて悶えた。首筋には陽一の息遣いが当たる。マッサージと称した、性的いたぶり以外のなにものでもなかった。

「ふふ、もう勃ってきたね。たまってるんでしょ？　紐みたいなパンティなんて穿いてさ」

陽一が愉しそうに笑う。クリトリスは指刺激に反応してみるみる屹立をした。

(ああ、この指遣いっ)

ツボを心得たように、肉芽を指先が転がす。官能を引き出され、女の喉は色めいた音色を奏でた。

「ね、上手でしょ。力を抜いて愉しみなよ。ストレス解消の手助けだよ。家族が困っていたら手を貸すのはふつうだもの。ムラムラが積もって、絵衣子さんが他の男を襲ったりしたら、父さんだって困るしね」

「そ、そんなことしないわっ」

「ほんとうに？　断言できるんですか」

硬くしこった乳頭を摘まんで陽一が含み笑いを漏らす。今も浅ましく発情しているではないかと嘲笑われた気がして、絵衣子は美貌を真っ赤にした。

（イヤなのに……ダメなのに……どうして感じてしまうの。ヌルヌルしたオイルのせい？）

意思を無視した無理矢理の玩弄に、昂ってしまう己が信じられなかった。湧き上がる快感を否定するように、絵衣子は首を振った。その首筋に、陽一が口を近づけてキスをする。

「だめ、吸わないで、あんッ」

男の唇が女の肌にぴたりと吸い付く。二人の身体は密着し、陽一の胸と背中が擦れていた。マッサージオイルの香料の匂いのなかに、汗っぽい男性の体臭も混じる。牡の臭気を感じて、絵衣子の足の付け根はさらにジンと潤んだ。

「そろそろかな？　ピン勃ちのクリトリスをこうすれば」

陽一は首に唇を押しつけたまま囁くと、包皮の上から陰核の付け根を摘まんで扱いた。背筋を駆け抜けるすさまじい快感が迸る。

（ああ、イクッ）

オイルのヌメリと男の肌の温かさに包まれながら、絵衣子は洗い椅子の上で肢体を突っ張らせた。脚をぶるぶると震わせ、陽一の腕を内ももでぎゅっと挟み込む。

「ん、んうっ」

自分の人差し指を口に咥えて嚙み、かろうじてアクメの声だけは押し殺した。膝を擦り合わせて、恍惚の波が去るのを待つ。

「ふふ、相変わらず絵衣子さんのイキ顔、かわいいな。耳の後ろまで真っ赤になって」

陽一の指は尖りきったクリトリスを、やわらかに揉み込んでくる。

「うう」

後戯の甘やかな快楽と、絶頂姿をさらしてしまった羞恥にまみれて、女は鼻を啜った。

「ほらごらんよ。赤い痕がばっちり。でもこのキスマークにも、父さんはきっと気づかない」

絵衣子は正面の鏡に視線を向けた。口づけをされた首に、赤いキス痕があった。鏡のなかの陽一と目が合う。陽一が目を細めた。

「そんなエッチな表情をしていたら、さすがにバレるだろうけどね」

絵衣子は己の顔を見る。眉間に皺を浮かべ、今にも涙がこぼれそうに瞳を潤ませていた。鼻孔は開き、唇はだらしなく広がって息を喘がせている。

（どうしよう。わたし、とろけちゃってる）

胸を弄っていた陽一の手が、絵衣子の左腕を摑んだ。絶頂を味わったばかりで、力が入らない。まっすぐに腕を持ち上げられた。

「絵衣子さんの腋の下の匂い。好きだよ」

陽一が露わになった腋窩に鼻を近づけて、匂いを嗅いでくる。身体を洗う前で、まだ一日の汗と汚れを落としていない。絵衣子は悲鳴を放った。

「あっ、いやっ、そこは匂うから」

陽一は恥ずかしい匂いを嗅ぐだけでなく、夢のなかのようにキスまでしてきた。くすぐったい刺激に、絵衣子は身をゆすって暴れた。脇の窪みを舌で舐められ、吸われる。オイルを塗られた乳房が跳ねた。

「そんなに嫌がらなくてもいいのに。いい匂いだよ。ほら」

陽一は掲げていた絵衣子の左手をすっと下げた。そのまま背中へと引っ張られる。硬い感触が指に当たった。

（あっ、これ陽一くんの）

導かれた先は、陽一の股間だった。指先にふれただけで硬直ぶりと、灼けた熱が伝わってくる。

（わたしの匂いでこんなに？）

腋の下の香が男を昂らせたと知り、絵衣子は言いようのない羞恥を掻き立てられる。

「絵衣子さん、昼間、僕のココをじーっと見てたでしょ」

「み、見ていないわ」

声が上ずる。図星を指されてうろたえたのが丸わかりだった。

「さっき浴室に僕が入ってきた時も、ココに視線が集中してた気がしたけど。ほら、握っていいよ」

「い、いらないわ、やめて」

「いいから、ね」

陽一は絵衣子の手の甲に手を重ねて、強引に握らせる。有無を言わせぬ態度だった。

（ああ、この手触り。夢のなかと一緒……）

指を絡め、包み込む。硬さ長さを確かめるように、棹にそって指をすべらせた。身体に染みついているように手が勝手に動いた。

「そうそう。いつも通り遠慮しなくていいからね」

股間にあった陽一の指が陰核から外れ、女唇をスーッと撫でた。オイルのぬめった感触で花弁の中心をなぞり、指先を差し入れて左右に割り開かれる。

「い、入れないでッ……んッ」

だが陽一の指は呆気なく、女の中心にヌルリと潜り込んだ。

「なんだ。もうこんなにとろとろなんだ。すごい量が溢れてる」

意外そうに言い、なかをまさぐる。丸いヒップはビクンと震え、絵衣子の顔は恥じらいで上気した。ねっとりと指腹が膣ヒダをこする。そのたびに女の腰はくねった。

「自分の身体だもの、絵衣子さんにもわかるでしょ？　興奮しちゃって我慢をするのはつらいでしょ。絵衣子さん、手のなかのモノを扱いていいよ」

耳元で囁かれる甘い誘惑に、絵衣子は逆らえない。猛々しくそそり立った陰茎をきゅっと握り込み、根元から先端へと擦り立てた。鋼の手触りに女の情欲は高まる。

（ああ、垂直に反り返っている。武さんよりずっと逞しい）

形の良い鼻梁から乱れた息をこぼしつつ、女の細指は淫らにすべる。肉柱に快感を与えるように、握りの強弱を変え、指遣いの速度も一定にしない。垂れてくる先走りの液を引き延ばして、棹全体にまぶしていった。

（男性を悦ばせるテクニック……わたしいつの間に覚えたの？）

尿道口を指で押さえ、裏筋を爪の先でくすぐる。勃起がピクピクッと震えるのを感じると、胸が熱くなる。

「絵衣子さんの好きな形でしょ」

（好きな形って……）

違うと言いたくとも、自ら進んで指を這わせている状態では、まったく説得力が無い。絵衣子は黙って、相貌に浮かぶ羞恥の朱色を濃くした。

「絵衣子さんはほんとうはエッチな人だよね。他の男より……父さんよりも僕の方が、絵衣子さんをわかってる」

「なんでそんなこと言うの？　わたしはもうすぐあなたのお父さんと結婚するのよ」

「父さんは絵衣子さんに似合わない。絵衣子さんだって気づいているでしょ」

陽一の手が絵衣子の乳房を揉み上げ、膣内をかき回す。

（わたしの感じるやり方ばかり。口だけじゃない。陽一くんは、わたしの身体を知ってる）

性感帯を知り尽くした指遣いだった。しこった乳首を指で弾きながら、股間の指は潤んだ粘膜をねっとりほぐしてくる。さらに別の指で陰核を強く揉み潰してきた。

「あう、ねっ、許して、もう弄らないで」

絵衣子は泣き声で懇願した。ペニスの挿入を欲しがるようにヒダ肉が指に絡みついていた。

「そろそろ二回目でしょ」

陽一が耳元で言い、愛撫の手つきを速めた。指が抉るように膣奥に潜り、素早く引き出される。抜き差しの刺激に、絵衣子の頭のなかでなにかが弾け、パッと赤色一色に染まる。快感の波が噴き上がった。

「いや、イクッ……ううっ、イクのッ」

絵衣子はオルガスムスの声を迸らせた。左手を忙しなく動かし、陽一の剛棒を扱き立てた。次の瞬間、女体を硬直させる。呻きをこぼし、肌から汗粒を飛ばして裸身を戦慄かせた。

バスルームにハアハアと喘ぎが木霊する。鏡のなかに乳房を大きく波打たせた女がいた。胸元だけでなく、全身が汗とオイルで卑猥に光りかがやいていた。

（……陽一くんの唾液で濡れた腋の下が、気持ち悪い）

ぽうっとした頭で、絵衣子は思う。溢れた蜜が漏れて、会陰の方に滴るのを感じた。ゆっくりと陶酔の波が収まってくる。

その時、止まっていた陽一の指が再び動き始めた。

「ああ、止めて……これ以上しないで」

絵衣子は苦しげに喘いで哀願した。豊乳を絞られ、女穴の指は深く差し込んだまま、円を描くようにクリトリスを揉み込む。甘い愉悦が途切れずに生じ、肢体は灼けるように滾った。快楽に意識を奪われまいというように、女の手は雄々しいペニスをぎゅっと握りしめた。

「まだだよ。あと三回イッたら許してあげる。それくらいじゃないと欲求不満の解消にはならないでしょ。エッチな声だって我慢せずにきちんと出すんだよ。ほら、絵衣子さんは僕のチ×ポを擦りなよ」

女体は催眠術にでもかけられたように、言いなりになってしまう。指先を亀頭の括れに引っかけるようにして、勃起をしなやかに扱き立てた。先走りが垂れて手の平を温かく濡らす。

(わたしの身体、太くて逞しいのを欲しがっている)

硬くなった陰茎を擦る度に、女陰の奥が疼き子宮がジンと火照った。

「明日はもっと楽しくなるからね。期待して」

陽一が囁く。明日は日曜日だった。なにをされるのだろうと絵衣子は首を回した。おののきの瞳で陽一を見る。

「ふふ、口を吸って欲しいの？」

「ち、ちがっ、んッ」

朱唇を奪われる。陽一の舌が唇の隙間を舐める。絵衣子の口元も自然に開いた。互いの唇をぴったり重ね合い、音を立てて舌を絡ませ合った。

(自分から舌を巻き付けて……わたしの身体、どうしてしまったの)

陽一の手が女体をまさぐる。ディープキスに耽りながら、また次の波が盛り上がる。

「イクッ、またイッちゃうッ」

絵衣子は口を跳ね上げて叫んだ。裸身はビクッビクッと痙攣を起こした。

一ヶ月後に義理の母となる予定の女は、息子の指に追い立てられ、艶麗なよがり泣きを湯気のたちこめる空間に響かせた。

第五章　義母が征服された日

1

日曜日。三田絵衣子は病院の廊下を早足で歩いていた。

父の心臓の症状が悪化して、入院したという母親からの電話があった。命に別状はなく、今はすっかり快復していると説明されたが、絵衣子はすぐに自宅を飛び出して病院へと駆けつけた。

(お父さんには悪いけれど、ちょうど良かった。お友だちの家か、実家に行こうかと考えていたところだったから)

今日も陽一が手出しをしてくるようなら、避難をするつもりだった。だが陽一は起きてそうそうに家を出て行った。友人と遊ぶ約束なのだという。

このまま陽一と距離を置いて日曜日をやり過ごせば、次の週末まで会わずに済む。正直、ほっとしたのが本音だった。

(やっぱりお風呂場でいたずらされたことを、武さんに言うべきだったのかも)

だが日付が変わって疲れた顔で帰宅した武を見ると、陽一を糾弾する台詞をぶつける気にはなれなかった。

(それに陽一くんは、背中を流しただけと言い逃れをするに決まっている)

陽一の手で強制的なオルガスムスを迎えさせられたが、その事実を証明する手立てがなかった。一方的な証言ではなんの意味もない。下着を汚された件も、逆に絵衣子が謝罪をする羽目になった。

(武さんは、陽一くんの本性に気づいていないみたいだもの。このままではいけないのはわかっているけれど、どう対処したら……。いきなり結婚をやめると言ったら、お父さん、お母さんはがっかりするだろうな)

父の病室にたどり着く。個室だった。

「お父さん、絵衣子です」

ドアをノックして絵衣子はなかに入った。窓際の白いベッドに横たわる父が目に入る。その瞬間、パンパンと派手な音が鳴った。

「きゃッ」

絵衣子は首をすくめて、両手を顔の前に差しだした。その手の上や肩に、宙を飛んできた紙テープが引っかかった。

（クラッカー？）

「お誕生日おめでとう、絵衣子ちゃん」

ベッドの横から、母がひょっこりと顔を覗かせた。白いクリームの丸いケーキを手に持っている。

「サプライズだよ。びっくりしただろ絵衣子」

ベッドの父が、手に持ったクラッカーを楽しそうに振った。

「パパ、ママ、でもわたしの誕生日はまだ二週間も先よ」

「あなた結婚式が間近でしょう。改まってお祝いをする余裕がないと思って。ふふ陽一くんの提案なの。このケーキも陽一くんが買ってきてくれたのよ」

（陽一くん？）

ドアの陰にもう一人いた。その姿を見て絵衣子は息を呑む。大原陽一だった。

「やあ絵衣子さん」

陽一は絵衣子に近づき、悪意などみじんも感じさせないやさしい笑みを浮かべる。ゾクッと寒気がした。

「陽一くん、お父さんが入院するとすぐにお見舞いにも来てくれて。あなたには内緒だったけれど、以前からうちにもちょくちょく遊びに来てくれてたのよ」

(わたしの実家に、陽一くんが?)

「年の離れた旦那さんだってことが心配だったけれど、良い息子さんがいて安心したよ」

父と母はしあわせそうな笑みを浮かべていた。絵衣子は言葉が出ない。母がケーキを絵衣子の前に持ってくる。上に立てられたローソクに火が付いていた。仄めく炎を、絵衣子はしばらく麻痺したように見つめた。

「さ、絵衣子さん」

陽一がトンと背中をさわった。絵衣子は「あ、ありがとう」と言って火を吹き消した。父、母、そして陽一の拍手が病室に響いた。

絵衣子と陽一は、窓とベッドの間に置かれた椅子に並んで座っていた。

花瓶の水を交換してくると、母親は病室を出て行った。ついでに売店で買うものがあると言っていた。しばらく戻っては来ないだろう。

（まさかわたしの両親にまで接触をしていたなんて）

絵衣子はちらと隣の陽一を見る。陽一は家を出た時の黒の長袖シャツに、ジーンズのラフな格好だった。手に持った携帯電話を弄りながら、ベッドの足下側に置かれた備え付けのテレビを眺めている。テレビに流れているのは、衛星放送のドキュメンタリー番組だった。

はしゃいで疲れたのか父はうとうととしていた。みなでケーキを食べ、陽一が絵衣子の幼い頃の話を聞きたがり、父と母は嬉々として喋っていた。

絵衣子は椅子から立ち、ベッドのリモコンを操作して起き上がっている父の上体を倒した。枕の位置を直して、布団をかける。

（パパは一昨日には入院をしていたのに、二人ともわたしには黙っているよう陽一くんに指示をされていた。陽一くんは、ずっと以前から計画を張り巡らしていたことになる。昨日お風呂場に入ってきたことも、その場の思いつきの行動ではない）

張り巡らされた罠の深さに、絵衣子は戦慄を覚える。

「こっそり誕生日の祝いをしようって言い出したのは僕だけど、途中から絵衣子さんのご両親の方が乗り気だったね」

陽一がぽつりとつぶやいた。絵衣子は振り返って、上から陽一をにらんだ。

「あなた、なにが目的なの。わたしの家族にまで手を出して」

眠っている父を起こさぬよう、絵衣子は声を潜めて詰問した。

「僕には祖父母がいないからさ。絵衣子さんのお父さんとお母さんと、ずっと仲良くしていきたいと思って親交を深めたんだけど、気に入らなかった？」

「気に入らないとか、そういうことじゃなくて」

「絵衣子さん今日もかわいいね。お上品な若奥さまみたいだ」

絵衣子を見上げて、陽一が目を細める。絵衣子は膝丈の白のシフォンスカートに、桜色のシルクニット、透明タイプのストッキングを穿き、足下はパンプスの出で立ちだった。突然の褒め言葉に戸惑い、女は視線をゆらす。

陽一がいきなり立ち上がった。絵衣子の頬にスッと手を添え、口を寄せてくる。

「え？　んっ――」

抵抗する暇も無かった。気づいた時には唇同士が重なり合っていた。

(だめよ、パパの前でキスなんて)

絵衣子は男の肩を摑んで、引きはがそうとした。だが陽一の手が絵衣子の後頭部をしっかりと押さえていた。二人の唇がやわらかに擦れ合う。男の舌先が女の紅唇を舐める。唾液の甘い味がした。昨夜の風呂場でのしつこい愛撫を、女体は思い出す。

（指でなぶられて、わたし五回も……）

繰り返しアクメした羞恥の情景が蘇る。絵衣子の肌はぼうっと熱を帯びた。

「暴れて音を立てると、お父さんが起きるよ。お父さん、心臓の弁の働きが悪いんですよね。安静にしていないといけない身体だって」

たっぷり女の唇を吸った後で、陽一が口を引いて囁いた。

父は二年前に心臓の手術をした。心臓に過度の負荷をかけてはならず、血圧の上昇に気をつけ、拍動を速めるような運動も控えないといけない。そう医者から注意されていた。

「わかっているのなら、こんな真似はやめなさい」

唾液で濡れた唇で絵衣子は抗議をする。陽一が笑って手をほどいた。絵衣子は陽一から身を離して距離を取った。

「だったら互いの利害が一致してるってことでいいよね。お父さんがドキドキするような出来事は避けないといけない」

陽一がシャツの胸ポケットに手を入れた。紙の束のようなものを取り出すと、父の足下の布団の上に、それをパッと撒いた。

(なにこの写真は)

陽一と絵衣子が舌を絡ませるディープキスをしている写真、裸で四つん這いになった絵衣子が背後から陽一に貫かれている場面、大きく舌を伸ばしてペニスにフェラチオを施している痴態、二十枚ほどの写真には、どれも絵衣子のあられもない姿が映っていた。

(夢じゃなかった……)

偽造写真ではないことは絵衣子自身が一番よくわかる。夢で見たそのままの情景が、そこにあった。今にも悲鳴がこぼれそうだった。すっと陽一が絵衣子の口に人差し指をあてがった。

「大きな声を上げてお父さんを起こさないようにね。騒ぐと気づかれるよ。絵衣子さんが義理の息子とうまくいってるって思っているんだから、がっかりさせたらかわいそうだよ」

「こ、こんな写真がなんだというの。わたしが進んであなたに抱かれるはずがない。お父さんは、わたしの潔白を信じてくれるわ——」

そこまで言って絵衣子は気づく。父も母も、絵衣子が夫を裏切って義理の息子と不貞の関係を持つなど、あり得ないと庇ってくれるだろう。だが問題はそこではない。

（こんなものを目にしたら、パパは卒倒する）

娘の誕生日を皆で祝った。しあわせな気分を味わった直後に、娘の不道徳極まりない姿を目にすれば、絶大なショックを受けるのは間違いなかった。

「父は発作を起こしたら、命に関わるのよ」

「じゃあ、それはすぐに隠した方がいいんじゃないかな？」

陽一がベッドの上を指差す。

（そうだ。こんな写真、一枚も両親に見せてはならない）

「あ、あなたがばらまいたくせにっ」

母親が戻って見つけても騒動になるだろう。絵衣子はベッドにかがみ込んで、散らばった写真を集め始めた。途端に背後から陽一がスカートをまくり上げてくる。

（またいたずらを）

「パンティは清楚な白か。初々しい新妻っぽくていいね。ストッキングはセパレートでセクシーな感じだけど」

脚は太もも丈の透明ストッキング、腰には光沢シルクのショーツを穿いていた。陽一がショーツの上から、尻肌をさわってくる。絵衣子は陽一の悪戯を無視して、一枚一枚写真を拾っていった。ともかくいかがわしい写真を隠すのが先だった。最後の一枚を手に取った時、ショーツの股布が横にずらされた。

「あ、いやっ、なにを」

「しっ、静かに。お父さんの目が覚めるよ」

陽一が注意をする。興奮で声が大きくなっていたことに気づき、絵衣子は慌てて父の方を見る。まぶたを閉じて、反応はない。安堵の息を漏らした瞬間、ヌルッとした感触とともに異物が膣口に押し込まれた。

「んっ」

絵衣子は口元を手で押さえて呻きをこぼした。その隙に陽一がもう一つ異物をねじ込み、ずらしたショーツの股布を元に戻した。

「ああっ……あなたはなにがしたいの」

絵衣子は振り返りざまに陽一の手を払い、スカートを下におろした。陽一に非難の目を向ける。

「わたしの身体になにを入れたの」

「無線式のローターだよ。二個が連結してるやつ。絵衣子さん、ローターって知ってる？」

陽一が手に持っている四角いケースを見せた。

「これがコントローラーで、スイッチを入れると——」

指がスイッチの一つを動かす。すぐさま絵衣子の腹部でブルブルと振動が起こった。絵衣子は腰を引き、内股になった。

「んうッ……と、止めてっ」

陽一がすぐにスイッチを切った。振動がピタッと収まる。

「わかったでしょ。細長い球状のプラスチックが、モーターで暴れ回る仕組みなんだ。じゃあ絵衣子さん、フェラチオして」

陽一が絵衣子の前に立ち、命じた。絵衣子は表情を強張らせた。

「な、なぜそんなことをしないといけないの」

「あのテレビに、僕と絵衣子さんのセックスシーンが流れたら困るでしょ？」

陽一が病室のテレビに視線を向けた。

「動画まで撮ってあるの？」

「そうだよ。テレビの下のＤＶＤデッキに、録画映像がもうセットしてある。病棟いっぱいに響くくらい音量も大きくして、絵衣子さんのアクメ声をみんなに聞いてもらおうか」

陽一はそう言って頬をゆるめると、絵衣子が手に摑んでいた写真を奪い取った。涼しい顔で、シャツの胸ポケットへと戻す。

「しょ、正気なの？」

女は呆然とした目で陽一を見た。

「勝手にローターを外しても、映像を再生するからね。さ、お母さんが帰ってくるまでに搾り取ってよ」

（用意周到に）

抵抗できないような状況が、既に作り出されていた。発作を起こせば父は命に関わる。父親を人質に取られているのと一緒だった。

「あ、あなた、卑劣だわ。軽蔑します」

震え声でなじり、絵衣子は陽一の足下にひざまずいた。ジーンズのファスナーをつまんだ。口惜しさと屈辱感で指が震えた。躊躇いを振り払い、ジーンズの前を開いた。

（もう膨らんでる）

現れ出た下着の盛り上がり方でわかる。陽一は既に勃起していた。

(女を追い詰めて興奮するなんて……なんてひどい人)

絵衣子は胸で嘆き、下着をずらし下げた。ペニスがピンッと勢いよく飛び出た。

(なんて大きさ)

男性器は天に向かってそそり立っていた。十代とあって色素の沈着はほとんど無い。赤みを帯びた棹部分は長く、亀頭は充分に肥大して凶悪な反りを有している。

「あうっ、電源を入れないでっ」

絵衣子は狼狽の声を漏らした。膣内で淫具が振動をしていた。二つの機械の生む不規則な蠢きが、粘膜に響く。

「絵衣子さん、もたもたしてるんだもの。無事に射精までたどり着いたら止めてあげるよ。さ、早く舐めなよ」

今度はスイッチを切ってはくれない。絵衣子は怨ずる眼差しを上に注いだ。

(従うしかない。お父さんの命を、陽一くんに握られているのも同然なのだから)

己に言い聞かせ、絵衣子は逸物に細指を這わせた。男性の象徴は硬く引き締まっていた。

（火傷しそうに昂ってる……昨日もバスルームでさわったのに、全然違う）

手探りでふれるのとは、感覚が異なっていた。汗の香が混じった男性器の匂いが絵衣子の鼻孔に届く。牡っぽい臭気を嗅ぐだけで、くらくらとした。目の前で反り返る逸物の逞しさが、女の胸に迫ってくる。

匂いの元に向かって紅唇を近づけた。陽一の視線を感じる。赤い唇はチュッと音を立てて亀頭にふれた。その瞬間、ジンと下腹が疼いた。

（キスしただけで、子宮が熱くなるなんて）

カーテンも引かれていない真っ昼間の病室で、ひざまずいて口唇奉仕する異様な状況に、心は動揺している。陽一に反発する気持ちもあった。

（でも身体は……）

女肉のなかで、ビーンと鈍い音を発してローターが暴れていた。振動のなかで、二つのローターはガチガチと当たって反発し、粘膜のなかを弾むように刺激していた。肌が汗ばみ、脚の付け根がとろんと潤んでいく。

（負けてはダメ。こんな道具、無視してしまえばいい）

絵衣子は膝と膝をすりあわせて腰つきをゆらめかしながら、ピンク色の舌を伸ばした。棹裏を、根元の方から先端に向かってツーッと舐め上げた。塩気のある味が舌に広がる。

(しょっぱい。わたしこの味を知ってる)

過去の記憶と、今が一致する。牡の味を感じながら、何度も陽一の男根を舐めしゃぶった。

(フェラチオなんて、数えるほどしか経験したことがなかったのに)

尿道口から先走り液がトクンと溢れ出る。絵衣子は反射的に、舌を伸ばして透明液をすくい取った。唾液と一緒に、粘ついた体液をコクンと嚥下した。

(憎い相手なのに、抵抗なく舐めて呑み込んでいる)

己の変わりように内心驚きながら、絵衣子はそのまま紅唇を丸く広げて、亀頭を含んだ。先端を咥えたまま、舌先を小刻みに蠢かせた。またカウパー氏腺液が漏れ出る。欲情を示す反応が、女の舌遣いをより積極的にした。頬をくぼませ、先走り液をチュッと吸い取った。

「絵衣子さん、上手だね」

陽一が絵衣子の頭に手を置いて告げた。

(あなたがこんな女にしたのでしょう)

絵衣子は胸で言い返し、いったんペニスを吐き出した。茎胴を指で摘まんで、ペロリペロリとキャンディーを舐めるように、繰り返し舌を這わせた。亀頭の括れ、棹裏から根元まで下がり、さらに下着をおろして陰嚢まで外に露出する。

(身体が手順を覚えているんですもの)

右手を肉棹の根元に絡めてシコシコ擦りながら、左手を陰嚢に添え、袋部分に舌を這わせた。唾液でぐっしょりと濡らし、睾丸を一つ一つ口に含んで舐め転がした。全体を唾液で湿らせた後は、いよいよ吸茎行為だった。

(こんなに逞しいもの、呑み込めるの?)

衝き立つ肉茎を見て思う。絵衣子は疑問を抱きながら、野太い切っ先を咥えた。頭を沈めて口腔におさめていく。棹の中程まで咥えて舌を巻き付けると、肉茎の硬さがさらに増し、反り返りの角度も上昇するのを感じた。

(半分しか呑んでないのに、上あごに当たる)

「んふ、んむん」

絵衣子は艶めかしい充塞の吐息を鼻腔から漏らし、頬張った勃起の充実ぶりをしばらく噛み締めた。

(うう、どうしよう、下着にまで愛液が垂れちゃってる)

いつの間にか、股の付け根がヌルヌルに湿っていた。ローターの震えを押さえ込むように、左右の太ももをぴっちり閉じる。だが淫具の生む性感は、着実に女体の官能を高めていく。

（ああ、振動が染みる）

女の鼻孔は切なくため息を漏らした。気を紛らわせるために、スカートに包まれた丸いヒップをゆらして微細な蠢きに耐える。

「ふふ、絵衣子さん、夢中だね」

陽一が笑いをこぼしていた。絵衣子は瞳を頭上に注いだ。楽しそうな陽一の表情と出会う。己がベッドと窓の間のスペースにいることを、絵衣子は思い出した。

（わたし、パパの前でフェラチオをしていることを一瞬忘れていた）

陽一の指摘通り、夢中になっていた自分に気づき、カーッと美貌を赤らめた。

陽一が、女の額に浮いた汗をやさしくぬぐい取る。

「絵衣子さんは、僕のチ×ポをおいしそうにしゃぶってくれるから好きだな」

陽一の台詞で汗がぶわっと噴き出し、絵衣子の顔はさらに上気した。羞恥の想いが胸を締め付け、同時に子宮がジュンと熱を孕む。

（は、早く射精してしまいなさい）

乱れる感情をぶつけるように、絵衣子は頭を振り立てた。付け根付近まで呑み込み、唇で擦りつけながら、素早く吐き出す。

（わたし、喉まで呑み込めるようになっている）

顎が外れそうな逞しいペニスを、吐き気を催すこともなくぴっちりおさめることが出来た。上をちらと見る。

「いいよ絵衣子さん、その調子」

陽一が微笑みを返し、褒めるように絵衣子の髪を撫でてくる。絵衣子はすぐさま視線を外した。

（さっきから……なんでわたしが照れないといけないの）

指で陰嚢を包み込み、舌遣いの湿った音色を響かせる。喉元まで含み、キュッと吸い立てた。剛棒が隙間なく口腔を埋める密着感は、なんともいえない達成感と満足感があった。

（息が詰まって、頭が痺れる感じ）

深く咥え、一気に引き出す時に、亀頭の反りに唇が引っかかるのも心地よかった。逞しい勃起へのフェラチオ奉仕には、確かな快感がある。

（陽一くんが相手だから？　……違う。こんなのただの錯覚。早く射精してもら

いたいからしているだけ。それだけだわ)

恍惚感を否定し、絵衣子は頭の振りを速めた。身体のゆれに合わせて、胸元もたぷんたぷんと波打つ。口遣いを忙しくしても、陰嚢への指遣いはソフトな刺激を心がけた。

「んふん……むふん」

鼻梁からは甘えるような鼻声が自然にこぼれた。膣内では淫具がビーンと振動している。全身の肌までもが紅潮し、熱く火照った。棹の根元を人差し指と親指で甘くシコシコ擦りつつ、唾液をたっぷりとまぶして紅唇に出し入れをした。カウパー氏腺液がドクドクと溢れ出た。

「絵衣子さん、ああ、もうイキそうだよ」

陽一が気持ちよさそうに息を吐いた。

(出るの？　わたしのおくちに射精するの？)

絵衣子は濡れ光った瞳で仰ぎ見る。陽一が絵衣子の髪を掴んだ。

「もっと口を開けて。根元まで入れるからね。ごっくんさせた後は、絵衣子さんの身体のなかにもう一発注ぎ込むからね。今のうちに覚悟を決めておいて」

(そんな、この後パパの前で犯される……)

この先の背徳の痴態を想像して、絵衣子はゾクリとする。陽一が髪を引っ張り、腰を繰り込んできた。絵衣子は棹の付け根に絡めていた指をほどき、陰嚢をマッサージする手も外した。

（喉に当たってる）

陽一は女の唇を女性器に見立てて、ペニスを乱暴に突き立ててくる。絵衣子は両手を陽一の腰に回して抱きつくと、口元を弛緩させて抽送を懸命に受け止めた。呼吸を止めて、嘔吐感を我慢する。

（陽一くんの、さっきよりも硬く膨らんでる）

勃起の膨張が増していた。漏れ出るカウパー氏腺液の塩味が、唾液と混じり合う。男の昂りの反応は、女として本能的な悦びを生む。下腹がドロドロと滾った。ローターのバイブレーションで蜜肉は甘美に痺れ、愛液を潤沢に滲ませる。

（ああっ、おくちを犯されているのに、イッちゃいそう。こんな状況で達したら、陽一くんの思うつぼなのに）

こみ上げてくる官能が制御できない。絵衣子は履いているパンプスの踵に、股間を押し当てた。女唇を自ら圧迫し、ローターを呑んだ膣口にぎゅっと刺激を与える。押し潰すような圧が膣内にまで掛かり、ローター同士のぶつかりが派手になった。

(ガチガチ当たって跳ねてる。うう、だめ、イクッ——)

目の前が赤に染まり、女は喉で呻いた。スカートに包まれた腰つきが痙攣を起こす。無上の陶酔感のなか、父親の病室で気を遣る悲嘆に、絵衣子の胸は締め付けられた。

(パパの前でイクなんて……)

鼻孔から吐息を漏らし、肉柱を狂おしく吸い立てた。その時、陽一の下半身がビクッと強張った。

「ああ、出るぞ。絵衣子、呑めッ」

低めた声で吠えた。同時に口内の陰茎が硬直し、喉に樹液が当たった。

(口内射精をされてる)

武を含め、過去に付き合った男性の精液を口で受け止めたことなどなかった。

(好きでもない男の子の、精液の吐き出し口に使われている)

しかも陽一は十代の学生だった。年下の少年に支配される倒錯感が、妖しい昂揚を女体に生む。女の丸いヒップはうねった。オルガスムスの波が持続する。

「あああっ、絵衣子さん、もっと吸って」

陽一が歓喜の息を吐いて命じる。絵衣子は舌を絡ませながら吸引を強めた。ビュッ、ビュッと律動を起こして、口内に次々と樹液が溢れ出ていた。

（ああ、まだこんなに出る）

陽一の射精量に驚く。口のなかが粘ついた牡液でいっぱいになっても、まだ精は噴き出してきた。新鮮な栗の花の匂いが口元にたちこめた。

「こっち見て。呑む時は男を見つめて感謝しながら、ゴックンするんだよ」

絵衣子は言われるままに、陽一を上目遣いで見た。視線を合わせたまま、喉を鳴らした。病室にゴクンと嚥下の音色が響いた。

（すごく濃い。喉に引っかかって……でもこの味、嫌いじゃない）

陽一の精子の味を好ましく感じる自分がいる。こってりと濃厚で、粘ついた喉越しにうっとりとしてしまう。絵衣子は何度も喉を波打たせて、口内の精を呑み下した。

「お父さんの前で呑むザーメン、格別でしょ」

陽一の揶揄に、絵衣子は瞳を険しくした。だがそのにらみ顔も、長くは続かない。

（だめ、ローターなんて器具を使われたから、わたしおかしくなっている）

美貌は鼻孔を広げて悩ましく息を抜く。口元をぴっちり窄めて、放出の発作に合わせて唇で扱き立てた。

(わたし、こんな作法まで覚えてる。一滴残らず、おくちに出してもらうやり方)

舌を巻き付け、尿道に残った精液も丁寧に絞り出した。

「汗を浮かばせて、チ×ポに吸いつくしゃぶり顔、かわいいよ」

陽一がやわらかに微笑んでいた。髪をやさしく撫でられると、憎しみの想いさえも快感のなかにとけ落ちてしまいそうになる。

(ひどいことをされているのに……)

意識が朱色にゆらぐ。ゆり戻しのアクメの波が、肢体を包み込もうとしていた。一度絶頂に達した肉体は、抑制が利かなかった。依然こぼれ出る精子を呑み啜りながら、絵衣子はローターの甘い響きに身を任せた。

「ん、ふむん」

(ああッ、わたし、またッ――イクッ)

女は色っぽく喉声を発し、バイブレーションに合わせてむちっと張った尻を淫らにくねらせた。

2

精液の漏出が止まる。絵衣子はゆっくりと唇を引いた。唾液に濡れた勃起が、窓からの日差しを反射して、ヌラヌラとかがやいていた。

（あんなに出したのに萎えていない）

ふてぶてしさに感嘆し、絵衣子はしばらく十八歳の肉茎に見入った。たっぷり精液を呑み啜った。精液の溜まった胃のなかが温かかった。

コンコンと小さなノックの音が鳴った。絵衣子は慌てて立ち上がり、椅子に座った。陽一も隣の椅子に座って、自分の着てきたジャケットを腰の上に被せた。

「ただいま。お父さんのいつも読む雑誌って、これだったかしら」

母が生花をいけた花瓶とビニール袋を手に、病室に入ってくる。

「お母さん、お帰りなさい」

「あら、お父さん寝ちゃったのね。静かにしないと」

母はベッドの父を見てつぶやくと、枕元のテーブルに花瓶をそっと置いた。

（舌に、陽一くんのミルクの味が残ってる）

喋るだけでも、濃い精子の香味を感じた。喉に引っかかる精液の粘ついた感覚も、つばを何度も嚥下しても消えない。

(ママが匂いに気づかないといいのだけど)

口元の涎を手の甲でそっと拭い、髪の乱れを直しながら絵衣子は願う。消毒薬の匂いに混じって、室内にも精液臭が漂っている気がした。あるいは鈍いローターの振動音に勘づくかもしれない。

(ショーツがぐしょぐしょになってるわ。絵衣子の胸はドキドキと高鳴った。スカートにまで染みてしまいそう)

膣内のローターは依然、ブルブルと細かに蠢いて甘い刺激を女体に生じさせる。椅子の上で、絵衣子は腰をもじもじとゆらした。

「ね、陽一くん、機械を止めてくれないの?」

絵衣子は陽一に耳打ちした。

「止めてあげたいけど、絵衣子さんって困った顔も魅力的なんだもの。代わりに握らせてあげるから」

絵衣子の右手を陽一が摑み、ジャケットのなかへと引き入れる。指先に当たったのは露出した陰茎だった。

(ママの前でさわらせようというの? そんな浅ましい真似、出来るわけが)

手を戻そうとする絵衣子に、陽一はテレビに向かって顎をしゃくってみせる。

動画を再生するという脅しだった。絵衣子は仕方なくペニスに指を絡めた。

（ああ、硬く引き締まっている）

心は反発を感じていても、アクメしたばかりの女体は、雄渾さにときめく。女の唇は切なく吐息をつき、そして勃起をそろそろと擦った。

（家族の側で、わたしはなにをしているの）

己を叱りつつも、細指はすべらかに動く。ローターを呑んだ女唇の疼きが、また大きくなっていくのを感じた。

「ありがとうね陽一くん。今日は楽しかったわ」

母が声を潜めて、ベッドの向こう側から話しかけてきた。

「僕も楽しかったです。ケーキもおいしかったし」

「うふふ、いい子ねえ。もし絵衣子ちゃんが陽一くんのパパとうまくいかなかったら、うちの娘をもらってあげてね」

「マ、ママ……」

母の軽口にも、絵衣子はうまい言葉が出てこない。右手には陽一の男性器があった。亀頭の括れを撫で回し、人差し指は尿道口をくりくりと弄っていた。破廉恥で不道徳な我が身を思い、絵衣子の腋の下に冷や汗が滲む。

「あら、結婚前の娘にいう冗談じゃないわって、言わないの?」

母が首をかしげて、怪訝そうに絵衣子を見た。緊張で絵衣子の心臓は早打った。

「いえ、僕でよろしければ、是非」

陽一が隣で快活に返事をし、絵衣子の窮地を救った。母の視線がそれる。

「うふふ、ありがとう陽一くん。そうすると絵衣子ちゃんは、一転して姉さん女房ね」

陽一は好青年の印象をあくまでも崩さない。母が幸福そうに笑っていた。

(陽一くんに助けてもらうなんて……親の前で十八歳の子供にいいようにされて。情けない)

惨めさと申し訳なさが身に染みる。涙がこぼれそうだった。

「お母さんが怪しむよ。チ×ポ扱きに夢中なのもいいけど、少しは笑った方がいい」

陽一が囁いた。引き攣った表情にならないよう、絵衣子は口角を持ち上げて必死に笑顔を作った。

「わたしは月曜の授業の準備があるから、そろそろ帰るわね。あなたたちは?」

母は教職に就いている。カーディガンを羽織る母を眺めていると、陽一が肘でつついてきた。絵衣子はハッとして口を開いた。

「わ、わたしたちももうすぐ帰るわ」

「はい。一緒にタクシーで帰ります」

「そう。じゃあまたね、陽一くん」

母が病室から出て行く。絵衣子と陽一は手を振った。ドアがパタンと閉められる。

陽一が絵衣子の方を向いた。

「じゃあ絵衣子さん、やろうか」

病室に響く陽一の台詞は、死刑宣告のようだった。

「ね、せめて場所を移して」

「うれしそうに扱いてたくせに。こんなにギンギンにしたのは絵衣子さんだよ」

陽一がジャケットを持ち上げた。張り詰めた陰茎をしっかり握った白い手が現れる。絵衣子はパッと指をほどいた。

「あ、あなたが無理矢理握らせたんじゃないの」

言い返す声は弱々しい。陽一が絵衣子を立たせる。ベッドの端に手をつかせて、前かがみの姿勢にさせた。

「スカートを取るよ」

「脱がすのはよして。窓から見えちゃうわ。もう一回、おくちでするから許して」

視線を横にすれば、父の寝顔がそこにある。だが哀願を無視して、陽一がスカートのホックを外し、すとんと下に落とした。さらにショーツを太ももの位置までずらし下げる。陽一の指が、絵衣子の股間に潜った。

「んッ」

指先が秘部に当たり、女の口から湿っぽく吐息が漏れる。埋め込まれていたローターが、膣肉からズルッと抜き取られた。振動刺激からようやく脱した安堵で、絵衣子は肩を落として身体の力を抜いた。

「すごいね。愛液が滴って湯気が立ってる」

陽一が絵衣子の顔の前に、ローターを差しだした。つまみ持つ細紐の先に、二つの卵形の球体がぶら下がり、ブブブと音を発して震えていた。ピンク色の球体の表面は、絵衣子の愛液でしとどに濡れ光って、ポタポタと透明な滴を垂らす。

「いやっ」

絵衣子は羞恥の悲鳴をこぼして、発情のしるしから顔を背けた。陽一がローターーのスイッチを切ってベッドの上に放ると、女園に指を差し込んでまさぐり始めた。

「絵衣子さんもしゃぶりながら、感じてたでしょ」

陽一が頭の後ろから囁く。

「お、おかしな機械を使うからよ」

絶頂に達した言い訳をつぶやきながら、絵衣子は白い尻をゆらす。刺激を受け続けた女唇は、腫れて過敏になっている。花弁を撫でられるだけでも、脚ががくがくとした。

陽一がシルクニットの裾から左手を差し入れる。胸元まで這い上がった手は、ブラジャーのカップを上にずらして、豊乳を直接掴んだ。揉み上げ、乳頭を弄る。

「あ、あんッ」

「硬くなってる。フェラしながら、興奮して乳首を勃ててたんだね」

しこった乳首を指先で嬲りながら、股間の指はクリトリスを捉える。肉芽の付け根を押さえて、やさしく撫で上げてきた。失禁しそうな快感が、腰にジンジンと染み渡った。

（わたしの弱点ばかりを責めて……）

絵衣子は血が滲みそうになるまで、唇を噛んだ。父の眠るベッドの上で、よがり泣きをこぼすわけにはいかない。

「ねえ、やっぱり、あなたが真山洋なの？」

絵衣子は昂揚から少しでも意識をそらそうと、尋ねた。

「ふふ、ずっとアルバイトを休んで、ごめんね三田店長」

クリトリスの指が離れ、背後でごそごそと音がする。ベッドに置いた絵衣子の手の間に、写真がパサリと置かれた。白井真由美と一緒に膨張したペニスを舐めている場面、絵衣子と真由美の女同士の口づけのシーンもあった。

「白井真由美の本名は、白瀬千鶴。つまり父さんの前妻なんだよ。僕の前のお母さん」

（真由美さんが前妻……では陽一くんは義理の母とも性的関係を）

陽一の指が、女穴にヌプリと差し込まれた。柳眉をくねらせ、女の美貌は歪んだ。

「あぁッ、はんッ」

性官能の上昇に呼応して、膣の内側の敏感な箇所が、充血し膨らんでくる。そこを男の指が擦った。ストッキングを穿いた絵衣子の太ももがゆれる。

「ここが気持ちいいんでしょう」

陽一の問いかけに、絵衣子はかぶりを振った。父の存在が、かろうじて残った抵抗の意思をつなぎ止める。

「その我慢、いつまで続くかな？　僕はこの身体で、色々試したんだよ」

指が二本に増えた。膀胱側の膣壁を圧しながら、別の指は奥の方に潜ってくる。

「いやっ、だめっ、いやッ」

ペニスでの抽送とは明らかに異なる刺激に、女は声を引き攣らせた。精査するという形容が当てはまるように、膣底から子宮口の辺りをじわじわと撫で回してくる。

「ふふ、絵衣子さんのなか、ぷるぷるしてるね。うれしそうに指に吸いついてきて」

「んう、なかをくすぐらないでッ」

「僕は絵衣子さんに、自覚して欲しいだけ。この肉体を知り尽くしているのは誰か、悦ばせることが出来るのは誰か、ふさわしいのは誰か」

二本指がズブッと埋め込まれた。今度は一転、素早い指愛撫の動きに変わった。

「ひッ、んうッ」

紅唇の隙間から、嗚咽が漏れた。股の付け根が灼けるように熱くなる。激しい抽送摩擦に反応して、膣粘膜が蠕動を起こしていた。

（それ以上擦らないで。声が出ちゃうッ）

哀願をすることもできない。口を開いた瞬間、あられもない牝泣きを発してしまいそうだった。布団を握りしめ、絵衣子は耐えた。乳房を摑んだ手は、膨らみを乱暴に揉み上げる。

「絵衣子さんのお母さんもさっき言ってたじゃない。結婚がうまくいかなかったらっていう冗談。絵衣子さんとうちの父さんが合わないって、やっぱり感じているんだよ。……絵衣子さん、こっちを向いて」

陽一の声に、絵衣子は振り返る。肩越しに、陽一が絵衣子の唇に口づけをした。女の口を塞ぎ、呻き声を消してくれる。

（わたしの口には精液臭が残っているのに。……ああ、イクッ、だめッ）

快感が噴き上がり、脳裏が真っ赤に染まる。下肢が戦慄き、汗を浮かばせた尻肌はピクピクと引き攣った。陽一の指がなおも女肉を抉り続ける。愛液が陰毛を伝って、床に垂れ落ちるのを感じた。

「よういち、くんっ、んく」

絵衣子は紅唇を開け、よがり泣きを陽一の口に発しながら、舌を差し出した。陽一が舌を強く吸ってくれる。自分を追い詰めた相手ということも忘れ、絵衣子は鼻を鳴らして濃密なキスの恍惚に酔った。唾液が互いの口元から垂れこぼれた。

「入れるよ」

女の舌をしゃぶりながら、陽一が囁く。絵衣子は顎をゆらしてうなずいた。膣口に刺さっていた指が抜き取られ、乳房をさわっていた手も離れる。次に男の手がふれたのは、排泄の小穴だった。絵衣子は瞳を見開いた。

「そこ、違うわ」

舌を引いて絵衣子は訴えた。

「絵衣子さん、妊娠したくないでしょ。あいにくゴムがないんだ。ローションは持ってきているんだけどね」

陽一はそう言って、トロトロとした液を、尻の切れ込みの上から垂らしてくる。液体の詰まったプラスチックの容器を、手に持っているのが見えた。粘液を指ですくっては、肛口にすり込んでくる。

「でもお尻でするなんて……お願い。変態じみたこと、しないで」

「だったら絵衣子さん、僕の赤ちゃんを孕みたいの？」

（赤ちゃんを）

ちょうど受胎期と重なっていた。十八歳の生きのいい精子を注がれれば、確実に妊娠してしまう気がした。

（望まぬ子を宿すよりも……。どうせ汚された身体だもの。写真にあったように、わたしの身体は何度も何度も陽一くんに汚されている。今更、肛門性交だけを嫌がっても意味が無い）

脅されたとはいえ病室で口唇愛撫を行い、飲精をした。その上、何度も絶頂を迎えた。貞操に拘る方が滑稽に思えた。

（それに……わたし自身、どうしようもないほど身体が火照ってる）

女の尻肌に灼けつく勃起が当たっていた。繰り返しオルガスムスに達した女体は、逞しい肉茎を欲しがっていた。

「ローション、塗り終わったよ。絵衣子さん、自分で開いてごらん」

陽一がやさしい口調で命じる。絵衣子は躊躇いを呑み込み、左右の手を己の尻たぶにあてがった。指を切れ込みの間に差し入れ、人差し指と中指を窄まりの周囲に添えた。前かがみの姿勢で指に力を込め、肛門をくぱっと押し広げてみせた。

（自分から拡げて、求めるなんて……）

羞恥で美貌は紅潮する。十八歳の少年の操り人形に堕ちていた。情けないと思うが、同時に被虐の興奮がジリジリと湧き上がって、女体に熱気をもたらす。己の心臓の音が耳にまで届いた。

「どうぞ、後ろでお願いします」

絵衣子はか細い声を発して、肛姦を自ら願った。淫夢のなかにいるように現実感がない。陽一の右手が、絵衣子の右手と右の尻たぶを一緒に掴んだ。

「あッ」

女は声を漏らす。後穴と添えた女の指先に、ペニスの先端が当たっていた。

「この穴を、僕が何度も舐めしゃぶってあげたの、覚えてる?」

「お、覚えています……」

陽一の温かな吐息を身体が覚えている。皺の部分を舌で舐め、キスをし、唾液をまぶしてきた。舌はヌルヌルとなかまで潜り込み、絵衣子はその切ない心地に身悶えして泣き啜った。

(欲求不満が生んだ夢だと思っていたのに)

既に陽一に、排泄の穴を嬲られていることになる。

硬い亀頭が、排泄の穴に突き刺さった。関門がじわりじわりと伸び広がっていく。絵衣子は両手を前に戻して、布団を握りしめた。

「いい具合にほぐれてるね。苦しい？」

絵衣子は黙って首を左右に振った。

（すんなり拡がっていく。わたしの身体、すっかり作り替えられてる）

痛苦は生じるが、それよりも肉体の変化の衝撃の方が大きい。嵌入の圧力がさらに高まった。ゾワワッと腰の裏に電流が走った。

「あとちょっとで入るよ」

陽一が告げる。ローション液で負荷が軽減しているものの、括約筋の緊張は徐々に高まった。絵衣子は圧迫を逃すように口唇から息を吐いた。その刹那、ズルンと亀頭が女の内にすべり込む。

「あぁっ」

雄々しい先端部の貫通を感じ、絵衣子は肢体を喘がせた。

「このまま全部入れるね」

残りの棹部分が潜ってくる。抵抗感は乏しい。ローションでヌメり、陰茎がなめらかに埋め込まれる。

（ああ、この感じ。身体をかきむしりたくなるような危うい感覚……）

排泄の穴に長大な異物を呑み込む苦しさ、切なさはノーマルな性交にはないものだった。腸奥に当たって挿入が止まる。陽一が背後から手を回して、女の胸を掴んだ。

「絵衣子さんと一つになった。この身体は僕のモノだよ。父さんには渡さない」

耳の後ろから、陽一が略奪愛を囁く。身体がぽうっと熱を帯びるのを感じた。心臓の鼓動も速くなる。

「渡さないって、あなたは学生よ」

「関係ないよ。僕との年の差より、絵衣子さんと父さんとの方が年齢が離れているんだから」

陽一が腰を使い始めた。最初は小刻みに、ゆっくりと抜き差しをする。

(陽一くんの言葉に動揺してどうするの。義理の息子なのに……。ああっ、擦れて、引き攣ってる)

余裕のない直腸での抽送は、密着感が桁違いに大きい。ペニスの蠢きを感じると、反射的に括約筋に力が入ってしまい、より粘膜の負荷が高まった。絵衣子は紅唇から苦悶の吐息を漏らして、頭を振った。視界に父の寝顔が映る。

(パパを人質に取った相手なのよ。その子にお尻を犯されているのに)

胸を覆う背徳感、罪悪感は口唇愛撫の時の比ではない。だが口惜しさと同時に、被虐の妖しい昂りがこみ上げるのも事実だった。抽送の勢いが増していく。女の呼吸は速まり、嵌入に合わせて「あっ、あっ」と喘いだ。

(アナルセックスなんて異常な行為に、順応するなんて)

陽一が乳房を揉み上げた。ブラジャーはずらされている。ニットの生地一枚越しに、男の指が豊乳に食い込んでいた。指先が乳首を探り当て、摘まむ。

「ピンピンだね。絵衣子さん、家族の前でしっかり感じてるんだ」

「か、感じてなんか」

「でもほら」

今度は絵衣子の股間に、右手をまさぐり入れた。尖ったクリトリスを爪の先でピンと弾いてから、女裂の表面をスーッと撫でた。その指を上に戻して、絵衣子の鼻先に突きつける。指先は愛液でしとどに濡れ光っていた。

「ち、ちがっ」

顔から火が出る思いで、絵衣子は声を上ずらせた。その反応に陽一が喉を震わせて、腰を鋭く打ち付けてくる。

(うう、身体の芯に響く)

たとえ不浄の穴でも、逞しい肉茎に貫かれる行為には変わりがない。雄渾な嵌入感は、女体に生々しい衝撃を与え、情感をゆさぶった。

(だめ……淫らな気分が抑えられない)

粘膜摩擦の快美が萌芽していた。腰つきがびくびくと震え、愛液が漏れて内ももに滴り、ストッキングの上端に染みていくのを感じた。

「これを絵衣子さんのアソコに戻してあげようか?」

陽一が布団の上にあったローターを取る。二つの細長い球状のプラスチックを、絵衣子の顔の前に垂らして見せた。ローターは、女を誘うようにゆらゆらとゆれた。

(……お尻を貫かれている状態で、これをアソコに?)

思考能力の衰えた絵衣子の頭は、陽一の言葉の意味を遅れて理解する。そして前後の穴に咥え込んだ己の浅ましい姿と、生じる衝撃を想像してブルッと肢体を戦慄かせた。

「ぜ、絶対にやめてっ」

絵衣子は背後に訴えた。

「どうして? きっとものすごいよ」

「そんなことをされたら、いやらしい声がこれ以上我慢できなくなるわ。パパが起きてしまう。お願い。するのなら他の場所に移動をさせて。あなたの望み通りにしますから」

肛門姦の快楽を認める台詞だった。美貌を羞恥で赤らめながら、絵衣子は背後に立つ陽一に懇願した。

「ふふ、絵衣子さん、パパって呼ぶんだね」

陽一が笑う。既に女性器での性交と変わらぬ速度で、男根はズンズンと出入りしていた。腸管は柔軟に伸び拡がり、充塞感はそのままに、切なさを伴った愉悦がこみ上げる。肉柱が深々と埋め込まれると、子宮に振動が伝わり腰がジンと痺れた。

「気分で……お父さんって呼んだり、パパって言ったり……あんッ」

「だいじょうぶだよ。絵衣子さんのパパは、目を覚まさない。さっきケーキを食べた後で、処方をされた薬を飲んだでしょ。あのなかには睡眠薬も入っているみたいでさ、お見舞いに来ると、いつも服用後はぐっすり眠ってた」

今日初めて聞く陽一の口から出た朗報だった。絵衣子は長い睫毛をゆらして、陽一を見る。

「じゃあわたし、情けない声を出しても平気なの？」

「大きな声をだしても平気だよ。そらッ」

陽一は勢いよく突き入れる。絵衣子は背筋を大きく反らせた。前を向いてうなだれ、ベッドの布団をぎゅっと握りしめた。

「そんなにされたら壊れるわ」

艶めいた泣き声をこぼす。陽一の手が股間に忍び寄るのを感じた。淫具を挿入しやすいように、絵衣子は脚を肩幅まで広げた。プラスチックの感触が、火照った花弁に当たる。一つ、また一つと膣口に淫具が埋め込まれた。

（みっちり詰まっている）

隣り合う両方の穴に、挿入を受けていた。経験したことのない充満の心地に、絵衣子は肩を喘がせた。髪がゆれ、汗で濡れた首筋に、毛先が貼り付く。

「スイッチを入れるよ」

（この状態でもおかしくなりそうなのに、ローターが暴れ出したら……）

脅えと期待感で胸がヒリヒリとする。絵衣子は生唾を呑んでから、うなずいた。ビーンと振動が起こった。蜜肉がローターでゆさぶられる。

「あ、ううっ、ひいッ、許してッ」

病室に女の凄艶なよがり声が響いた。陽一がウエストを摑んで、腰を遣う。淫具のバイブレーションに官能を掻き立てられながら、根深い嵌入感に追い立てられる。

「おお、ローターの振動がチ×ポにまで響くよ」

陽一が快楽の喘ぎを吐き、膣胴側に押しつけるようにしてペニスを突き込んできた。二つの器官を隔てるのは、薄い膜だった。勃起によってローターが圧され、膣粘膜にコンコンと当たってくる。

(どうにかなってしまいそう)

拡張と振動、充塞と快美、苦悶と恍惚がよじれあって下腹のなかを渦巻いていた。絵衣子は括れた腰を基点に、肢体をくねらせた。

「だめっ、わたしもうっ――」

圧倒的な存在感が、女を押し上げる。目がくらみ、赤い火花が散った。

「あぁッイクッ、イキます」

絵衣子は絶頂の声を響かせた。

「ほら、もっと泣けッ」

陽一が腸管をペニスでこねくってくる。性感を乱され、絵衣子はさらに身を引き攣らせて悶えた。ニットに汗が染み、肌にぴったりくっつく。

（パパの前で気を遣るなんて……）

絵衣子は喉を晒して、苦しげに息を吐く。ローターの振動が、陶酔感の低下を許さない。太ももを震わせ、摑んだ布団に指を食い込ませた。

「絵衣子さん、脱ごうか。暑いでしょ」

「……え？　裸に」

絵衣子は脅え声をあげるが、陽一はかまわずシルクニットの裾を摑んで、引き上げてきた。仕方なく絵衣子も腕を掲げて、協力する。カップのずれたブラジャーもはぎ取られ、形の良い豊乳がぷるんと現れ出た。身につけるのは、脚の途中に引っかかったシルクショーツと、太もも丈のストッキングのみとなる。

（こんな場所で裸になるなんて、正気じゃない）

窓はカーテンが引かれていない。医師や看護師がやって来るかもしれない。かすかに残った理性が、陽一の要求に流されていく己のうかつさを責める。胸の谷間を、汗がツーッと流れ落ちた。

突然、コンコンとノックの音が鳴った。絵衣子の身体が強張り、さあっと血の気が引く。正面のドアを凝視した。

ドアが開き、入り口に姿を現したのは、薄紫の和服をまとった白井真由美だった。

「失礼いたします」

「……真由美さん。どうしてここに」

絵衣子は呆然とつぶやいた。しずしずとした足取りで、真由美が病室に入ってくる。

「こんにちは絵衣子さん。陽一さん、お迎えにあがりました」

肛姦を受ける絵衣子に挨拶をし、女の尻を抱えた陽一に視線を向ける。裸の絵衣子と陽一の交わる姿に、驚いた様子は見られない。

「さっき僕が携帯で呼んだんだよ。それと真由美じゃなくて、白瀬千鶴だよ」

「そうですわ。名を偽って申し訳ありませんでした、絵衣子さん」

二重の瞳が、絵衣子を見つめて謝罪をする。

「ああっ、見ないでください、こんな姿ッ」

絵衣子は右手を顔の前にかざした。ベッドの向かいから千鶴が腕を伸ばして、絵衣子の手を両手で包み込んだ。

「こんな場所で、裸になられているのに？　隠すことないじゃありませんか」

絵衣子の手を下におろし、乱れた女の表情をのぞき込む。絵衣子はいやいやと顔を振った。陽一が止めていた抜き差しを再開した。絵衣子は驀きに驚き、腰に力を込める。括約筋が肉茎をぎゅっと括った。

（うう、硬いっ）

締め付けを跳ね返す肉茎の硬さに美貌は歪み、紅唇は艶めかしい吐息を漏らした。千鶴のやわらかな手が、絵衣子の頰にあてがわれた。

「色っぽいため息をついて。そんなに気持ちよろしいの？」

「絵衣子さん、露出症の気もあるみたい。ママが来てから、ずっとチ×ポをピクピク締め付けて愉しんでいるもの」

「そ、そんなこと……」

「してらっしゃるのね」

口ごもった絵衣子に、千鶴がやさしく微笑みかける。

「正直になってもよろしいのよ。わたくしたち、もう深い仲なのですから」

千鶴の手が、絵衣子の胸元にあてがわれた。左右の膨らみを両手で包み込んだ。女らしい手つきで、やわらかに揉み上げる。

「気持ちの良いさわり心地。わたくしより、張りと弾力があって」

細指が胸肉をマッサージする。背後からは陰茎がリズミカルに肛穴を穿つ。バックからの腰遣いで女体は前後し、摑まれた双乳もやわらかに形を変えた。蜜肉はローターの刺激に収縮を起こす。絵衣子は眉間に皺を寄せ、小鼻を膨らませて、泣き啜った。

「絵衣子さん、イキそうなんですね」

乳頭を摘まんで千鶴が尋ねる。絵衣子は同意をするように、がくがくと細首をゆらした。

「もう後ろの良さに目覚めてるんですね。うふふ、具合よろしいでしょ？　わたくしの時よりも、念入りにほぐしましたから。絵衣子さんがわたくしの家に遊びに来る度に、弄って差し上げましたのよ」

「そ、そんなことを……きゃんッ」

陽一が尻肌を平手で打ってきた、絵衣子は泣き声を漏らして腰を強張らせる。

「ほら、もっと食い締めなよ」

陽一が煽るような激しい抜き差しで、肛穴を抉り込んできた。ヒリヒリと関門が疼いた。

「は、はい」

絵衣子は息んだ。

(ああ、たまらないっ)

硬いペニスを絞ると、直腸が灼けつくような熱を帯び、全身へと広がっていく。絵衣子は何度も絞り込み、双臀をヒクつかせた。千鶴の突然の登場で、心は惑いのなかにあるにもかかわらず、肉体は暴力的な二穴責めに酔い痴れてしまう。

「うちの父親にも、この絵衣子さんの姿を見せてやりたいな」

(武さん……)

陽一の言葉で、絵衣子は未来の夫の存在を思い出す。武のことを考える余裕すらなく、性感に掻きたてられていた。

(なんてひどい女)

実の父親の前で姦淫に耽る罪悪感、そこに不貞を犯し武を裏切っている自責が重なる。

「ああんっ、だめ、またわたしッ」

胸を締め付けられる罪の意識が、官能を鋭敏にする。急速にアクメの波が盛り上がった。

「ふふ、もっと気分が出るように、ママ、絵衣子さんの口を吸ってあげなよ」

「わかりました」

千鶴が笑みを浮かべて美貌を近づけてくる。赤い唇が、絵衣子の口にやわらかに重なった。千鶴の口からは甘い匂いが漂った。

「いつものように、唾液の交換をしましょうね」

千鶴がキスをしたまま囁いた。絵衣子は千鶴とのディープキスの写真を思い出し、まばたきでうなずく。口を開けて舌を差し出した。千鶴が目を細め、同じように舌を伸ばしてくる。舌を擦り合わせ、唾液を呑ませ合った。

「ふふ、レズキスって燃えるな。このまたっぷり注いでやるから、がんばって喰い絞るんだよ」

尻肌を陽一が平手で打った。強い打擲に絵衣子はビクッとし、陽一の言葉通り、残った力を振り絞って肛門を緊縮させた。

(だめっ、堕ちていく)

身の崩れるような拡張感と摩擦刺激に、全身の筋肉がゆさぶられる。年下の少年から受ける肛姦、そして女同士のキスと愛撫は、禁忌と魔性の悦楽だった。二十七歳の裸身は、きりきりと肉棒を絞り込みながらオルガスムスに達した。

「さあ、牝の声をいっぱい奏でるんですよ」

絵衣子の息遣いと表情の変化を察知して、千鶴は口を引き、きゅっと乳首を揉み込んだ。

「パパ、武さん、ごめんなさい。絵衣子はお尻でイキますっ」

女はよがり泣いた。陽一が腰を打ち付ける。ローターがぶつかり合っていた。背筋に電流が走り、裸身は汗つぶを飛ばして仰け反った。

「行くぞ、絵衣子ッ」

陽一が雄叫びを上げる。勃起が腸管内で爆ぜるのを感じた。アクメの快感に呑まれながらも、絵衣子は放出する男の動きに、全神経を集中する。

(震えてる。陽一くんのザーメンミルクが、おしりのなかに溢れてる)

勃起の律動を腸粘膜全体で感じ、淫らな仕草で尻を動かすことで射精の勢いを強くする。

「ザーメンを欲しがって。いやらしいお尻だ」

尻肌を打たれた。平手打ちの痛みは、ご褒美のようだった。もっとぶってと請うように絵衣子は双臀を振り立てた。

「芯までとろけてますね。この淫らな身体で、武さんと結婚できるのですか？もうあの人に抱かれても、なにも感じませんでしょ」

（武さんでは満たされない）

悲しい事実を認識し、美貌は瞳を潤ませた。

「安心なさって。陽一さんがいっぱい愛してくださいますから」

千鶴が笑みを浮かべて、また口を吸ってくる。与えられる唾液を啜り呑みながら、絵衣子は陽一の陰茎をひたすら喰い締め、脂汗の浮いた臀丘をゆらめかした。やがて快感の渦に呑まれて、二十七歳の肉体は失神を迎えた。

3

月曜日の早朝。外はまだ薄暗かった。

絵衣子は大原家のダイニングルームで着替えをしていた。身につけるのは純白のウェディングドレスだった。

サテン生地の白手袋もはめ、胸元にはダイヤのネックレス、頭にはウェディングベールと髪飾りを付ける。家のなかだというのにパールホワイトのハイヒールまで履いた。

「これでいいの？」

花嫁姿が完成すると、絵衣子は側で見守っていた陽一に問いかけた。ドレスを着るよう命じたのは陽一だった。

「似合うね。ママのドレスなのに、絵衣子さんのために仕立てたみたいだ」

絵衣子を見て、陽一が微笑む。用意されたのは千鶴所有のウェディングドレスだった。元は裾の広がったプリンセスラインだったものを、大胆な膝上丈のミニスカートに替えてあった。白の光沢ストッキングで包まれた脚線美が、剝き出しになっている。

「絵衣子さんは、やっぱり清楚な白が似合うね」

陽一は手に持ったデジタルカメラを構え、何枚もシャッターを切った。

「なんでこんな格好……」

絵衣子は戸惑いの瞳でレンズを見つめて、ぽつりとこぼす。その独白を聞き、陽一がデジタルカメラを顔の前から外した。

「今週、できるんでしょう。絵衣子さんがオーダーしたウェディングドレス」

「ええ。その予定だけれど」

「僕が寮に入っている間に届いたら、絵衣子さん当然着てみるよね。父さんにも見せるでしょ？」

た。

「父さんより先に、絵衣子さんの花嫁姿を見たかったんだ」

陽一が歩み寄り、ドレスで絞られた腰に腕を回して、絵衣子の身体を抱き寄せ
「見せるかもしれないわね」

(嫉妬?)

絵衣子は青年の表情を窺うように見た。だが微笑の奥の感情は読み難い。

「学校には行かなくていいの。遅刻をするんじゃないの?」

陽一は制服姿だった。学校と距離があるため、早くに家を出ないと一限目の始業に間に合わない。

「行くよ。花嫁姿の絵衣子さんと愉しんでから」

(愉しむ……やっぱりそれが目的)

この後犯されると知り、絵衣子は瞳を険しくした。陽一が顔の前にかかったベールを後ろによけ、絵衣子の顎に指先を添えて上向きにした。

「安心して。ちゃんとゴムを使うからさ」

「そういうことじゃなくて。わたしは武さんの婚約者なのよ――」

陽一が絵衣子の言葉を遮るように、相貌を被せてくる。絵衣子はまぶたを落と

して、口づけを受け入れた。

（いつの間にか、キスに抵抗がなくなっている）

陽一は穏やかに唇を擦りつけてくる。いつもよりやさしい口づけだった。互いの温もりを愛おしむように、二人は互いの口を吸った。絵衣子は白手袋の手を、陽一の股間に差しのばした。制服ズボンの前に手の平をあてがい、撫でさする。男性の悦ぶキスの作法を、千鶴から習ったばかりだった。

（もう硬くなっている）

陰茎が膨らみ、強張っているのを感じた。ファスナーをつまみ、引き下げる。勃起を引き出し、指を巻き付けた。

（千鶴さんとわたしの身体で、いっぱい射精をしたはずなのに）

昨日、病室での性交を終えて病院を出た後は、運転手付きの車に乗せられ、千鶴の邸宅へと連れて行かれた。武が会社から戻ってくる時刻まで滞在し、三人での淫らな交わりを強要された。

（千鶴さんと二人並んでお尻から貫かれたり、陽一くんのモノを一緒に舐めたり、乳房に挟んで擦ったり……）

絵衣子自身、何度絶頂に達したかわからない。女二人を相手にした陽一は、昨日だけでも十回近く射精をしたのではないだろうか。だが十八歳の若さみなぎる肉体は、一晩の睡眠で精力を取り戻している。

（若い子はみんなこんなにタフなの？）

逞しさに畏怖を覚えながら、サテン生地の手袋でシコシコと肉茎を擦った。ペニスが硬さを増し、充血を強めていくのを指先に感じると、女体も妖しく火照り、股の付け根が潤んだ。陽一が口を引いた。

「絵衣子さん、しゃぶって」

陽一の手が、ミニスカートの上から尻を撫でてくる。絵衣子は腰をゆらめかした。

「口紅がつくわよ。いいの？」

「いいよ。赤い跡を見る度に、絵衣子さんのフェラ顔を思い出せる」

絵衣子は腰を沈めて、ダイニングの床に膝をついた。目の前に隆々としたペニスがあった。

（昨日の続きをしているみたい。武さんがいるのにこんな真似まで……）

武は寝室で寝ている。恋人の自宅で、他の男と浮気をしているのに等しい。

絵衣子は反り返る陰茎を両手で捧げ持ち、先端に吐息を吹きかけた。ぴくっと反応してくれる過敏さが、うれしい。亀頭の裏をぺろっと一舐めしてから、キスをした。茎胴に指を巻き付け、ツルツルとしたサテン生地で擦ると、男性器はうれしそうに震える。我慢できずに口を開けて、舌を伸ばした。

（ああ、陽一くんの味……）

情欲をそそる牡の香味だった。絵衣子はピチャピチャと音を立て、先端から唾液をまぶしていく。

「ね、武さんがそろそろ起きてくる時間よ。こんなところを見られたら……」

舌を遣いながら、二重の瞳は陽一を不安そうに見た。

「絵衣子さんは、見つかるかもしれないって緊張感があった方が興奮するでしょ」

「わたし、そんなことで興奮なんかしません……」

否定の言は弱々しい。秘部に感じるヌルヌルと湿った感触を、先ほどよりはっきり感じた。シャッター音が聞こえた。陽一は上から写真を撮っていた。

（昨日の疲れが、ちゃんとお化粧で隠せているかしら）

荒淫のやつれが顔に表れている気がして、今朝は時間を掛けて丁寧にメイクを施した。はしたない咥え顔であっても、きれいに写っていて欲しいと思いながら、ペニスの先端を含み、呑み込んでいく。

（んう、なんでこんなに逞しいの……）

隙間なく口腔を埋める太さ、緩みのない硬さに女体は昂る。ドレスの下に穿いた白のショーツに、愛蜜がトロンと垂れるのを感じた。

「絵衣子さん、おいしい？」

陽一が尋ねる。花嫁衣装の女は、上目遣いでちらと陽一を見る。

（そんなこと、聞かなくてもわかるでしょう）

陽一はカメラを制服のポケットにしまって、ベールののった女の頭を愛しげに撫でてきた。年上の女から、男性に奉仕をする牝に堕ちていくのを感じながら、絵衣子は喉まで深咥えした。

「んふんッ」

みっちり頬張り、鼻梁から悩ましく息を漏らす。しばらくその位置で雄渾さを堪能し、ゆっくりと吐き出した。絵衣子の唾液で、ペニスが濡れ光っていた。

（一ヶ月後には、義理の息子となる相手なのに……）

魅惑的にかがやく陰茎をまた呑み込み、ふっくらとした唇で締め付けながら出し入れをする。右手の指を付け根に添えて、唇の動きに合わせて甘く擦った。左手は陰嚢を外へと露出し、手の平で包み込んだ。ソフトに精巣を揉みほぐす。

「手袋で手コキしてもらうのって、気持ちいいね」

陽一が気持ちよさそうに声を漏らした。

(わたし、千鶴さんみたいに上手にできてる?)

先走りの体液が、舌にこぼれるのを感じた。塩気のある牡の味は、絵衣子の口内に唾液を溢れさせ、吸茎の首振り動作に熱をこもらせる。上から聞こえる陽一の息遣いも、徐々に速くなっていた。

(よかった。陽一くん、わたしのおしゃぶりに興奮をしてくれてる)

奉仕悦を刺激され、絵衣子の淫らな気持ちも高まる。ダイニングルームにぷちゅ、ちゅぽっと派手な汁音を響かせて、吸い付きを強めた。自然に丸い尻をゆらしてリズムを取る。

(おしゃぶりしているだけで、アソコが潤んでしまう)

ショーツには、はっきり濡れ染みができているだろう。絵衣子は鼻から息を抜きながら、肉柱を絞り込むように頬をへこませ、舌を巻き付けた。漏れ出るカウパー氏腺液を、ゴクリと呑み啜った。

「今、あっちの方で物音が聞こえたね」

陽一の声に、絵衣子は口腔愛撫を止めた。陽一の視線が指すのは寝室の方角だった。

（武さんが目を覚ました？）

絵衣子は唇を引いて、勃起を吐き出した。

（ここで終わりなんて……）

ヌラヌラ光るペニスを、惜しそうに見つめる。濃厚な精子を呑み啜ってこそ、口唇奉仕は満足感を得られる。

（せっかくなら、濃いの呑みたかった）

「キッチンに行こう。父さんは料理をしないから、まず入ってこない」

絵衣子の記憶でも、武がキッチンに入ってきたのは、陽一との顔合わせの時の一回だけだった。絵衣子は潤んだ瞳で、陽一にうなずきを返す。二人はキッチンへと移動をした。

「お尻をこっちに向けて」

陽一の要求を理解して、絵衣子はキッチンカウンターに手をついた。前かがみになり、背後に立つ陽一に向かって腰をきゅっと差しだした。陽一の手でドレスのスカートがめくり返され、丸い腰つきを包む白の下着とストッキングを吊るガーターベルトが露わになる。

「パンティ、白なんだね」

「花嫁だから決まっているのよ。無垢な白って」

ショーツが脱がされる。股間から股布が剝がれる時、愛液がツーッと糸を引くのを感じた。ショーツは下までおろされ、脚から抜き取られた。

「絵衣子さん、ヌレヌレみたいだね。今フェラをしたから？」

「……違うわ。ずっとよ」

相貌を朱色に染めて、絵衣子は小声で告白した。夜、ベッドに入って寝ようとしても、陽一に抱かれ、千鶴に愛撫された生々しい感覚が肌から消えてくれなかった。隣で休む武の寝息を聞きながら自慰を行い、ようやく昂りを鎮めて眠りにつけた。

「昨日から濡れっ放しなの？　ふふ、だったら前戯はいらないね」

絵衣子はうなずく。陽一が避妊具を装着する気配がした。その間も秘唇は愛液を分泌して、滴を垂らす。

（欲情しちゃってる。恥ずかしい）

昨日と違い、今朝の陽一は脅しの文句を一言も口にしていなかった。それでも唯々として従ってしまう自分がいる。

(武さんを裏切っているのに)

倫理観も貞節もない。愛欲に溺れる愚かな女に堕ちていた。尻に陽一の手がふれた次の瞬間、ヌプリと亀頭が突き刺さった。

「あああぁッ」

いきなりの挿入だった。カウンターに置いた手を握り込み、花嫁は歓喜に打ち震える。

(深いッ)

陽一の長大なペニスでしか味わえない結合感だった。膣粘膜は、悦びを示すようにキュンキュンと収縮を強める。

「気持ちいい？　絵衣子さんって、男なら誰でもいいのかな」

「そ、そんなわけっ」

打ち消しの声は自分でも驚くような大きさだった。

「だよね。つまり絵衣子さんは、僕のチ×ポが好きだってことだよね」

今度は否定の台詞が喉を通らない。

陽一が腰を遣い始めた。肉茎で膣肉を擦りながら、脇から前に手を回してドレスの胸元をぎゅっと摑んだ。それだけで目のくらむような快感が女体を走る。

(だめっ、なんでこんなにいいのッ)

汗が浮き、胸肌を艶めかしく光らせる。もっと強くして欲しいと請うように、花嫁はヒップを淫らっぽく振りたくった。

「ふふ、ヒダがうねってオマ×コ悦んでるね。いっぱい嵌めてあげたから、僕のチ×ポをすっかり覚えたみたい」

陽一が笑い、女の望み通り突き込みを荒々しくしてくれる。男の腰がヒップをパンパンと打つ音が、朝のダイニングルームに響いた。花嫁はハイヒールの脚を踏ん張って、抽送を受け止めた。

(武さんのモノじゃ届かなかった場所に、ぐりぐり当たってくる)

「ねえ、陽一くんっ、イッてもいい?」

湿っぽく崩れた泣き声で、絵衣子は背後に問いかけた。

「いいよ。でも父さんに聞こえないよう声は抑えてね」

「はい、ああんッ」

陽一は絵衣子好みに、奥を小突くようにして繰り込んでくれる。花嫁は耐えようという意思を捨て、湧き上がる愉悦に身を委ねた。甘い電流が背筋を駆け抜け、白い臀丘は痙攣を起こした。

「イクッ……陽一くんッ」

唇は絶頂の音色を奏でた。腕の力が抜ける。キッチンカウンターにそのまま上体を倒して、腹ばいになった。ヒクッヒクッと肢体が震えた。

「ドレスの上からでもわかるね。絵衣子さんの勃起乳首」

陽一が女の乳房を絞りながら、乳頭を探り当てて摘まんでくる。突き刺さったペニスは、膣肉をこねくるように蠢いた。

(陽一くんはわたしの性感帯を知り尽くしているから……)

後戯の責めに、オルガスムスの波がまた女体に舞い戻ってくる。

「んッ、だめッ、またイクからッ……あんッ」

花嫁は連続の頂点へと昇り詰めた。腰を引き攣らせ、オープンになっている背肌を可憐に震わせる。紅唇からは涎が漏れ、カウンターにこぼれた。

「父さんが寝室から出てきたみたい。足音がする。こっちに来るよ。そのまま身を低くして静かにね」

陽一が告げる。荒い息遣いは、容易に収まらない。絵衣子は手袋をした右手で、口元を押さえた。

（武さんが来る……）

　絶頂で高鳴る心臓が、さらに早打つ。ダイニングルームの方から、物音が聞こえた。絵衣子は身を強張らせて、息を止めた。

（隣に武さんが）

「おはよう父さん。絵衣子さんの作った朝ご飯あるよ。食べる？」

　陽一が絵衣子の尻を抱えたまま、朝の挨拶をする。

　キッチンとダイニングルームを隔てるカウンターは高い。ぺったり伏していれば見つからないはずだった。

「うん、もらおうか。絵衣子さんは？」

「お店から電話があって、アルバイトの子がお得意先の注文の数を間違ったって。急いで出てったよ」

　陽一はすらすらと嘘の説明をする。その間も硬いペニスで、ゆるやかに膣肉を混ぜ込んできた。

（今はしないで。声が出ちゃうゥッ）

　花嫁は唇を噛み、口を押さえた手に力を込める。相貌を横にして、背後の陽一に哀願の視線を注いだ。陽一は女の瞳に気づくと、頬をゆるめて亀頭をグッグッと膣奥に押し当ててきた。とろける充塞の愉悦が女の腰に湧き上がった。

「ふーん。絵衣子さんも、あんな金にならない店、明日にでもやめちゃえばいいんだけどな」

思ってもいなかった武の言葉だった。絵衣子は聞き耳を立てようとするが、陽一は抽送を止めない。

(まさか、武さんの前でわたしをイカせる気？……)

緊張と背徳感の隣り合わせるヒリヒリとした昂揚に、女体は抗えない。官能の高まりに合わせて、むちっとした太ももがぶるぶると震えた。

「あれ？　花屋をやめてほしいって絵衣子さんに言ったのは、関西に連れて行くのが理由じゃなかったんだ」

父としゃべりながら陽一が鋭く繰り込んできた。絵衣子は再度、アクメの入り口へと押し上げられる。

「絵衣子さんの器量でもってるような店だろ。チェーン展開して、この先も儲かるってのなら別だけどな」

「ほら、イケッ、絵衣子ッ」

陽一が身を倒して、女の耳元で囁いた。尻肉に指を食い込ませて、ズンと打ち込む。男の言葉とどめの一撃が、花嫁に恍惚をもたらした。

(ああ、イクうッ)

肉体は昂揚に包まれる。悦楽の声を抑え切れず、女の喉から「んふ、んむ」と甘い嗚咽が漏れた。

「かわいいよ。僕の絵衣子」

陽一がベールの上から花嫁の頭を撫でる。女体の痙攣が収まらなかった。絵衣子は尻をゆらして、オルガスムスの波に浸った。

「ねえ父さん、そういえば平林さんからまた電話があったよ。父さんと絵衣子さんの結婚は間違ってるって僕に言うんだけど、なんて答えればいいのさ」

「うーん。彼女にも困ったもんだなあ」

「捨てられると思って、平林さん、必死なんじゃないの？　毎月の手当、もらえなくなるかもって」

「今まで通りだって言ってあるんだけどなあ。まあ適当にあしらってくれ」

(なに？　平林さんって……)

陶酔に呑まれながらも、絵衣子は父と子の会話の不穏さに気づく。

陽一のペニスが、女壺からチュプンと引き抜かれた。ファスナーを引き上げる音が聞こえた。

陽一はコーヒーメーカーからコーヒーをカップに注ぎ、用意してあったサンドイッチと一緒にトレーにのせて、ダイニングルームへと運ぶ。絵衣子は伏した姿勢で耳を澄ました。

「はい父さん、スープとサンドイッチ。平林さん、父さんが結婚をしてくれると思ってたんじゃないの？　ずっと愛人やってたんだしさ」

「お、サンキュ。彼女に結婚をほのめかしたことなんかなかったんだけどな。それに若くて美人の妻の方が、見栄えがいいだろ。連れて歩くなら圧倒的に絵衣子さんだよ」

（武さんに愛人？　しあわせにすると言ったのは嘘だったの？）

二人の会話から、平林という女性を武が愛人として囲っていることがわかった。過去の真摯な言動が偽りだったと悟り、絵衣子の唇から吐息がこぼれる。

「そうだ陽一、お前に彼女やろうか？」

「僕は父さんと違って、恋人は大事にしたいから。一生一緒にいられるような女性じゃないとキスも、それ以上の行為もしないよ」

「おまえは純真だねえ」

会話を打ち切るように、テレビの音が聞こえ始めた。武がテレビの電源を入れたのだろう。陽一がキッチンに戻ってくる気配がした。

「父さんの本性がわかったでしょ」

ひそひそ声で陽一が告げる。絵衣子の顔を上からのぞき込んでいた。絵衣子は涙の滲んだ瞳を陽一に注ぐ。

(深い絆があると思っていたのに……なんて呆気なく崩れるの)

息子に愛人を下げ渡そうとする武の思考は、絵衣子の理解できる範疇を超えていた。

(でも、わたしだって武さんを裏切っている)

絵衣子自身、繰り返し陽一に抱かれている。決して武を一方的に責められる立場ではない。

「目に涙を溜めちゃって、アイメークが崩れちゃうよ。かわいそうに。慰めてあげるね」

陽一がファスナーをおろして、再び絵衣子を貫く準備をする。性交の物音を消すためか、換気扇のスイッチを入れた。ゴーッと空気の吸い出される音が響く。

「ゴム無しで嵌めてあげようか」

絵衣子の耳元で、陽一が尋ねた。

(ゴム無しで……妊娠をするかもしれないのに)

武への信頼、愛情、二人が通じ合っていることが結婚の前提だった。それが裏切られていたという脱力感、捨て鉢な感情、愚かな自分を責める気持ち、支えを失った女の心は、避妊を貫く理由を見つけられない。

(そうね。このまま陽一くんにすべてを委ねてしまえば楽になれる)

絵衣子はうなずいた。陽一が微笑み、勃起を絵衣子の尻肌に擦りつけてきた。

薄いゴムがついていないことは、勃起の皮膚感からわかった。

切っ先が股間に潜ってくる。花弁の中心にあてがわれ、ヌプリと差し込まれた。

ウェディングドレスの肢体は、カウンターの上でピクンと震えた。

(陽一くんッ)

剥き身の野太い男根が、膣粘膜を甘美に擦って入ってくる。湧き上がるのは、悲嘆を覆い隠すような肉悦だった。女壺のヒダが、ペニスにうれしげに吸い付いているのがわかる。

(すごいッ。いつもよりずっといいッ)

「僕らはこうなる運命だったんだよ。愛し合うために出会ったんだ」

花嫁の背肌にぴったり寄り添って、陽一が愛を囁きかける。

「好きだよ。花屋で働く絵衣子さんを初めて見た時から、好きになった」

（〝好き〟って台詞を、初めて口にした）

陽一の言葉に反応して、絵衣子の蜜肉は絞り込みを強めた。

「どっちがほんとうの陽一くんなの？　好きと言ったり、わたしを脅したり」

小声で訊く。瞳は長い睫毛をしばたたかせて、青年を見つめた。

「絵衣子さんを不幸にしたくないから、必死だった。愛してる」

陽一が紅の塗られた口を吸ってくる。肉柱が膣内で膨らむ。隙間を埋められる感覚が、女の心に安心感を生む。

（こんな時に〝愛してる〟だなんて卑怯よ）

花嫁も男の口を吸い返した。覆い被さる陽一とキスをしていると、一つになったような錯覚さえした。陽一が口を離して腰を使い始める。

「今すぐ心まで開いて欲しいとは言わない。でも僕のコレは好きでしょ？」

雄々しい勃起が膣穴を貫き、出し入れを速める。悲しみと混乱を抱えた女体は、陽一のもたらす快楽のなかにとけていく。

（わたしはもう、陽一くんに心を奪われているのかもしれない）

昨日、生挿入を受け、膣内射精を浴びてよがり泣く千鶴を間近で見て、うらやましいと感じる自分がいた。同じように避妊具無しの男性器で貫かれたいという欲求を、押し隠すのが大変だった。

「ええ、好きよ。この硬さも形も、全部好き」

絵衣子は上ずった声で告げた。十八歳の青年は、意識の飛ぶような快感を与えてくれる。煩悶を忘れるような激しさで責めてくれる。花嫁は汗ばんだ相貌を歓喜に染め上げて、肉の愉悦に浸ることができた。

「出すよ。絵衣子さんのなかに」

女体は受胎期を迎えている。膣内射精は妊娠に結びつく可能性が高いだろう。絵衣子は返事の代わりに、むっちり張った双臀を振り立てた。陽一の男性器が子宮を押し上げるようにして膣肉を擦り立てる。

(うう、奥に当たって……イクうッ)

脳裏が真っ赤な炎で埋め尽くされる。押し寄せるのは今まで経験したことのない恍惚感だった。女体はオルガスムスに達し、感電したように痙攣を起こす。

「きてっ、陽一くんッ、出してッ」

アクメに打ち震えながら、絵衣子は唇の形だけで陽一に訴えた。

「孕めっ、絵衣子ッ」

陽一がヒップに腰をぶち当て、肉棹を根元まで埋める。尻肉をぎゅっと摑んだ。膣内のペニスがわななく。

「あうっ」

樹液が吐き出されるのを感じ、絵衣子は喉を引き攣らせた。精液の熱さに、女の腰は甘く痺れ、ドレスからのぞく柔肌はなまめかしく震えた。

（ああッ、この灼けるようなミルクを、いっぱい注いで欲しかった）

ドクッドクッと、女を孕ませる液が、女奥に流し込まれていた。膣ヒダがキュウッと緊縮するのがわかる。

（陽一くんとわたしの赤ちゃん……孕んだ気がする）

男の精を搾り取り、新たな命を宿そうとする女の本能を感じながら、絵衣子は受胎の予感を抱いた。

「一生、離さない」

陽一がドレスの肢体を抱きしめ、囁いた。台詞が女の胸に染みる。絵衣子の瞳は熱く潤んだ。目元から小さな滴がこぼれて花嫁の頰を濡らす。やがて大きな涙粒へと変わり、女は音を立てぬようしゃくり上げた。陽一が絵衣子を強く抱いてくれる。

「行こう、絵衣子さん」

吐精が終わると、陽一は結合をとき、花嫁の腕を摑んでキッチンカウンターから引き起こした。

「じゃあ父さん、学校へ行くから」

絵衣子はダイニングルームを見る。武はキッチンに背を向けて座っていた。振り返ることなく、新聞を読んでいた。

「ああ、がんばれよ」

陽一は花嫁衣装の絵衣子の手を握り、キッチンを堂々と出て行く。武の後ろ姿から視線を外して、絵衣子は陽一のあとをついていく。コーヒーをズズッと啜る音がした。

(さようなら、武さん)

もう涙はこぼれなかった。二人は廊下を玄関に向かう。今注がれたばかりの陽一の精液が、歩く度に膣内から逆流して垂れて、廊下にポタポタと落ちた。

大原家の邸宅を出ると、玄関の外には黒塗りの車が待っていた。

傍らには白の和服姿の千鶴が立っていた。陽一とウェディングドレス姿の絵衣子を見ると、千鶴はやさしい笑みを浮かべた。絵衣子も笑みを返して、千鶴に一礼をした。

朝日がまぶしくウェディングドレスの花嫁を照らした。

エピローグ

フラワーショップのカウンターに、絵衣子と千鶴は並んで立っていた。

「お上手ですね千鶴さん。生け花の経験が？」

千鶴は花器のなかの吸水スポンジに、手際よくバラやカーネーションを挿していく。

「ええ、若い頃に少しだけ」

「やっぱり。余計なことを言って、恥をかくところでした」

「そう言わずにアドバイスをお願いしますわ。これってお料理の盛りつけと一緒ですよね。色合いと配置とバランスを考えて」

そこで千鶴はフラワーアレンジメントを作る手を止めた。窺うように絵衣子を見る。

「絵衣子さん、結婚の後悔をなさっていませんか？」

千鶴は心配そうに絵衣子に尋ねる。

武と絵衣子が式を挙げて一週間になる。

「ありません。陽一くんの気持ちはわかりますから」

武が別の女性と再婚すれば、真山家の財産は散逸する恐れがある。実母への思いを今も抱いている陽一にとっては、受け入れ難いだろう。絵衣子は熟慮の末、武の妻となることを選んだ。

「でも戸籍を汚すことになりますよ」

「構いません。陽一くんと家族なのは一緒ですから」

陽一が店内に入ってくるのが見えた。

(彼の妻にはなれなくとも、母にはなれたのだから……)

「店長、掃除終わりました。あと店頭のミックスの花束、切れたみたいですけど、僕が作りましょうか」

「ありがとう真山くん」

陽一は絵衣子の店でアルバイトを続けていた。他の従業員は陽一を、偽名の真山洋だと思っている。絵衣子は店のなかでは〝真山〟と呼ぶようにしていた。

「ママ、店長にフラワーアレンジメント習ってるの？　いい感じだね」

「ふふ、絵衣子さんにも上手だって褒めていただきましたわ」

「千鶴さんにお料理を教えてもらったお礼にと思ったけれど、わたしが教えることなんてなにもなかったわ」

「そんなことありませんわ。絵衣子さんを見習うこと、いっぱいありますわ。昨日もお風呂場で、身体を使って陽一さんを洗ってあげる方法なんて感心しました。股の間に陽一さんの腕を挟んだり、おっぱいの先で陽一さんのお尻の穴を突いたり……どこで学ばれましたの？」

「そ、それは……あんっ」

カウンターに入った陽一が、後ろから絵衣子の尻を撫でてくる。絵衣子が振り返って見ると、千鶴の腰にも手を伸ばしていた。

「エロいね、二人とも」

ふたりとも陽一の要望で大胆なミニスカートを穿いている。

「今日だけよ。他の従業員がいるときは、こんな格好絶対にしませんからね」

「絵衣子さんはまだお若いんですから、よろしいですよ。わたくしは三十六歳なんですから……」

陽一にヒップをまさぐられながら、千鶴は相貌を真っ赤にしていた。

千鶴は白のブラウスに黒のタイトミニ、絵衣子はデニムのシャツにグレーのフレアーミニを穿き、エプロンを着けている。

「ムラムラしてきた。二人ともスカートまくって」

「真山くん、花束を作るんじゃなかったの？」

「店長の身体ですっきりしてからね。従業員の健康管理も、店長の役目でしょ」

陽一がファスナーを引き下ろす音が聞こえた。仕方なく絵衣子は、フレアーミニをまくって、ヒップをさらす。千鶴も同じように、タイトスカートを恥ずかしそうに引き上げ、むっちり張った臀丘を露出した。

「こんな昼間から……お客さんが入って来たら、どうするんですか」

「昼下がりのこの時間は、お客さんが途絶えるんだよ。でも客がやってきたら、ママが応対するんだよ。このムチムチの太ももを見せてあげればいい」

「そんな……」

陽一が二人のTバックの紐を指に引っかけ、横にずらした。絵衣子も千鶴も下着を脱がなくてもすぐ性交ができるよう、バックラインが紐になったTバックシヨーツを穿いていた。陽一が指先を、女たちの股の付け根に差し入れる。

「なんだ、二人ともぐっしょりだね」

陽一の声に、絵衣子と千鶴は互いの顔を見合わせた。そして困ったように視線をそらせる。

「だ、だって……」

絵衣子はつぶやいた。ミニスカートを穿くよう命じられた時から、こうなる予感があった。期待感で女の身体は勝手に潤んでしまう。

陽一の指が花弁を開く。絵衣子はカウンターに手をつき、尻を持ち上げて挿入しやすいよう便宜をはかった。

「あぁッ」

いきなり野太い勃起がねじ込まれた。髪をざわめかせて、女は色っぽく泣いた。

「今頃、父さんは新幹線のなかかな。父さん、絵衣子さんを連れて行く気まんまんだったけれど」

腰を遣いながら、陽一が告げる。

絵衣子はこちらに残り、武は一人で関西に移り住むことになった。

(この子のおかげね)

　絵衣子はエプロンの上から、己の下腹に右手をあてがう。フラワーショップの経営を続けることも理由の一つだが、慣れない土地で出産をしたくないという一言が、新婚夫婦の別居の決め手となった。

「父さんは、自分の子だって疑ってないね」

　陽一が手を、絵衣子の手の甲に重ねてくる。

「避妊に失敗したと思っているみたい」

　陽一がふふっと笑う。自分の子を身ごもった義母を、荒々しく突き犯した。そしてヌプッと音を立てて、引き抜く。

「ああん、陽一さんッ」

　隣で千鶴が泣き声を放った。陽一は絵衣子の身体から千鶴へと移動し、大きな腰遣いで貫いていた。

「ママは、そろそろお腹、大きくなってきた？」

　陽一が、千鶴の腹部をやさしい手つきでさわる。

「ん、まだですよ。妊娠三ヶ月にもなっていないんですから」

　絵衣子より、千鶴の方が数日先に妊娠がわかった。二人の義母は、ほぼ同じ時期に陽一の子を身ごもったことになる。

「わたしもママなのに、陽一くんは千鶴さんのことだけママって言うのね」

「だって絵衣子さんとは、年齢が近いから」

陽一が絵衣子の身体に戻ってくる。尻を摑んで、ズブッと挿入してきた。

「二十八歳になったわ。あなたより十歳も年上なのよ」

絵衣子は背後を振り返った。陽一が、女の朱唇に口を被せてくる。

「そうだね。ママ、好きだよ」

陽一が猛ったペニスで、深々と抉ってくる。絵衣子は尻に力を込め、絞りを強めた。陽一が告げる〝好き〟という言葉に、偽りの気配はない。

（まだ十八歳なのに、わたしを孕ませるんですもの）

言葉だけの愛より、猛々しい愛の方がいい。独占し、支配してくれる愛の方がいい。

「ママの身体は、僕だけのものだから」

「ええ、そうよ。陽一くんだけの……あぁッ」

陽一は男性器を激しく突き入れ、女体に愉悦を刻む。絵衣子は喉を跳ね上げ、背筋を反り返らせた。真っ赤な昂揚がこみ上げる。

「あぁッ、イクッ」

肢体は絶頂感に包まれた。アクメの波が全身に広がり、ピクピクと肌を震わせる。絵衣子の戦慄きが収まるのを待って、陽一は隣に移った。千鶴が嵌入を受け、ひいひいと喉で泣くのが聞こえた。

「イクよッ」

「はい。ください。陽一さん」

「ああッ、千鶴ッ」

陽一が吠える。千鶴は首筋に汗を浮かばせ、艶麗な牝泣きを奏でた。やがて愉悦に屈し、上体を突っ伏すようにしてカウンターに肘をついた。すぐさま陽一のペニスが、絵衣子の内に戻ってきた。噴き出す精液を感じた。アクメの波が再び盛り上がる。

「ああ、わたしもイクッ」

カウンターに置いた絵衣子の手に、千鶴の手がふれる。絵衣子は指を絡めた。

(しあわせ……)

樹液を浴びながら、母は一心な愛を誓うように、息子のペニスを狂おしく締め付けた。

後妻狩り

父の新しい奥さんは僕の奴隷

第一章　父の後妻は僕の肉玩具

1

金曜の夕刻。

美術館での勤務を終えて、車での帰宅途中だった。駅から閑静な高級住宅街に入ったところで、宮坂ゆう子は歩道を歩く息子に気づいた。運転する車を、左にスーッと寄せた。

「永太さん、乗りませんか?」

助手席の窓を開けて、ゆう子は息子の宮坂永太に声を掛けた。スーツ姿の永太が、足を止めて車の方を見た。

(今日も断られるのでしょうけど)

既に自宅の門扉が小さく見える距離だった。

帰宅の時間が重なって、こんな風に声を掛けたことが、過去に何度かあった。

いつも永太は、もうすぐそこだからと断ってきた。

「じゃあお願いします」

だが今日は珍しく、永太は後部座席のドアを開けて乗り込んできた。

(あら、こういうこともあるのね)

内心驚きながら、ゆう子は車を発進させた。

「お仕事、お疲れさま。今日は早かったのね」

二十三歳の永太は、経営コンサルタント会社に勤めていた。しかしコンサルティング業になかなか馴染めないらしく、去年就職してからは常に表情が曇りがちだった。仕事自体も激務のようで、深夜の帰宅も頻繁にあった。そのため休日は昼過ぎまで寝て過ごすことが多い。

「まあ、僕はいてもいなくても同じようなものだから」

卑下する永太に、ゆう子は眉をひそめた。

「そんなこと……」

一人息子を慰めようと口を開くが、気の利いたセリフがするっとでてくれない。

ゆう子は三十二歳で、二十三歳の永太と血の繋がりは無かった。永太が五歳のときに、先妻である実の母は病気で亡くなったという。

永太が十三歳、中学一年生のときに、二十二歳のゆう子は夫宮坂栄介の後妻として迎えられた。年上の夫との間に、子は恵まれなかった。ゆう子にとって我が子といえる存在は、永太だけだった。

(中学一年生なんて最も敏感な年頃だもの。簡単に受け入れてもらえるとは思っていなかったけれど)

再婚当初から永太はゆう子に対して無愛想な態度で、母子の会話は乏しかった。うまく馴染んでくれないのは、思春期のせいかと思ったが、大学進学、成人して就職を経ても、義理の息子との仲は一向に改善しなかった。

(壁を作って、どこかよそよそしいのよね。よく昏い眼差しでわたしを見て)

視線を感じて振り返ると、黙って自分を見ている永太と目が合うことがあった。

義理の息子に、居心地の悪い不気味さを抱くことすらあった。

(後妻のわたしになにか言いたいことがあるのでしょうけど、永太さんは決して本音をぶつけてくださらないのよね。それでもわたしにとっては——)

「永太さんは、大切な存在ですわ」

なさぬ仲だが、血縁だけが家族の絆を作るものではないと思う。十年一緒に暮らした母としての思いを込めて、ゆう子は告げた。

「……たいせつ？」

永太が問い返す。ゆう子はルームミラーをちらと見た。写真で見たことのある先妻の美貌を、永太は受け継いでいた。すっきり整った顔立ちで、すらりとした体型をしている。

「ええ」

自宅が近づく。相づちを打ちながら、ゆう子は車の速度をゆるめた。

突然、左から飛び出すバンタイプの白い軽自動車が、視界の端に映った。ゆう子はとっさにブレーキを踏んだ。速度が出ていないため、車はすぐに止まる。ついで鈍い衝撃を車の後方に感じた。ゆう子はハンドルを両手で握り締めた。

「永太さん、だいじょうぶ？」

振り返って後部座席を見る。永太はシートの上に倒れ込んでいた。呼びかけに反応をしない。

「永太さん、しっかりして」

ゆう子は泣きそうな声を発して運転席を飛び出ると、後部ドアを開けた。伏してぐったりとする息子を涙目で見ながら、携帯電話で救急車を呼んだ。

病院に運ばれて、脳検査が始まる直前に、永太は意識を回復した。

「なんともないですよ。どこも痛くないですし」

永太はストレッチャーから起き上がって、勝手に病院から帰るそぶりをする。ゆう子は看護師と一緒に必死に押しとどめて、ＭＲＩやＣＴスキャンを受けさせた。

結果は異常なしだった。頭部にこぶや腫れもなく、腕や足、身体の他の部位にも外傷はなかった。衝撃で頭がゆれて、脳しんとうを起こしたのだろうと医師は説明した。それでも大事を取って一晩入院させて、翌日ゆう子が付き添って退院した。

「ふう、ようやく帰れる」

自宅に向かうタクシーに乗り込むと、永太はほっとしたようにつぶやいた。

「わたしのせいで、とんだことに。ほんとうにごめんなさい」

己の運転する車で事故に遭った。後席の隣に座ったゆう子は、何度目かわからない謝罪を口にした。

「もういいですから。ずっと仕事で忙しかったけれど、入院でリフレッシュした感じで、夜もゆっくりと休めました」

永太はふだん見せない笑顔を作り、ゆう子を気遣うように言う。

（リフレッシュなんてほど遠い環境だったのに）

ゆう子からの連絡を受けて、夫側の親族が立ち替わりでやってきた。

宮坂家は、都内にビルや土地を持つ名の知れた素封家だった。大事な跡継ぎである永太に怪我を負わせたことを、夫の姉にはきつく注意された。ゆう子の表情は晴れない。

（栄介さんがいないときに、こんな事故を起こしたんですもの。怒られるのは当然だわ）

夫栄介は、ホテル事業や賃貸オフィスを主とする不動産開発会社の社長を務めていた。

いまはリゾート開発予定地の視察で地方に赴いているが、息子の事故と聞いて昨夜急いで新幹線で帰京した。しかし東京駅で、ピンピンしている永太と直接電話で話し、医師からも問題なしとの説明を聞くと、そのまま出張先へととんぼ返りをした。

（大事な時期だと聞いていたのに、夫のお仕事の邪魔をしてしまった）

ゆう子は前髪を掻き上げて、深く嘆息した。

細面で色白、切れ長の二重の瞳で鼻筋の通った容貌は、うれいを帯びると儚げな艶麗さが増す。

「そんなに落ち込まないで。責任を感じる必要はないですよ。横から急に突っ込んできたんだから、あれは避けられない」

永太が慌てたようにフォローのセリフを続けた。

ゆう子の車に衝突したのは、宅配便会社の配達委託の仕事をしている老いた男性ドライバーだった。配達時刻が遅れていて焦っていたのだという。左右を確認せずに飛び出したのが原因と非を認め、今朝も病室まで謝罪に訪れて、腰を折らんばかりに頭を下げてきた。

「できたらあのシニアドライバーさん、あまり責めないで欲しいな。僕も無事でしたし、修理代もたいしてかからないでしょう」

「ええ。修理に出したディーラーさんは、後ろが少しへこんだくらいで、車体のゆがみもないようだって。永太さんがそう言うなら、先方への請求は最小限にするよう、交渉をしてくれる保険の担当の人に言っておくわね」

ゆう子も永太と同じ気持ちだった。首を縮こまらせて不始末を詫びる老いた男性を見ていると、妻として母として至らない我が身と重なって、身につまされた。

「ありがとう」

永太がゆう子の方に右手を伸ばして、きゅっと母の手を握ってきた。

（え？）

ゆう子は戸惑ったように息子の横顔を見た。永太から手を握られたことなど、記憶になかった。

（どうしたのかしら、いつもの永太さんじゃないみたい。昨日もわたしがお義姉さんから叱られているのを見ると、とりなすように割って入ってくれたし）

『お母さんは悪くないよ。それより周囲がにこやかな方が回復は早くなるんだから。誰が悪いとか言うんじゃなくて、今日は僕の無事を祝ってほしいな』

場の空気をふわっと明るくする笑顔で、永太はゆう子を庇ってくれた。

「そうか。今日は休日か」

タクシーの窓から町並みを見て、永太が漏らした。道行く人の格好は明るい春の色が多く、ウィークデーとは異なっていた。

「なにかご予定でも？」

「いつも通り寝て過ごすだけだったから、別になにもないんですけれど……そうだな。お母さんの作ったご飯が食べたいな。病院食は、やっぱりおいしくなかった」

　永太がゆう子の方を見て、ニコッと白い歯をのぞかせた。

　差し込む日の光が、永太の端正な容貌を縁取る。いつもの昏い眼差しではなく、双眸はすんでかがやいていた。

（永太さん、こんなやわらかな表情をするのね）

　ハンサムな顔立ちだけに、穏やかな笑みは魅力的だった。ゆう子はいっとき息子に見とれた。

「わかったわ。おいしいもの作るわね」

　ゆう子はドギマギとしながら、永太に告げた。


　母子二人の夕食が済み、永太が浴室に向かおうとしたときだった。

「おっと」

　ふらっと不自然に身体をゆらして、永太がテーブルに手をついた。ゆう子は急いで永太に駆け寄り、身を支えた。

「だいじょうぶですか」

「立ちくらみがしただけですから」

(事故の影響では？　なにか後遺症が)

ゆう子は心配げな相を向ける。

「今夜はお風呂を控えたら？」

「でも昨日も入ってないので。大がかりな機械で色々調べて、問題なしってお医者さんも言ってくれたんですから平気ですよ。いまだって吐き気も頭痛もないし」

(でもなにかあったら)

ゆう子の不安は拭えない。

「わたしも一緒に入りましょうか？」

「一緒に？」

「ええ。お背中を流しますよ」

ゆう子はさらりと口にした。着衣のままの入浴介助のつもりだった。

「じゃ、じゃあお願いしようかな。そうだ、僕に肌を見せるのが抵抗あるなら、バスタオルを巻けばいい」

永太が声を上ずらせて言う。幾分横顔が紅潮していた。

(バスタオル?)

そこで義母はハッとした。永太の脳裏にあるのは、互いに裸になった混浴だと気づいた。ゆう子は息子の背に添えていた手を引いて、身を離した。

「あっ、いえ――」

「お母さんとお風呂……この年だから、なんか照れるな。でも確かにお風呂場で倒れでもしたら大変だから、側で見てもらえたら安心かも」

恥ずかしげにつぶやく永太を見ていると、勘違いだと指摘するのが躊躇われた。

(永太さんの態度が、せっかく好転してくれたのだもの)

昨日までの永太なら、ゆう子との入浴など即座に拒んでいただろう。ここで気分を損なうセリフを吐いて、頑なだった以前に戻るのがこわかった。

「では、すぐに洗い物を済ませますから」

「うん、僕は先にバスルームに行ってます」

(新婚夫婦みたいなやりとり……)

ゆう子はそう思って頬を赤らめる。戸惑いの相を見られないように、急いでキッチンに隠れた。

2

ゆう子は遅れて浴室に入った。裸身を隠すように、胸から腰にかけてバスタオルをきっちり巻いていた。

「失礼しますね」

洗い椅子に座っていた息子が面を上げて、鏡越しにゆう子を見た。白いバスタオルを巻いた色白の女が、鏡のなかに映っていた。

バスタオルの下からむちっと張った太ももが伸びでて、極端なタイトミニスカートを穿いたようだった。胸元にはバスタオルで潰された豊乳が、くっきりとした谷間の縦線を作っていた。

ゆう子は手で胸の辺りを押さえながら、反対の手でバスタオルの下の端を引っ張って足を少しでも隠そうとする。

(自意識過剰じゃ、ないわよね)

義理の息子と入浴を共にするのが初めてなら、肌の露わになった肢体を夫以外の成人男性に見せるのも、結婚してから初めてだった。三十二歳の心臓が、緊張で高鳴る。

「お背中、流しますね」

濡れても平気なように、長い黒髪は団子にしてまとめてあった。団子が崩れてないか襟足の辺りを指でさわりながら、ゆう子は息子の背後にひざまずいた。

「お願いします」

永太が前から、ボディウォッシュスポンジを差し出してきた。永太は先に頭を洗ったらしい。肌は濡れ、髪の毛から滴が垂れていた。

ゆう子はスポンジを受け取ると、ボディソープを垂らして息子の背中に押しつけた。白い泡が背肌に広がっていく。

(そういえば夫以外の男性に、こんな風にふれるのって初めてだわ)

二十二歳で結婚した。栄介以外の男性を、ゆう子は知らない。

(夫とは肌の張りがまったく違う。染み一つなくて、みずみずしくお湯を弾いて)

スポンジを動かしながら、ゆう子は当たり前のことに驚く。永太の皮膚の下の筋肉はがっちり引き締まり、若い男性の秘めるエネルギーを感じた。

(栄介さんは五十八歳だもの、二十三歳の永太さんと比べるのが間違っているわ)

余計な思考を追い出すように、ゆう子は小さく頭を振った。そして永太の肘に手を添える。

「腕を上げてください」

肩から二の腕、腋の下、肘、手首と、ゆう子はスポンジをすべらせた。永太は股間の上にタオルを横にのせて、局部を覆い隠していた。目のやり場に困ることもなく、ゆう子はバスタオルで巻いた乳房を永太の背肌に押しつけながら、かいがいしく上半身を洗った。

「ああ、気持ちいいです」

息子の心地よさそうな声が、浴室に反響した。ゆう子は笑みを浮かべた。

「ほんとうに無事でよかったわ。あのまま永太さんが眠り続けて、何年も昏睡状態だったらどうしようかと」

「僕が目を覚まさなかったときは、看病してくれました？」

永太が問う。ゆう子はぎゅっとスポンジを握り締めた。

「当たり前ですよ。毎日病室に行って、声をかけますわ」

「だけど美術館の仕事は？」

「やめますよ」

ゆう子は宮坂家所有の美術品を所蔵、展示する美術館でキュレーターとして働いていた。宮坂家の持ちビルの一角にある小さな美術館で、コレクションの数に比例して来館者数も多くない。

(他にも職員はいるし、わたしでなければ困るという立場でもない)

息子の安否となら、切実な重みは比較にならなかった。

「ふふ、うれしいな」

永太が喉を震わせて、身体をゆらした。息子の昂揚がゆう子にも伝わり、自然と相がゆるんだ。

「かゆいところあるかしら」

脇の辺りを軽くこすりながら、ゆう子は問いかけた。

「じゃあ、もう少し前を」

「前、お腹?」

ゆう子は脇から前へとスポンジを這わせた。スポンジを摑んだ指先に、硬い感触がコツンと当たる。

(あら?)

指の背で押してみた。へその上辺りに、タオルにくるまれた尖ったモノがあった。肩越しに、正面の鏡を見た。

(テ、テントを張っているっ)

永太の股間に置かれたタオルが、ピンと盛り上がっているのが目に映った。一目でわかる長大なそそり勃ちだった。女の肌が、カアッと火照った。

「も、もう終わりで。ソープを洗い流しましょうね」

どう対処していいのかわからない。ゆう子は声を上ずらせてスポンジを放ると、立ち上がってシャワーノズルを手に取り、己の身体と永太に付着したボディソープを洗い流した。視線が上になれば、股間の隆起はいやでも目に入ってくる。

(興奮をしたの？)

大人の女だった。ゆう子にもどういう意味でそういう形になっているのか、理解できないわけではない。

(ああ、立派な……)

シャワーの湯が、股間のタオルにも当たっていた。濡れた布地が水気を含んで重くなり、その下の黒みを帯びた形が生々しく浮き出ていた。

三十二歳の女の目が、いっときそこに惹きつけられる。そしてはしたなさに気づいて、頭のなかが茹だった。

「わ、わたし、湯に浸かりますわね」

ゆう子は焦りの声を発すると、湯船に向かった。

縁を跨ぐとき、湿ったバスタオルがずるりと剝がれた。裸身が露わになり、押さえを失った豊乳がぷるんとゆれる。落ちたバスタオルを摑みながら、急いで湯のなかに身を沈めた。

「僕もお母さんの背中を流してあげようと思ったんですが」

洗い場から、永太が不服そうに声をかける。

「そろそろ冷えてきたから。風邪を引いたら困るでしょう」

ゆう子は壁の方を向き、湯船の縁で身を丸くして返事をした。

（なんであんな形に？　わたしは母親よ。そういう対象ではないでしょう）

しかし二人きりの浴室内で、息子の欲情を誘うと思われるのは、三十二歳になる己の身体しかなかった。

「なら僕も入らせてもらおうかな」

永太がゆう子の背中側に入ってくる。息子の身体が浸かると、たっぷり張ってあった湯がざーっと勢いよくあふれた。

「いっぱいこぼれた。もったいない」

「え、ええ」

大きな湯船は、大人二人が入っても余裕がある。なるべく息子と肌が当たらないよう、ゆう子はますます身を縮こまらせた。

「お母さん、お湯のなかにバスタオル入れちゃって」

「あ、お行儀が悪いわね」

息子の指摘に、ゆう子は濡れたバスタオルを湯船の外に出した。身を隠すものがなにもなくなる。

「ねえ、お母さん」

背後から伸びた息子の手が二の腕にふれた。ゆう子は、びくっと裸身をゆらした。

(摑まれた。どうしたら……こんな距離で、互いに裸同士で)

息子の雄々しい様相を目にしたのが大きい。女の頭は混乱で渦巻く。このまま許されない行為を強いられるのではという脅えと、まさか永太がそんな不徳な真似をするはずがないという理性の声が、女の脳裏でせめぎ合った。

(混浴は避けるべきだったのかも)

永太を事故に遭わせた責任、負い目が判断力を狂わせたのだろうと思う。入浴中にもし倒れでもしたらと、危惧する気持ちを優先した結果が、逃げ場のないいまの状況だった。

「頼みがあるんだ。しばらくそのまま、振り返らないでいてくれるかな」

息子の意図がわからず、ゆう子は細顎を傾げた。反対の腕も掴まれた。心臓の鼓動が早打つ。

(な、なにをするの)

噴き出した汗と湯の滴が混じり合って、細い首筋からツーッと流れた。

「お母さん、学生のときお弁当毎日作ってくれてありがとう。冷凍食品、ほとんど使ってなかったでしょう。大変だったよね。栄養を考えてデザートも別容器で毎回入れてくれたよね。リンゴ、イチゴ、モモ、友だちがいつも羨ましがってた」

「え?」

背中から聞こえる息子の穏やかな言は、まったく予想外の内容だった。ゆう子はきょとんとする。

「部活の試合、こっそり応援にきてくれていたよね。すごく励みになっていたんだ。三年生の最後、県大会で三位になれたのは、お母さんにいいところを見せようって頑張ったからなんだ」

永太は中学、高校とテニス部に所属していた。試合の予定を、永太から教えてもらったことはないが、ゆう子はこっそり日程を調べて、会場まで足を運んだ。

「わたしが見ていたの、わかっていたの」

「サングラスをかけた謎の美人が、いつも木陰や建物の陰にいるって、部員の間でも有名だったんだよ。それがお母さんだって気づいたのは僕だけだけど」

「そ、そうだったの」

恥じらいの赤が、女の美貌を染めた。息子には知られていないものとばかり思っていた。

「ずっと感謝を伝えなきゃって思っていたんだ。でもきっかけがつかめなくて、昨日事故に遭って、あの瞬間横から突っ込んでくる白い車がはっきり見えて、時間もゆっくり感じて、あーこれでおしまいなんだって思ったら、同時に後悔が湧き上がって。お母さんに一度も〝ありがとう〟って口にしてなかったから」

二の腕を摑んだ息子の指に、きゅっと力が入ったのを感じた。

(永太さんの変化は、事故がきっかけだったの)

息子の豹変は、ゆう子も違和感を抱くほどだった。強い危機感が、走馬燈のよぎる経験をさせたのだと知り、納得ができた。

「あっ」

永太にクンと後ろに腕を引かれた。体育座りのゆう子のヒップが、永太の開いた足の間に入る。女の背肌が、永太の胸肌に当たっていた。

「面と向かって言うには恥ずかしいから、こんな形になっちゃったけれど。ほんとうは仲良くなりたかったのに、お母さんがこの家にきてからずっと素直になれなかった。ごめん」

乱れた息が肩からうなじにかかる。震え声だった。

(勇気を出して、本心をわたしに……)

緊張で口元を歪め、相貌を強張らせている永太の表情が想像できた。

「謝らないでください。わたしも同じ気持ちですから。いままで上手に気持ちを伝えられませんでした」

自分に至らない部分があり、嫌われているのではと脅えていた。義理の母という存在が許せないものと思っていた。

(永太さんの、心の内がずっとわからなかったから。永太さんとわたしは、ボタンを掛け間違ってしまっただけ)

しかしこうして永太のなかにあったのは敵対心ではなかったとわかり、安堵とうれしさが湧く。

「お母さん、もっとぎゅっとしていい？」

返事の前に息子の手が下腹に回された。密着が増す。永太の太ももがゆう子の豊腰に当たり、やわらかな尻たぶがむちっと押された。

（どうしましょう。抱き締められているわ。永太さんの息づかいが……）

恋人のように、両腕でゆう子を掻き抱く格好だった。永太の温かな息が、ゆう子のうなじに吹きかかる。

お互いに湯船に浸かって、裸だった。ハグというには生々しい。しかし親愛の情と感謝を示してくれる息子を、ゆう子ははねつけられない。

（あぁっ、硬いモノが……ずっと勃ちっ放しなの？）

依然、永太は猛った状態だった。尻肌に当たるゴリゴリとした硬い異物感に、ゆう子の不安と焦燥が募った。

「人間なんて、いつどうなるかわからない。だから大事なことは、はっきり口に出して行動しないと。間違っていないよね」

へそに回った手が、女体をさらに抱き寄せる。衝き上がる長い肉茎が、尻たぶの間にぴったりと挟まってきた。若い男性に強く抱かれる感覚に、心がゆさぶられ、女の体温が上昇した。汗が幾筋もツーッと流れる。

「ええ。本音を口にしていただいて、うれしいです」

離して、の一言を呑み込んで、ゆう子はか細く告げた。これ以上の密着を避けようと、ゆう子はもぞもぞと尻をゆらした。だが上向きに反り返った陰茎が、逆に尻たぶの間に嵌まってくる。

(いままでの苦労が報われたはずなのに……)

血の繋がりのない母と子が、ようやく心を通い合わせられたしあわせな時間のはずだった。しかしゆう子はこの歓喜の瞬間、細眉をたわませてため息を切なく漏らす。肉塊の引き締まった感触に、意識を囚われっぱなしだった。

「ねえ、ママって呼んでいい?」

「ママ?」

「だめかな」

息子の呼気が耳の縁を撫で、耳穴に吹き込んだ。火照った相の義理の母は、あんっと艶めかしく泣いた。

「えっ、永太さんが呼びたければ」

喘ぎを誤魔化すように、ゆう子はセリフを慌てて重ねた。

「ありがとうママ。僕にとっても、ママは大切な存在だよ」

歓喜するように息子の勃起が力感を漲らせる。太いペニスで、尻肉をぐいっと開かれているような感覚だった。

（わたしのお尻のなかで、ピクピクしてるっ。犯される寸前のよう）

むっちり張った女の双臀を、息子の左右の太ももが締め付ける。ヒップに埋まった肉茎が、またビクビクと脈動するのを感じ、ゆう子は我慢できずに豊腰をゆすった。尻肉の圧迫刺激を受けて、二十三歳の肉柱がぐっと反り返りを強めて膨張する。

（おかしな声がもれちゃいそう）

ゆう子は、右手を口元に持っていった。

腹部に回された手は、へその辺りを撫で回していた。乳房や股間へと、いつ指先が移動するのではないかと気が気ではない。

「ママの身体、すべすべでやわらかいね」

ゆう子は返事の代わりに、自分の人差し指を咥えて噛み、細首を小刻みに震わせた。団子にまとめた黒髪からほつれ毛が落ちて、息子の肩に張り付いた。

3

ピンク色のパジャマ姿のゆう子は、寝室のベッドに座って、携帯電話を手に通話をしていた。

「永太さん、無事に自宅に戻ってきたわ。夕ご飯もたっぷり食べてくれたし、後遺症の心配はなさそうよ」

「よかった。お姉さん、ほっとしたでしょう」

電話の相手は、ゆう子の妹の上村理奈だった。

二十歳の大学生で、実家を離れて都内にある大学近くのマンションで一人暮らしをしていた。大きく年の離れた姉妹だが、互いの悩み事を相談しあえるほど仲が良かった。

「ええ。理奈にも迷惑かけたわね。お見舞い、断ってごめんなさいね」

妹も病院まで駆けつけると言っていたが、永太の無事がわかったため、遠慮をしてもらった。

「いいよ。どうせ向こうの親族で、面会ひっきりなしで病室も満杯だったんでしょう。わたしもちょうど大学のテスト期間中だったからね。テスト明けに、お兄さんの顔を見に行くよ」

「そうして」

理奈は、永太にとっては年下の叔母にあたる。年の近い永太のことを『お兄さん』と呼んで慕っていた。

(理奈は栄介さんのことは苦手みたいだけど、永太さんにはやけに懐いているのよね)

無邪気で明るく、裏表のない性格の妹は、友人が多かった。永太に対しても遠慮のない物言いで接し、ゆう子よりも親しい関係を築いていた。

(妹が高校生のときは、家庭教師もしてもらっていたし)

理奈がゆう子に会いにこの家にきたとき、永太に勉強を見てもらうことが何度かあった。

(理奈が第一志望に合格した何パーセントかは、永太さんのおかげなのよね)

「それよりお姉さん、事故のことあまり気にしないようにね。周囲に色々言われてまいっていると思うけど」

「ええ。永太さんにも同じこと言われたわ。責任を感じなくていいって」

「へえ、お兄さんが――」

珍しい、という語をその後に続けるつもりだったことが、ゆう子にも伝わった。

「事故のおかげというのは不謹慎でしょうけれど、ようやく永太さんと仲良くなれたのよ。今夜ね、いままでありがとうって永太さんに言われたの。母親として認めてもらったのよ」

うれしさをにじませて、ゆう子は告げた。

「ええっ、ほんとうなの？　だったらおめでとうだけど、お姉さんには徹底してツンツンしてたお兄さんが、いったいどうしたのよう」

理奈が電話の向こうで驚きの声を発していた。ゆう子が義理の息子との折り合いに悩んでいたことを、妹も重々承知している。関係改善のために、永太に働きかけてくれたこともあった。

「今夜って夕ご飯のとき？　どういう展開だったの？　お兄さん、どんな顔でありがとうって言ったのよ」

好奇心丸出しの調子で、理奈が尋ねてきた。そこでゆう子は、はたと止まる。

（混浴したなんて、言うべきじゃないわよね）

湯船のなかで裸で抱き合った状態で、感謝の言葉を受けた。事実を言えば、余計な誤解を生みそうだった。

（おまけに永太さん、硬くなったアレをわたしのお尻に押しつけて……結局なにもなかったからよかったけれど）

風呂場での過度の密着を思い出して、ゆう子は赤面をした。

右手を腰にやり、パジャマズボンの上からそっとさわる。長大な硬直の感触が、まだそこに残っていた。

「また今度、詳しく説明するわね。あなたテスト勉強の最中だったのでしょう？　邪魔をしたら悪いから」

我が身に起こった出来事を、妹に上手に説明できる自信がない。ゆう子はテストを言い訳にして、話を打ち切った。

「あー、確かに勉強しなきゃだけれど……わかったわ。また今度ね」

妹が残念そうにこぼす。

「——でもよかったわね、お姉さん。わたしもうれしい。じゃあおやすみなさい」

しみじみとした口調で、妹が付け加えた。ゆう子の胸がじんわりと温かくなる。

「ありがとう。テストがんばってね。おやすみなさい」

通話を切ると同時だった。寝室のドアがコンコンとノックされた。

どうぞ、と返すと永太が顔をのぞかせた。就寝前とあって、長袖のスウェットの上下を着ていた。

「電話?」

ドアの外まで話し声が聞こえたらしく、永太が尋ねる。

「ええ、理奈と。あの子も事故の心配をしていたから。無事に永太さんが退院したと報告を」

「そっか。おばさんも心配してくれてたんだ」

「おばさんって呼ぶと、あの子怒りません?」

「怒るね」

永太が相をゆるめて告げた。おばさん言うな、そんな年齢じゃないー、と理奈が頬を膨らませて抗議し、それを永太が笑って受け流すのがいつもの二人のやりとりだった。

「あの子も昨日お見舞いにきたがっていたのだけど、永太さんがいやがると思って」

「だって大げさだもの。こうしてピンピンしているんだから。あっ、スカーフ」

クロゼット前を見て、永太が声を上げた。

ゆう子の勤める美術館は、日曜日も開いている。明日出勤時に着る予定のスカートスーツをゆう子はそこに掛けてあった。一緒に青のスカーフも用意してあった。

「ええ、永太さんからいただいたスカーフよ」

ゆう子はやわらかに笑んで答えた。伝統技法で染めたという青のスカーフは、永太からもらった修学旅行のお土産だった。

「五年も前なのに、大事に使ってくれて。ママの襟元に僕のスカーフが巻かれているのを見る度にうれしかった」

永太が目を細めて言う。

(そうね。永太さんだって、拒絶ばかりだったわけじゃない)

ゆう子が体調を崩せば、掃除や洗濯、食事の用意を永太が代わりにしてくれたことがあった。バレンタインデーのチョコレートを渡したときは、断らずに受け取ってくれた。会話は少なかったが、母子の絆は確かに繋がっていたのだと思う。

「お母さん、明日は仕事に?」

ベッドに座るゆう子の方へと向きを変えて、永太が尋ねる。

「そのつもりだったけれど、休みましょうか?」

完全に回復したと喜ぶのは早かったかもしれない。もう一日くらい、側にいて永太のようすを見た方がいいのかもと、ゆう子は問い返した。

そのとき永太の身体の後ろに、白いものが見えた。長細い形だった。

（ま、枕？）

「僕はだいじょうぶだから。その代わりといったらなんだけど……今夜は、隣で寝ていいかな」

永太は後ろ手に隠し持っていた枕を、前に持ってきて母に請う。

「わたしのベッドで一緒に？」

「だめかな。今夜だけ」

今夜だけと哀願する永太に、微笑ましさを覚えてゆう子は目尻を下げた。お化けがこわいからとべそをかきながら、枕を抱えて母のベッドにやってくる幼子が思い浮かんだ。

（せっかく永太さんが心の内を明かしてくれた、記念の日ですもの。先ほども、なにも起きなかったわけだから）

不純な行為をするつもりなら、浴室で及んでいたはずだった。

（わたしを母として慕ってくれているのよ。三十二歳の女と二十三歳の男性と思うから、変に感じるだけ。母親と息子なら、ことさら騒ぎ立てるようなことではないはず……）

「そうね。今夜は一緒に寝ましょうか」

ゆう子は枕を手にたたずむ息子を見上げると、慈愛のにじむ母の相で告げた。


寝室にはツインのベッドが並んでいた。出張中の夫のベッドは空で、その隣のゆう子のベッドに、母子は布団を被って横になっていた。

広めのベッドだが、大人二人が寝るにはやや狭い。永太の肩がゆう子の肩に当たっていた。

（栄介さん以外の男性と、枕を並べて寝るなんて）

「隣に誰かいるって、ドキドキする」

はにかんだような息子のささやきが、ゆう子の心を代弁する。ゆう子は微笑んで、横を見た。

永太のかがやく瞳が、ゆう子に向けられていた。照明は光量を一番下げてある。ほのかなオレンジ色が、室内をぼんやりと浮かび上がらせていた。

「でも安心するでしょう？」

「はい。この年になって初めてだから。こういう風にくっついて寝るの」

声を弾ませて永太が言い、ゆう子の方に身を寄せてきた。

(興奮しているみたい。こうして無邪気に喜んでくれるのなら、オーケーしてよかった)

「お母さまとは?」

「母はずっと入院をしてたので。赤ん坊の頃は一緒に寝てたはずですけど、記憶がなくて」

(永太さんは、ちっちゃなときから一人で寝起きしてたのね)

幼い永太が寂しさをこらえながら、眠りにつく姿が思い浮かび、ゆう子の胸がキュンとした。

永太の生まれる前には家政婦がいたらしいが、古くから勤めるその女性が年老いて退職してからは、新たに人を雇うのはやめたという。いまは広い邸宅の掃除のために、ハウスクリーニングの業者を週二回だけ呼んでいた。

「永太さん、五歳ですものね」

ゆう子はつぶやいた。実母が亡くなったとき永太は五歳で、小学校に上がる前だった。こうして母親と同じベッドで過ごすことが、永太には特別な意味を持っているのだろうと思う。

（夫がいれば親子三人、川の字で寝られたのに）

「永太さん、わたしのことママって呼ばないんですか？」

悪戯心をのぞかせて、ゆう子はささやいた。

「……ママ」

長い間があって、永太がか細く告げた。恥ずかしさに満ちたようすが、母性本能をくすぐった。

「冷静になると、ママって言うの抵抗ありますね。この年になると、甘ったれたマザコンみたいで」

「遠慮なさらずに。ここにいるのは、わたしと永太さんだけですから」

夫不在の寝室にいるのは母と義理の息子、二人だけだった。

「ママ、手を繋いでいい？」

永太が薄暗い部屋で静かに請う。ゆう子は返事の代わりに、隣に手を伸ばした。息子の手が指に当たった。母子は指を絡ませた。

「ごめん。いままでつっけんどんな態度取ってきて」

「何回も謝らないで。わかっていますから」

ゆう子は指をぎゅっとした。途端に腕を引かれた。永太の腕に、ピンク色のパジャマの肢体が包み込まれる。

(また抱かれてしまった)

ゆう子は小さく吐息を漏らして、目を閉じた。胸板に相貌が擦りついていた。息子からの抱擁が、うれしくもあった。

(同じ屋根の下で暮らすようになって、十年もあったのに。もっと早くに、スキンシップをすべきだったのかもしれない)

上手に子育てをできたと胸を張るつもりは、微塵もない。しかし自分の義理の息子への接し方は、間違っていなかったのだと息子の温もりのなかで思う。

「仕事もがんばるよ。ママのために」

(わたしのためだなんて)

「月曜、出社するの?」

ゆう子は尋ねた。

「もちろん。ふつうに動けるんだから、働かないと」

「コンサルタントの仕事が合わないのなら、お父さまに、わたしから口添えしましょうか」

コンサルタント会社へ入るよう、永太に指示したのは栄介だった。栄介の知り合いが経営する会社だった。息子を後継者にするための下準備だという。

『迷って間違えて、何度も失敗した方がいいんだ。将来あいつは、経営判断を迫られる身なんだから。正解を与えられないと動けないようでは、使いものにはならん』

就職してから日々疲れ果てたようすの永太の身を案じるゆう子に、夫はそう説明した。

(わからないわけではないけれど)

夫の意向で進路が決まり、永太の気持ちははなから問題にされていない。そこに引っ掛かるものがある。

「転職か。考えたこともなかった」

「ええ。あなたのやりたい仕事が他にあるのなら」

「やさしいね、ママは。こんな人を僕は蔑ろにして」

二十三歳の肉体が、母の肢体をきつく抱き締めた。

「あんっ」

紅唇から、喘ぎが漏れた。お腹の辺りに硬いモノが当たる。ゆう子は右手をやり、異物にふれた。棒状で長細く、鉄のように引き締まっていた。

（またっ）

浴室と同じだった。スウェット生地の内にある息子の陰茎が、充血して盛り上がっていた。

ゆう子は永太の胸を押し返して、一旦身を離した。息子の腕は簡単にほどけた。永太に向かって背を向けると、ゆう子は呼吸を整えた。

「ごめん。お風呂場でも勝手に硬くなっちゃって。仕方がないんだ。意思ではコントロールしづらいものだし、心と関係なく反応することだってあるし……わかるでしょう？」

首の後ろから、息子が困ったように説明する。

「え、ええ」

うぶな少女ではない。惑いはあっても、永太の言う意味は理解できた。

「許してくれる？」

ゆう子はコクンと首をゆすった。

「ママ、ありがとう」

永太が母のほっそりとした肩を抱く。背中から抱き締められる形になった。就寝時、長い黒髪は邪魔にならないようゆるい三つ編みにしてある。息子の鼻が三つ編みに埋まり、温かな息づかいをうなじに感じた。

（ああ、また勃起がお尻に……）

薄いパジャマ生地越しには、強張った陰茎が当たっていた。やわらかなヒップの切れ込みに擦りつく。

「ママ、父さん忙しくて寂しい？　最近、出張ばかりでしょう」

「そうね。少しは」

「お風呂場で、ママ身体を流すの慣れてたね。父さんもあんな風に洗ってあげるんだ。いいな父さんは……父さんがいないときは、代わりに僕の身体を洗ってくれる？」

「代わりに？　今日だけよ。ね、硬いのあまり、押しつけないで。少し離れて」

永太が腰を蠢かしていた。肉交を想起させるように、硬い感触がヒップの表面をすべる。ゴリゴリという生々しい摩擦感が、女の動揺を誘った。

「ママに毎日洗ってもらえたら、しあわせなのに」

すんすんと鼻を鳴らす音が聞こえた。三つ編みの髪や耳もとの匂いを、永太が嗅いでいた。

「あんっ、嗅がないで」

「ママの匂いだって思ったら我慢できなくて。これくらい、いいでしょう」

「恥ずかしいわ」

母性を求めての行動なら、多少は我慢してあげようという気になる。

(でもこんな風に、勃起を押しつけられながらだと……)

不穏な気配を感じてしまうのは女の本能だった。持続するギンとした硬さが、緊張と焦りを生む。

「永太さん、ちょっとくっつきすぎです」

ゆう子は両手を背に回して、押し返そうと突っ張らせた。その手が摑まれる。手首にシュルッと布地が巻きつくのを感じた。

「な、なにを？」

思考が停滞し、とっさの判断ができない。

抵抗しようと腕に力を込めたときには遅かった。左右の手首が重ねられて、縛られていた。肘ごとゆするが、括られた両手は背中から動かない。ゆう子の全身の肌から、汗がぶわっと噴き出た。

4

永太がスカーフの縛りをきゅっと強める。ゆるみがなくなり、拘束感が強くなった。

「永太さん、なにをしたの」

ゆう子は声を震わせた。

「スカーフで縛ったよ。ほどけないでしょう」

「冗談なら止めなさい」

永太の言う通り、スカーフでしっかりと括られた左右の手首は、離れない。肌にスカーフが食い込むだけだった。

「ベッドからでてください。もう自分の部屋に帰って」

ゆう子は声に険を含ませて言う。弱みを見せまいと、懸命だった。

「帰らないよ。ママが好きなんだ。女としてママのことが……ずっと前から」

永太がゆう子の耳の縁にキスをした。ゆう子はひっと喉で呻いた。

「好きって……わたしは母親ですよ。からかっているの？」

拘束の次は愛撫だった。永太が耳の縁を舐め、耳穴に息を吹きかけてきた。急な展開に、頭が追いつかない。

「気持ちを押し隠すより、伝えないと後悔するから。人間、いつ事故や病気で亡くなるかわからないんだからさ。事故に遭って痛感したよ」

耳たぶを甘噛みし、三つ編みの髪を掻き上げて、女の首筋を舐めた。湿った唾液が肌に滴る。母親と慕っての行為ではなかった。

（永太さん、ほんきなんだわ。わたしを女として見て）

「あ、あんっ、受け入れられませんわ。あなたは息子よ。わたしは母親なの」

ゆう子は首を振って身悶えた。横向きの女体は、息子の腕のなかにあった。危機感が全身を包む。

「そう決めつけないで。すぐにママの答えは求めないから。一緒にお風呂に入って、同じベッドで寝るまで十年かかったんだもの。ママが受け入れてくれるまで待つよ」

「わたしの気持ちの問題じゃありません。親子なのよ」

義理の母子であり、なにかが起こってはならない関係だった。時間が解決する問題ではない。

息子の手が前に回った。パジャマの上から胸元を摑む。ゆたかな膨らみはブラジャーごと、たぷんと波打った。

「おっきいね。これ大きさは何センチ」

「知りませんわ。あんっ」

両手が双乳を揉み始めた。丸みに食い込む乱暴な指遣いは、息子の興奮をゆう子に伝える。耳もとに、荒い息づかいが当たっていた。

「ねえ、教えてよママ」

ブラジャーの上から先端を探し当て、きゅっと指先でつまんだ。乳首から電流が走り、女は嗚咽をこぼした。

「九十……」

「九十いくつ?」

「九十四だったと……あんっ」

乳首を揉み潰しながら、双乳をゆさゆさとゆさぶられた。生じる性感に、女は紅唇を閉じて、必死に耐えた。

「大きいとは思っていたけど、ほんとうにでっかいね。摑みきれない」

「永太さん、よしなさい。こういうのは違うと思うの……ああんッ」

ゆう子の声が一段跳ね上がった。永太はいつの間にか、スウェットズボンを脱いでいた。後ろ手に括られたゆう子の手に、剝き出しの勃起が直接コツンと当たる。

「脱がないでっ」

ゆう子は身体ごと前に進めて手を引こうとするが、乳房を摑んだ永太の手が、女体を引き戻した。

「握ってよ。今夜はずっと勃ちっ放しなんだ。わかるだろ？　バスルームで見たママの白い肌、感激だった」

（やっぱりお風呂場での欲情も、わたしが対象だった）

息子のあけすけな言に、ゆう子は戦慄する。女の手に陰茎の先端が擦りついていた。生温かな我慢汁が漏れ出て、細指に付着した。ゆう子は指を丸めて、接触を避けた。

「いけません、これ以上は――」

「安心して。僕はママのいやがることなんかしないよ。ママを愛しているんだから」

（わたしの言葉が通じない）

会話がかみ合っていなかった。母の叱責を、息子は穏やかな口調で流してしまう。

「どう言ったら、わかってもらえるの……」

「ママ、ずっと父さんとしていないよね。このエッチな体つきだもの。我慢するの大変だったでしょう」

「な、なにを言っているの」

息子の話がまた飛ぶ。いやな予感しかしない。

「オナニーで我慢していたんでしょう？　かわいそうにママ」

ゾクリと背筋が震えた。生理的な怖気を誘われる内容だった。

ゆう子は振り返って義理の息子を睨んだ。永太は微笑をたたえて、母の視線を受けとめる。その瞳は、爛々とかがやいていた。

「あ、あなたには関係のないことですから」

恐怖を抱きながら、ゆう子は強がった。永太が眉をたわめて、切なげな相を作る。口元には薄笑いを浮かべたままだった。演技感たっぷりの表情だった。

「どうしてそんなこと言うのかな。家族なのに。大事な大事な家族……そうでしょう」

「いやっ」

右の乳房を摑んでいた右手が、そのままお腹の方へと下がっていった。ゆう子のパジャマの裾をたくし上げて、パジャマズボンの内に潜ってきた。ゆう子は暴れた。上掛けの布団がずれて、汗ばんだ熱気が外に逃げる。

「じゃあ父さんと最後にしたのいつ？」

下着の上から恥丘の辺りをさわって、永太が問う。指がその奥の一番大切な箇所に潜り込もうとしていた。太ももに力を込めて、ゆう子は抗った。

「い、一ヶ月前ですわ」

憐れみを受ける謂われはないと、ゆう子は震え声で告げた。

「ふふ、嘘」

「どうして嘘だってわかるんですかっ」

笑みを含んだ指摘に、義母ははねつけるように言い返した。

「父さんが再婚してすぐに、ママの大きなよがり声が寝室の外に漏れてるって気づいたんだよ。そこのドアの前までそーっと忍び寄って、ママのエッチな声を聞くのが日課だったたんだよね。あの頃はすごかった。毎晩父さんは二時間も三時間もママを責めてさ」

「永太さん、盗み聞きを？　そんな卑しい真似」

ゆう子は非難する。しかし寝室での痴態を、息子に知られていたという羞恥は隠せない。汗の滲んだ柔肌は赤みを増した。

「卑しいのは認めるよ。それだけママに惹きつけられたんだ。昼間はお嬢さま然としたママが、あんなエロい泣き声をだすなんて信じられなかった。清楚な上品さと二人きりになると見せる淫らさの落差に、父さんも嵌まったんだろうね」

ゆう子は、ううと唸った。身に覚えがあるため、否定できない。

「夫婦なんですよ。夜の生活があるのは、当たり前じゃないですか」

弱々しくつぶやくのが精一杯だった。

再婚してからの夫は、娶ったばかりの年若い妻の身体に夢中になっていた。一晩で二度三度と求めることもたびたびで、年齢を感じさせないタフさだった。

(あの人は、処女だったわたしを開発するのが愉しいと言って)

女の悦びを栄介に教えられ、随喜の涙を流すことも覚えた。裸に剝かれて、縄で括られたまま犯される緊縛セックスの味も覚えた。フェラチオを強要されて男性を愉しませる口技も学んだ。

「でも父さんが心臓を悪くしてからは、ピタッと止まった。違う？　一年以上……いやもっとかも。ママ、セックスをしてないでしょう」

四年前だった。夫は心臓の発作で倒れて入院した。退院してから、あれだけ荒々しかった性愛の頻度がめっきり減った。勃起力も衰え、行為の終わりまで硬さを維持できないことが増えた。勃起不全治療薬は、心臓への負担もあるため、医師が服用に難色を示した。

「ママ、ずっと寂しかったんじゃないの」

図星を指された女の抗いは、弱くなる。太ももの間に、息子の指が潜り込んだ。

「そ、そんなこと、ありませんから……ああっ、手をおかしなところに入れないで」

「父さんに、シテって求めなかったの？」

「そ、そんなはしたないこと言えるわけないでしょうっ」

反射的に叫んでから、失敗に気づいた。欲求不満だという永太の指摘を認めたようなものだった。美貌は真っ赤に紅潮した。

「欲しいって言えなかったんだ。いまの父さん、仕事に夢中だものね。ママは我慢しながら、なんでもないような顔をして父さんに接していたわけか」

失った性欲の代替なのか、夫は以前にも増して、社長業に打ち込むようになった。出張や接待も増え、寝室は睡眠をとるのみの場となり、ゆう子の肌にふれなくなって久しい。

「やっぱり僕がなんとかしてあげないと。ここかな？　気持ちいい場所は」

パジャマズボンのなかで手が蠢く。差し込まれた指が、女の中心を狙っていた。

「さ、さわらないでっ……なにもしなくていいから。あんっ」

一本の指が、パンティ越しにクリトリスを捉えていた。クニクニと指先が動くと、甘い性感が生じて豊腰が過敏にゆれた。

「父さんが悪いよ。休日の午前中、ママがこっそり寝室でオナニーをしても仕方がないね」

「な、なにを言ってっ」

ゆう子の声が裏返った。心拍数が上がり、いやな汗が流れた。

「寝室の外に、声が聞こえるって言ったでしょう。僕が眠りこけていると思いこんで、ママ警戒心をといていたみたいだけど。一週間前の土曜日もそうだったね。ママのオナ声、ステキだったよ」

「し、知りませんっ、わたしそんな恥ずかしいこと、していませんからっ……あんっ」

乱れる心を追い込むように、股布にあてがわれた指が、円を描いて陰核を揉み潰してくる。むちむちとした義母の太ももは、息子の手を締め付けた。内ももが汗ばみ、股の付け根はじっとりと熱を孕んだ。

(マスターベーションに耽っていたことを、永太さんに知られていた)

ちょうど一週間前、出勤時間の遅い土曜日だった。このベッドの上で、自慰に耽った。横向きに寝て、クリトリスを刺激するのが、ゆう子のやり方だった。それと同じ体位で、息子にいま股間をまさぐられていた。女は下唇を嚙み、喉でくふん、んふんと呻いて息子の手技に耐える。

「寝室にそのまま入り込んで、襲ってやろうと思ったよ。でもママ、さすがにドアに鍵を掛けていたでしょう。ママがオナニーでイク瞬間に合わせて、僕も同時にイクので我慢するしかなかった」

永太は首筋にキスをし、舌を這わせて舐め、耳の縁から耳たぶまでを舐めしゃぶっていた。

(ドアの外で、永太さんもオナニーを)

心を乱される永太の告白だった。

「直接、さわってあげるね。物足りないでしょう」

「な、なかはだめっ、だめよっ」

ゆう子は叫んだ。しかし後ろ手縛りにされていては、どうにもできない。薄い下着の生地を持ち上げて、内まで指が入ってくる。

「ママも握って。硬いままで苦しいんだ。充血が止まらないのは、ママの責任だよ。ママのやわらかな身体、エロい匂い、むちむちのこのお尻、たまらないんだ」

「に、握りますから。それ以上は」

これ以上の行為は止めなければならなかった。ゆう子は後ろ手の右手で、勃起を握った。

（あ、熱いっ）

陰茎は灼けつく熱気を孕んでいた。ビクビクとした脈動を手の平に感じた。先ほど浴室で、隆々とした形と硬さを見知ったばかりだった。逞しい勃起のシルエットが、女の脳裏をよぎる。

（大きくて、エラを張っている）

張り出した亀頭の括れ部分に、指が引っ掛かった。夫のモノしか、ゆう子は知らない。記憶にある夫と比較した女の紅唇から漏れるのは、畏怖と羞恥、そして焦りの混じった熱い吐息だった。

「ふふ、濡れてる。ママのぐっしょりした感触、わかるよ」

息子の指が、直接秘唇に当たっていた。潤みの湧出元を探るように、亀裂を指先がなぞっていた。左手は、左の乳房を揉みあやす。

「いやっ、ねえ……だめよ」

蚊の鳴くような声で、ゆう子は訴えた。

「ここでしょ。ツンと小さな突起がある。知ってるよ。やさしくさわるからね。このくらいかな」

「あんっ、言われた通り握ったのに、どうしてっ」

過敏な粘膜を刺激されて、無反応ではいられなかった。丸っこいヒップが切なげに動き、膝を曲げて足をゆすった。

「指を軽く被せてるだけじゃないか。そんなの握ったなんて言わないよ。もっとしっかり摑んで」

首筋に息を吐きかけながら、小さな肉芽を人差し指が弄くる。他人にそこをさわられるのはいつ以来かわからない。指先で擦られる度に、目のなかに火花が散るようだった。胸をさわる手は乳頭をブラジャー越しに摘まんできた。

「ああんっ」

悲鳴と喘ぎが入り混じって紅唇からこぼれた。勃起を摑んだ細指は、意識を刈り取られまいと、握りを強めた。永太が腰を振っていた。硬い肉棒がカウパー氏腺液を垂れこぼしながら、ヌリュヌリュと女の手のなかですべっていた。

「ママの汗、甘いね」

首筋に垂れる汗を、永太が舐めていた。ヌルンと這う舌に、肌が引き攣る。

「いやっ」

「おいしいよママ」

汗の滴る首筋を舐め、口づけをしてきた。三つ編みがほどけて、その濡れた首に黒髪がパラパラと張り付く。

「キ、キスマーク、つけないで」

「スカーフで隠せばいいよ。うれしいな、ママが僕の指で感じてくれて」

口愛撫と指愛撫の官能が捩れ合う。指が陰核を甘く刺激し、乳房を絞られる。くくっと背を反らせ、丸っこいヒップは妖しく蠢いた。細指は支えを欲するように、雄々しい肉茎をきつく握り締めた。

「ママの手、やわらかで最高。ほらこっち向いて」

乳頭を指でぎゅっと潰して、息子が促す。義母は首を回した。震える紅唇に、息子の口が被さってきた。

「んっ、んふっ」

（相姦キスっ）

息子の口がぴったり重なっていた。衝撃は大きい。密着した母を両腕で包み込み、永太はクリトリスをしつこくなぶり、胸を揉む。キスと愛撫で女体は沸騰し、痺れる性感が肢体を走った。

（だめ……感じちゃ。相手は息子なのよ）

流されてはいけないと抗うほど、気持ちよさはあざやかさを増した。

（だめなのに……ああっ、イクッ）

理性の叫びを、肉悦が上回る。汗でじっとり湿ったパジャマの肢体を引き攣らせ、鼻腔から荒く息をこぼしながら、義理の母は絶頂へと昇り詰めた。

「ママ、舌」

息子が口を引いてささやいた。舌を差し出せという。

乳首と陰核を責める指遣いが続いていた。息子の腕のなかで、三十二歳の肢体は恍惚にヒクッヒクッと震えながら、屈するように桃色の舌を伸ばした。

（舌を吸われてる）

母の舌を、息子がしゃぶっていた。滴る二人の唾液が混ざり合い、喉元に溜まった。ゆう子は喉をゴクンと波打たせて嚥下し、鼻腔から悩ましく息を漏らした。

「でそう。このままママの手のなかにだすよ」

女の口に息を吹き込んで、永太が呻いた。ゆう子は濡れた瞳を息子に返した。右手のなかで勃起がすべっていた。握りをゆるめる間もなく、息子がうぅっ、と唸りをこぼした。勃起が跳ねるように律動し、灼けた粘液がゆう子の指に滴った。

(イッてる)

ずっしりと重い粘液の感触が、とめどなくあふれて指に絡みつく。

「ママの手、やわらかで気持ちいい」

息子の濡れた口がわずかに離れて、告げた。恍惚で半分まぶたの落ちた双眸が、義母の潤んだ瞳を見つめる。

「ママ、扱いて」

細指のなかのペニスの震えは、依然続いていた。ゆう子は手首を返して、ザーメン液をローションのように使って擦った。

「いいっ、ああ、ママ、好きだよ」

うっとりと息子が言い、また口を深く被せてきた。息子の舌と母の舌がヌルリと絡み合った。お礼をするように息子の指は、クリトリスを甘く擦り続けていた。ジュンと漏れ出る愛液が恥ずかしかった。

(またイキそう)

昂揚がぶり返し、キスのとろける心地と交じり合う。現実感が乖離していくなか、ゆう子はまぶたを落とした。アクメに再び、肢体は包み込まれる。

「んふうっ」

悩ましく母は喉で喘いだ。三十二歳の母と、二十三歳の息子は長い時間、相姦のキスに耽った。

第二章　あの日からずっと調教されて

1

射精後も解放をしてもらえなかった。

ゆう子は、ベッドに仰向けの姿勢だった。

（精液の匂いがする）

視線を右に向けて、縛られた右手をチラと見る。ゆう子の指には永太の精液がべっとりと絡んだままだった。懐かしい牡の匂いが、縛られた女体をざわめかせる。

ゆう子の両腕はバンザイの形で頭上に伸ばされ、ベッドの左右の支柱に、二枚のスカーフで手首が結び直されていた。

足も大きく開かれ、その間に上半身裸の永太が膝立ちになっていた。永太はデジタルカメラを構えていた。

(カメラまで持ち込んで……)

「きれいだね。ママの身体」

上から見下ろして永太が言う。光量を上げた天井の照明が、縛られた義母を照らしていた。

パジャマの前は開かれ、背中のホックが外されたブラジャーは、カップが上にずらされていた。豊満な乳房、汗でヌメ光る胸肌が照明を反射してかがやく。

パジャマの下と、パンティは脱がされた。足を重ねて股間を隠したいが、膝を入れた永太がそれを許さない。

「九十四センチだものね。大きいのに、ツンと張っててすごいな」

息子がカメラレンズを胸元に向けて、シャッターを切った。さすがに重みで横に流れるが、それでも丸みは上向きを維持していた。その膨らみが、女の切なげな息づかいで上下する。ピンク色の乳頭が、勝手にプクッと尖ってしまっているのが恥ずかしかった。

「写真はよして」

ゆう子は顔を横に背けて訴えた。三つ編みはすっかり崩れて、頬に垂れた黒髪が首筋に絡む。

「下の毛も清楚できれいだね。ママ、整えているの？」

恥丘の陰毛を指で摘まんで尋ねる。いつ夫に求められてもだいじょうぶなように、見栄えが悪くならないよう手入れはしていた。しかしそんなことまで答える必要はないと、ゆう子は黙ったままでいる。

「ママ、無視するの？　寂しいな」

息子の声の位置が変化した。ゆう子は視線を戻した。息子の頭が低くなり、カメラレンズが股間に向けられていた。

「これがママの形か。ピンク色で可憐な花みたい」

永太が秘部をのぞき込んでいた。さらにカシャッという音が聞こえた。足を閉じようにも、のぞき込む永太の肩が邪魔する。

「待って。そこを撮るのはやめなさいっ」

叫ぶと胸元がゆれ、乳房の丸みから滴る汗が、脇に垂れた。

「剃っているのかな。お尻の方もまったく毛が生えてないね。きれいだよ。美人で上品なママのイメージ通りで」

息子が恥部をじっくりと観察していた。ゆう子の足のつま先が折れ曲がって、シーツを摑む。シャッター音が響くたびに仰向けの肢体はビクッとし、花唇が熱くなった。

(恥ずかしいのに……いたたまれないのに)

太ももに力をこめ、露わになった腹部を波打たせた。発汗が促進され、腕や足、全身のきめ細かな肌が、しっとりとかがやいた。パジャマの腋の下には、濡れ染みができる。

「これから写真いっぱい撮ろうね。後でママと一緒に写真を見返して、二人で思い出を語り合うために」

「なにを言っているの。そんな写真、消しなさい。すぐに消すのよ」

柳眉をたわめて、ゆう子は訴えた。行楽の家族写真とは違う。笑顔で懐かしむような、シチュエーションではなかった。

「永太さん、スカーフをほどいて。これは犯罪よ」

囚われの義理の母は、ベッドの支柱と結ばれた両手をクンと引いた。スカーフが伸びるだけで、バンザイの格好は変わらない。

「似合うよね。縛られて身動きの取れない姿。ヤラれ感っていうのかな。かわいそうなシチュエーションだと、ママの美人度が倍増して」

永太がデジタルカメラを、ベッド脇のナイトテーブルの上に置いた。レンズは、ゆう子の方に向けられていた。録画を示す赤い光が見えた。

(今度は動画撮影？　だめだわ、永太さんにわたしの言葉は届いてくれない)

「父さんがママを縛って愉しんだのわかるな。ママっていやらしい体つきだから、縄での拘束が似合いそうだもの」

永太が笑って言う。

(余計なことを口にするのではなかった)

ベッドの支柱に母を縛り直すときに、もっと暴れて抵抗するものと永太は思っていたらしい。観念したようなゆう子の態度で、なにか勘づいたのか、しつこく夫との夜の生活について尋ねられた。

(イッたばかりで、頭がぼうっとしていたから)

つい夫との緊縛プレイを、ゆう子は白状してしまった。永太の指愛撫で、呆気なく達してしまったのが大きい。判断力がいっとき薄れていた。

「お父さまが、永太さんのなさったことを知ったら、失望なさると思いますよ」

夫に言いつけるような物言いをずっと避けてきたが、ここに至っては背に腹はかえられない。ゆう子は険を浮かべた相で息子を睨み、挑むように告げた。

「もういいんだ。父さんの求めるいい息子を演じるより、僕はママの方が大事だから」

(いい息子を演じる……やはり永太さんはずっと窮屈な思いをして)

ゆう子は胸でため息を漏らした。心を押し殺して暮らしてきたのだとしたら、責任の一端は自分にもあった。

(わたしでさえ、息苦しさを感じていたのだもの)

宮坂の家には素封家、名家としての独特の空気が漂っていた。

(家名を重んじ、個人の自由や享楽は二の次というような……)

栄介の永太への接し方に、愛する息子というような温かみは乏しかった。修練を積ませて育て上げねばならない後継者という考えが、第一にあったのだろう。

永太がスポーツや学業で目を見張る成果をあげても、笑顔で褒めることは滅多になく、厳しい態度で叱咤するケースが多かった。

「永太さんは、お父さまのことが――」

嫌いなのかと尋ねようとして、ゆう子はセリフを呑み込んだ。永太が頭を沈め、女の股間に顔を近づけていた。

舌が這った。女は下半身をビクッとさせる。永太が内ももを舐めていた。

「な、舐めないでっ、ね、いまならまだ元に戻れますわ。冷静になって」

ゆう子は開いた足の間に向かって訴えた。

「太ももぷるぷるだね。今度、僕もママを縛っていい？」

「だめよっ。だめに決まっているでしょう」

やわらかな太ももを、しゃぶるように息子は口を這わせる。ゆう子は手首に巻きついたスカーフを外そうと、力を込めた。しかしほどけない。愛撫から逃れる術がなかった。

「父さんはよくて僕はだめなの？」

「当たり前ですわ。あなたは息子なんですよ……んふっ」

吸い付く口づけを、内ももに感じた。

「キスマークをつけないで」

ゆう子は頭を持ち上げ叫んだ。

「家族の絆の証ってのはどう？　もしくは僕のモノだって印……」

ふふっと楽しげな笑みが聞こえ、ちゅっと強く吸われた。くっきりとしたキスマークを付けて、また撮影音が鳴った。永太の手にスマートフォンがあるのが見えた。

（今度は携帯機器で撮影を……わたし、永太さんのおもちゃだわ）

「父さんと平等に扱ってもらえないのは悲しいな。やっぱり血の繋がりのない息子は信用できない？　さっきだって、父さんと一ヶ月前にセックスしただなんて嘘をあっけらかんと口にしたよね」

「そ、それは」

夫婦の秘め事を、息子に打ち明ける義理はない。とはいえ嘘をついたのは事実だった。ゆう子は口ごもった。

「僕のこと、嫌いなのかな」

撮影を止めた永太が、足の付け根へと唇を移動させながらささやく。

「き、嫌いでは……」

否定しようとして、女の声は力を失う。

（永太さんにこれだけのことをされて、この先どんな風に接すればいいの）

犯罪じみた今夜の行為を、すっぱりと忘れるなど不可能だった。息子と以前通りの関係を維持することは、無理だと思う。

「だけど父さんだって、ママに信用されていないのか。ママは父さんに寂しさを伝えられず、こっそりオナニーで我慢していたんだから」

勝ち誇ったように永太が言い、鼠蹊部にキスをした。凌辱の始まりを感じて、女は小さく喘いだ。

（栄介さんに、わたしから夜の営みを求めるなんて……）

夫はいま五十八歳で、ゆう子は三十二歳、大きく年の離れた夫婦だった。二人きりになっても、なんでも打ち明け、相談できるような空気は夫との間にはない。

（結婚をしたとき、わたしは二十二歳よ。父親みたいな年齢の夫と、対等に話ができるわけがないでしょう）

過敏な粘膜に、温かな吐息を感じた。永太が花弁の横を舐め上げる。右から左、ゆっくりと湿った舌が周囲をなぞるように這っていった。期待感を煽るような舌愛撫だった。ゆう子は豊腰を捩った。

「あなた、さっきわたしのいやがることはしないって」

「ママのいやがることはしないよ。でもこれは、いやなことじゃないでしょう？」

永太がふっと息を吹きかけてきた。クリトリスを狙った吐息に、足を開いた下半身がビクッとする。

「ふふ、垂れてきた」

永太が笑って言い、チロッと中心を舐めた。舌がすくい取ったのは、膣口から漏れた愛液だった。

(舐め取ってもらった……恥ずかしい)

「ああっ、牝の匂いがする」

永太がつぶやく。

(牝って……そんな言い方)

ゆう子の頰に朱色が差した。

「ママの匂いだ。パンティに染みついていたのと同じ匂い。今夜、身体を洗う前に湯船に入るから、驚いたよ」

「あ、あれは」

ろくに洗わず、逃げるように湯に浸かった不作法を思い出して、ゆう子は美貌を歪めた。

(仕方がないじゃないの。あなたの勃起に驚いたのだもの)

垂直に猛った雄々しい永太の形が、女の脳裏に甦る。ゆう子の頰だけでなく、耳もとや首筋もリンゴ色に色づいた。

「でも、おかげでママの匂いと味が残ってる」

花弁の間の細溝に、永太がチュッとキスをした。そして舌先を亀裂にそって這わせる。

「あ、ああっ、いやっ」

ソフトな舌遣いで、花唇の中心を割るようにまさぐられていた。ヒップをゆらして、ゆう子は悶えた。

「ママの汚れたパンティで、何回オナニーしたかわからない。ママのパンティを舐めしゃぶっていたときは、こんな日がくるとは思わなかった」

「わたしのパンティを舐めしゃぶ……永太さん、そんな真似を」

息子の口から吐き出されるのは、受け入れ難い内容だった。生々しさが生理的な嫌悪を生む。ゆう子の眉間に皺が刻まれた。

「そうだよ。ママのパンティで、オナニーをしまくったんだから」

永太は己の恥ずかしい行為を隠さない。むしろあけすけにすることで、母の反応を愉しんでいるようだった。

息子の指が花弁を開いた。舌がヌルッと這った。局所を責める本格的なクンニリングスが始まった。

「いやっ、ああっ、誰かっ、あなたっ」

ゆう子は声を上げた。

「助けなんかこないよ。わかっているでしょう。ママ、そんな身構えないで、気楽に楽しんで」

窓の外には、夜の庭が広がっている。奥まった位置にある夫婦の寝室から、声をからさんばかりに叫んでも、邸宅を囲む塀の外にまで届く可能性は低かった。

永太は花びらのような秘唇を舌先でくすぐり、唇でやわらかにはさんで吸ってきた。そして中心にそっと舌を擦りつける。羽毛のような軽い舌触りで、表面をくすぐるように這わせ、時折舌先で押すように少しだけ強く舐めた。

「んふっ、んううっ」

崩れた姿を見せてはならないと思うが、声が我慢できなかった。喉から甘い呻きがこぼれた。

(こんなじわじわとしたやり方)

若者らしい性急さのない、粘着性の舌遣いだった。永太はまた花弁を片方ずつ、磨き上げるように丁寧に舐めしゃぶっていく。中心には容易に刺激を与えない。じっくり時間をかけて、ゆう子の秘肉を味わっていた。

「すごいな、勝手にあふれてくるよ」

永太が感嘆の声を漏らした。膣口に唇をそっとあてがい、完熟の桃にむしゃぶりつくように、じゅるっと音を立てて愛蜜を吸った。汁気に満ちた音色が、義母の羞恥を煽った。

（わたしの愛液を啜ってる）

股の付け根に力がこもった。ピンク色の亀裂が、分泌液にまみれていくのが自覚できた。ツヤツヤ光る濡れ具合は、のぞき込む永太には一目瞭然だろう。それがまた恥じらいの発情を誘った。

（どうして濡れてしまうの。息子に責められて、感じちゃだめなのに）

ゆう子はまぶたを落とした。意識を遮断して、肉体に湧く官能を無視しようと試みる。だが視覚を失うと、息子の舌の刺激はより鮮明になった。ねっとりした愛撫が全身に甘く染みた。

（クンニリングスって、こんなに気持ちいいものだった？）

夫から口愛撫を受けたことはあるが、ここまで性感をゆさぶられることはなかった。

（久しぶりだから？　我慢ができない）

永太に指摘されたように、欲求不満なのは事実だった。三十二歳の肉体はこの逃げ場のない状況でさえ、無理矢理施される口愛撫の愉悦に浸ってしまう。じりじりと盛り上がっていく官能に柔肌は汗を滴らせ、股間は熱く滾った。太ももをピクピクとさせて、腰を上下にゆすった。

(ここでクリトリスを責められたら……イッてしまいそう)

ゆう子はゴクッとつばを呑んだ。一番感じるのが小さな感覚器だった。永太もそこを当然責めるものと思っていた。しかし焦らしているのか、永太はなかなかふれてこない。

「ねえ、オナニーとどっちがいい?」

舌遣いを休めて、永太が訊く。

「わたし、そんなはしたない一人遊びなんてしません」

慎みや恥じらいを持つ女ならば、答えられるはずのない質問だった。

「正直になってよママ。僕は本音で話しているのに、悲しいな」

舌先が膣口にふれた。浅瀬を掻き混ぜるように、入り口でそよいだ。やわらかな舌遣いが、火照った秘部に堪える。そのとき永太の鼻が、クリトリスにツンと擦りついた。ピリッとした電流が走り、豊腰が勝手に左右にゆれた。

「あふんっ」

「ふふ、どうしたの？　困ったママだな。エッチな声で、僕を煽って」

愛蜜を永太が吸い取った。

（また故意に音を立てて）

淫らな女だと嘲笑われているようだった。とどめのように、シャッター音が鳴った。ヌラヌラに光る恥部が、スマートフォンで何枚も撮影される。灼けるような羞恥心が沸き返った。

「写真はやめてっ。お願い。こんな姿、撮らないで」

ゆう子は上向きになった乳房をゆらして、喘いだ。焦燥感と共に体温がチリチリと高まり、子宮の辺りが不穏に滾った。

「嘘つきママには、お仕置きをしないと」

クリトリスを爪の先でピンと弾かれた。

「あっ、はああっ」

感電したような快感が走った。手首に結ばれたスカーフを、ギッと突っ張らせて女は身体を硬直させた。

永太の舌が這う。クリトリスを執拗に舐め上げた。唾液をなすりつけ、舌を徐々に強く押しつけて性感を急上昇させた。一回舐められるたびに、肌に震えが走った。

（イクッ、イクッ、イクッ）

愉悦が加速する。転がり落ちるようだった。

ゆう子はザーメン液にまみれた指を握りこんだ。ふくらはぎにも力が入る。次の瞬間、小さな肉芽に永太が吸いついてきた。唇に含まれて、ちゅうっと吸われる。意識がくるめき、真っ赤に染まった。

「ひんっ、イ……イクッ」

我慢できずに声が出た。噴き上がったオルガスムスの波が、肢体のなかを渦巻く。ゆう子は顎を反らして、紅唇を戦慄かせた。顎の下を汗が流れていく。括れた両手を握り締めた。絶頂に達しても、永太はチロチロとクリトリスを舐め続けた。

「だめっ、永太さん……しないでっ」

開いた両足を持ち上げて、永太の肩を挟んだ。しかし永太は愛撫を止めない。

（ううっ、たまらない）

焦らされた後の、追い立てるような愛撫は鮮烈だった。三十二歳の熟れた肉体は、感覚器への刺激に、狂奔してしまう。

さらにアクメの波が、ぶわっと広がった。連続のオルガスムスに呑まれた肢体は、ビクビクと痙攣した。それでも永太はちゅうっと勃起した陰核を吸い続ける。

「し、しましたっ。オ、オナニーをしました。我慢できずに。だからもうっ」

これ以上、刺激しないで欲しいと、ゆう子は訴えた。積み重なる絶頂の苦しさに、肉体は喘いだ。

ようやく永太が、クリトリスから口を離した。

「いい子だね、ママ。はい正直になったご褒美」

ほっとしたのは一瞬だった。永太のご褒美は、さらに刺激を強めたクンニリングスだった。屹立したクリトリスの付け根を指で摘まみ、小刻みに扱きながら、包皮から顔をのぞかせた先端部分を舌でヌルリヌルリと舐め上げた。同時に指で根元部分を小刻みに扱いて、責め立てる。

「あああっ、し、しないでっ……いやあんっ」

ゆう子は大きく細首を振り立てた。黒髪が枕元に舞い散る。首筋にはギラギラとした汗が流れ、胸の谷間で汗粒がゆれる。

「いやまたっ、イ、イク……はあっ、はああんっ」

昇り詰めるたび、アクメの波は大きくなる。脳髄が痺れるようだった。

仰向けの肢体は、快楽で大きく背を浮かせた。足を大きく開いてぎゅっと強張らせ、踵でシーツを蹴る。

「ママ、ヒクヒクしてるね」

息子は舌遣いを止めずに笑う。

濡れた舌でなおも擦られ、愉悦の電流が間断なく背筋を走った。ピンと乳首を勃たせた双乳をゆさっゆさっと弾ませ、足の付け根の筋を浮き立たせてもがくように両足を前後にゆらした。

「ひっ、ひうっ、いいッ」

ゆう子は紅唇から、淫らなよがり泣きを奏でる。口で荒く呼吸し、朱唇の端から涎まで垂らした。

(イキッ放しに……もうだめ。母親失格)

蜜肉が収縮を起こし、膣口からはとめどなく愛液があふれた。

苦悶にまみれた快感だった。本来透き通るような白い肌はピンク色から赤へと変わり、汗と混じった甘酸っぱい牝の匂いを、美母はベッドの上にたちこめさせた。

2

永太が舌を引いた。

「ねえママ、オナニーと僕の舌、どっちが気持ちいい？」

ようやく口愛撫が止まり、ゆう子はぜいぜいと息を乱して天井を見つめた。返事をする余裕がなかった。

顔に浮かんだ汗を手で拭おうとして、スカーフがクンと突っ張った。ベッドの支柱にスカーフで縛られていることを、ゆう子はぼうっとした頭で思い出す。

「どうしたの答えて」

指でクリトリスをピンと弾かれた。

「あっ、はあああっ」

ピリッと電流が走って、仰向けの肢体は白いヒップをまた浮かせた。

「し、しないでください」

懇願しながら、これ以上の永太の責めを避けるにはどう言えば正解か、ゆう子は必死に考える。しかし絶頂を繰り返し、昂揚に赤く染まった頭では、妙案が浮かばなかった。

「も、もし、わたしがオナニーと言ったら？」

かすれ声でゆう子は尋ねた。股間から含み笑いが聞こえた。

「ママ好みのやり方を教えてもらわなきゃね。コーチしてね。ママの身体で練習するから」

そう言って永太が、ペロリと女芯を縦に舐め上げた。甘やかな性感が駆け上がる。

「あん……だったら、永太さんの舌がいいと答えたら？」

「これからはオナニーの代わりに、僕がママを慰めてあげるね。こんな美人妻を放置する父親の不始末は、息子が拭わないと」

（どっちを選んでも、永太さんに責められるだけ）

既に逃げ道はないことに、女は気づいた。

「ママ、答えてよ」

「し、知りません」

逃げ道がないのなら、義理の母、そして年上の女としての矜持が頭をもたげる。

ゆう子は返答を拒んだ。

「あと何回かイッたら、判断が付くかな」

答えを避ける選択が、息子の加虐心に火を付けたとわかったときには遅かった。勃ったクリトリスを指でやさしく揉みながら、膣口に舌が潜ってきた。

(ああ、わたしのなかに入ってきたっ)

内部へのヌルリとした舌の侵入は、アクメを繰り返した三十二歳の女体に新たな至福を生む。

「やん、はあんっ」

淫らな声が我慢できなかった。差し込んだ舌で膣肉をまさぐられ、包皮を剝いたクリトリスを指で摘まれた。唾液にまみれた肉芽をヌルヌルと揉み込まれると、括約筋がきゅっきゅっと緊縮する。潤った秘部が息子の舌をうれしげに締め上げ、奥へと引き込んだ。

(気持ちいい……永太さんを拒否しないとならない立場なのに)

やわらかな舌が深く入り込み、意識がピンク色に染まる。

(とろけるっ、とろけちゃうっ)

挿入こそを望んでいたのだと、充塞愉悦に打ち震える我が身の反応で、ゆう子は自覚した。

「あっ、ああんっ、だめっ、永太さんっ」

啜り泣くようなよがり泣きで、義母は許しを請う。だが永太は蜜肉への舌遣いを止めない。ヌルヌルと出し入れし、なかをねっとりと舐め回した。

久しぶりの埋没感と、ヒダを擦る舌の甘い感触は、三十二歳の肉体に華やぐ悦楽をもたらした。

「永太さん、それ以上されたら、わたしっ」

当たって欲しい箇所に舌の先端が当たる。小刻みに舌先を震わせて、熱く潤んだ内部を捏ねくってくれる。もっともっとと美母は開いた足をもじもじとゆらした。次の刹那、舌がみっちりと埋まり、意識が泡だって高く飛ぶ。

「ああっ、イ、イクッ……イクぅッ」

義母は下腹を波打たせた。スカーフで結ばれた両手に力がこもる。胸の谷間に浮かんだ汗が、鳩尾へと流れた。開いた足は膝を狭めて、震えた。ベッドの上は甘い汗の香と、牝の発情の匂いがムンと濃くなった。

(こんな天国みたいな愛撫、初めて……温かでやわらかで、湯に浸かって身体の奥までマッサージされているような)

肢体はビクンビクンと痙攣を続けた。歓喜の汗で、柔肌がオイルを塗ったように光った。

「ママ、すごい感度だね。自分がテクニシャンだって勘違いしそう」

舌を静かに抜き取った永太が、母の股間でうれしそうにささやいた。クリトリスを揉む指は止めない。

後戯の甘い波から逃れようと、ゆう子は豊腰を捩った。濡れたシーツが尻肌に当たる。尻の方に垂れた愛液が、シーツをぐっしょり濡らしていた。

「うれしいよ、こんなに悦んでもらえて。僕の愛情がママに届いてるってことだものね」

永太が身を起こした。女体の上に覆い被さってくる。

ホックの外れたブラジャーが、胸元にだらんと引っ掛かったままだった。それを肩の方に大きくずらし上げて、顔を乳房に被せてきた。両手で双乳を掴み、右の乳頭に口をつけた。母の乳首を舐め吸い、コリコリと甘噛みする。

「あ、あんっ、噛まないで」

半ば失神したような陶酔から、ゆう子は覚醒する。永太は左の乳房も吸い、歯を立ててきた。左右の膨らみを揉み絞る指遣い、痛みぎりぎりの歯の感触が、昂った肉体に快く響いた。

「ママもこんな表情するんだね。涎まで垂らしちゃって」

乳房から口を離した永太が、母の顔をのぞき込んで言う。掴んでいた右胸から手を離して、涎を指で拭ってくれた。

ゆう子は悦楽に酔い痴れたうつろな瞳を、息子に向けた。自分がだらしない恍惚顔になっているのがわかった。

「きれいな髪も、ばさばさになって」

永太が汗ばんだ頬に張り付いていた黒髪を指ではぎ取り、そのまますいてとかす。

「少しは満足してくれたかな」

永太が母を見つめて言い、相貌を落としてきた。

(わたしの匂い)

鼻や唇、永太の顔は、愛液で濡れていた。プンと香る己の牝臭に、美貌は睫毛を恥ずかしそうに震わせ、まぶたを落とした。

息子の口が、女の紅唇に重なった。愛液の味がした。申し訳なさを感じて、ゆう子は自ら舌を伸ばして舐め取った。

「これからもっとキスをしようね。父さんより、いっぱい」

息子がやさしくささやき、舌を女の口に差し入れてきた。口腔内をまさぐられる。両手は官能でしこった豊乳を揉んできた。

（息子とキスなんてしてはいけないのに）

ゆう子はまぶたを落として、喉で呻いた。絶頂の後のディープキスの快さは、女心をうっとりととかす。

息子の愛撫で何度も達した。母親の威厳は、さんざんに損なわれている。美母も紅唇をだらしなく開いて、息子の舌を受け入れた。

ヌルヌルと舌同士を絡ませ合い、温もった吐息を感じながら濃密な口づけに耽っていると、ゆるやかに、着実に、甘い至福感が肢体を包み込んでいく。

（もっと強く……乱暴に）

息子の手が、ゆたかな胸肉を絞っていた。ブラジャー越しでない直の指遣いは、生々しい快感を生んだ。これまで失っていた欠落を満たされるようだった。

「呑んで」

息子が舌遣いを止めて、母に命じた。喉元に二人分の唾液が溜まっていた。女は目を開ける。間近に永太のかがやく瞳があった。息子の整った顔立ちを見つめながら、細眉をたわめて、ゆう子は喉をゴクリと鳴らした。

（甘い）

舌に残る唾液の味を噛み締めて思う。永太はさらに、女の口に塊のような唾液を落としてきた。それも呑み下した。

「うふんっ」

粘った喉越しに、陶酔の呻きが漏れた。従順な母を褒めるように、息子の指が乳頭を摘まんで揉む。ジーンと衝撃が走って、ゆう子は口元を強張らせた。

永太はキスの口を離さない。舌をヌルヌルと遣い、上あごや頬の内、歯列も舐めてきた。男女の口の隙間から涎が漏れ、ゆう子の喉は悦楽の呻きをこぼした。

(またわたし――)

高まった熱は引かず、女体は至福の波にどっぷりと浸かる。イキ癖がついていた。唾液を啜り呑むディープキスと乳首責めで官能の波が振り切れ、赤い色がまぶたの裏を占めた。

(いくっ……また、イクッ)

ゆう子は、アクメの頂へと昇り詰めた。

「んふんっ、あふんっ」

鼻腔から荒く息を抜き、縛られた両手をきつく握り締めた。さらなる刺激を欲するように、むちむちの太ももで覆い被さる永太の腰を挟んだ。

（どうにかなってしまいそう）

いつの間にか永太の腰から、スウェットズボンと下着が下ろされて、勃起が露わになっていた。女の下腹に熱い勃起が直に擦りつき、ヌルヌルとした液がへその辺りに滴っていた。

（カチカチに硬くなっている）

永太が口を引いた。男女の唇に、唾液の細い糸が作られる。男の手は胸肉を荒く絞り続けた。ゆう子は濡れた瞳をゆらし、男にすがる従属の気配を濃くしながら、息子を見上げた。

（あ、漏れそう）

痺れる恍惚の時間は、永遠には続かない。陶酔感を浸食するように、切迫する本能が女体にひたりひたりと迫ってきた。

「あ、あの、永太さん、おトイレに」

ゆう子はか細く訴えた。

「おしっこ？」

息子が尋ねる。ゆう子は恥ずかしそうに目を伏せて、うなずいた。

愉悦が尿意をごまかしていた。膀胱の逼迫を一度意識すると、排泄欲はみるみる強くなっていく。

「けっこう限界です」

恥じらいで目もとを染めながら、ゆう子はおもねるように息子を見た。

永太が面白そうに、片頬を持ち上げた。

「いいよ、このままだしちゃいなよ」

またゆう子の足の間へと、息子が下がっていく。

「じょ、冗談はよしてください。スカーフを外して、早くわたしをおトイレに」

「我慢しちゃ身体に悪いよ。だしちゃえ。ここかな、おしっこのでる口って」

花唇を指でぱっくりと開くと、膣口から上に向かってヌルンと舐めた。弛緩を誘うように、舌先で尿道口の辺りを狙って、チロチロとくすぐる。ゆう子は喉を震わせた。

「やっ、やめっ」

永太はさらにゆう子の下腹に手を置いた。じわっと力を掛けて膀胱を圧した。

「し、信じられないっ、永太さん、それはだめですっ」

ゆう子が泣き声で訴えても、永太は尿意を迫る行為を止めない。手で圧迫し、舌で秘部を刺激する。耐える心は、すぐに決壊した。

「でるっ、でちゃうっ、いやあっ」

悲鳴と共に、小水が尿道を通った。すぐさま永太が噴き出る透明の液を、口を被せて受けとめる。

「いけません、なにをしているんですかっ、永太さんっ」

ゆう子は腰を捩った。息子の口が外れて、小水がこぼれる。内ももが温かな液で濡れるのを感じたが、すぐにまた永太が口を寄せてきた。

「だめ、永太さん……だめよっ」

溜まった温かな液が、息子の口のなかに排泄されていた。

一度漏れ出た小水を止めることもできず、仰向けの女体は紅唇から悲鳴を発し、それは徐々に啜り泣きへと変わった。しばらくして排泄が終わる。

「半分くらいは飲んだけど、けっこうこぼしちゃった。ごめんねママ」

永太が口を離して言い、掃除をするように母の濡れた股間を舐め始めた。

「うう、病気になりますよ。バカなことをして」

そこまでしなくていいと、女は尻を浮かせて、息子の口から逃れようとした。

永太が突然、太ももを摑んで持ち上げた。

「ママの全部を手に入れたいんだ」

浮いたヒップの狭間に、永太が顔を押しつけてきた。

「あっ、今度はなにをっ」

ゆう子の声は裏返った。

「ママのお尻の匂いだ」

むっちり張ったゆたかな臀裂に、ぴったり相貌を埋めて、永太がうれしげな声を漏らす。むふんむふんと温かな息を感じた。恥部の匂いを嗅いでいた。

「やめなさいっ、なにを考えているのっ、ああっ」

ベッドの上に、女の悲鳴が響いた。躊躇いのない舌遣いで、永太が窄まりを舐めていた。放射状の皺を伸ばすように、舌先が這う。

「いやあっ、そんな場所、舐めないでっ」

「だいじょうぶ。お風呂に入ったばかりだから、匂いも味もあんまり……」

息子の声はそこで途絶え、湿って温かな舌遣いだけとなった。ヌルヌルとくすぐったい舐め愛撫の感触に、ゆう子は浮き上がった足をゆらした。だが永太は太ももをがっちり摑んで離さない。

「どうしてこんなこと……ねえ、許して。永太さん、もう許してくださいっ」

小水を口で受けとめ、その上不浄の後穴を舐め回してくる息子が、理解できなかった。

（これが永太さんの愛情表現なの？）

妄執的な危うさを感じる。

窄まりが唾液まみれになるほど舐めた後、尖った舌先が中心にツンと突き立てられた。

「ああ、だ、だめよっ、限度があるわ、それ以上は……うんむ」

括約筋に力を込めて阻もうとするが、滴る唾液が潤滑油となり、舌先がヌルンとくぐり抜けた。

「いやああっ」

ゆう子は髪を乱して喘いだ。バンザイの形で括られた両手を引く。ギシギシと音が鳴った。

括約筋を通り抜けた舌が、内側をまさぐっていた。初めて味わう腸管への舌愛撫に、怖気が走った。腰をいくらゆらしても太ももを押さえつける息子の手は外れず、温かで湿った舌が延々と腸粘膜を擦り、押し広げた。

「舌を抜きなさいっ。そんなに舐めないでっ、ああっ、クリトリスいじめないでっ」

悲鳴が一段高くなる。花芯に伸びた指が、クリトリスを揉みこみ始めた。

(感じてはだめっ)

永太はこのまま女体を押し上げるつもりなのだとわかった。ゆう子は、唇を噛み締めて耐えた。

(どうしたらいいの。身体が勝手に)

休まず責め抜かれ、絶頂を繰り返した肌は、熱を孕んだままだった。イキ癖のついた女体は、陰核への指刺激にビクンビクンと反応をした。

「ううっ、それだめっ」

指腹で根元からぎゅっと潰されると、火花の散る快感が走った。そこに排泄器官へのやわらかな舌遣いが合わさる。唾液でぬめった舌が身体の奥でねっとりと蠢く感覚は、鳥肌が立つようだった。

「いや、なんで? あっ、ああ、イクうッ」

熟れた肉体は、息子から施される愛撫に抗えない。背徳にまみれたオルガスムスに、三十二歳の肉体は呑み込まれた。

(お尻を責められて、情けないイキ姿をさらすなんて)

豊腰を快楽の波に震わせながら、ゆう子は涙を流した。悔しさ、悲しさ、恥ずかしさ、申し訳なさ、それらが入り混じった説明し難い感情が、胸に渦巻く。

「ママの味……こんな味なんだね」

ヌルンと舌を抜き取って、永太が告げた。女の下肢をベッドにおろした。

「ううっ、ヘンタイ……永太さんは、ヘンタイよ」

衝撃が大きすぎた。ゆう子の瞳からこぼれる涙は止まらない。

「そうだよ。ママに夢中のヘンタイ息子なんだ。ママの困った顔がかわいいもの。笑顔も、寂しそうな表情も、楽しそうな顔も、全部僕のものだ」

息子の指が、名残惜しそうに唾液で濡れた排泄の窄まりを弄くる。ピクッピクッと丸いヒップが震えた。

「いやんっ、もうそこは責めないで」

「父さんはこっちに興味は持たなかったの？」

「そんな場所、舐めたりしませんわっ」

「思ったより品行方正なんだね。緊縛プレイをしてたって言うから、もっとえげつないことをしていたのかと。じゃあ、ここは僕専用だ。ママと僕だけの秘密の場所。僕が開発してあげなきゃね」

おそろしいことを言いながら、永太がゆう子の胸元に跨がってきた。ペニスをゆう子の乳房の間に挟んだ。

「ごめん、もう限界だよ。パイズリ、してもいい？」

右の乳房と左の乳房に手を置き、中央に寄せる。そのまま腰を前後に振り始めた。

「わたし、永太さんのお考えがわかりませんわ」

ゆう子は涙を湛えた双眸で、息子のすることを見た。

「僕もママみたいに気持ちよくなりたいんだ。許してくれるよね」

ボリュームある乳房に、長大な勃起はぴっちり包み込まれていた。やわらかな胸肉の表面は、汗とカウパー氏腺液で濡れ、なめらかに肉棹がすべった。

（熱い……）

腰が突き出されて、腫れ上がった亀頭がズッズッと胸の谷間から顔を出す。ぴゅっと噴き出たカウパー氏腺液が、ゆう子の顎に当たり首筋を伝って流れた。肉体を汚される感覚に、美貌は歪んだ。

「永太さん、やめて」

「ママだけ愉しんで終わりなんて、ひどいな」

「べ、別にわたしは愉しんでは……」

自分だけ何度もアクメしたという後ろめたさが、非難の声を弱めた。欲求不満だった分を取り返すように、息子の愛撫に身を委ねて快感を味わったのは、否定できない事実だった。

「ふわふわすべすべで、いいよママ」

永太が豊乳を重ね合わせながら、膨らみを指で揉み、乳頭を指先で捏ねくる。ゆう子の眉がたわみ、紅唇からは悩ましい喘ぎが漏れた。

「んふ、わたしは、母親なんです。栄介さんの妻なんですよ」

「父さんより、僕の方がママを愛してる」

永太が大きく息を吐き出して、出し入れを速めた。ゴリゴリとした摩擦感と脈動が、乳房に生々しく伝わる。硬い肉棒が、胸の間で息づいていた。

（なぜ愛しているなんて言い切れるの。こんな年上の女に）

迷いなく情愛を訴える息子に、ゆう子は説得の言を失う。

「すぐにでるから。我慢汁でドロドロなの、見てわかるでしょ。ほらママ、舌を伸ばして舐めて」

カウパー氏腺液の滴る亀頭に、舌を押し当てろと永太が言う。ゆう子は首を左右に振って拒んだ。永太が尖った乳頭を摘まんで、引っ張った。あんっと紅唇は喘いだ。

ゆう子は首を持ち上げて、ピンク色の舌を伸ばした。リズムよく伸びでる勃起の先端に舌を押し当て、透明液を舐め取った。

(しょっぱい。永太さんの味)

「僕だったら、父さんみたいに寂しい思いをさせないよ」

ペニスに舌を這わせる母を見て、息子が告げる。見下ろす眼差しが、鈍色にかがやいていた。

(いまにも破裂しそう)

胸肌越しに、勃起の膨張を感じた。充血を増して、いまにも弾けそうだった。透明液もたらたらと漏れていた。

「でるよママ、口を開けて、もっと。あーんて」

「ああ、あーん」

息子の指示に従い、ゆう子はペニスの前で紅唇を丸く開いた。胸肉を横から強く摑まれ、谷間のなかを勃起が鋭くすべった。

「父さんとは違う。僕は最後までママの面倒を見るから。ママがもういいって言うまで、満足させるから」

双乳をたぷたぷゆらしながら、永太がなおも愛を誓うように言う。激しく腰を振りながらの息子の台詞に、口を開けたゆう子は上目遣いの視線を返した。目が合うと永太は目を細めて、うれしそうに笑った。

「でるよっ、そのままママ、呑んでっ」

乳房で圧迫された勃起が、紅唇に向かって突きつけられる。白い樹液がびゅっびゅっと噴き出て、女の口元に飛び散った。

(息子の精液をおくちで……ああっ、こぼれる)

先端が震えて狙いがずれる。上唇や鼻の下にも樹液は飛んだ。ゆう子はさらに大きく口を開いて、生殖液を受けとめた。

(栗の花の匂い)

新鮮な精液の匂いが広がり、女の鼻腔を刺激した。その独特の香を嗅ぎながら、重い粘液の味を舌に感じると、言葉にし難い情感が湧いた。

(永太さん、また撮影を)

永太がスマートフォンを掲げて、母の口に精液が注がれるシーンをカメラレンズに映していた。

「ママが僕のザーメンを呑んだ記念日。しっかり残さなきゃね。ふふ、ママのくちのなかに溜まってる溜まってる」

永太の言う通り、ピンク色の舌の上に大量の白濁液が降り注いでいた。

（こんな異常な行為）

口のなかにとろとろとたゆたう白い液を溜めたまま、ゆう子は涙目で息子を見上げた。

永太は左手でスマートフォンを操作しながら、右手で乳房を押さえ、最後まで快感をむさぼろうと腰を振る。

放出の勢いが弱まってくると、永太は胸の谷間から勃起を抜き出した。そして母の朱唇に、亀頭をヌプッと差し入れてきた。

「んぐっ」

逞しい勃起の先端が、女の口を埋めた。

「吸ってママ。残り汁、全部」

永太が言い、右手で己の勃起の根元を摑んだ。ハアハアと喘ぎながら、茎胴を扱いて残液を絞り出した。ゆう子は脈動するペニスを吸った。鼻で呼吸すると、青臭い匂いが抜ける。

「ああ、ママの咥え顔を間近で見られるなんて。エロくてきれいだよ。友だちに見せて、自慢したいくらい。かわいいよ」

息子から褒め言葉をもらっても、困惑するしかない。ゆう子は長い睫毛をしばたたかせて、口内に溜まった息子の精液をゴクッと呑んだ。ベッドの上に、嚥下の音は予想外に大きく響いた。

「ママ、呑んでくれたんだ」

永太が撮影を止めて、笑みを作った。

(呑むしかないでしょう。口に硬いモノを差し込まれているのですもの。吐きだすことができないのだから)

「僕のザーメン、きれいに全部呑んでね。おいしい?」

スマートフォンを横に置いた永太が、乱れた母の黒髪を撫でて慈しむような目で微笑む。はいともいいえとも言えず、ゆう子は舌を擦りつけて、清めるように滲み出る精液を舐めた。

(永太さん、少しも萎えない)

大量の精を吐き出したにもかかわらず、充血の引く気配がなかった。

「だめだな、興奮が引かないよ。このままもう一回、ママに呑ませてあげるね」

母の朱唇にペニスを差したまま、永太が腰を遣い始めた。ザーメン液の味が残る口腔内を、依然硬いままの肉柱が前後する。

（し、信じられない。連続でなんて）

一度射精してしまえば終わりとなる夫では、考えられない強壮さだった。

「んぶっ、んううっ」

両腕を縛られた女は、息子の抽送を止める手段がない。やさしい相で母を見つめながら、永太は容赦なく勃起を差し入れてくる。

（永太さん、ひどいっ）

女の唇、口内粘膜と擦れたペニスが、うれしそうに口内でピクつき、口奥まで入ってくる。切っ先で喉を擦られて吐き気を催した。胃液が逆流し、んぐ、ぐうと喉から不快な音が漏れた。

「苦しいママ？　かわいそうに」

むごい行為をしているのは自分だというのに、永太は気遣うように言い、女の目尻に滲んだ涙を指で拭った。

「ママの口のなか、あったかくて気持ちいいから仕方ないんだ……我慢してね。ゆっくり入れるからね。これくらいならだいじょうぶ？」

胸元に跨がった永太が、口腔の深さを探るようにペニスをそろそろと沈め、引く。

唾液でヌメ光った肉柱が、女の口を出入りした。ゆう子は鼻から息を抜いて、口腔抽送を受けとめた。早く終わりにして欲しいと、頬をくぼませて吸引し、舌を棹裏にぴったりと押し当てた。口蓋や頬の粘膜に、せり出したエラが生々しく引っ掛かる。

（イヤらしい形をして）

尿道に残っていた精液が、トロッと舌に垂れてきた。ゆう子は唾液と一緒に啜り呑んだ。

「ママいいよ。上手だね」

永太は右手を後ろにやり、女の股間に差し入れた。指で秘肉にさわってくる。

「ふむんっ」

突然、女性器をまさぐられ、ゆう子は驚きの声を発した。

「やっぱり。じっとり濡らしちゃって。ママはこういうシチュエーションが好きなんだね。男に乱暴されていじめられると、悦んじゃうタイプ」

愛液で潤い、熱く煮えた女壺のようすを確認すると、永太は白い歯をこぼして笑った。

くれない。

赤い顔でゆう子は唸った。口のなかに埋まったペニスが、反論さえ口にさせて
（ち、違うの。気のせいよ）

美しい母がマゾヒズムの悦楽に身を灼く女と見抜いた永太が、紅唇を容赦なく突き犯す。股間に潜らせた指でクリトリスを弄り、膣穴にも別の指を差し入れてなかをまさぐった。

「ふむっ、んふうっ」

凄艶な女の喉声が、寝室に響いた。

「これからは、僕がママの唇を犯してあげるからね。しゃぶりたくなったら、遠慮なく言ってね」

永太が腰遣いを速めた。口の奥を勃起の先端で擦られ、嘔吐感がこみ上げる。

女は長い睫毛を震わせて、苦悶の喉声を発した。

「気分がでてきたね。ママのオマ×コもうれしそうに締まってる」

収縮を起こす蜜肉を、息子の指が巧みに掻き混ぜ、擦る。仰向けの女体は、何度も背を反らした。開いた足は息子の手を太ももで挟んで、きゅっと閉じる。

（こんなことで感じるなんて）

苦しさと快感の交じり合う責めに、三十二歳の肉体は燃え上がる。秘肉がうれしそうに収縮を起こして、息子の指に絡みつくのがわかった。

「ほら、しっかり舌を遣って。一人で愉しんじゃだめだよ。ちゃんと奉仕をしてくれないと」

射精したばかりとあって、口内の勃起に吐精の気配はみられない。引き締まった肉柱が、ふっくらとした母の紅唇を延々と貫いた。

(顎が外れそう)

唾液をあふれさせて、ゆう子は必死にペニスに吸いついた。舌も亀頭をくるむように被せて蠢かした。口の粘膜を通して、永太の硬さと持続力を感じる。夫とは比較にならない逞しさだった。

「むふん、あふん」

鼻から甘い吐息を漏らしたゆう子は、長大さを味わうように、朱唇の絞りを強めた。唇を弾き返す雄々しさに、まぶたが半分落ちて、瞳は妖しく濡れ光る。女の胸に湧くのは畏怖の思いだった。

「イキそうなのかなママ?」

女の相に浮かぶ恍惚の気配を感じたのか、永太は嗜虐的な笑みを浮かべた。指でクリトリスを押し潰すように揉んでくる。強い刺激に、むっちり張った豊腰が派手に震えた。

（ひどい扱いを受けているのに）

妖しい昂揚が女体を包む。両腕の自由を奪われ、抵抗できない身なのも、痺れを生んだ。

朱唇への抜き差しが激しくなる。喉を突き犯され、呼吸がうまくできなかった。酸欠が現実感を遠ざけ、身体のなかのジンジンと痺れる被虐悦を肥大させた。

（だめ、イッちゃいそう……）

「こっちもそろそろ」

永太が震え声で告げた。忙しなく息を吐いて腰を振り、母の口を犯し指で恥部をなぶる。

母を責めて息子は興奮し、母は息子に責められて昂っていた。倒錯の絵が夫婦のベッドの上にあった。

先に頂点を極めたのはゆう子だった。

（だめ、イクッ……イクうッ）

エクスタシーに達した肢体が、くんっと引き攣った。鼻から荒く息を抜き、女の唇と喉が締まって肉茎を絞る。膣肉も収縮を起こして差し込まれた指を、きゅうっと締め上げた。

「ママ……フェライキするんだね。最高だよ。ああ、ママっ」

永太が続く。女の髪を掴んで、乱暴に突き入れた。次の瞬間、ゆう子の口のなかで勃起が跳ね、樹液がまき散らされた。

「吸ってママ、愛してるよ」

汗に濡れた美貌を真っ赤に染め、ゆう子は痙攣するペニスに、懸命に吸いついた。そのようすを見下ろしながら、永太は恍惚の吐息を洩らし、愛を贈るように深く勃起を喉もとまで差し込んだ。

3

寝室のドアが開く音で、ゆう子は目覚めた。

「おはようママ。いい天気だね」

部屋に入ってきた永太が、寝室のカーテンをザッと開けた。差し込む朝日のまぶしさに、ゆう子は手で目もとを押さえた。

（日曜の朝……おくちのなかが精液の味）

ゆう子は、ゴクッとつばを呑んだ。粘った精子が、喉に引っ掛かる感じが残っていた。

永太の勃起を咥えて、二回呑むことを強要された。ゆう子は布団のなかで、腹部にそっと手を当てる。息子の濃い精液が、まだ胃に溜まっている気がした。

「朝食は、消化にいい雑炊にしたよ」

ベッドがたわんだ。永太がベッドの端に腰掛けて、ゆう子の顔をのぞき込んでいた。着替えを済ませた永太は、洗いざらしの白いシャツに、ベージュの綿パンツを穿いていた。一方ゆう子は、着衣をなに一つ身につけていない真っ裸だった。

「おはようございます」

ゆう子は布団に入ったまま、挨拶を返した。

身体に気怠い疲労感がある。睡眠時間も短い。それでも今朝の目覚めは妙にすっきりとした快さがあった。

（あれだけ昇り詰めて……くたくたのはずなのに）

いつになく満ち足りた感じがあった。しかしそれを、息子のおかげで欲求不満が解消したからだとは認めたくはない。

「洗濯をしなきゃね。パジャマに下着にシーツ。昨日は久しぶりに汗をいっぱいかいたものね」

永太が枕元に相貌を倒してくる。母の紅唇に口を軽く重ね合わせた。

「んっ」

「ふふ、モーニングキス」

微笑む息子に、ゆう子は戸惑いの視線を向けた。

(永太さんと、セックスはしていない。それはいいことよね)

ゆう子は枕から頭を持ち上げ、上体を起こした。上掛けの布団で胸元を隠しながら、長い髪を物憂げに掻き上げた。

最後の一線というべき性交は避けられた。

しかし息子からの愛撫で、数えられないほど昇り詰めた。硬直したペニスを口に咥えて、精液を受けとめた。尿道に残った精子を丁寧に吸い、舐め掃除までした情景を思い出して、ゆう子は美貌を赤く染めた。

(既に、母と息子のあるべき形は崩れてしまったのかもしれないけれど)

それでも近親相姦という重い罪までは至っていないという事実は、ゆう子の胸に一縷の希望を抱かせる。

（永太さんのためにも、わたしがきっぱりとした態度を貫かねば）

以前通りには戻れないかもしれないが、互いを思いやれる母と息子という関係は、まだ築けるはずだった。

「どうしたのママ。お腹すいてない？」

物思いに耽る母を見て、永太が首を傾げた。母が摑んでいる布団を剝ぐと、露わになった双乳にふれる。下から丸みを持ち上げて、揉み込んできた。

「あんっ、およしなさい」

「ママ、起きないの？　二度寝する？」

永太がまた母の口にキスをした。今度は唇をしっかりと密着させ、舌をゆう子の口のなかにまさぐり入れてきた。

「んふ、んむ」

肩を摑まれて、押し倒された。がっちり押さえつけられると、抵抗心はしぼむ。ゆう子は仕方なく目を閉じて、紅唇をゆるめた。

（朝から、こんな濃厚なキス）

「んふんっ」

甘く喉声をこぼしながら、唾液を混ぜ合って息子とのキスに耽ると、起き抜けの女体は、ぽうっと熱が高まる。永太の指がきゅっと乳首を摘まんだ。ゆう子は美貌を震わせて、鼻腔から吐息を漏らした。

舌を絡み合わせる口づけ、そして性感を捉えた胸愛撫は媚薬のようだった。昨夜の余韻が色濃く残る肢体は、甘い疼きを覚える。

永太の舌が口腔から抜き取られた。ゆう子は目を開けて、頭上の息子を見た。

「うれしいな。僕とのキスをママが受け入れてくれるようになって」

永太が唾液で濡れた口でささやいた。片手で乳房をたぷたぷとゆすりながら、反対の手で母の髪を愛おしそうに撫でる。

「ち、違いますわ」

息子の醸す愛欲の雰囲気に今朝も押し流されていると気づいて、ゆう子は相貌を左右に振った。ベッドルームに漂うじっとりとした空気がまとわりついて、頭のなかに霞がかかったようだった。

「いけませんわ。親子でキスなんて」

母親らしくあらねばと胸で唱えながら、ゆう子は声を低めて告げた。

「ふふ、二度寝しよっか。日曜だもの、だらだらしてもいいよね」

永太は母の苦言を笑顔で流すと、シャツを脱ぎ、ズボンと下着を取り去ってべッドの隣へと入ってきた。

「ああ、起きます。すぐに起きますから。顔を洗って……いえ、シャワー浴びてすっきりしないと」

「ママの長い髪、好きだな」

永太の手がまた母の黒髪を撫で、指ですく。昨日から一緒に過ごして、それが息子の好きな仕草なのだとゆう子にもわかった。

「寝顔、かわいかったよ。ずっと見ていたかった」

息子が、愛しい恋人を見るようなやさしい眼差しを向ける。ゆう子の相貌にかかる髪を避けると、ジッと間近で見つめてきた。

(困るわ。どうあしらったらいいの)

整った顔立ちの永太からまっすぐな愛の台詞を紡がれると、さすがに照れと昂揚が生じた。女の肌が紅潮した。

「わたしの寝顔を眺めてたんですか」

「うん。ママが寝付く前と、先に僕が起きた後。すやすや眠るママは、お姫さまみたいだった」

就寝前、腕を拘束していたスカーフはほどかれ、パジャマも下着も脱がされた。

互いに裸になり、ゆう子は息子の腕に抱かれて眠りに落ちた。

若い男の引き締まった肌、温もりを感じながらの睡眠は、絶頂を繰り返して心身の疲労した女には、安心感と包み込まれる快さがあった。

(永太さんがベッドを抜け出したのも気づかないほど眠りこけて。どちらが親かわからない)

ゆう子の美貌は、恥じらいの赤みを増した。

「そういえば、ママはほんとうにお姫さまだっけ？　実家は、元大名家でしょう」

ゆう子の実家、上村家は古くは官位を持つ大名家だったというのが、祖父や父の自慢だった。広大な山林を所有し、鉱山経営で富を得た時代もあったという。

(でも山林を売り、鉱業権を手放したいまは、衰退した名家でしかない)

「もっと威張っていいのに。父さんの側の親戚が病室でも偉そうにしてたけど、血筋の良さ、家の格ならずっとママの方が上なんだから。宮坂なんか藩の重臣止まりだし、たまたま不動産業で成功しただけで、本来は父さんなんかママと口を利くのもはばかられる」

やわらかな母の頬を、手の平で包んで永太がささやく。

「そういう時代ではありませんから」

ゆう子の実家は、いまは旅館と和風レストランの経営に携わっていた。

(でも近くの観光地の衰退と共に、利用客が徐々に減って、旅館もレストランも赤字が続くようになって)

栄介の会社に買収、子会社化されなければ、従業員の雇用を維持することも、古くなった旅館の改装費用も工面できなかった。

(理奈の大学進学費用を用意してあげられるかも、怪しかった)

「栄介さんに支援していただけたおかげで、父も昔からの従業員もいままで通り働くことができますし、感謝をしていますわ。今度のリゾート開発も、わたしの地元が潤う事業ですから――」

「僕はお姫さまに、一晩中握ってもらったんだよね。うれしかった」

珍しく永太が話を被せて、ゆう子の話を遮ってきた。ゆう子の右手を摑むと、己の股間へと引っ張っていく。

(お父さまに恩を感じる言い方が、気に障った?)

女心は過敏に察知する。

「ママ、握ってよ」

昨夜と同じように息子が求める。ゆう子の指先に当たる息子の陰茎は、既に充血して反り返ってきた。

「昨日は、あなたに命令されて仕方なく」

抱き合って眠りにつくとき、永太に握ってと請われた。息子に逆らう気力もなく、ゆう子は従った。

「お願いママ」

二度目のおねだりは、甘えた口調だった。そして腰を近づけてきた。ペニスが手に押しつけられる。

ゆう子はため息を漏らして、細指をおずおずとペニスに絡ませた。

(ああ、硬い。コレを眠りに落ちるまでずっと摑んでいたなんて)

いまさらながらはしたなさに気づいて、女の胸にいたたまれない感情が湧いた。

(昨日、三回は射精したはずよね。若い男性って、何度だしても平然と硬くなるものなの)

ゆう子のなかの比較対象は、栄介しかいない。長さ、径、そしてなにより硬直ぶりが段違いだった。雄々しさを再確認するように、ゆう子は無意識に棹部分に指をすべらせた。

（この逞しいモノを、わたしの身体に埋め込まれたら……）

どうなるのだろうと、ゆう子は挿入場面を想像して、ゴクリとつばを呑んだ。肌が火照る。

（——息子のモノを握って、なにを考えているの）

下腹に切ない疼きが生じたところで、ゆう子は我に返った。

「さっき僕が先に目覚めたとき、さすがにママの手は外れてたんだけど、そーっと誘導したら、うれしそうに握り直してくれたよ」

「う、うそっ」

ゆう子は目もとを赤らめて、隣の息子を見た。吐息が当たる距離だった。永太がちゅっと母の紅唇にキスをする。

「嘘じゃないよ。僕のコレ、気に入ってくれたんでしょう？　ママ、熱心にしゃぶってくれたじゃない」

二度目の射精の後の舐め掃除は、たっぷり三十分以上続けた。両手は縛られていて使えなかった。丁寧に舌を這わせて舐め洗い、尿道に精液が一滴も残らぬよう吸い出した。

「だ、だって永太さんが、わたしのおくちからちっとも抜いてくれないから

「……」

だからといって、従順に口唇奉仕をする理由はない。ゆう子の反論の声は小さくなる。

「父さんに仕込まれただけはあるよね。ママの舌遣い、上手だった」

「別に上手では……永太さんの気のせいですわ」

テクニックを褒められても、素直に悦べる立場ではない。ゆう子は羞恥の声を漏らした。

「ほんとうはもう一回、ママの口に射精したかったけど、疲れていたみたいだから我慢したんだよ」

そのまま息子は頬、耳の横、耳たぶから首筋へと、唇を這わせていく。仰向けになった女体に、永太が被さり乗ってきた。

「ああ、ママの肌ってどうしてこんなに甘いんだろう」

「よして。汗をいっぱい掻きましたから。シャワーを浴びさせて」

ゆう子は喘ぎ、愛撫を避けようとした。

「シャワーの後は？　父さんが月曜には帰ってくるから、二人きりなのは今日までだよ。どっかデートに行く？」

顎の下を舐めながら、永太がささやいた。ゆう子は枕の上で頭を振り立てて、紅唇を戦慄かせた。

「デ、デート？」

女の右手は、勃起に絡んだままだった。永太が昂りの息を吐くと、ピクッピクッと勃起が硬さを漲らせる。

「映画、ショッピング、食事……そういえばおばさん、理奈ちゃんがテーマパーク行きたいって言っていたな。新しいアトラクションが増えたとかなんとか。休日は混むから、今度有給をとって平日に行こうか」

「理奈と三人で？」

大学生の理奈とゆう子、永太の三人で出かけたことなど一度もない。

「アトラクションの話題を、理奈ちゃんから聞いたって話なんだけど。三人なら一緒に遊園地行ってくれるの？　ママとデートできるなら何人でも構わないよ」

「そ、そうじゃなくて……あ、痕はつけないで」

息子の唇が、首筋から肩へと移動する。キスマークの残る強さで、吸ってきた。

「僕のモノだって印。スカーフを巻いて隠しなよ。ママの汗の味、体臭、ジンジンくる」

勃起が女の手のなかで熱を高め、切っ先を震わせた。ゆう子は反射的にきゅっと握りを強めた。先走りの液が滲み出るのを、手の平に感じた。

「キスマークを、栄介さんに見られたら」

「ママを金で買った男のことなんか、忘れなよ」

（金でわたしを買った……やはり永太さんは、わたしたちの結婚をそんな風に思って）

「父さんは、高貴な血筋の若く美しい女を手に入れたかっただけ。愛情は二の次だって、ママもわかってる癖に」

肩から胸へと、息子の口が移動する。ゆたかな乳房を両手で掴み、右の乳首を口に含んだ。

「あん、おっぱい吸わないで」

昨夜よりも激しくしゃぶり立て、甘噛みをしてくる。胸肉を揉む手も乱暴だった。ペニスを摑んでいたゆう子の右手が、ヌルンとカウパー氏腺液ですべって外れた。

「ママのおっぱいを、息子が吸うのは自然なことだよね」

そう言って、永太がきりっと乳頭に歯を食い込ませてきた。

「あんっ、永太さん、強いっ」

ゆう子は驚き、両手で息子の頭を掻き抱いた。なおも永太が嚙んでくる。永太の髪に指を絡めて引っ張った。

(すねただだっ子みたいに……)

所有欲と情愛、荒い愛撫に息子の思いが透けて見えた。

永太は右の乳頭を刺激でピンと勃たせると、左の乳頭も吸い、嚙んできた。ヒクヒクと女体がひくつき、開いた足は息子の腰を太ももで挟んだ。

「こういう風に、休日の朝からいちゃいちゃしていると、恋人同士みたいだね。いや、新婚夫婦かな」

永太が上体を起こした。足の間から股を開いた母を見下ろす。

「な、なにを言って。すりつけるのをやめなさい」

自身の勃起を握って、ゆう子の女裂に亀頭を押し当てていた。ヌルリヌルリと亀裂にそって、上下にすべらせる。

(ああ、声がでちゃいそう)

亀頭が上辺にくると、クリトリスにクニュッと当たり、甘い官能が走った。下へと移動しながら、花弁を開くように過敏な内側を撫でられ、膣口に浅く刺さる。

挿入を予期して女体がビクッと身構えると、切っ先はそれを嘲笑うように上に戻っていった。

開いた女の太ももがもじもじとゆれ、花芯からは愛蜜が滲み出た。引き締まった硬さを、女に教え込むようだった。

「やっぱりママのエロい身体は、感度いいね。ママのエッチな汁と、僕の我慢汁が混じり合ってるよ」

ペニスから漏れ出るカウパー氏腺液と、女の透明液が混じり合い、秘部がヌラヌラに濡れ光っているのがわかった。

永太が腰を前に進めてくる。息子の腰に押されて、女の足がさらに広げられた。

「永太さん、よしなさい」

ゆう子は上ずった声で、息子を制止した。しかし永太は構わず腰を沈めてくる。

潤みの浅瀬に、先端がヌプッと嵌まった。

「ママ、好きだよ」

さわやかな笑顔と共に、永太が身を被せてきた。

「ま、待って……あっ、はああんっ」

体重の掛かった肉茎が、女口を押し開いて狭穴を突き進んだ。隙間を埋め尽くす挿入感に女の豊腰が痺れ、背筋に甘い波がぞわっと走った。

「いやっ、入って……だめっ、ああっ、ひうっ」

背を反らして、ゆう子は喘いだ。

口で咥えたときの顎が外れそうな野太さ、握ったときの手の平に感じた引き締まった硬さが、そっくり身体の中心に刺さっていた。

「すんなり入ったね」

永太が勃起と膣肉を馴染ませるように、腰を軽く振った。

「あっ、だめっ、んうっ」

しっとり濡れた膣肉が、歓喜の収縮を起こす。

（イク、イッちゃう）

ゆう子の脳裏がピンク色に染まった。開かれた足は膝を曲げて、アルファベットのM字を作り、深刺しを請うように腰が勝手にゆれ動いた。

「どうママ?」

求めを察したように永太が腰をクッと突き出し、肉茎を根元まで埋め込んだ。

その瞬間、オルガスムスの甘い波が中心から駆け抜け、脳裏で火花が爆ぜた。

（イ、イクうッ）

視界を染めるピンク色が、どぎついあざやかさを放って、舞い上がっていく。

ゆう子は頭を浮かせて背を丸めた。両手は、息子の二の腕を掴んだ。ゆたかな乳房が歓喜するようにぷるんと跳ねゆれ、首筋から垂れた汗が胸の谷間を通って、へそへと流れた。

「んっ、ぐっ、んふんっ」

下唇を噛んで、艶めかしい牝の声を必死に押し殺した。沸き返るような、アクメの奔流は止まらない。しばらく肢体はビクビクと痙攣を続けた。

4

昂揚で濡れた瞳に、息子の笑顔が映った。

「ママ、イッた?」

「……イッていません」

永太の問いかけに、溜めた後でゆう子は否定した。息を整える時間を充分置いたにもかかわらず、声が震えた。

(挿入だけで、気をやってしまうなんて。わたしはそんなに飢えていたの)

息子が相手でも、易々と屈してしまう淫らな肉体が恨めしい。ゆう子は長い睫毛を細かにゆらして、吐息を漏らした。

「そっか。残念」

二重の瞳の目尻が下がる。母の嘘を見抜いたかのような笑みだった。

(また撮影を……)

永太が枕元に置いてあったデジタルカメラを手を伸ばして取り、ベッド脇のナイトテーブルに据えた。母と息子の交わる禁忌の画が、録画されていた。撮らないでと訴える前に、息子の口で朱唇を塞がれた。

(当たり前のようにキスをしてきて)

ゆう子は二の腕を摑んでいた手をほどいて、息子の胸板を押し返した。

「ふふ、入っちゃったね。僕とママ、一つになってるよ」

口が離れると、永太はうれしそうに告げた。

「あなた、わたしがその気になるまで待つって。わたしは許可をしていませんよ」

性交だけは避けるつもりだった。母として許されない最後の砦を失ったことに、遅れてショックが押し寄せる。美貌は眉根を寄せて険相を作った。

「ごめん。やっぱりママと一つになりたくて。すぐに抜くからね」

永太が母の黒髪を愛おしげに撫でて、なだめるように告げた。

「ええ。早く抜いてくださいな」

「近親相姦しちゃったね。ママ、ショック？」

「当たり前ですわ。我が子とセックスなんて」

栄介の妻でありながら、その息子の永太と姦通してしまった。

（父親と息子、両方と身体を重ねるなんて……わたしは人でなしだわ）

義母は泣きそうに口元を歪ませて、悲嘆に暮れる。

「それに避妊具もつけていないんですよ」

声を震わせてゆう子は付け加えた。男と女である以上、忘れてはならない重大事だった。

（もし息子の子を、宿すなんてことがあったら）

相姦の罪に、妊娠まで加わっては目もあてられない。

「父さんとはナマなんでしょう。僕だけゴム付きなんてかわいそうだと思わない？」

永太は言い返すと、腰を振り立てた。雄々しい肉棒が、膣肉を擦る。アクメの愉悦が残る秘部に、新たな痺れが生じてゆう子は紅唇を戦慄かせた。

「あ、こら。よすのよ。よしなさいっ」

抽送のもたらす快楽に、意識が奪われそうになる。

息子を押しのけようと、ゆう子は手を前に伸ばした。そのタイミングで、永太ががばっと身を重ねて、しっかりと女体を抱いた。丸い乳房が引き締まった胸板に当たる。

「ゴム付きだったら、このヌルヌルのヒダの吸いつく感触だって、味わえないんでしょう？　ママの温もりを直接感じたいよ」

永太が縦に身をゆすって、抜き差しをする。肩を摑まれ、衝撃の逃げ場がなかった。ぐっぐっと刺さってくる男性器に、意識が紅色に染まる。

「あなた、いま抜くって言ったでしょう」

美母の喉を通ったのは、甘くしおれた泣き声だった。

女体にとろける陶酔をもたらす硬さと長さだった。ゆう子の好きな形だった。美貌が、肉悦できゅうっと崩れる。鼻孔が広がり、ふっくらとした朱唇が戦慄いた。

「うん。抜くよ。でもママのなかがうれしそうに絡みついてくるから、もう少しだけ。僕のチ×ポが欲しいって言ってるみたいだけど、違う？」

「違います。欲しいなんて思っていません」

ゆう子は強弁するが、肉体の反応は抑えられない。永太が笑みを浮かべて、鋭く突き入れた。重厚な快感が下腹に逆る。ゆう子はあんっと泣いて、息子の首に手を回してしがみついた。開いた足は、抜き差しに合わせて、宙でつま先を折り、開く。

(だめっ。気持ちいいっ)

勃起の抽送はもとより、尖った乳首が硬い胸板に擦れるのも快かった。

「そうなの？　これでも？」

母の相をのぞき込みながら、永太がなおも責め立てる。一突き毎に、極上の愉悦が身を洗った。

一晩中、やさしい愛撫をじっくり受けて、幾度となく絶頂へと昇り詰めた。しっかり身体の準備を整えて、二十三歳の猛々しい肉棒挿入を待っていたようなものだった。

(こんなにいいの初めて。ああっ、ゴリゴリ擦れてる。痺れる……痺れちゃう)

よく練れた蜜肉は、ようやく得られた硬さと太さに歓喜する。野太い偉容を堪能するように、きゅっきゅっと緊縮と弛緩を繰り返した。

「ママ、エロ顔になってるよ。こんな風に、奥までずっぽり咥えるのが好きなんでしょう」

永太が深く差し込んだまま、膣奥を捏ねるように小刻みに突いていた。子宮への圧迫が、えもいえぬ官能を生む。

「あっ、うあああんっ」

ゆう子は仰け反って白い首を晒した。汗ばんだそこを永太の舌がぺろっと這う。

「我慢せずに、エッチな声をだしてもいいよ。この家には僕とママしかいないんだから。遠慮なく乱れていいんだよ」

母の理性をゆさぶるように永太がやさしくささやき、顎の下にキスをした。キスマークを付ける。

「ああっ、吸わないで。小突かないで」

ゆう子は紅唇を噛んで、こぼれそうになるよがり声をせき止めた。しかし永太がそれを許さない。深い位置からの肉刺しで、母親としての尊厳、矜持を奪おうと責め立ててきた。

「ほら、いけッ」

「だ、だめっ、永太さん、しないでっ、犯さないでっ」

（イクッ、イクッ）

必死に耐えた心が、ズンと内奥まで肉茎を埋め込まれて、決壊した。

「イクッ、永太さん、わたし、イキますっ」

ゆう子は艶麗な牝泣きを晒して、昇り詰めた。息子の首に回した両腕にぎゅっと力がこもって、肌をすりつかせる。むちっと張った太ももは、息子の腰を挟み込んだ。互いの汗の浮かんだ肉体が、じっとりと密着した。

「ママ、口を寄越して」

永太が母に言う。ゆう子は睫毛をゆらして息子を見つめ、朱唇を差し出した。息子が口を吸ってくれる。ゆう子は甘えるように鼻を鳴らして、まぶたを落とした。舌を差し出し、ヌチャヌチャと卑猥な音を立てて舌を絡ませ合った。与えられた生温かな唾液も啜り呑む。

隙間のない一体感のなか、意識の灼けつく恍惚に浸った。

「ママ、イッた？」

長いキスの後で、息子が確認してきた。

「イ、イキました」

雄々しさに呑まれた敗北感が、女を正直にさせる。濡れた瞳はまばたきでうなずき、オルガスムスを認めた。

「ふふ、正直でいい子だね」

永太が母の頭をよしよしと撫でてから、身を起こした。絶頂でくたっと脱力した母の肢体も一緒だった。女体を抱えたまま、胡座座りをする。ゆう子は膝の上に跨がる格好になった。

「んっ、んふっ」

ゆう子は喉から呻きをこぼした。

(ああ、この子宮の押される感じ)

足を開いた状態で息子の膝に座ると、自らの体重がしっかりと接合部に掛かった。なにもせずとも、長大なペニスが秘肉にみっちりと埋まり、ジーンと愉悦が迸る。永太は吐精をしていない。女にとって最高の充血ぶりで、膣肉を貫いていた。

「どうしたのママ」

「永太さん、まだ続ける気なんですか?」

息子の肩に手を置いて、少しでも結合を浅くしようと苦心しながら、ゆう子は尋ねた。

「僕もだしたいよ。ママみたいに、気持ちいいのを味わわせて。男はださないとつらいんだよ。そのくらいママだってわかるでしょう」

「わ、わかりますけれど、なかでだしたら」

生理周期から考えて、いまは安全日ではなかった。受胎の可能性を考えて、母の相貌は強張る。

「イキそうになったら抜くから。それならいいよね」

「で、でも」

「好きなんだ。ママと繋がりたい。ママのあたたかな身体を感じたいんだ」

澄んだ瞳、真剣な相で息子が訴え、ゆう子の括れたウエストを両手で摑み、ゆすり始めた。肉茎が出し入れされ、とろける快楽が背筋を走った。

(すごい。常に深い箇所に当たって)

若く逞しいペニスは、微塵もゆるみがない。隙間のない充塞が、夫では得られなかった抽送感を生んでいた。

(たまらない……なんなのコレ。ぎちぎちに埋まって、お腹のなかがいっぱいになってる)

「ほんとうに抜いてくれるのよね。なかでだしてはだめよ。危ない時期なの。イク前に絶対に抜くんですよ」

（この凌辱を、早く終わらせるために）

仕方がないのだと胸で唱えて、ゆう子は目を伏せた。その選択が正しくないことは、頭の片隅では理解している。しかし我が身に生じているのは、理性をもむしばむ圧倒的な力感だった。

（だめ。こんなに気持ちいいモノを知ってしまっては）

「わかってる。ちゃんと抜くからね」

息子が耳もとでやさしくささやいた。おだやかな口調とは裏腹に、ゆう子のウエストを摑んでいた両手を下へとすべらせ、むっちり張った尻肉に指を強く食い込ませた。逃してなるものかと、主張するような手つきだった。

ゆう子はこわごわと面を上げた。永太の澄んだ瞳が、妖しい光を帯びていた。

（永太さんを信用していいの？）

おそらく約束は違えるだろう。その予感があって、ゆう子は息子の肩をぎゅっと摑んで、対面座位の交わりを受け入れた。

「ママのなか、ヌルヌル蠢いているね。ね、ゴムなんて付けなくてよかったでしょう」

ナマセックスの良さを女体に教え込むように、永太がゆっくりと出し入れをする。亀頭の反りが、膣ヒダを甘く擦っていた。

(擦れ具合が夫とは桁違い……永太さんのコレ、立派な形をしているから)

永太の言葉の正しさは、熟れた肉体がなにより実感している。だが軽々に同意してはならない立場だった。

(わたしはなんて愚かな母親なの。強引に迫ってくる永太さんに対して、毅然とした態度で避妊すら徹底できない)

美貌は眉間にくっきり皺を浮かべ、ゆう子は長い睫毛を震わせた。口元がだらしなく開く。

もっとこの逞しい牡の象徴を味わいたかった。浅ましい肉欲が、埋没感で恍惚となったいま、明確になる。

「ああんっ、永太さん、わたしっ」

ゆう子は快楽の声を漏らした。対面の座位に変わってから、クリトリスへの圧迫刺激が続いていた。

「どこがいいの?」

「クリトリスに当たって」

ゆう子は正直に答えた。永太が微笑む。

「そっか。擦れるのが気持ちいいんだ。ぴったり密着しているものね」

義母は恥ずかしげにうなずいた。永太が、興奮で尖ったクリトリスをすり潰すように、互いの恥骨を擦り合わせてくる。感覚器から、快感の電流が走った。

(ピンと勃っちゃっているから、余計に感じてしまう)

女の柔肌の発汗は増し、艶っぽく赤みを帯びる。高い位置で性官能の波が持続していた。こうして跨がり乗り、ゆるやかな出し入れを受けているだけで、次のアクメの赤い色がまぶたの裏に見え隠れした。

「ママはこっちにも欲しいんじゃないの?」

尻たぶを摑む手が、切れ込みの間に潜ってきた。息子の指が狙ったのは、排泄の小穴だった。窄まりの表面を指先で弄くる。

「あんっ、そこはっ」

もどかしくも妖しい官能が、後穴から生じる。さわられるのも恥ずかしい排泄の穴だった。ゆう子は息子にイヤイヤと首を振った。右手を後ろにやり、息子の手を摑んだ。だが引っ張っても外れない。

「ココを弄ると、ママ締まるね」

永太が恍惚の息を吐いた。窄まりを刺激されれば、当然括約筋は反射の緊縮を起こす。膣穴に嵌まった肉棒までもぎゅっと食い締める羽目になり、ゆう子の性感は高まった。

「ひっ、永太さん……さわるなんて汚いわ」

「昨夜はその汚い場所を、僕にたっぷり舐めさせたのに」

アニリングスの記憶を女に思い出させるように、永太が言う。女は困惑の目を息子に返した。

「わたしがして欲しいと望んだわけじゃ」

「でも感じたでしょう?」

息子の指摘に、義母は切なく吐息をこぼすしかない。

「上品なお嬢さま顔をしてるのに、お尻でも悦ぶようないやらしい身体をして。愛液が後ろまで滴ってるよ。ほら、どう? もっと弄くってあげるよ」

会陰から滴る牝蜜が、後ろの方まで流れていた。その発情液を使って、永太が窄まりを揉む。括約筋の抵抗が弱まり、指先がヌルッと腸管内に潜り込んできた。

「いやんっ、なかはだめです」

指が腸粘膜を擦って奥へと入っていく。ゆう子は息子の手を剝がすことを諦め、両手で息子の身体に抱きついた。

（ああっ、二本刺しを受けている）

女穴と肛口、腹部を埋める充満感は、いままでで一番だった。ゆう子は乳房を永太に押しつけて、唸りをこぼした。胸肌に浮かんだ汗が乳房の表面を流れ、互いの身体の間を垂れ落ちる。

「お尻で感じるママでいいんだよ。僕はそんなエッチなママが大好きなんだから」

永太がそう言って、指挿入を深くした。息子のやさしい許しの声は、母親として耐えようとしてきた道徳観、倫理までをもとかすようだった。

（こんな淫らなセックスで感じてもいいの？　しかも相手は息子なのよ）

アナル性感を避けようと、むっちり張ったヒップをゆすれば、肉棒との摩擦感が増した。危うい指愛撫と、肉棒抽送の隣り合う官能に、ゆう子は黒髪を乱して喘いだ。破滅的な刺激の強さが、息子にいいように操られるいまの気分と合致する。

「ママ、こっちを見るんだよ。誰がママの恋人に相応しいか、一番愛してくれるのは誰か、はっきり理解してイクんだよ」

ゆう子は促されて、濡れた瞳を永太に注いだ。吐息の交じり合う距離だった。息子が母の紅唇に口を重ねた。ゆう子は口を開けて、ピンク色の舌を差し出した。永太がヌルヌルと吸ってくれる。

（今度は甘いキス）

ゆう子は舌を引いた。息子の舌が替わりに潜り込んでくる。ゆう子は息子の舌をしゃぶった。くすぐったそうに永太が喉を震わせ、ズンとペニスを衝き上げる。衝撃と共に、頭のなかが朱色に染まった。

「ひんっ」

ゆう子は高い鼻梁から悩ましく息を漏らして、なおも息子の口を吸った。

（すごいっ。狂ってしまう）

対面座位で繋がりながら、母子は口づけに耽った。温もりを共有するように、唾液を行き来させた。息子の背に回した手は、爪を立てた。

呼吸さえ満足にできない濃密な交接が、女体に忘我の至福をもたらす。この刹那の愉悦さえ得られたら、後はなにもいらないと思えた。

（いままでこんな風に犯されたことない）

他者の温もりを忘れていた肌に、爪痕を刻んでくれるのは永太だけだった。

ゆう子は二人分の唾液を、ゴクンと喉を鳴らして呑んだ。甘くとろみのある味に陶然としながら、口を引いた。

「イッていいよ、ママ」

唾液で濡れた口で息子が言う。膝の上の女体は大きくゆすられ、二穴にペニスと指がタイミングを合わせて突き刺さってきた。エラの張った肉柱の鋭い出入りは、腹部を掻きむしられるようだった。

「あん、永太さんっ、ああんっ、永太さんっ」

ゆう子は息子の名を連呼して、自らゆたかなヒップを振り立てて食い締めた。相姦の快楽に屈した女だと認めるように、ペニスを一心に締め付け、肛口に嵌まり込んだ指を懸命に絞った。クリトリスを押し潰すように、永太がズンズンと繰り込んでくれる。

「永太さん、わたしもう」

「大きな声で泣くんだよママ」

指を深々と埋め込まれると、身を貫く肉棒快楽が鮮明になる。膣と腸管を隔てるのは薄い膜だった。前後で擦れ合う心地に、女体はぶるぶると震えた。

「ひっ、当たってますっ、わたしのなかでっ」

「そうだね。指に感じるよ。ママのなかで動く自分のチ×ポを」

尻肉を掴んだ手が女体を上下し、同時に息子の腰が大きく浮いた。肉柱が根元まで埋まる。

「あああっ、奥までっ」

亀頭が膣底に突き刺さるのがわかった。雄々しく責め立てられ、女体が沸騰する。凄艶な二度目のオルガスムスに、三十二歳の肉体は呑まれた。

「ああんっ、いくっ、イクイクイクうッ」

絶頂を告げる声は、湿っぽく情感を帯びて、朝の寝室内にいやらしく響いた。長い黒髪を打ち振って、ゆう子は細顎を突き出した。ヒクヒクと背肌を震わせて、丸いヒップは痙攣を起こす。跨がった足を交差させ、息子の腰にしっかりと絡めた。

「あんっ、うう」

声にならない呻きを放って、ゆう子は忘我の奔流に身を任せた。

(死んじゃう……死んじゃう)

「いい締まりだね。どんどんこっちも開発してあげるからね」

肛穴に刺さったままの永太の指が、なかをやさしくさすってくる。倒錯の指愛撫が、アクメに呑まれた肢体に染みた。

「んっ、んふっ」

喉声を漏らしながら、ゆう子は臀丘にピクッピクッと力をこめた。

（イクたびに、どんどんよくなっていく）

アクメする度に、昂揚は高く盛り上がる一方だった。

視界の端に、ナイトテーブルに置かれたデジタルカメラが映った。二穴アクメで昇り詰める痴態が余さず撮影されたのだと、ゆう子はぼうっと霞んだ頭で思う。

（起き抜けのセックスで派手によがり泣いて……映像はずっと残るのに）

絶頂感の後の脱力に、肢体は襲われる。息子に跨がった母は、息子の肩に頬をのせて身を預け、退廃的な快楽の余韻にいっとき浸った。

差し込む日を浴びてきめ細かな肌は艶然ときらめき、ベッドの上には甘酸っぱい牝の匂いが漂う。

「ママ、乳首、勃ってる？」

「あ、は、はい。勃ってますわ」

平静であれば答えられない恥ずかしい質問にも、美母は従順に答える。いまなら、なんでも息子の言いなりになってしまいそうだった。

「ママがおっぱいを、僕にぎゅっと押しつけてアクメしてくれたの、うれしかったよ」

ゆう子は、小さく首をゆすってうなずいた。

引き締まった肉体に豊乳を押し当てながら、太ももを開いて股間を前に進め、接合を深めた。媚びる女心が抑えられない。火照った肌が、たっぷりの汗でヌルヌルと擦れ合うのも心地良かった。

「まだ僕のチ×ポ、抜いて欲しい？」

尋ねながら永太がいきなり腰を引いた。外れると思った。

「あ、え？　ああっ」

脱落感が切なさを生む。離れて行かないでと、ゆう子が切なげに声を上げた瞬間、剛棒はズンと戻ってきた。

「はああんっ……いや、イクッ」

予期していない肉刺しだった。硬さ、充塞感に意識を奪われ、紅唇は艶めかしいアクメの音色を奏でた。ぶり返しの波が身体の中心を走って、永太の背を爪で掻きむしり、ゆう子は濡れた肌をヒクヒクと震わせた。

（翻弄されている）

「僕はまだだしてないよ。あと少しだった」

「うう、ごめんなさい……永太さん。どうぞ続けて」

義母は声を上ずらせて、自分だけが愉しんだことを詫びる。年上のゆう子のみが、一方的に昇り詰めているのは事実だった。

ゆっさゆっさと尻肉がゆさぶられた。ピンク色の陶酔がきらめきを帯び、三十二歳の肢体が震えを起こしたとき、電話の呼び出し音が鳴った。

「電話だ。ママ取って」

鳴っていたのは、枕元に置いてあったゆう子の携帯電話だった。ゆう子は後ろに手を伸ばして携帯電話を摑む。永太に手渡した。永太が肉交を止めた。

「父さんだよ」

液晶画面を確認して、母に言う。ゆう子の相貌が凍り付いた。

（栄介さんから）

息子と交わっている最中だった。言い訳のできる状況ではない。

「ねえ、父さんと最後にしたの、いつ？」

表情を強張らせて脅える母に、息子が尋ねる。

「恐らく二年前くらい。でも途中で……」

夫の男性器は充血を維持できずに、吐精にまでは至らなかった。

「最後までできなかったんだ」

口ごもるゆう子のようすで息子は察すると、携帯電話を持った手で、母の腰をぎゅっと抱いた。

結婚して数年は精力的だった。毎晩、夫は挑んできた。興がのって朝まで責め続けることとすらあった。

(でも四年前に心臓の病気を患った後、激しさを失った)

残ったのは、開発された肉体を持て余す若い後妻だった。

「これからは僕がママをかわいがってあげるからね。ママ一筋なんだ。諦めようと何度も思った。父さんの妻だもの、無理だって考えてた。でも違ったね。こうしてママは僕を締め付けて、悦んでくれる」

二十三歳の息子が腰を浮かして、衝き上げる。

(いいっ)

ゆう子は喜悦の喉声をこぼした。

成熟した身体を、放置されるつらさがあったからこそ、こうして息子から硬いモノを与えてもらえた恍惚が甚大になる。いままでの反動で、情けない姿を晒してしまう。

「でなよ」

永太が命じた。携帯電話のコール音が続いていた。

「で、でも」

「不審がられるよ。日曜の朝から電話にでないなんて。ママがいるとわかっているから、父さんだって呼び出しを続けてるんだから」

(こんな状態で、あの人と電話を)

主従はすっかり逆転していた。息子の指示に、ゆう子はイヤと言えない。

永太が右手に摑んだ携帯電話を、ゆう子の左耳に押しつけた。液晶画面を親指でタップして、通話を繋げた。

『もしもし、ゆう子か』

携帯電話の向こうから、夫の声が聞こえた。

「あ、あなた、おはようございます。でるのが遅くなってすみません」

『うむ。それで永太のようすは？　明日は出社できそうか？』

息子の上に跨がって、腰を振っている最中とは言えない。

「だ、だいじょうぶみたいですわ。事故の影響もないようで、お元気です」

女の声が震えた。窄まりのなかの永太の指が、蠢いていた。

（永太さん、なにをっ）

美貌は恐怖で引き攣った。心臓の鼓動が早打つ。

「あ、あなた、声がかすれてますわね」

異変を夫から指摘される前に、ゆう子は先回りして気遣うように告げた。

『毎晩、地権者連中と酒を酌み交わして、ふらふらだ。土地の話の前に酒だというんだ。飲めば、どんな人柄かわかると言ってなあ。いやあ、浴びるように飲ませられたよ』

夫が機嫌良さそうに話す。

（こんな状況でも、わたしの身体は）

永太は肉刺しを止めない。窄まりを弄くりながら、ペニスで女肉を擦ってきた。

「ママ、すごい絞り。たっぷりだしてあげるからね」

母の右耳に、永太が潜めて言う。乱暴な抜き差しだった。女の尻たぶがピクッピクッと引き攣った。

（いまはだめっ）

ゆう子は首を大きく左右に振り、訴えた。相姦を知られれば、家族が崩壊するのは確実だった。

「ふふ、遠慮しなくていいよ。二年だよ。父さんが放置してた分の楽しみを、ママには味わってもらわないと」

いたずらっ子というレベルではない。必死に耐える母の姿が、永太の欲望を掻き立てていた。

(わたしの反応を愉しんで、ひどい)

しかしこの緊迫の最中、女の肉体はしっかりと燃え上がってしまう。こみ上げる快感を噛み締めながら、ゆう子は息子の指と勃起を二穴で締め込んだ。ヒリヒリとしたシチュエーションが、被虐の官能となって昂揚を生む。

「あ、あなた、お身体はだいじょうぶですか。心配ですわ。あなたがわざわざ赴かずとも、部下に任せればよろしいのに」

電話の向こうによがり泣きを漏らさぬよう懸命に正気を保って、ゆう子は会話を続けた。

『そうもいかんさ。お前の地元だからな。先々のことを考えたら、わたしが顔を見せておいたほうがいい。こっちがへりくだることで、上村の家を立てることになる』

「あ、ありが、とう、ございます」

『いや、そんな感謝はいらんよ。これも商売だ』

不自然に途切れる声に、妻が感動に打ち震えていると思ったのか、夫が苦笑を漏らした。

なにも知らない夫の態度が、ゆう子の胸を締め付ける。唇を噛んだ。両肩に罪の重さが、ずっしりとのしかかるようだった。

「でるよ。ママのおなかのなか、僕のザーメンまみれにしてあげるからね。このために溜めておいたんだ」

右からは、息子が生々しい淫欲の台詞をささやく。荒い息づかいが、耳穴を撫でた。

(正気なんですか、永太さんっ)

永太が片頬を持ち上げて笑い、鋭く突き入れた。若さと溜め込まれた欲望をぶつけるように、膣奥まで埋め込む。跨がった女の足が、ふわふわとゆれた。夫と通話させながら、膣内射精を狙っているとわかってしまう。

(永太さん、悪い顔をしている。……いえ、こうなるのはわかっていたのよ。わ

たしだって悪い）

夫との電話を繋げようとする時点で、悪戯をするのは目に見えていた。

（もしここで、永太さんの精液を浴びたら）

逃れられない罪悪感と背徳感、それらを伴って極上の恍惚が訪れるだろうと想像して、肢体はぶるっと震えた。期待感が子宮の火照りとなり、下腹がキュンとする。ゆう子は半開きの唇から、陶酔の喘ぎを吐いた。

『まあ、これでようやくグランピング場のめどが付いた。もしもし？　どうした』

愉悦に揉まれて思考が途絶えていた。夫の呼びかけの声に、ゆう子はハッとする。

「あっ、あのっ、グランピングってなんでしたかしら？」

異変に気づかれまいと、聞き取れた単語を夫に尋ねた。

『おいおい、前に説明しただろう。豪華なキャンプ場だよ。食事も風呂もベッドも用意されてて、アウトドアだが、高級ホテルのような優雅なキャンプ生活が楽しめる。消費の場が生まれれば、雇用も生まれる。農産品も売れるだろう――』

そこで女の耳から、夫の声は掻き消えた。

「でる、でるぞ、ママッ」

永太が耳たぶを噛み、耳の縁を舐める。遠慮のない肉刺しでクリトリスが押し潰された。

(速いっ、だめだめっ、そんな激しく犯しちゃだめっ……)

「でるッ……ううっ」

勃起が膨張し、ドクンと脈打つのをはっきりと感じた。次の刹那、女奥に熱い樹液が降り注ぐ。波が一気に振り切れ、ゆう子も高みに達した。

「んぐっ、ふぐっ」

紅唇は涎を垂らして呻いた。

(イクうううッ……気持ちいいっ)

押し上げられた女体が、中出しの精を浴びて、歓喜の汗を滴らせてきらめく。

(永太さんの精液……当たってる。いっぱい……いいっ)

牝泣きを押し殺すために、紅唇をキリキリと噛んだ。右手で口を押さえ、左手は永太の首に回してしがみついた。

(とろける。ナマセックス、濃い精子……ああっ、どうにかなってしまいそう)

膣内射精の快楽に、三十二歳の肉体は狂奔する。一滴も逃すまいというように、永太の腰に足を絡めた。女の本能だった。太ももに力を込めて、足首を重ねた。相姦の快楽に、美母は全身でのめり込んでしまう。

『――帰るよ。午後にはそっちに着くだろう。ゆう子の手料理が食べたいな。そうだな、ちらし寿司がいい。もしもし？』

「……わ、わかりました。ご用意しておきます。お待ちしておりますね」

ゆう子は最後の力を振り絞り、しゃべった。

『ああ、じゃあ頼む』

電話が切れた。

「あっ、あなたは……信じられない」

無事を喜ぶ心の余裕もない。ゆう子は怨ずる目で息子を見た。

永太を非難する気持ち、自分も達してしまった悔恨、夫を裏切った申し訳なさと咎、感情が入り交じって言葉にできない。

ゆう子は衝動のままに、息子の口にむしゃぶりつくようにキスをした。

「ん、んふ、むふん」

永太の口に舌をまさぐり入れ、なかを舐め回した。唾液も注ぎ入れて呑ませる。舌を巻き付け合い、鼻を鳴らした。放出の律動が続く勃起を食い締め、腸粘膜をさする指も加減せずに絞り込んだ。

長いキスで、徐々に混乱から抜け出していく。ゆう子は紅唇を引いた。

「気持ちよかったよ。たっぷりでた」

永太が笑って告げた。携帯電話をベッドに置き、尻穴に刺さっていた指も抜く。

「ママはどうだった」

ゆう子の頬にかかる黒髪を、後ろにすいて流す。いつもの仕草だった。

（いままでで一番のセックスだった）

母は心のなかでつぶやく。息子に跨がり乗った豊腰は、びくっびくっと余韻の震えがまだ続いていた。

「……も、もし栄介さんに気づかれていたら」

ゆう子は絞り出すように告げた。

「別に。ママを連れて逃げてもいいんだ。僕と駆け落ちしてくれる？」

「無茶を言わないでください。母親なんですよ。あなたの愛を受け入れられない身なんです」

明確に恋心を否定しているにもかかわらず、息子はそれを認めてくれない。ひたむきな愛情がこわいと思う。

「いまは、でしょう？　僕の愛はきっとママに届く。ママのことが好きすぎて、恋人を作ってもちっとも長続きしなかった」

女性受けのしそうな外見で、一流大学に進む学力の高さがあるにも関わらず、永太には学生時代から特定の恋人のいた気配がなかった。

（女性と交際をしないのが、不思議だったけれど、永太さんはそれほどわたしのことを）

ぐらりと女心がゆれるのを感じた。胸の辺りが灼けるように熱を孕む。息子へ向ける眼差しは、じっとり濡れて妖しさを帯びた。

「僕はママにやさしくするよ。ママのためなら、なんでもするから」

若い肉体を誇示するように、勃起が女のなかで戦慄いた。吐精をしても、男性器は膨張を維持して女のなかにあった。

永太が膝の上の女体を、ベッドに下ろした。ゆう子は仰向けに寝かせられ、永太が腰を引いた。ペニスが抜き取られる。ずっと自分のなかを占めていた肉塊の喪失感に、女はハアッと吐息を漏らした。

「ママ、開いて。僕の中出し液が、ママのなかに入っているのを見たい」

永太が命じた。

（逆らえない）

頭を持ち上げて、息子を見る。ナイトテーブルにあったデジタルカメラを、永太は構えていた。

ゆう子はまっすぐ下に両手をやり、己の股間に差し入れた。膝を曲げて足を大きく開く。右手は右の花弁に、左手は左の花弁に指を添えて、くぱっと開帳した。

「ふふ、僕のザーメンでヌルヌルだ。あふれてる」

永太が喉を震わせて、カメラレンズを足の間に入れて近づけた。

（撮られている）

汗ばんだ内もも、恥丘に茂った黒い翳り、白濁液にまみれたピンク色の粘膜、指で弄くられ続けて腫れぼったくなった肛口、すべてが丸見えだった。花弁に添えた細指が強張った。

（きっと匂いも、すごいはず……）

美貌は羞恥で赤に染まった。

「〝父さんとの電話後、ママに初中出しの記念撮影〟、キャプションはこうだね」

「あぁっ……栄介さん、ごめんなさいっ」

ゆう子は泣き声をこぼした。

ひどいと息子をなじれる身ではない。こうして永太に従っている時点で自分も共犯だった。

「泣かなくていいんだよ。父さんの代わりに、これからは僕がいっぱいママを犯してあげるからね」

カメラを置いた永太が、再び身を重ねてくる。ザーメンにまみれたペニスが、トロトロの牡液が溜まったままの女肉に、ヌプリと入ってきた。

「あぁはあぁっ」

ゆう子は仰け反って、甘い音色で喘いだ。

「ふふ、うれしそうに絡みついてきて。僕のすることが心底いやなら、こんな反応にはならないよね」

蠕動を起こして、膣ヒダが勃起に吸着をする。永太が女の足を抱え上げた。女体を二つ折りにする屈曲位だった。

「父さんが帰ってくるまで、ママに何発、注げるかな。僕のお姫さま、僕の愛をいっぱい受け取ってね」

永太が両手で女の膝裏を押さえて、ぐっぐっと腰を遣う。深い結合だった。ゆう子の頭上で、つま先がゆれ動いていた。

「ああっ、いい。いいのっ」

黒髪を乱して、女はよがり泣いた。精液まみれの膣肉から、ヌチャヌチャッと湿った交合の音が鳴った。

(永太さんは破滅をおそれていない)

二十三歳の逞しさが母に屈服を強いる。迷いのない一途さが、女心を絡め取る。

休日の日曜日、相姦を邪魔する人間は誰もいなかった。朝日の差す夫婦の寝室で、美母と息子の交わりが続いた。

第三章　ママのお尻に出してください

1

水曜の朝、スーツに着替えた永太が、キッチンに顔を出した。

「永太さん、サンドイッチならできていますよ。いま包みますね」

ゆう子は席を立ち、ダイニングテーブルから離れてキッチンに入った。

出勤時間は永太が一番早く、朝食はもう済んでいる。ゆう子と栄介は朝食の最中だった。

「昨日のバゲット、おいしかったよママ。ありがとう」

サンドイッチの入ったバスケットをハンカチで包む母を隣で見ながら、永太が夫には聞こえない小声で言う。ゆう子のことを〝ママ〟と呼ぶようになったことは、夫には内緒だった。

「もうすっかりキス痕が消えたね」

永太が母の細い首筋に、ふっと息を吹きかけてきた。ゆう子は吐息に肩を震わせた。長い黒髪は頭の後ろで結ってあり、うなじも丸出しだった。

「もうつけないでくださいね」

ゆう子は手元に視線を注いだまま、潜めた声で応じた。

夫が出張から戻って、十日が経とうとしていた。永太に付けられた肩や首筋の赤いキス痕はすっかり消え、元の白い肌に戻った。

栄介や職場の同僚に気づかれないよう、連日タートルネックや高い襟の服、スカーフを巻いて誤魔化すのは大変だった。

「弁当なんて急にどうした？」

対面型のキッチン構造のため、カウンター越しにダイニングルームが見えた。背を向けて座る夫が首を回して振り返り、永太に尋ねてきた。

「最近ゆっくり昼食を取るひまがなくて」

永太が左手を伸ばし、母の尻をスカートの上から撫でてきた。胸より下は、カウンターで死角になっていた。

（痴漢みたいな手つきをして）

ゆう子は長袖のタイトなニットに、プリーツスカートを穿いていた。薄手の生地のため、息子の手つきを生々しく感じた。

「栄養補給のためのゼリー飲料で済ませているというので、お弁当を持っていくようわたしが言ったんです」

尻をさわられていることはおくびにも出さず、ゆう子は夫に説明をした。ゆっくり撫で回した後で、息子の指が尻たぶを摑んできた。弾力を愉しむように揉み込んでくる。

（困った子）

「食事の時間がないほど忙しいのか？」

「今週に入って新規の案件を二つほど抱えて。とはいっても一つは大学時代の友人に声をかけたんだけど。親の跡を継いで、飲食の店長をやってるボンボンがいるから」

「昨日も一昨日も深夜の帰宅でしたのよ。永太さんはほんとうにがんばっていますわ」

謙遜する永太の言葉を、夫が真に受けてはたまらないと、ゆう子は付け足した。

「ふむ。うまくやってるんだな。若いときの無茶は糧になる。がんばりなさい」

コンサルティング業に馴染めず、息子が苦労をしていたのを栄介も知っている。満足そうにうなずいて、首を前に回した。置いてあった新聞を手に取るのが見えた。

その瞬間を狙って、永太が母の頬に手を添えた。自分の方を向かせるといきなり口づけをしてきた。

（お父さまの前でっ）

ハッとしたゆう子は口を引こうとするが、後頭部にかかった永太の手がそれを邪魔する。母のゆたかな尻肉を揉み立てながら、たっぷり一分ほど永太は紅唇を吸った。

「あ、危ないこと、しないでください」

口が離れると、ゆう子は小声で叱った。ヒップの手もパシッと振り払った。

「ママ、いい匂いなんだもの。お尻はむっちむちだし」

そう言うと永太は、手を己の股間に持っていった。ファスナーをジーッと引き下げる。

「口でしてよ。ママ」

永太が母に請う。よしなさいと言う前に、肩に手を置かれて下へと押された。息子の足下に、ゆう子は膝立ちの姿勢になる。目の前に、スーツズボンの股間があった。

（こんな場所で）

「そうだ。水筒あるかな。飲み物もあるとうれしいんだけど」

永太が偽装の台詞を口にした。ゆう子はちらと上を見た。永太がうなずく。上着の前裾が口愛撫の邪魔にならないよう、ボタンを外して前を開いた。

（永太さん、絶対に引かないから）

「小さいのがありますよ。待ってください、用意を致しますから」

ゆう子は諦めのため息を呑み込んで、永太に合わせた返事を大きめの声で発した。息子の股間に手を伸ばし、ファスナーの内側に指を入れた。

（栄介さんの妻でいるため、永太さんの母でいるために……）

押し問答をして夫に不審がられるより、なるべく早く永太の欲望を処理した方が得策なのだと女は己に言い聞かせる。

壊れようとする家族の形を、ゆう子は懸命に維持しようと努めていた。夫や周囲に母子相姦の事実を知られることは、家族を不幸にする結末しかないと思う。

下着を引き下ろして、ペニスを指で摘まんだ。それは既に硬くなり、上向きに反っていた。外へと引きだす。

（ああ、張り詰めてる）

ギンとそそり立つ偉容が現れた。尿道口から滲むカウパー氏腺液のかがやきが、女の心に妖しい昂りを生む。逞しい陰茎に悩ましい視線を注ぎ、ゆう子は細指を絡めていった。

（もう涎を垂らして。これでは仕事に差し支えがあるわよね）

キッチンでいきなり奉仕を命じる永太に抵抗感を覚えるが、若い肉体の生理作用の難儀さもこの年になればわかる。

ゆう子は挨拶のように、ちゅっと軽く亀頭にキスをした。

（永太さん、今朝はシャワーを浴びていない）

仕事柄清潔感が大事だと、永太は晩に入浴するのはもちろん、起床後にもシャワーを使うことがあった。しかしいま眼前にある剝き出しの男性器は、牡の匂いがほのかに漂っていた。すんすんと鼻を鳴らしながら、ゆう子は紅唇にペニスを含んだ。

硬いモノを頰張ると、口中に唾液が一気にあふれた。肉棹にこびりつく分泌液や汗が、女の唾液でとけて舌に広がる。

(永太さんの味)

喉まで呑み込んで、美母はムフンと鼻から色っぽく息を抜いた。味も匂いもしないモノを舐めるより、充実感が得られるのは牝の本能なのだろうと思う。

(このお口いっぱいになる感覚……永太さんが相手だと、フェラチオ奉仕でも身体が疼いてしまう)

秘奥がジンと熱くなり、愛液が内からトロリと湧出するのがわかった。義母は揃えた膝を、もじもじと擦り合わせた。

たっぷりの唾液を潤滑油代わりに、舌を棹の裏側にぴったり押し当てながら、紅唇を前後にすべらせる。ピクッピクッと口蓋に当たる勢いで、肉茎が反りを強める。活きのいい反応にときめきを覚えながら、やわらかな紅唇は絞りを強めた。

(あれから四日。そろそろ溜まって苦しい時期ですものね)

ゆう子は四日前にも、永太に口唇奉仕をした。夫が朝からゴルフに出かけた先週の土曜日だった。

『ママはどれくらい時間を掛けて、父さんの舐めたことあるの?』

二人きりになると発せられた息子の質問に、正直に最長二時間と答えたのが失敗なのだろうと思う。

(永太さん、明らかに嫉妬をしていた)

リビングルームでゆう子は扇情的な黒の下着姿になり、ソファーに座る永太の足下にひざまずいて、延々フェラチオ奉仕をする羽目になった。

男性器の周囲に生える恥毛も、鼠蹊部もテラテラの唾液まみれにし、陰嚢もたっぷり舐めしゃぶった。太ももを甘噛みし、へそにキスした。足指の一本一本も口に含んで丁寧に舐め洗った。永太の足を抱え上げて排泄の窄まりにも口づけし、舌をまさぐり入れた。

ほんきの舐め愛撫で息子を追い込み、精子を搾り取った。

(でも一度の射精では許してもらえなくて)

オーラルセックスは延々と続き、四時間を超えてようやく許してもらった。結局ゆう子は、こってりとした息子の生殖液を三度飲精した。

(永太さん、三回目も濃くって量も多くて、喉が詰まるかと思った)

顎が疲れて、その晩は食事をするのが難儀だった。

(せっかく夫のいない貴重な時間だったのに、おくちの奉仕だけで終わらせるなんて)

ゆう子に邪な期待がなかったと言えば嘘になる。激しく犯されることも想像していた。

チラと上を見た。永太が下に向かって微笑み、いつものように黒髪を愛しげな手つきで撫でる。

(ほんとうに困った子)

もろもろの感情を流してしまう、息子のやさしい笑みだった。

ゆう子は右手を茎胴の根元に添えて、小刻みに擦った。左手は陰嚢を外に引き出して揉みあやす。素速く美貌を前後に振り立てた。

時間があれば、じっくり責めて焦らしのテクニックも駆使するが、いまは早く処理を終えるのが大切な状況だった。

(すっきりしてもらって、お仕事をがんばっていただかないと。ママがすぐに搾り取ってあげますからね)

夫に隠れて逞しいモノを咥える背徳感、朝の景色に不似合いなフェラチオ奉仕を施す倒錯感、そこに息子を気遣う母性愛が混じる。

カウパー氏腺液が盛んにトクトクと漏れ出て、女の喉を潤す。喘ぐような肉茎の脈動も、大きくなった。

（永太さん、もうイキそうだわ）

息子が自慰処理を一切していないことを、過敏な反応から感じる。

これからママに全部注ぐからと、母を初めて抱いた十日前に永太は宣言をした。

『だからママもオナニーしちゃだめだよ。ヤリたい気持ちを溜めて、僕にぶつけてくれないと』

ゆう子もその言いつけを守っていた。

（こんな硬いのが目の前にあるのに……焦らしを受けているみたい）

一心にしゃぶっていると、つい恨めしく思ってしまう。

二十三歳の若い肉体が行き場のない性欲を溜めこんでいるように、三十二歳の女体も、悶々とした情欲を発散できずにいた。

十日前の相姦の記憶は生々しく残っていた。ここ数日は、夫が隣で寝る寝室のベッドで、なかなか寝付けずにいた。

（わたしが欲しがってどうするの。永太さんに、無茶をしないでと願ったのはわたしなのに）

母を妊娠させる勢いで、愛欲の想いをぶつけてきた息子だった。夫がいる場でも構わず、隙を見て犯されるかもしれないと考えていた。夫が寝入った後に、永太の寝室に引っ張り込まれることもあり得ると思っていた。

（でもちゃんと、永太さんは我慢をしてくれている）

家族関係が壊れる行為に及ぶことは、許して欲しいと永太に頼み込んだ。この十日間、永太はその約束を守ってくれていた。

（その代わり夫が出張中や、不在のときは……）

義母は、永太の求めを断れない立場になった。

「父さん、ここしばらく車に乗ってないよね。来週、理奈ちゃんたちと遊園地行くときに使ってもいいかな」

「ああ、ゆう子も一緒に出かけると言っていたな。構わんぞ。事故は起こすなよ」

キッチンに隠れて奉仕しているゆう子の耳にも、父と子の会話が聞こえてきた。

〝事故〟と聞いて一瞬、ゆう子の口遣いが止まる。

「わかってる。気をつけるよ」

気にしなくていいよと、永太が母の頭を撫でる。ゆう子は返事をする代わりに、紅唇の動きを止めて上目遣いを息子に送った。

来週、永太の提案通りに理奈とゆう子、永太の三人でテーマパークに行く予定になっていた。運転は永太に決まっていた。永太は自分用の車は持っていないが、大学生のときに免許は取得していた。

「遊園地、楽しみだね」

永太が下を向いてひそひそと言う。ゆう子も瞳をやわらげて、ペニスの裏を舌でヌルリと擦り立てた。陰嚢をころころと揉みほぐしながら、根元を甘く扱いた。

ムンとした牡っぽい匂いを嗅ぎながら、塩気のある先走り液の味を舌に感じると、パンティに愛液が染みだしてくる。

(しゃぶっただけで、ぐっしょりになって。どうして、こんなにおいしいの。……ああ、ピクピクしてる)

口内の肉柱が痙攣するように跳ね、充血がグンと高まった。射精の予兆だった。次の瞬間、永太が女の頭に手を置いた。

「父さん、それとガレージにあるコンロやタープ、借りていいかな。土曜に会社の人とバーベキューパーティーをやるんだ」

父と話しながら、永太が母の頭を押さえて腰を遣い始めた。快感を貪るように、深く差し込んできた。

「んぐっ、んふ」

喉を犯され、嘔吐感がこみ上げそうになる。目もとに涙が滲んだ。懸命に唾液を呑んで、胃液の逆流を抑えた。

(栄介さんに気づかれるのでは)

摩擦で唇がプルンと弾け、カポ、クポと湿った音色が口元からこぼれていた。唾液の音を消すために、ゆう子は鼻で息をしながら吸い付きを強めた。ヒリヒリとした緊張感が、被虐の興奮を高める。

「わたしが使っていないものは、好きに使い倒していいぞ」

「使い倒していいってさ」

永太が喉を震わせるのが聞こえた。

(わたしも、永太さんの自由に使える道具のようなもの)

マゾ心を引き出す認識が、いまの口腔性交の苦しさと重なり合う。

「むふん」

高い鼻梁から色っぽく吐息を漏らして、ゆう子は踵にのった丸いヒップをゆらした。花唇はジクジクと火照り、発情液の分泌が一層激しくなる。

「父さんもバーベキューくる?」

永太が軽口を叩く。まとめ髪が崩れるのも構わず抜き差しを速めて、朱唇を犯してきた。ゆう子はまぶたを落として、イラマチオに耐えた。歯先をペニスに当てないよう、唇でくるみ込む。

（ああ、この乱暴なやり方）

「いや、わたしは土曜日は日帰りで出張だな。朝早くでないと」

「そっか、じゃあ金曜は早く寝ないとね」

にんまりとした笑みを浮かべるのが、目を閉じたゆう子にも見えるようだった。

（栄介さんは、仕事で起床が早い日は睡眠薬を服用するから）

ドクンとゆう子の心臓が高鳴った。金曜の夜、夫がベッドに入った後に、息子に犯されるかもしれない。

（いえ、確実に永太さんは、わたしを……）

口内に埋まった勃起の昂り具合が、息子の思いを母に知らせる。カウパー氏腺液も盛んに漏れ、喉元へのガツガツとした出し入れも荒々しさを増した。

（頭にまで響く。顎が外れそう）

十日前の相姦の激しさが、女の身体に甦る。いま唇に咥えている逞しい逸物が、そのまま火照った女園に突き立てられる場面を想像して、ひざまずいた母はぶるっと背を震わせた。

（ひどい女だわ……）

欲望に流される自分を愚かだと思う。しかし意思とは裏腹に、被虐の発情は加速する一方だった。永太が我慢しているように、ゆう子も肉欲を抑え込んでいる。ズリュップチュと音を立てて、紅唇を雄々しいペニスで貫かれると、身を灼かれるようなマゾヒズムの熱は高まった。

（ああ、オナニーしたい）

パンティ越しでも、熱く潤んだ秘肉を指で弄くったらさぞ気持ちいいだろうと思う。しかし右手も左手も、永太に快感を与えるために駆使せねばならなかった。ゆう子は膝を揃えて股間を圧迫し、疼きを誤魔化した。

「んっ、うん」

永太が息み、抜き差しが止まった。

（きたっ、永太さんの精液っ）

勃起が口内で跳ねる。喉に熱い樹液が当たった。

ゆう子は、目を開けて上を見る。射精時は、目を合わせるよう命じられていた。永太も下を見ていた。

ゆう子は息子と視線を重ね合わせながら、根元を擦る指遣いはゆるやかに、陰嚢へのマッサージも羽毛のように軽やかにする。

（いっぱいでてくる。我慢して、さぞ苦しかったでしょう）

　ドクンドクンと脈打つ息子の分身が、愛おしかった。発作に合わせて、きゅっと紅唇を締め付け、快感を押し上げてやった。息子の腰が震える。

（永太さんの濃い味……おいしい）

　舌に広がる牡液をしみじみと味わい、ゆう子は思う。母として抱いてはならない感想だとわかっていても、逞しさへの畏敬と無事に搾り取れた達成感が、とろみのある液を得難く感じさせた。

（もっと咥えていたいけれど）

　出勤の時間を遅らせるわけにはいかない。喉元に溜まっていた重い粘液を、ゆう子は嚥下した。四日分の精液だった。喉越しはゼリーのようだった。

　ちゅぷんと紅唇を引く。最後に亀頭の先だけを含んで、尿道の残液をちゅるっと吸った。

「終わりましたわ」

　ゆう子は卑猥に濡れ光る紅唇でささやき、ペニスをズボン内に戻し入れて、ファスナーを引き上げた。

素速く搾り取った口技を褒めるように、永太が母の頭を撫でる。涙でかがやく女の瞳は、うれしそうに目尻を下げた。

「じゃ、いってきます」

「うむ。気をつけてな。ゆう子、コーヒーのお代わりを頼む」

サンドイッチを携えた永太が、ドアを開けてキッチンから出て行く。

ゆう子は、はいと返事をして、立ち上がった。ほつれ毛を指で整えながら、ダイニングルームを見る。夫は広げた新聞に目を通していた。

美母は精液の味が残る唇を、ピンク色の舌で舐めた。股の付け根はぐっしょりと濡れていた。

2

二日後の金曜の夜だった。

裸のゆう子は、ベッドの上で正座をしていた。息子の部屋だった。

(また撮影を)

デジタルカメラを構えた永太が、周囲を回りながらゆう子にレンズを向けてシヤッターを切っていた。永太は長袖のシャツに、スウェットズボンを穿いていた。

「似合っているよ」

「そ、そうですか……」

褒められても、どう返していいのかわからない。

ゆう子は裸だが、罪人のように後ろ手縛りで、上半身に縄掛けを受けていた。ゆたかな乳房を絞り出すように、胸元の上下に縄が幾重にも巻かれていた。夫から緊縛された経験があると話してしまったのが、痛手だった。縛りたいという永太の申し出を断ることはできなかった。

「上手にできたかな。苦しいところある?」

「平気ですわ」

背に回った両腕は、手首を重ねるようにして縛られていた。腕に力を込めても縛めは外れない。

(ほどいてもらうまで、永太さんの好きに身体を弄ばれる)

案の定、出張を控えた夫は、夕食が済むと睡眠薬を飲んでさっさとベッドに入った。夫婦の寝室と離れた息子の部屋で、どれだけ妻が泣き声をこぼしても、栄介はぐっすりと眠り続けるに違いない。

「今日は仕事中もそわそわしたよ。帰宅したらママと愉しめるって思ってさ。下着にカウパーが垂れて、大変だった」

背後で服を脱ぐ音が聞こえた。

「余計なことを考えて、お仕事に差し支えがあったんじゃありませんか」

ゆう子は首を回した。既に永太は裸になっていた。言葉を裏付けるように、股間のペニスは雄々しく反り返って肥大していた。透明液で、先端が濡れ光っていた。

(怒ったようになっている)

ゆう子は目を背けた。欲望を吐き出して、萎えるまでどれだけ犯し抜かれるのだろうと想像すると、女体はおののく。

「余計なこと? 僕が仕事を頑張るのはママのためだよ。ママに比べたら、他はどうでもいい」

永太がまたデジタルカメラで、パシャッと緊縛の母の肢体を写真に撮った。そして録画モードに変えて、ベッドのヘッドボードに据えた。

「ママは、縄で縛られるために生まれてきたみたいだね。白い肌に、麻縄が映える」

永太が右隣に来ると、正座する母を横から抱いた。

背筋を伸ばした姿勢で、美母はため息を漏らす。

視線を落とすと、卑猥に変形した己の白い膨らみと痛々しく尖った乳頭が視界に映った。その乳房に息子の手がかかった。たぷたぷと揉み立てながら、耳の下にキスをした。縄で括り出されているため、肌がピンと張り詰めている。さわられた胸から、痺れるような性感が生じた。

「髪型も似合ってるね。和服っぽいアップスタイルだからかな」

ゆう子は、襟足にボリュームを持たせた編み込みのシニヨンを作り、べっこうのバレッタを留めていた。露わになったうなじにも永太が口づけをし、舌を伸ばして舐めた。

「キスマーク、つけていい？」

「ゆ、許してください」

伏せた瞳に、永太の下半身が映った。先端を震わせる充血した陰茎が、右の太ももに擦りついていた。色味の濃い男性器は、白い肌と重なるとより雄渾さが際立つ。

「じゃあふつうのキスで我慢するよ」

顎を摑まれて、横向きにされた。母のふっくらした朱唇に、息子の口が重なった。同時に乳房を摑む指が食い込み、硬くなった乳頭を指先で擦られた。永太が口を開け、ゆう子も応じる。

「むふん、んう」

互いの口にとろみのある唾液を行き来させながら、舌を絡み合わせた。

(これがふつうのキス?)

ぴちゃ、くちゅと卑猥な音を立てて舌を遣っていると、当初はあった抵抗感が乏しくなっている事実に気づく。

(わたしは母親で、永太さんは息子なのに)

禁忌の相手であっても、やわらかな舌と温かな吐息を感じながら口を重ねていると、愛欲の想いが高まってしまう。

二人分の唾液を呑み下すと同時に、ゆう子の揃えた膝の奥で花芯が淫蜜をトロッと吐き出した。

「ママ、乳首コリコリだけど、もしかして下もびっしょり?」

キスを止めた息子が、揶揄の笑みで尋ねた。

「まさか。濡れていませんわ」

恥を隠したいと思うのは人情だった。ゆう子はつい否定してしまう。

「そうなんだ。ちょっと確認していいかな」

「よ、よしてください」

揃えた膝が息子の手で開かれる。息んで抗っても無駄だった。縛られた身では、若い男の力には敵わない。

潜り込んだ息子の指が、恥毛を掻き分けて女唇に到達する。指先が潤った粘膜に当たって、ニチュッという湿った音色が女の頭にまで響いた。

息子の笑いを含んだ息が首筋の肌を撫で、美貌は真っ赤に染まった。恥じらいの汗も滲む。

「き、気のせいですわ」

「僕はなにも言ってないよ」

狼狽する母に、永太がささやいた。

ゆう子の発汗は増し、肌のリンゴ色は赤みを強めた。息子の指が、愛液をすくうように亀裂の表面を前後する。たっぷりの愛液をクリトリスに塗りつけて、クニクニと揉んできた。

「あっ、あっ、ああっ」

紅唇は色っぽく嗚咽をこぼし、正座の肢体をゆすった。身じろぎすれば、当然麻縄は肌にきゅっと食い込む。余裕のない締め付け感も、マゾ心を盛り上げた。

「どうしたの。変な声をだして縄が痛い？」

息子が耳の縁を舐め、耳たぶを甘噛みする。ゆう子は返事ができない。まぶたを落とし、愛撫から逃れるように頭を振った。

「麻って毛羽立っているでしょう。ママの肌を傷つけないように、麻縄は煮沸して、薄く油を塗ってなめしたんだ。使い込むうちに汗やエッチな体液が染みこんで、肌にしっくりくるようになるらしいよ」

（そんな準備を整えて）

淫液を吸い、肌に馴染んでいくという表現に、年上の女はゾクリとする。

クリトリスを責めていた指が、女穴へと移動して挿入された。丸いヒップはビクッと戦慄いた。

「やっ、ん」

ジリジリとした責めに、女体の熱が高まる。太ももは、差し込まれた息子の腕をぎゅっと挟み込んだ。

「ママが縛られた状態で僕にフェラチオするときは、ここにざっくり食い込む股縄を通してあげるからね」

指をなかで蠢かしながら、永太がささやいた。

(股縄……)

花唇を割るように、キリキリと埋まって擦れる麻縄の感触をゆう子は想像し、背筋をぶるっと引き攣らせた。その瞬間を狙ったように、永太が指を膣内に差し込み、別の指でクリトリスを押し潰した。痺れる波が噴き上がった。

「んふっ、いやっ、だめっ」

脳裏がピンク色に灼け、義母はアクメした。

開いた鼻孔からむふんと息を漏らし、半開きの紅唇を小刻みに震わせた。後ろ手に縛られた腕をゆすり、手は拳を作った。

「少しかわいがってあげるだけで、イクんだもの。ほんとうにかわいいなママは」

麻縄で絞り出された乳房を揉みたてながら永太が言い、顔を落として母の胸元に口をつけてきた。乳頭を口に含んで吸う。ゾワッとした電気が走った。

「永太さん……あんっ」

ゆう子は許しを請うように喘いだ。絶頂したばかりの身体は過敏になっている。

しかし永太は執拗に尖った乳頭をしゃぶり、舌を絡めて舐め回してきた。右の乳首を吸った後は、左の乳房にも口を被せていた。蜜肉のなかの指も、粘膜を擦ってくる。甘やかな刺激の波が持続し、背筋は何度もピクついた。

永太が乳房から口を離して、指を抜いた。ゆう子はハアッを息を吐いて脱力した。唾液まみれの乳首が、照明を反射してヌラヌラにかがやいていた。

「じゃあ縛ったまま、たっぷり犯してあげるね」

永太が愛液にまみれた人差し指を、ゆう子の口に差し出した。

昂揚が年上の女を従順にさせる。ゆう子は息子の顔を見つめたまま、舌を伸ばして舐め、指をちゅぷりと含んだ。

(永太さんに飼い慣らされてしまった)

女の弱さが、諦念を生む。ゆう子は自身の発情蜜を、舌で丁寧にぬぐい取った。牝の味が消えたところで、永太が指を引いた。突然肩を押された。縛られた女体は、やわらかなベッドの上に、ぱたんと伏して倒れ込んだ。

「お尻を持ち上げて」

まごまごしていると、尻肌を軽くピシャッと叩かれた。ゆう子は「あんっ」と泣き、顔と肩で上体を支え、もぞもぞと膝立ちになって腰を浮かせた。

ゆたかなヒップが、高く掲げられる。恥部が背後の永太には丸見えだった。

「きらきら光ってる。ママ、ものすごく興奮しているね」

否定はできない。愛液の滴る女性器は息子の目の前にあった。

(わたしは、この子のおもちゃだわ)

這った姿勢でゆう子は喘いだ。乳房は身体の重みでやわらかに潰れ、女の頬とシーツが擦れる。

「牝っぽい匂いがするし」

「ああっ、嗅がないで」

永太が股の付け根に鼻を近づける気配を感じて、ゆう子は焦りの声を放った。ついでカチャカチャというガラスと金属の当たる音が聞こえた。異変を感じて、ゆう子は不自由な姿勢から首を回した。

ベッドに置かれたステンレス製のバット、薬瓶、そして息子の手にはガラス製の注射器らしきものが見えた。

「な、なにをなさるんです」

このまま後ろから貫かれるものと思っていた母は、脅えの声を発した。

「浣腸の準備だよ。今夜はママの後ろの方を犯してあげるから。まずは腸内洗浄をしないとね」

（かんちょう？　腸内洗浄？）

耳慣れない単語に、ゆう子の思考は追いつかない。

「ア、アナルセックスをするのですか？」

母は震え声で尋ねた。後穴での交わりは、うっすら知識としてはあるものの実際の経験はない。試そうと思ったこともなかった。

「そう。水曜の朝の会話、聞いたよね。父さんが使ってないものは、なんでも使っていいって……ココは父さんが使ってない場所だから」

永太がむちっと張った丸みを慈しむように、ゆう子の臀丘を撫で、頬ずりをし、キスをした。

「ああっ、ほんきなんですか」

「ほんきだよ。ママだって、薄々わかっていたでしょう。僕はママの初めての男になりたいんだ」

永太が尻たぶを開いて、窄まりにちゅっとキスをした。

その汚れた器官に、並々ならぬ執着を見せてきた永太だった。今夜の愛撫も躊躇いがなかった。軽やかな口づけから、舌をまさぐり入れる濃厚なディープキスへと変わった。

「だめっ、なかはっ、永太さんっ」

入浴は既に済ませてある。永太に抱かれるものと思って、念入りに全身磨き上げてきた。恥部も丹念に洗ったとはいえ、排泄の穴への愛撫はやはり抵抗感が大きい。

括約筋をくぐった舌が、腸内をヌルヌルと擦った。臀丘を摑まれ、逃げられなかった。膝立ちの肢体は、ゆたかな腰つきをゆらしてアニリングスに悶えた。腸管に唾液を吸わせ、なかをじっくり舐めほぐしてから、永太の舌が抜き取られた。

「ママのすべてを愛したい。いやらしいママの姿をもっと見たい。父さんの代わりに、僕が大事に大事に使ってあげるからね」

義理の母であるゆう子を支配し、いじめたいと望む加虐心、そして好いた女性を大切にしたいという恋心、歪んだ愛情を感じる台詞だった。

「永太さん、許してください……あっ」

窄まりに細いモノが刺さった。唾液ですべって先端が嵌まり、ついで液体が腸内に流れ込んできた。注射器を使った薬液の注入だった。

「いやっ、ああっ、永太さん……だめっ」

掲げたヒップが、不快感で震えた。

「初めはほんの少し。五十ミリリットルにするよ。二回目、三回目は量を増やしていくから」

「許してください。言ってくだされば、自分でしたのにっ」

縛られて永太に浣腸されるくらいなら、事前に自分一人で済ませていた。

「ママの嫌がる反応を見るのも、楽しいから」

「そ、そんな」

「ママはなんで父さんに全部言ってしまわないの？　助けを求めたら、息子に浣腸されることなんてなかったのに」

チュルチュルと薬液を注ぎ込みながら、永太が尋ねてきた。ゆう子は眉間に皺を浮かべて、うれいの呻きをこぼした。

（家庭内で、セクハラや性的いやがらせをされていると言っても、信用してもらえるかどうか）

特に夫側の親戚からは、年の離れた若い後妻ということで警戒をされていた。

（事実わたしの実家、上村の家は栄介さんから多大な援助を受けているから）

永太が入院したとき、病室で夫の姉から向けられた険しい目を思い出すと、いまでも財産狙いの再婚と思われているのは間違いなかった。

ゆう子と永太の不仲は、夫側の親族はみな知っている。急に永太が自分に対して気持ちを抑えられなくなり、肉体関係を強要されたと訴えても、狂言に思われるに違いない。

(再婚からずっと、永太さんとうまくやれてなかったから。わたしが永太さんを誘惑したのだと、逆に非難されるはず。でも栄介さんなら、わたしの言うことを信じて……)

「永太さんは、わたしがレイプされたと栄介さんに告げたら、どう弁解をなさるおつもりなんですか?」

「ママのことが好きだから、強引に迫ったって正直に言うよ。その上で僕がママをしあわせにしたいって、父さんにはっきり伝える」

迷いもよどみもない息子の言葉だった。ゆう子を追い詰めたのは、そのまっすぐな熱意だった。紅唇から切なくため息が漏れた。

永太に襲われたと告げれば、夫は妻であるゆう子の言をとりあえずは信じてくれるだろうとは思う。

しかし宮坂の大切な跡継ぎである永太の経歴に、傷を付けるような判断を下すとも考えにくかった。

(きっと宮坂の体面を優先して、わたしに口を噤むよう言うはず)

そして家庭を無事に守れなかったゆう子に、失望するのは間違いなかった。

「ママの本心は？　僕と添い遂げてくれないの」

ゆう子に決断を迫るように、永太が訊く。

(母と息子なのに、恋人や妻に対するような物言いを)

「わ、わたしは……」

声が震えた。親族も夫も、表向きの言い訳に過ぎなかった。一番大きいのは、永太に求められるまま、こうして緊縛や浣腸行為すら受け入れてしまう女心だった。

ゆう子が返事を逡巡する間に、五十ミリリットルの薬液の注入が終わった。

「よし入った。ママ、抜くよ」

注射器がスッと引かれた。ゆう子は括約筋に力を込めて漏れを防ぐ。

「しばらく我慢してね。薬剤の効果がでないから」

「で、でも、お腹のなかがいっぱいで……もちませんわ」

ゆう子は背で縛られた腕を、ぎゅっと握りこんだ。

「あ、そうだ。おばさんに来週のこと、伝えた？」

「……理奈ですか？　伝えてあります。火曜日一緒に遊園地に行くと」

急になにを言い出すのかと、ゆう子は戸惑いながら告げた。

「時間も伝えた？　朝八時に理奈ちゃんの住むマンションまで、ピックアップしに行くから」

「細かな時間までは、まだ」

「じゃ、すぐに連絡しなきゃ。泊まりで行くんだから、向こうだって色々準備があるだろうし」

夜のショーや花火も見たいと理奈が言い、ホテルに一泊する予定になっていた。ちょうど栄介も地方ホテルの視察出張があり、家を空けても問題なかった。

永太が、枕元の携帯電話に手を伸ばすのが見えた。ゆう子は焦りを覚える。

「いまでないといけないんですか。明日でも構わないのでは」

「連絡が済んだら、ママをトイレに連れてってあげるね」

永太が反論を打ち切るように言い、ベッドに這うゆう子の口の横に携帯電話を置いた。理奈の電話番号に掛けたのだろう、呼び出し音が既に鳴っていた。

『もしもしお兄さん、どうしたの？』

通話が繋がる。妹の明るい声が、携帯電話のスピーカーから聞こえた。

「もしもしゆう子です。永太さんから電話を借りたの。わ、わたしの携帯はバッテリー切れで」

息子の携帯電話を使うことを怪しまれないように、ゆう子は言い訳をした。

『お姉さんか。こんばんは』

「理奈に伝えることがあって。火曜日、朝八時に迎えに行くから」

『朝八時ね。エントランスで待ってようか』

「そうね。そうしてくれるとありがたいかも」

『わかった。お姉さんと遊園地なんて久しぶりだものね。いっぱい遊ぼうね』

弾んだ声で妹が言う。

ゆう子が結婚で早くに家を離れたために、姉妹で出かけた経験は乏しかった。今回、姉と遊べるのがうれしいらしく、理奈が積極的にスケジュールを立てて、園内レストランの予約もした。

「ええ。泊まりだもの。時間を気にせず、回れる、わよ」

声が途切れた。注がれた薬液が腸内を巡り、便意が高まっていた。腹部からぐるるっと異音が鳴った。

「どうしたのお姉さん、息づかいが変だけど、運動中？」

違和感を覚えたのか、妹が訊く。

「いえ、ちょっとね」

ゆう子は誤魔化した。麻縄で縛られている。自分から通話を切ることもできなかった。

（うう、苦しい）

腹部の捩れる鈍痛が生じた。身体が排泄を求める発作だった。ゆう子は口を開けて、ゆっくりと息を吐いて耐えた。発作が収まり、苦しさが徐々に引いていく。

『ダイエットかな。お姉さん別に太ってないから、気にする必要ないわよ』

「僕もそう思うな。ママのおっぱいとお尻のむっちり加減が最高だから。ウエストはこんなに細いのに。プロポーション抜群だよね」

上を向いたゆう子の右耳に、永太がひそひそとささやいた。そしてゆう子のウエストの左右を両手で摑んだ。

予告もなしだった。切っ先が花弁の間に差し込まれ、ズンと膣口に潜ってきた。

「うっ、や、むんっ……んっ」

（し、信じられない）

息子の愛撫で、一度絶頂したばかりだった。火照って愛液で潤う柔肉は、雄渾な肉棒をなめらかに呑んでしまう。

背筋に甘い痺れが走り、膝立ちのヒップが大きくゆれた。縛られた上半身は、シーツの上でもがくように動いた。

(電話の最中に……浣腸をされて、お腹が苦しいのにっ)

尻を落として結合を解こうとするが、腰を摑んだ永太の手がそれを許さない。

「おっきなヒップと括れた腰、このバックからの眺め、最高だよ」

容赦なく抜き差しが始まった。

「んふっ、あふんっ」

女は息を止めて、耐える。後ろ手縛りの両手を、きつく握り締めた。べっとりとした汗が柔肌に滴り、麻縄に染みこんだ。

『ねえ、どうしたのお姉さん、ずっと声がつらそうだよ』

妹が、不審そうに訊いてきた。

「きゅ、急にお腹が……ごろごろいって」

ゆう子は蚊の鳴くような声で答えた。我慢できずに、はっ、はっという切羽詰まった息づかいが混じった。

『お腹が痛いの？　だいじょうぶ？　おトイレに行ったら』

「ええ。そうするわ……ああっ」

また発作に襲われる。麻縄を食い込ませて、豊満な肢体は戦慄いた。腰に力を込めて耐えるが、それを嘲笑うように、ペニスが女穴を貫く。生じる甘い快楽は、肉体から抵抗力をこそげ取るようだった。

「ああっ、ママのなか、最高に締まって吸いついてくる」

（こんなひどい抱き方、初めて）

涙が滲んだ。歯がかちかちと鳴る。悪寒からくる発汗が酷かった。ぽたぽたと汗が滴り、肢体の下のシーツがぐっしょりと濡れていく。

『悲鳴まであげちゃって。お姉さん、ほんとうに平気？』

「ち、違うの。食べ過ぎたのか、お腹の調子が悪くて。お薬を飲むから、だいじょうぶよ」

「どうせ僕の部屋だ。漏らしちゃってもいいんだよ」

必死に耐える母に向かって、息子は恐ろしいことを言う。浣腸液で腸内が充満しているにもかかわらず、荒々しく抜き差しして母を責め立てた。

（許してっ、もう許してっ）

ゆう子は紅唇を噛んで、涙目を必死に背後に向けた。排泄欲を耐える後口は、いっときも気が抜けない。ぷるぷると窄まりの痙攣さえ起きた。

『もしもし、具合が悪いなら電話は切るけど？』

「電話切って欲しい？」

妹に返事をする余裕もない。ゆう子はまばたきで、永太にうなずいた。苦しさで頭が白くなる。発作が依然続いていた。お腹のなかを掻きむしられるようだった。

永太が携帯電話に手を伸ばして、受話器マークを押した。妹との通話が切れる。

「うぐう、うう」

この惨めな痴態を、妹に気取られずに済んだのは救いだった。そして女体をぎりぎりまで追い詰めた排泄の発作も収まる。生き地獄のような苦しみからいっとき解放され、縛られた肢体は安堵の唸りをこぼした。

「だすよ、ママ」

永太が息づかいを速めて告げた。もはや交合の音を抑える必要がない。息子の腰がパンパンと当たり、高く掲げられた母の尻たぶが波打った。

「わ、わたしもっ……あうう」

膣ヒダを弾く勃起の摩擦感は、いままでで一番だった。興奮著しい充血ぶりに、射精間際の膨張が重なる。荒々しく巻き起こる官能に、女体は押し上げられた。

「イク、イクわっ」

横向きの美貌は叫んだ。膝立ちの肢体は麻縄を肌に食い込ませて、ゆたかな腰つきをビクビクと震わせた。

(どうにかなりそう)

うつろな瞳は宙を見つめて、ゆう子は凄艶によがり泣いた。口元からは涎が漏れ、シーツに垂れた。

浣腸液が腸内に溜まっている。漏出するような無様な姿だけは晒すわけにはいかなかった。灼けつく陶酔に脳裏が染まっても、理性を片隅に残して、肛門の緊縮に努めた。そこに永太の精子が降り注いだ。

「ママッ、でるっ」

永太が吠え、欲望を解き放った。ドクンと噴き出す息子の精子を、ゆう子ははっきりと感じた。

(当たってる……次のがきたっ。ああ、またっ……わたしのなかで永太さんの精液がたゆたってるっ)

いつものように、どっぷり快感に浸かるわけにはいかない。決して緊張を解いてはならない枷が、オルガスムスの官能に集中させる結果になった。

(とろけるっ……内側からとろけちゃうっ)

後ろ手に縛り上げられた白い裸身が、歓喜するようにむっちり熟れた尻肉をゆらす。

下腹は注がれる精子を悦んで煮えたぎり、窄まりも呼応するようにジンジンと熱くなった。重い生殖液で蜜穴を満たされる恍惚感に、緊縛裸身は打ち震えた。

「あ、あうう……またイクッ、ああ、ゆう子はイキますわっ」

さらなる陶酔に美母は呑まれた。いままで信じていた世界が崩れ、そのまま底なしの深い穴に落ちるようなオルガスムスだった。肩をゆらし、縄で絞られた乳房をシーツに擦りつけて、女は身悶えた。

持続する苦悶と流れ込む快楽、美母の瞳は長い睫毛を濡らして、涙粒をこぼした。

「ふう、大量にでたよ。最高に気持ちよかった。キツキツでヌルヌルで」

女体の絶品の緊縮反応を褒め、永太が満足げに大きく息を吐いた。浣腸液のおかげで、いまも甚大な食い締めが続く。ゆたかなヒップは、痙攣が収まってくれない。

「よく我慢したね。トイレに連れて行ってあげるからね」

耐え抜いた母を称えるように、汗の浮いた臀丘を永太が撫でる。

「わたし、がんばりましたわ」

だからもういじめないでほしいと、女は涙のこぼれる流し目で後ろを見た。

「待って。出し切るからね。ああ、いい絞り」

最後まで射精快楽を味わおうと、永太が尻たぶを摑んでぐっぐっと腰を前後させた。

「いやっ……ああんっ、おかしくなる」

アクメに酔う肢体に、とどめの抽送が堪えた。ぐちゅぐちゅと、身体のなかを捏ねくられる感覚に鳥肌が立つ。脂汗の浮いた女体は派手に震えた。汗を吸った麻縄は黒く変色して、肉悦に浸る肢体を甘美に締め付けた。

「抜くよ」

ペニスが引き抜かれるときの摩擦感、吸着感はいままでで一番だった。丸いヒップはビクンと跳ねた。

刹那の官能が去り、苦悶がまた押し寄せる。発作が起こり、女はあえかに呻いた。

「もう歩く余裕もないでしょう」

永太が腕の使えない緊縛裸体を仰向けにする。右手を肩に、左手は揃えた膝裏に差し入れて抱え上げた。

「永太さん」

ゆう子は返事の代わりに、涙顔を向けた。しゃくり上げる。

「泣き声もかわいいね。僕が、ママをいじめたくなるのも仕方がないよ。ママの魅力の虜なんだもの」

永太が、ほつれ毛の張り付く母の額にキスをした。トイレに運ばれるまでの間、ゆう子は息子の肩に顔を擦りつけて啜り泣いた。

3

永太の舌が、身体のなかで蠢いていた。

(ヌルッヌルッて奥へ)

信じられないほど深い箇所まで、やわらかな舌が忍び寄ってくる。

「んっ……ううんっ」

女の口から漏れる喘ぎは、唸りに近かった。

麻縄はほどいてもらった。裸のゆう子は、新品のシーツに交換された息子のベッドに仰向けになり、膝裏に手を入れて両足でM字を作っていた。浮き上がった母の尻に足下で身を屈めた永太が顔を被せて、肛門に舌を差し入れていた。アニリングスの真っ最中だった。

浣腸を繰り返して腸内洗浄は済んだ。最後の仕上げとばかりに、永太がねちっこく舌で舐めほぐしてくる。クンニリングスの甘やかな快楽とは違い、湧き上がるのはねっとりと湿った妖しく切ない官能だった。

(恥ずかしいのに、昂ってしまう)

息子から口愛撫を受けねばならない、いたたまれなさがある。しかし花唇を潤ませて、燃え立ってしまうのも事実だった。

(永太さん、そんな奥まで舐めなくても)

ゆう子の太ももの裏に手を置いて、永太は躊躇いなく舌を差し込んでいた。

当初排泄器官への口愛撫を受けたときは、ショックと嫌悪感でいっぱいだった。しかしいままでは、汚れた箇所の隅々まで口をつけてもらえる昏い悦びがある。顔を背けたくなる不浄の部位だからこそ、遠慮のない舌遣いから、永太の愛情が感じられた。

(うれしいと感じるなんて、いけないことなのに)

申し訳なさと居心地の悪さを伴いつつ、じわじわと女体の熱は高まっていく。腸内洗浄後に、シャワーを浴びて汗や汚れを流したため、女の肌はツルンとかがやいていた。そこに発情の汗が滲んで、しっとりと光を帯びる。

「あ、あんっ」

永太の舌は、細く狭い隙間を這い縫う蛇のように、過敏な腸管内を動いていた。もどかしい愉悦に、開脚の肢体は小刻みに震えた。

(どうしよう。イキそう……)

こみ上げるアナル性感に、尻が勝手にゆれ動いた。我慢できずに、括約筋をクンクンと窄めて、やわらかな舌を絞る快楽を味わった。

(お尻が、とろけちゃう)

乱れてゆるんだまとめ髪は、ほどいておろした。枕元には長い黒髪が広がっていた。細首を左右に振って悶えると、その髪が流麗にざわめく。

朱唇を嚙んで、息んだときだった。永太の舌がヌルンと抜き取られた。女は細顎を持ち上げて、はあっと陶酔の吐息を漏らした。

「ママ、よかった?」

上体を起こした永太が、手の甲で濡れた口元を拭いながら訊く。永太も裸だった。

「はい。もう少しで……」

足を下ろしていいと永太に言われていない。恥部を晒したM字開脚のまま、ゆう子は小声で告げた。

「イキそうだったの?」

息子の確認に、ゆう子は恥じらいで頬を染めつつ首肯した。肛門性感を素直に認める母に、永太が笑みを浮かべた。

(情けない泣き顔まで、永太さんに見せてしまったもの)

トイレの便座に座って、薬液を排出する場面を見られた。忌避すべき排泄の匂いも嗅がれた。汗と涙でメイクはすっかり落ち、浣腸プレイのつらさでしゃくりあげる母を慰めるように息子からキスを受けると、余計に涙がこぼれた。

(いっぱい泣いて、とことん追い詰められて、倫理や道徳といった垣根も取り払われた気がする)

「ママの身体の準備、できたかな。もっと舐めてあげようか」

「け、けっこうですわ。洗浄したといっても、不潔な場所ですよ。ご病気になったりしたら」

「ママだって、僕のお尻を舐めてくれるのに」

「わ、わたしは年上ですから」

筋の通っていない言い訳だった。ゆう子は答えてから、美貌をさらに赤くした。

「ママ、かわいいよ。記念撮影しよう。ママの初アナルセックス直前の姿」

永太が側に置いてあったデジタルカメラを手に取る。母を見下ろす角度でカメラを構えた。

(恥ずかしい写真を撮られるのよ。もっと抵抗すべきなのに)

カシャッと撮影音が、ベッドの上に響いた。

「きれいだよママ」

夫や親族、知り合い、自分を見知った相手に見られた瞬間、地位や名誉、結婚生活もなにもかも失われるであろうあられもない開脚姿勢を、永太が褒める。

(永太さん、そそり立ってる)

仰向けのゆう子は、贅肉のない引き締まった二十三歳の裸身を、まぶしく見上げた。股間ではペニスが反り返って、涎を垂らしていた。逞しいそこに、女の瞳はちらちらと吸い寄せられる。膨れあがった先端のゆれるさまを見ているだけで、生唾があふれた。

「ツルツルママ、似合ってるね」

カメラレンズが女の股間に向けられていた。

本来生えているはずの、黒い繊毛は一本もない。浴室で永太に、完全剃毛されたばかりだった。三十二歳の母の股間は、毛が生える前の少女のような恥丘に、変わっていた。

(大人の女には似つかわしくない姿にされて。夫になんと言い訳をしたら)

そう考えてから、夫とは二年も性交渉が途絶えていることを思い出し、ゆう子は胸でため息をついた。

(見とがめられることとなんて、ないのに)

不意に永太が、股間に顔を被せてきた。ふっくらと盛り上がったヴィーナスの丘に、キスをする。

「あっ、んっ」

いつも以上に強く吸われ、ゆう子は驚きの声を上げた。しばらく吸い立てて、永太が口を離す。息子の意図に気づいたゆう子は頭を持ち上げて己の股間を見た。三十二歳の無毛の恥丘に、赤いキス痕がくっきり付いていた。

(奴隷の刻印のよう)

「きれいに整えていた清楚な生え方も好きだったけど、でもこの方が写真や動画を撮ったときに、映えるね」

永太がまたカメラを構えて、シャッターを切った。

「ママ、笑って」

息子に請われて、赤らんだ美貌は口の端を歪に持ち上げた。

(こんな破廉恥な姿で、笑顔を作って)

女体を包み込むのは、被虐の昂りだった。秘唇は牝蜜を滴らせ、永太の唾液で濡れた窄まりが疼いた。発情の様相は当然永太にも丸見えだろう。羞恥で呼気が乱れた。

「ママ、お尻を広げて」

永太がポーズの指示をする。

ゆう子は膝裏からそのまま手をすべり落として、丸い尻たぶを左右から摑んだ。くいっと開いて見せる。放射状のつぼみは柔軟に伸び拡がり、永太の流し入れた透明唾液がトロッとこぼれた。

「恥丘のキスマークに、ピンク色の花びら、物欲しそうに口を開けたお尻の穴……ステキだよママ。こうして撮影してるだけで、射精しちゃいそうだ」

浅ましい姿を晒す美母を、カメラが連続で撮る。鳴り響くシャッター音は肌をくすぐる愛撫のようだった。

息子の股間では、ペニスが切っ先をビクビクとゆらして、劣情の盛り上がりを伝えていた。先走りの透明液が、棹裏を流れていく。ゆう子はゴクッと喉を鳴らした。

(熱い)

肌が灼けるようだった。首筋や腋を汗が流れる。乳頭もピンと勃ち、子宮の辺りはジンと煮え立っていた。愛液がとめどなくあふれて、会陰へと垂れるのがわかった。

「ママ、欲しい？」

デジタルカメラを下ろして、永太が尋ねる。かがやく双眸は、母を射貫くようだった。

「どうぞ。わたしのバージンもらってくださいませ」

女の白い細指が、濡れ光る窄まりをさらにクイッと広げて見せた。

（破廉恥な真似を……歯止めが利かない。わたしは、どこまでも堕ちていく）

息子と身体を重ねる相姦の罪、避妊具無しの膣内射精を受けるだけでは飽き足らず、夫の側でフェラチオ飲精をし、こうしていまはアブノーマルな交わりを自ら息子に求めていた。

母として許されない性愛に、自ら嵌まっていく自分を浅薄だと思う。

（愚かなのは確か。でも――）

女は長い睫毛をゆらして、整った顔立ちの息子を見た。

デジタルカメラはベッド横に置かれ、レンズはゆう子の方に向けられた。いつものように動画撮影が始まった。

「ローション使うね」

永太がベッド脇に置いてあったローションの容器を取り、粘ったローション液をゆう子の窄まりに垂らした。肛門性交用の潤滑剤だった。

ローション液のヌルヌルを使いながら、肛口を揉みほぐすように指が動いた。

「んっ、うふん」

四度の浣腸で、赤みを増した窄まりだった。軽い刺激だけで下半身が痺れ、女の口から艶めかしい喘ぎ声が漏れた。

(わたしの身体が、どうしようもなく欲してしまう)

持ち上げた両足が落ちそうになり、ゆう子は慌てて両手で膝裏を抱え直した。

上からローション液を足しながら、なぶるような息子の指遣いが続く。ゆう子は我慢できずに、きゅっきゅっと出入りする指を締め付けた。

「いい具合だね。さすが、五百ミリリットルも呑んだお尻だ」

からかうような息子の言い方に、ゆう子は細眉をたわめた。

「わたしが縄で動けないのをいいことに、あんなにいっぱいの量を入れて。無茶ですわ」

百ミリリットル、二百ミリリットルと浣腸液の量を増やし、最後の四回目は薬液を五百ミリリットルも注入してきた。腸内がたぷたぷと液体で満ち、排泄を耐える時間も二分ほどしかなかった。

「また浣腸してあげるね。トイレで我慢から解放されたときのママのとろけた顔、とってもエッチだった」

「あまり量を増やさないでくださいね」

美貌は恥じらいの色を強めてつぶやいた。

この年で、我慢に我慢を重ねた後の排泄の快楽の大きさを知った。二回目三回目も、薬液が腸内を巡るまで、括約筋に力を込めて限界まで辛抱をした。その後の薬液の排出の瞬間は、まさに法悦だった。歓喜の汗が噴き出て、全身が脱力感に襲われた。

「入れるよ」

永太が自身のペニスにもローション液をたっぷりと滴り落とし、亀頭を肛口に押し当ててきた。

「どうぞ」

覚悟を決めて、ゆう子はうなずいた。永太が腰を進めてきた。クッと負荷が掛かる。ゆう子は膝裏を支える手を、さらに手前に引いた。

(ついにお尻まで……永太さんに犯される)

身体が強張っていては、挿入がつらくなる。ゆう子は口から息を吐き、余計な力を抜いた。肥大した亀頭が、括約筋を押し広げて入ってくる。

(ああ、ゆるんでいるのがわかる。いっぱい浣腸をされたから)

ジリジリと切っ先が潜ってきた。極度の緊張と弛緩を繰り返したゆう子の括約筋は、これ以上ないほどほぐされている。さらに塗布された潤沢なローション液が、摩擦を軽減していた。

（くるっ）

肛口がピンと伸びて負荷が最高潮に達したとき、エラの張った一番径のある先端部が、ヌルンとくぐり抜けた。

「入ったよママ」

「よかったですわ永太さん」

永太が悦びの声を上げ、ゆう子も感動の声を漏らした。

「ママ、奥まで入れるよ」

「はい……あっ、ああうっ」

差し込みやすいよう、背を丸めるようにして股間を上向きにした。ヌルッとすべりながら、肉柱が嵌まってくる。

(お腹のなかに、太い杭を打ち込まれているよう)

永太の腰が、ピタッと尻たぶに当たる。初めての腸管充塞に、呻きがもれた。

「全部入ったよ。苦しい？」

「苦しいですわ。でも永太さんに初めてを捧げられてうれしいです」

母のけなげな台詞が、息子の情欲を盛り立てる。勃起が腸内でピクつくのがわかった。

「愛してるよママ。父さんよりもずっと僕の方が」

若く逞しい男性に、三十二歳の女は抱き締められた。引き締まった肉体が、逃さないと力を込めてくる。その強い力が女はうれしい。

(全身で愛してくるこの人のことが……)

ゆう子は膝裏を持っていた手を離して、永太の首に回した。

「わかっていますわ」

耳もとで喘ぎ混じりに告げた。

(永太さんが、アナルセックスを望んだのも、わたしの下の毛を剃ったのも、栄介さん以上の存在になろうとして)

避妊さえ拒み、義母を孕ませても構わないという覚悟があった。永太から感じるのは支配欲であり、束縛であり、抑えられない愛欲の情だった。

(とっくにあの人より、心のなかの大きな部分を占めているのに)

永太が腰を遣い始めた。野太い肉塊が肛孔を擦る。

「あっ、ううっ」

余裕のない抜き差しに、女の相は強張った。アニリングスの舌挿入とは比較にならない太さと硬さに、腸粘膜を削られる。生じるのは、形容し難い汚辱感だった。深く根元まで埋められると、吐き気さえこみ上げた。

「ああ、すごい締まり。すぐに搾り取られそう。ママは？　アナルセックスつらい？」

「つらいですわ、身体が裂けてしまいそう。でも」

そこで言葉を切り、ゆう子は自ら朱唇を差し出し、キスをせがんだ。母子の口が重なる。二人はむしゃぶりつくように、舌を絡めていった。

永太が母の黒髪を指ですきながら、唾液を落として呑ませてきた。ゆう子は喉を鳴らして嚥下する。口蓋を舌先でくすぐられ、歯茎や歯列も舐められた。

（わたしを言いなりにさせる、永太さんのキス……）

ゆう子は甘えるように鼻を鳴らした。

トイレで浣腸液を排泄したときも、よくがんばったねと頭を撫でながら、慰めとご褒美を与えるように、やさしく口を吸われた。

どんなひどい扱いを受けようと、包み込む愛情を感じさせてもらえれば、女心は安らぎとろけてしまう。

「んっ、んふっ」

永太の抽送が速まった。鋭く貫かれ、ゆう子は喉で唸り、衝撃から逃れるように背を浮かせた。それを見て永太がキスの口を離し、腰遣いを止めた。

「苦しい？　ローションを足そうか？」

ゆう子の額に浮かんだ汗を指で拭いながら、永太が尋ねた。

「いいえ、続けてください」

やせ我慢をしていると見抜いたのか、母を見つめる息子の目はやさしい。ゆう子の頬や耳の横に垂れる汗を吸うように、キスをしてきた。

「いっぱい汗をかいて。またバスルームに行かないと。右腕、上げて」

「こ、こうですか？」

ゆう子は怪訝な声で言い、永太の首に回していた右手を外して、頭上に掲げた。露わになった母の腋窩に、息子がキスをしてきた。

「蒸れた匂いさせて……ん」

「あんっ、ヘンタイ」

息子が汗の浮かんだ腋の下の匂いを嗅ぎ、舐めていた。くすぐったさとデリケートな部分の臭気を知られる恥ずかしさが、被虐の官能を生む。

「おいしいよママの腋。ほら左も」

「おいしいって……バカ」

永太の命令には逆らえない。恥じらいで頬を染めながら、ゆう子は左の腋窩も、晒した。永太が舐め、吸う。腋への口愛撫を続けながら、抽送が再開された。負担を掛けないよう、小刻みな抜き差しだった。

「あっ、んっ」

肉茎の振動が膣肉にも染みて、ほのかな官能が下腹から湧く。ゆう子は持ち上げた太ももを、永太の腰にもどかしくこすりつけた。

「最後にまた洗いっこしようね。さっきママに指でやさしく洗ってもらったの、うれしかった」

繰り返しの浣腸が済んだ後で、永太と一緒に入浴した。

ゆう子はソープを付けた指で、息子のペニスをくるんで丁寧に洗った。お返しに永太からは、排泄の穴だけでなく、中出し液の注がれた蜜穴やクリトリスを念入りに指で嬲られた。

「永太さんのは、洗うというより、エッチなマッサージですわ……んっ」

「こんな風？」

永太が乳房を摑み、揉んできた。尖った乳頭も摘まれて、指先で刺激される。

「永太さんっ、あんっ」

女の声は艶っぽく色めいた。肌が過敏になっていた。胸肉を絞られる強めの指遣いが、たまらない性感となる。

「感じるのママ？」

腋の下から口を離して、永太が尋ねる。ゆう子はうなずいた。

肉棒で擦られる肛口が、灼けるように熱かった。抜けていくときは、排泄時に似た本能的な快さがこみ上げる。遠い位置にあった肛門姦の愉悦が、徐々に近づいてくるのを感じた。

（絶対わたしアナルセックスで、よがり泣くわ）

女の予感だった。

「初めてなのに悦びの声を上げたら、わたしを軽蔑しますか」

ゆう子は上目遣いで、息子に問いかけた。

「軽蔑？　ママを開発するって言ったのは僕だよ。いやらしい牝声を派手に聞かせてくれないと」

むしろ淫らな声を上げろと命じるように、硬い勃起が腸内を遠慮なく擦った。

丸い尻肉全体をゆさぶるように、ストロークが深くなった。そして胸元では、指を食い込ませてゆたかな双乳を揉みあやす。

乳房から生じる快感と、身体のなかを抉るような肛門姦の重厚さが、女体のなかで交じり合っていた。

「ああ、いい。気持ちいいっ」

ついにゆう子は歓喜の声を上げた。腸管への肉刺しが子宮にまで響いて、甘やかな性官能が、湧き上がる。

「うれしいな。清らかな乙女みたいだったママが、僕のをお尻に咥え込んで悦んでる」

母を上から見つめて、永太が笑んだ。熱化した勃起の深刺しは、淫らな母を折檻するようだった。重く湿ったアナル性感が、腰の奥からじんわりと広がっていく。

「永太さんが、わたしをこんなイヤらしい母親にしたんですよっ。あっ、あんっ」

声が色めく。美母は潤んだ瞳を、息子に注いだ。貞淑さを奪ったのは、自分を貫く息子だった。

「イヤらしい僕のママ、もうでそうだよ」

放出欲を伝える我が子の震え声、歪む表情が母にも悦びを生む。ゆう子は手を伸ばした。永太の背に腕を回して、ぎゅっとしがみついた。

「ママのお尻のなかに、いっぱい射精してくださいね」

永太も乳房を揉む手を離して、母の肢体に密着して抱いた。腰遣いが乱暴さを増す。

（くるっ）

吐精の近さを感じて、ゆう子は自然と括約筋に力を込めた。永太にもっと快楽を味わって欲しかった。きつい食い締めを愉しみながら、たっぷりと欲望を吐き出してもらいたかった。後穴を貫く摩擦感が、最高潮に達する。

「いいっ、ああっ、ママ……でる、でる、でるうっ」

永太がズンと腰を打ち付ける。肛口に付け根まですっぽりペニスが埋まって、射出の痙攣が起こった。噴き出る生殖液を感じた瞬間、ゆう子の喉からひいっと悲鳴が漏れた。背筋から頭頂へと、火傷しそうな熱が走った。

「ひあっ、お尻灼けちゃうっ。ああ、イクッ、イクッ」

息子を追いかけて、ゆう子もエクスタシーを迎えた。背に回した手で、息子の肌を引っ掻いた。

(お腹のなかが、永太さんの精子で滾ってる。こんな感覚があるなんて)

永太が腸奥に切っ先を擦りつけるようにして、なおも腰をゆすってくる。摩擦に晒され続けた窄まりが、ドロドロに熱かった。

「ふっ、んふっ、んうう」

ゆう子は尖った乳首を息子の胸板に擦りつけて、呻いた。

粘つく液が、次々と吐き出されていた。重い生殖液を腸内に注がれると、身体の芯まで犯された感があった。ノーマルセックスにはない凌辱感が、被虐の余韻を女体にもたらす。

「ママ、うっとりしてるね」

永太が心地よさそうに大きく息を吐き、ゆう子のやわらかな頬を指先で撫でた。

「どうにかなりそうですわ。身体がとけそうです」

ゆう子は紅唇を震わせて告げた。頭がぼうっとし、ろれつが回らない。その口に永太がキスをする。当たり前のように、唾液を呑ませてきた。ゆう子は唾液を二度、三度と嚥下した。

膣と異なり、肉茎の刺さった肛門の異物感は、絶頂を迎えてもそのままだった。罪深い結合の心地を噛み締めながら浸る息子との口づけは、妖しく退廃的だった。

（でもここは温かで、居心地がよくて）

汗に濡れた肌を通して感じる若い筋肉と温もりが、女をうっとりと酔わせる。唾液の糸を引いて、母子の口が離れた。永太が上体を起こす。デジタルカメラを手に取り、上からレンズを向けた。

「バージン喪失後のママだね。ほら、ピースして」

ゆう子は乱れた髪を手櫛で直し、困ったように笑んだ。そして胸の前に右手をもっていき、人差し指と中指を立ててそっとピースサインを作った。

その姿を見て、息子がカメラの下で白い歯をこぼした。フラッシュを焚いて、母子肛姦の記念写真を何枚も撮った。

「いいね。ママそのままお尻締めて」

「締める……こうですか？」

ゆう子は腰に力を込めた。圧搾を受けて、刺さったままのペニスがピクッと動く。精子の残液も、漏れ出るのを感じた。

（永太さんの反応や形がはっきりわかる）

こうして意識して緊縮するとわかる。ノーマルなセックス以上に、ダイレクトに繋がっている感が強かった。

「いいよママ。男のザーメンを搾り取るエッチなお尻して」

永太がカメラをベッド脇に戻して、ゆう子の両足を摑んだ。肩の上に担ぐようにして持ち上げ、腰を遣う。充血を維持したペニスが、腸粘膜のなかを出入りした。

「あ、あんっ、またするんですか」

仰向けのゆう子は、美貌を強張らせて女の足を抱えた息子を見た。

「一発で終わると思う？」

「二回ですわ。さっき浣腸をしたまま中出しセックスを……あんっ」

ヒリヒリとする括約筋に、また擦過の抽送が襲う。ザーメン液が溜まったままだった。ペニスに押されて、腸管内で精液がローション液と混じり合う。

「ママのおっぱい大きいから、こうして犯すと縦にゆれるのがすごいね」

腰遣いに押されてたぷたぷとゆれ動く双乳を見て、永太が頰をゆるめた。

「ママ、クリトリス弄って見せて」

ついで息子の口からでた要求に、ゆう子は眉をひそめた。

「え？　そんなこと」

惑いの声で言い、ゆう子は首を左右に振った。

「愛液を指ですくって、クリトリスに塗りつけるんだよ。さ、早く」

永太はゆう子の拒否を受け入れてくれない。抜き差しを荒くして、母に決断を迫った。

(永太さん、もう硬くなっている)

放精で幾分やわらかになったペニスが、摩擦刺激で充血を甦らせていた。ゆう子はまた括約筋を絞ってみる。野太い硬さに、肛口はギンと跳ね返された。

「ああっ、すごい」

感嘆の声がもれた。女を支配する逞しさ、タフさだった。

(堕ちきったと思っていたけれど)

女はそろりと右手を股間へと伸ばした。肉芽に人差し指でふれる。

永太が見つめていた。毛を剃られた恥部は、指遣いが丸わかりだった。ピンと勃ったそこを軽く撫でてから、その下へと指をすべらせた。

(いっぱいあふれている)

花唇から滲む温かな粘液が、恥ずかしい。ゆう子は愛液を指に絡めて、また亀裂の上辺へと指を戻した。指に付着した愛液を塗りつけるようにして、小さな感覚器を捏ねくった。

「んっ、あんっ」

ふだんの自慰の比ではない甘い電流が迸った。仰向けの裸身が、豊乳を派手にゆらして、ビクンと震えた。

「毛を剃ってよかった。ママのエッチな指遣いが丸見えだもの。とうぶんツルツルでいてくれる？」

永太が荒く息を吐く。母のオナニー姿を見て、息子も昂っていた。勃起の抽送が激しくなる。

「永太さんがそうしろと言うのなら。あんっ」

完全に充血を取り戻した勃起が、母を責める。掲げられた女の足が頭上でゆれ、永太がぐっぐっと体重を掛けてきた。

「ママ、かわいいよ」

プライドなくマスターベーションの指遣いを披露しながら、ゆう子は潤んだ瞳で息子を見上げた。もっと永太に悦んでもらおうと、人差し指に力を込めて、クリトリスをなぶった。尻穴も抜き差しに合わせて、ペニスを括る。

（こんなの、おかしくなるっ）

羞恥と劣情、生々しい肉悦が捩れ合って、女の脳裏を煌々とした朱に染めた。

ゆう子は紅唇から甘い嗚咽をこぼして、頭を振り立てた。長い黒髪が枕元に舞い広がる。

「指、入れたいなら、入れていいよ」

永太は、とことん母の尊厳を奪いにかかってくる。はしたない姿を望む息子の言葉に、ゆう子は応えるしかない。

陰核を弄る細指を、下へと移動させて花弁を割り開いた。

（こんな浅ましい母親、どこにもいない）

永太がジッと見つめていた。その視線を意識しながら、ゆう子は少しずつ膣穴へと人差し指を差し入れた。

「んふっ」

ゆう子の肢体が過敏に戦慄く。

（物欲しそうに、わたしの指に吸いついてくる）

淫らな蠢きを指に感じながら、女粘膜を擦った。その粘膜の向こうには、ゴリゴリと動く永太の肉茎があった。

「ママ、僕の勃起、感じる？」

「はい。わたしのなかで動いてますわ」

膣と腸管を隔てるのは、薄い膜だった。その膜越しの振動が、いま自分は逞しい男性に犯されているのだと女に実感させる。

「ママ、二穴責め好き?」

「す、好きですわっ」

自身の秘苑をグチュグチュと指で犯しながら、ゆう子は答えた。女唇と細指は愛蜜にまみれて卑猥にかがやき、あふれた淫液が肛口の方へと垂れた。

(イキそう)

マゾヒズムの恍惚が女の心をゆさぶり、女性器と排泄口に生じる刺激と抽送が、肉体の熱を掻き立てる。

「あううっ、いやっ、永太さん。イッていいの。ほんとうに、恥をかいていいの?」

ゆう子は息子に、濡れた瞳を注いで訴えた。アクメの予兆で裸身が強張り、震えを起こし始めていた。

「いいんだよママ。オナニー披露しながら、アナルイキしてくれるママなんて最高だよ」

尊厳を失った女は自分を愛し、支配してくれる年下の男にすがるしかない。ゆう子は首肯した。もう一本中指も膣穴に差し入れ、ねっとりと抉った。二本指に、膣ヒダがうれしげに吸着して収縮する。ゆう子は手前側に指を折って、性感帯を強く圧した。仰向けの裸身は、痺れに包まれた。

「ひッ、永太さん、ゆう子、イキますわ……イ、イクッ」

ピンと背を仰け反らせて、ゆう子は絶頂した。

とことん底に沈むような陶酔感が、肉体と精神をむしばむ。二度と浮かび上がれないような重苦しい背徳感にまみれてアクメする瞬間、この先どうなってもいいと思ってしまう。

「あん、永太さんっ、永太さんっ」

ゆう子は泣き叫んだ。既に精液の溜まった腸内を、張り詰めた硬直が捏ねるように突く。

「ママ、好きだよ。ママ、だすよっ」

新たに滾った精液が、腸管深くに吐き出された。勃起が射精の痙攣を起こし、肛孔内で跳ねていた。飛び散る樹液の感覚をいとおしむように、ゆう子は尻穴を食い締めた。窄まりに生じるジンジンとした疼痛も快かった。

「永太さん、わたしも好きですわ」

ゆう子は初めて息子に愛を告げ、高まる狂熱に身を委ねた。ビクンビクンと肢体が打ち震えて、視界は霞んだ。なめらかな肌から、滝のような汗が流れた。

「もっともっと気持ちよくなって、いっぱいイッって、僕以外のことは忘れてしまえばいい。ママのなかには、僕だけいればいいんだ」

ハアハアと荒い息を吐いて、永太が生殖液を注ぎ込みながら、なおも突き犯す。

「あンっ、あああああっ」

ベッドの上に、女の凄艶な泣き声が奏でられた。

母と息子が浸かっているのは、妖しく甘美で底の見えない相姦のぬかるみだった。もうそこから抜け出せないのだと肌身で感じながら、ゆう子はアクメの果てに失神した。

第四章　義母と叔母は奴隷ペット

1

シャワーを済ませて、トレーナーとルームパンツに着替えた理奈は、キングサイズのベッドにぽーんと飛び乗り、横たわった。

「ふかふかだよぅ、お姉さん」

「ふふ、よかったわね」

寝室中央のテーブルに座って、紅茶を飲んでいたゆう子が、そんな妹を見て微笑む。

(今日は楽しかったなあ。レストランでショーを見ながらコース料理食べて、花火を眺めながらカクテル。ずっと思い出に残りそう)

理奈とゆう子の姉妹、そして永太の三人で、一日遊園地で遊んだ夜だった。遊園地近くのホテルのスウィートルームに、三人で泊まっていた。広いリビングと、寝室が二つある豪華な部屋だった。キングサイズベッドのある主寝室にゆう子と理奈が、もう一つの寝室を永太が使っていた。

（こんなおっきいのまで、お兄さんに買ってもらったし）

理奈はベッドに寝かせていた大きなくまのぬいぐるみを抱き起こして、両手で抱き締めた。

「ねえお姉さん、バスルームのジャグジー、明日の朝一緒に入ろうよ」

ぬいぐるみを抱えたまま、理奈は姉に言う。気泡の噴き出すブロアバスも浴室にあった。

「そうね。お寝坊をしなかったらね」

せっかくなら姉と一緒に入浴したかったが、お酒が入っているからシャワーで済ますわと断られた。

（わたしが調子にのって、バーでカクテルをじゃんじゃん注文したせいだな。キールロワイヤル、チャイナブルー、ホワイトミモザ、他になに飲んだっけ）

アルコールを飲める年齢に達したばかりの二十歳の理奈より、ゆう子の方が酒に弱い。甘くておいしいよと姉にも次々すすめて、すっかり酔わせてしまった。

(でもお姉さん、色っぽくてきれいだな)

長い黒髪をアップにまとめて、ノースリーブのワンピースを着ているため、露わになった首筋や肩もほんのりピンク色に染まっていた。瞳も潤んで、今夜の姉はたまらなく艶っぽい。

(スタイルの良さは、相変わらずだし)

紺地に白のストライプの入ったワンピースは、ウエストに絞りの入ったボディラインの強調されるデザインだった。珍しく膝上の足をのぞかせる裾丈だが、まだ姉は三十二歳と若い。もっと短いスカートでも問題ないと思う。

(だってミニ、お姉さんに似合ってるもの)

足には透明タイプのストッキングを穿いていた。ツヤツヤとした光沢が脚線美をさらに際立たせ、足下の黒のエナメルパンプスが、シュッとした締まりを与えていた。

「どうしたの？」

自分を見つめる妹の視線に気づいて、ゆう子が尋ねる。

「お姉さん、うさ耳、似合ってるね」

姉は遊園地にいたときから、ずっとかわいらしいカチューシャの耳飾りを付けっ放しだった。

「ありがとう。でもそろそろ外していい？　あなたも取ったでしょう」

ゆう子が頭にのせたうさぎの耳に手をやって、理奈に訊く。理奈はシャワーを使う前に、外してしまった。

「もうちょっとだけその姿で。かわいいお姉さんを見ていたいから」

「はいはい」

年の離れた妹の我が儘を、ゆう子はやさしい笑みで受け入れてくれる。うさぎ耳の姿のまま、カップに入った紅茶を口にした。

（お姉さん、雰囲気が変わった気がする。表情がやわらかでしあわせそうな感じ。お兄さんが原因かな）

息子の永太との不仲に悩んでいたが、事故と入院をきっかけに修復されたという。

（確かに今日の二人は、いつもと違ったな。以前は、ああとかうんとか、お兄さんは気のない返事ばっかりだったのに、歩き回って疲れてないか、お姉さんを気

遣ってたし)

食事のときも、アトラクションの待ち時間も、ゆう子と永太は楽しげに会話を交わしていた。

(気づいてないみたいだけど、お兄さんが何度か〝ママ〟って呼んで、お姉さんはふつうに返事をしていたし。お姉さんのこと、ママって呼ぶようになったんだ)

「それ、お気に入りね」

大きなくまのぬいぐるみを抱え続ける妹に、ゆう子は目もとをやわらげた。

「お兄さん、一番大きいの買ってくれるんだもの。高いのにいいのかなあ。食事代も遊園地代も、ホテル代もお兄さんにだしてもらったのに」

誘ったのはこっちだからと、今日の支払いはすべて永太が持ってくれた。

「いいんじゃないかしら。永太さんがそうしたいって言うのだもの。そのくまさん、大切にすればいいと思うわ」

理奈はうなずいた。永太はすらりとした体型で、顔立ちは凛々しい。国立の有名大学出身で、成績も優秀だった。理奈は高校時代、長期休みのときに永太に頼んで、家庭教師をしてもらった。

（塾にも通ったけど、お兄さんの方が教え方がうまかったもの）

永太は、義母のゆう子とは距離を置いた接し方だったが、叔母である理奈に対しては、最初から親切でやさしかった。

（波長が合うっていうか、一緒にいて楽しいし、冗談もよく言うし好きな音楽や映画、本の趣味も合うし）

理奈はずっと永太に対して、淡い恋心を抱いている。

気持ちを伝えようと思い、家庭教師の合間に、永太に彼女がいるか尋ねたことがある。しかし昔からずっと好きな人がいると、永太から告げられた。

（あのときは告白を諦めたけど、お兄さん、まだ思い人のこと忘れられないのかな）

理奈はぬいぐるみをぎゅっとした。

「酔いもさめてきたみたい。そろそろわたしもシャワーを浴びようかしら」

ゆう子が立ち上がる。

背に手をやってファスナーを下ろし、紺のワンピースを脱ぎ下ろした。ワンピースの下は、黒のスリップドレスだった。くっきりとした谷間をのぞかせる胸元が、ふるんとゆれる。

（相変わらずやわらかそうなおっぱい。……わ、お姉さん、今日はガーターベルトなんだ）

ゆう子が腕を上げると、スリップの裾が持ち上がって、セパレートストッキングの刺繍された上端が見えた。真っ白な太ももと、それを吊る細いバンドがちらっと見えて理奈はドキッとする。

（セクシーバニーさんだ）

姉はうさぎ耳を相変わらず、頭にのせたままだった。細い肩紐のタイトなスリップドレスにツヤツヤのストッキングとそれを吊るガーターベルト、踵の高い靴、夜のきわどいお店にいてもおかしくない姉の格好に、理奈はゴクリとつばを飲んだ。

（妹まで、むらむらさせちゃうってなんなの）

「理奈、顔赤いわよ」

「え？　あ、わたしもまだ酔ってるかな」

実の姉の艶姿に欲情したなどとは言えない。理奈は誤魔化した。

「そうなの。熱でもでたら大変よ」

ゆう子がベッドに近づいてくる。やわらかな手が、妹の額にふれた。同時に香水と姉の甘い体臭がふわっと匂った。

(おっぱい、こぼれおちそう)

かがみ込んだゆう子の胸元が、のぞき見えていた。理奈も胸の膨らみはゆたかな方だが、姉のたっぷりとしたボリュームには敵わない。

「ちょっと火照ってるかな。今夜はもう寝なさいね」

ゆう子が布団をまくって、理奈とぬいぐるみを一緒に寝かしつける。

(いい匂いさせて。わたしが男性だったら、たまらない気持ちになって抱きつくね。ベッドに押し倒しちゃうね)

重そうに垂れた乳房、ほっそりとした肩、真っ白なデコルテのかがやきをじーっと見て理奈は思う。ほのかに感じる姉の汗の香も、胸を熱くさせた。やわらかそうな紅唇は、リップグロスで魅惑的に光っていた。あの口にキスをしたら、どんなに気持ちいいだろうと思う。

「照明落としましょうか」

「うん。そうだ、お姉さん、今日はお腹の調子は、だいじょうぶ?」

「お腹?」

「ほら、この前の電話。お腹がごろごろいって大変だったんでしょう」

なにげなく口にした話題だが、ゆう子の美貌が真っ赤になった。さっと視線をそらす。

「そ、そうだったわね。こっちから電話をしたのに、ごめんなさいね」

髪のほつれを直すように、耳の上に手をやり後ろへと盛んに指をすべらせながら、ゆう子が言う。動揺が丸わかりだった。理奈は不思議そうに姉を見る。

「謝らないでよう。わたしは、ちっとも気にしてないから」

そのとき、コンコンとノックの音が聞こえた。

「お母さん、ちょっといい?」

寝室のドアの向こうから、永太の声がした。

「はい。なんでしょう」

ゆう子はスリップドレスの上に、備え付けの白のガウンを羽織ると、隣のリビングルームへと向かう。

「理奈、先に寝てていいからね」

「うん。おやすみ」

ドアを閉める前に、姉が主照明を落として出ていった。

(寝ていいって言われても、興奮して今夜はなかなか寝られそうにないな)

オレンジ色の間接照明で照らされた高い天井を見て思う。

姉と一緒にお揃いの耳飾りを付けて、園内を歩くだけで楽しかった。人混みでは、はぐれないよう永太が手を繋いでくれた。手汗が気になって、仕方がなかった。

(明日、いいタイミングがあったらお兄さんに好きって言ってみようかなあ。いやいや、告白失敗でお兄さんと気まずくなっても困るでしょう。落ち着け落ち着け)

浮つく心を自覚した理奈は、ふうっと息を吐いて目を閉じた。

(それにしても、お兄さんとお姉さん、仲良くなってくれてよかったな)

しみじみと思い、口元に笑みを浮かべた。

やがて理奈の思考は、睡魔に呑み込まれてふわっと混濁していく。大きなくまのぬいぐるみを抱いたまま、二十歳の叔母はすーすーと静かな寝息を立て始めた。

2

リビングの一人掛けのソファーに、永太が足を開いて座っていた。ジャケットを脱ぎ、長袖のシャツと綿のパンツ姿だった。

ファスナーの開かれた股間の上で、うさぎ耳がふわふわとゆれていた。黒のスリップドレス姿のゆう子が、絨毯の床にひざまずいて口唇愛撫の真っ最中だった。

「んふ……んう」

うっとりとした甘い呻きと、唾液の絡む摩擦音がスウィートルームの広い室内に響く。

ピタピタのスリップ姿のゆう子に昂りを覚えた永太から、フェラチオ奉仕を求められて拒めなかった。

(妹が隣の部屋にいるのに)

一度寝室に戻って様子を見たときには、既に妹は寝息を立てていた。

(寝付きのいい健康的な子だもの。少しくらいの物音なら平気なはず。……こんな姉でごめんなさいね、理奈)

淑やかで上品な姉と、妹は信じていた。こっそり息子に淫らな口唇愛撫を施しているとは、夢にも思わないだろう。

胸で謝りながら、ゆう子はすっぽりと肉茎を呑んだ。こうして嬉々として舐めしゃぶってしまう愚かさがわかっていても、どうにもならない。細指は陰嚢を包んで、甘くマッサージをした。

（永太さんの、おいしくてたまらないんですもの。もっと、もっとっ）

紅唇を窄めながら根元まで含み、長大なモノと口腔粘膜との一体感を愉しんだ。喉への圧迫感が、しゃぶり牝の恍惚を生む。

「いいね。ママのあったかな口に、すっぽり入ってる」

頭上で漏れる心地よさそうなため息が、なによりのご褒美だった。背もたれに上体を預けてリラックスしたようすの永太が、うさぎ耳ののった頭をいい子いい子と撫でてくれる。女は奉仕欲を駆り立てられ、舌遣いと吸引を強めた。

「むふんっ、うむん」

頭を振って、唾液を潤滑液にして紅唇をすべらせた。口内では舌先を亀頭にチロチロと絡ませた。指は睾丸をころころと弄ぶ。

（永太さんで、おくちのなかいっぱい）

ゆう子は、むふんと鼻から息を抜いた。深咥えの口腔性交は呼吸が制限され、咽頭を刺激されて嘔吐感もこみ上げるが、その分やり甲斐を掻き立てられた。

（我慢のお汁、いっぱいでてくる）

分泌されるカウパー氏腺液が喉を潤す。永太の味を欲して、ゆう子はヌプヌプと音を立てて、やわらかな紅唇で茎胴を扱いた。広げた舌を棹裏に押し当てて、甘く包み込んだ。女体に生じるのは、苦しさを乗り越えて愛しい男性のすべてを受け入れる幸福感だった。

(ミルク色の精液、たっぷり吐き出してくださいね)

真っ白な精子の色が、永太の至純な愛情と重なる。ゆう子にとって精液を受けとめることは、自分に向けられる息子のまっすぐな愛を受け入れるのと同じ意味だった。

「ああっ、だめ。でそうっ」

突然永太が、ゆう子の頭を手で押さえた。こみ上げる射精感を避けたとわかり、ゆう子も舌遣いをゆるめた。

「危なくイクとこだった。ママ、喉で亀頭を締め上げて容赦ないんだもの」

ゆう子は返事をするために、唇をいったん引き上げた。

「我慢せずとも……わたしちゃんと呑みますから」

濡れた紅唇で、不満げに告げた。十分前までは、リップグロスでプルンとかがやいていた口元だが、いまではすっかり剝げ落ちて、自身の唾液でテラテラに照り光っていた。

（いつでもゴックンしてあげるのに）

こってりとした牡液の味、青臭い香と粘った喉越しを想像しながら、咥えていた。口で受けとめ、飲精することを期待していた女体が、もやもやと疼く。

「今日の一発目はママに中出しするつもりでいたから。そんなに僕のおいしい？」

「はい。とっても」

頭を振る動きでずれた耳飾りを直しながら、ゆう子はうなずく。朝までずっとしゃぶっていろと永太から命じられれば、そうするだろう。目の前の若い勃起は、それほど魅力的だった。

「咥えているだけで、しあわせな気持ちになりますわ」

気恥ずかしい愛欲の台詞にゆう子は頬を赤く染めながら、永太のシャツのボタンを外して、前を開いた。露わになった胸肌を手で撫で、反り返るペニスの先端にキスをした。腰を浮かせて引き締まったお腹にもキスし、両手は乳首にふれる。くりくりと指先で弄りながら、胸板に何度もキスをした。

「そういう風に、父さんに仕込まれたんだものね」

手慣れた母の愛撫に、ちくりと嫉妬心をのぞかせて永太が言う。

「そういう言い方は……」

眉根を寄せて、ゆう子は困ったように永太を見た。スリップドレスの胸元に息子の手が差し込まれた。胸肉を揉み、乳頭を指先で擦り、いたずらしてくる。おっぱいをさわりたいと永太が言うので、フェラチオしながらブラジャーは外した。下着の支えを失ったずっしり重い乳房で、黒のスリップの胸元は突っ張り、そのなかで息子の手がいやらしく動く。

「永太さんのモノだから、おいしく感じるんですわ。永太さんだけですから」

双乳への指遣いに美貌を震わせて、ゆう子にしては珍しくきっぱりと抗議した。夫のモノを舐めて、おいしいなどと感じたことは一度もない。精液を呑みたいなどと思ったこともない。永太のみが特別な存在なのだと、当人にはわかって欲しかった。

「じゃあ今度、ママが満足するまで咥えてもらおうかな。何時間で飽きるか、調査しよう」

「わたし、飽きませんから」

挑むように言うゆう子に、永太が乳房の愛撫を止めて、綿パンツのポケットに手を入れた。取り出したものは手のなかに収まるサイズの、無線式のコントローラーだった。

永太がリモコンを操作して、ゆう子の下腹の奥のブーンという蠢きが強くなった。我慢できずに女はあんっと声を漏らして、豊腰をゆらした。

「永太さん、いたずらしないでください」

ゆう子の膣肉のなかには、永太の指示で夕刻から遠隔操作式の小さなローターが埋め込まれていた。

（せっかくのお出かけなのに、こんな怪しい道具を使って）

ローターはフェラチオ中も微細な振動を起こして、女体を甘く責め上げていた。永太の気分のままにポケットのなかで強弱は変えられ、その予測できない刺激のせいで、いつも以上にゆう子の舐め奉仕にも熱がこもった。

「そのローター、もう外していいよ。ほら、立ってお尻だして。射精寸前なんだからさ」

永太がせかす。女の唾液でかがやくペニスが、股間でピクピクとゆれているのが見えた。

「わかりましたわ」

ゆう子は永太の足下から立ち上がった。永太に見られないよう背を向けて、うつむいて己の股間に手をそっと差し入れた。

ゆう子が穿いているのは、シルクサテンの黒のTバックパンティだった。愛液の染みた細い股布をずらして、リモコンローターのコードを引っ張って、秘奥から取り出した。

(こんなモノを入れろと言われて、あっさり従うわたしもいけないのだけど)

振動を続ける楕円の球体を、ゆう子はテーブルの上にそっと置いた。ローターは、テーブルの上でブブブと音を立てて跳ねるように動く。永太がリモコンを操作して、その動作を止めた。

「いまいちだったかな。ローターを強くしても、ママは平然としているんだもの。あまり効果なかった？」

「年上の慎みですわ」

しっかり淫らな気分を掻き立てられたことはおくびにもださず、ゆう子は抑えた声で告げた。

内心は必死だった。膣粘膜に直接刺激を加えられて、快感が湧かぬはずがない。愛液が常に滴り、Tバックパンティでは吸いきれずに、内ももを伝って垂れた。ストッキングの上端、内もも側にはまだ湿った染みが左右に残っていた。

「ほんとうは朝から付けっぱなしでいて欲しかったけど、さすがにバッテリーが持たないみたいでさ。でも、さすがは名家のお姫さま、少々のことじゃ、気品ある態度は崩せないね」

「そんなオモチャでは、動じませんよ」

ゆう子はテーブルに右手をつき、後ろに回した左手でスリップドレスの裾をたくし上げた。

Tバックの細紐が縦に食い込んだ、真っ白な尻たぶが現れる。その上にはガーターベルトが巻かれて、太もも丈の光沢透明ストッキングを吊っていた。

「ママは、こういう娼婦っぽい格好も似合うからいいよね。見てるだけでむらむらする」

すべすべの尻肉を、息子が両手で掴み、量感を確かめるように揉み込んだ。

(よかった。ガーターベルトにTバックを穿いてきて)

欲情をそそるというストレートな褒め言葉がうれしい。永太のために選んだ扇情的な下着だった。

永太の指がパンティの股布を横にずらした。ペニスを女の股間に差し入れて、無毛の亀裂に擦りつけてくる。

(ああ、ようやく)

いまもどろどろに膣内はとろけていた。いつ挿入されるかとドキドキしながら、ゆう子はくいっとヒップを差し出して待つ。ヌルンと花弁が切っ先で掻き分けられて、野太い肉茎が押し入ってきた。

「あ、あんっ」

うさぎ耳をゆらして、女は背を反らせた。雄渾な肉塊を一気に咥え込む至福に、丸い臀丘は打ち震えた。

「すごいとろとろ具合。やっぱりいいな、ママのここは」

根元まで埋めて、称美するようにピタンと母の尻肌を平手で軽く叩いた。

「永太さんも、ステキですわ」

ゆう子は振り返って流し目で告げた。永太が白い歯をこぼし、本格的に責める前に、前の開いたシャツを脱ぎ落とす。贅肉のまったくない二十三歳の筋肉が、光って見えた。

「エッチなうさぎさん、理奈ちゃんがすぐ隣で寝ているんだから、大きな牝声をだしちゃだめだよ」

上半身裸になった永太が、尻肉を掴み直した。ゆう子は顔を前に戻して、心の準備を整える。

「はい。あの永太さん、理奈に買ってくださったぬいぐるみ、ありがとうございました」

ぬいぐるみを抱いたまま寝ていた妹の姿を思い出して、ゆう子は礼を口にする。

「あれが一番喜んでもらえたみたいだね。ホテル代の方がずっと高いのに。ああ、吸いつくね、ママのヒダ」

永太の抽送が始まった。最初はゆっくりとした抜き差しで、よく練れた嵌め具合を愉しんでいた。ぞわわっと肌を走る摩擦快楽に、ゆう子はノーブラの胸元を波打たせて喘いだ。左右の乳首はスリップ越しでもはっきりわかるほど、ピンと勃っていた。

「ああん、女の子って、そういうものですから」

妹のはしゃいだ表情を思い浮かべて、ゆう子はかすれ声で告げた。

今日一番気になったのは、妹が永太へ向ける眼差しだった。

(花火の最中も、永太さんの方をうっとりと見ていたし)

恋する少女の目つきだったと思う。

理奈の食べていたジェラートの味見を永太がしたときは、間接キスと小さくつぶやいて、真っ赤になっていた。

（あの子、やっぱり永太さんのことを……）

だとしたら、いまこうして自分が永太に抱かれていることは、妹の恋路を邪魔しているのと同義だろうと思う。

姉として心苦しさを覚えながら、ゆう子は艶めかしく嘆息した。徐々に永太の抜き差しが激しくなっていく。テーブルに両手をついて、背後からの衝撃に耐えた。

「ぬいぐるみじゃママは満足できないよね。ママが一番悦んでくれるのは、コレだもの」

ズンと一際大きく、永太が突き刺した。

「はあんっ」

色っぽく紅唇はよがり泣きをこぼした。

「コレ好きでしょう？」

男の腰が、女の尻たぶに当たってパンパンと派手な音が鳴る。這った女体が前後し、胸元では黒の光沢スリップの生地ごと、双乳が跳ねるようにゆれ動いた。頭にのった耳飾りも、ふわふわと宙を舞う。

「はい。永太さんの硬いの、好きですわっ……あっ、あんっ」

ここで違うと言えば、永太は抽送をピタッと止めて焦らしてくるだろう。女は淫らな本音を口にするしかなかった。

（どうして、こんなに永太さんのモノはステキなの）

大好物だと、ゆたかなヒップが打ち震える。硬い肉棒をもっと奥まで呑み込もうと、パンプスの踵を持ち上げて、ヒップを高くした。

女を虜にする形だった。慎み深い母の顔をはぎ取り、ただの牝に変えてしまう逞しさだった。

（だめ、イキそう）

目の前が朱色を帯びる。激しい抜き差しを浴びてその色はかがやきを増し、熟れた女体ごと包み込もうとしていた。

「でるぞっ」

「く、くださいっ……イクッ、ゆう子もイキますわっ」

辛抱できなかった。膣ヒダを亀頭の反りに甘く擦られて、性官能が内奥から迸った。細顎をクンと突き出して、女は頂点へと先に駆け上がり、淫らなアクメのよがり声を響かせた。

「でるっ、ママっ」

永太がズブリと埋め込んで、戦慄く女体にとどめを刺す。射精が始まった。えもいえぬ至福が身を洗う。断続的に愉悦の波が背筋を走った。

「んふっ、ああっ、永太さんの精子、当たっている」

絶頂を味わった上で熱い樹液を注がれると、別格の恍惚感があった。女は口元をだらしなく開いて、歓喜の声を上げ続けた。

尻を後方に差し出しつつ、ぐりぐりと腰を回して亀頭に圧迫を加えた。さらなる刺激を請う淫乱そのものの仕草が、抑えきれずに出てしまう。

「ママ、呑み足りないの。男を誘うみたいに、おっきなヒップを振って」

放精の律動が幾分収まってきたところで、永太がむっちり張った臀丘を先ほどよりも強く手の平で叩いた。

「ああんっ」

「うれしそうに声を上げて」

悦びの悲鳴が、息子の欲情を盛り上げる。永太がまたピシャッと淫乱な母を平手打ちで叱ってきた。丸い尻肉がぷるんと波打って、女は剝き出しの肩を震わせ、背後を流し目で見た。

「ち、違うんです。永太さん、そんなつもりは……た、叩かないで」

よして欲しいと止める台詞は、もっとぶってと請うような媚びた音色になってしまう。

「遠慮しなくていいよ。ママはまだまだ足りないよね」

永太が笑い、背後でなにか道具を用意するような物音を立てる。

ゆう子はさらに首を振った。ゆう子の瞳に映ったのは、黒いアナル用バイブだった。細くなった挿入部に、永太がローション液を垂らしていた。たっぷり粘液をまとわせると、ゆう子の窄まりに押し当ててきた。

「こっちにも欲しいでしょう？　ほら、もう一回愉しもうね」

「あっ、いやっ、どうして？」

ゆう子はむずかるような甘え声を発した。既にその肛穴専用の淫具を、二度味わっていた。

「じっくり味わって。ママ、これがお気に入りだものね」

ローションですべって、アナルバイブが関門をヌルンとくぐり抜けてくる。前穴には永太の勃起が埋まったままだった。二穴の充塞に豊満な腰つきがビクンと震え、ゆう子は汗ばんだ首筋を引き攣らせた。

永太は淫具を奥まで埋めると、スイッチを入れた。ブーンと振動が起こった。

「あっ、あううぅっ」

紅唇から漏れる声が、しっとりと湿り気を帯びて凄艶さが増す。

(また、おかしくなってしまう)

バイブの震えはペニスを呑んだ膣肉にも響き、甘い性感が下腹から広がった。

「今日使ったローターとこれ、どっちが好き？　ママは無線ローターだって、けっこう愉しんだでしょう。レストランのなかで急にローターを強にしたら、ママの美人顔が真っ赤になってたよね。パンプスでもじもじと床を擦って」

永太がゆっくりとアナルバイブを引いた。挿入部は数珠状の球体が連なった形で、球の曲面に括約筋をぷるんぷるんと弾かれる感覚が、ゆう子は大好きだった。肛穴刺激を歓喜するように、ウエストがくねり臀丘が波打つ。

「あん、さっきわたしが平然として見えたって。うそだったんですか」

非難するように言いながら、ゆう子の上体が前のめりになる。もはや身を支えられなかった。肘が折れ曲がり、ゆう子はテーブルに腹這いになった。

「ママが必死に震え声で、理奈ちゃんと会話する姿を見てたら、勃っちゃって大変だったよ」

「わ、わたし、不自然でしたか？　妹は不審な表情をしていませんでしたか？

永太さんが面白がって、スイッチを入れたり切ったりするから……振動に耐えるのにわたし、必死で」

ゆう子は官能に身を戦慄かせながら、不安の声で背後の永太に訊く。妹となにをしゃべったかも覚えていない。料理の味もわからなかった。なにも知らない純真な妹に、破廉恥な己の本性を知られたとしたらショックだった。

「どうだろうね。ここがツルツルなのは、入浴のとき理奈ちゃんにばれなかったの？」

アナルバイブを繰りながら、永太が別の手を脇から差し込んで、恥丘を撫でた。そこは永太に剃られて以降、無毛でいる約束になっている。

「一緒にお風呂に入ろうと誘われましたけど、どう言い訳をしたらいいかわからないので……あんっ」

ヴィーナスの丘から、指がそのまま奥へと潜り込み、クリトリスを弄ってきた。包皮の上から、指腹で小さな感覚器を捏ねくってくる。スリップドレスの肢体は、テーブルの上で悶えた。

「断ったんだ。はやく理奈ちゃんに言った方がいいよ。毎日きれいに処理するのが日課なんだって。今度、三人で温泉に行こうと思ってるから」

「温泉ですか……ああっ、永太さん、わたしまたっ」

もう会話は無理だった。二穴への埋没に加え、クリトリスへの指愛撫が女を責め苛む。

「いいね。責めれば責めるほど、ママの身体は締まってヌルヌル絡んでくる。こうやって入れっ放しでも、勃起の充血が戻っていくのって、ママじゃなきゃ無理だろうね。ふつうは射精すると、もういいかって気分になるものなんだけど、ママは違う。男の精液をとことん搾り取る身体だもの。やってもやってもヤリ足りない」

硬さを復活させた肉茎が、ズンズンと蜜肉を突き犯し始めた。精液の溜まったヒダ肉が新たな抽送摩擦を悦び、淫らな蠕動で歓待した。

(おなかのなかいっぱいになって、擦れ合っている)

後口に刺さった細いアナルバイブと、ペニスが互い違いに突き刺さっていた。薄い膜を通して、ゴリゴリとふれ合う両穴の摩擦感に、灼けつくような性官能が噴き上がる。

「いやっ、永太さん、イク、イクわ……イクうっ」

あっという間に女は追い詰められた。爛れるようなオルガスムスの波が噴き上がり、紅唇を大きく開いてよがり泣いた。テーブルに這った女体が強張り、クンックンッと背を突っ張らせた。

「僕のお姫さま……高嶺の花だった女性が、こうして淫らに喘いでくれる。最高だよ。ママは父さんの前でもこんな風に声を上げた？　父さんにもかわいい声を聞かせてあげたの？」

「ゆ、許して……言わないでください」

オルガスムスの陶酔を掻き乱すように、栄介の存在を持ち出す永太に、女の胸が締め付けられた。

「ほらママ、まだだよ。連続イキしようね」

嫉妬心が責めの苛烈さと、サディスティックな昂りを生む。

永太の強張った肉柱がアクメでヒクつく媚肉を貫き、アナルバイブが腸奥を抉った。今度は二本同時に差し込んでくる。腹部を隙間なく埋め尽くされる感覚に、意識がくらんだ。

「ああっ、それしないで。いじめないでください……休ませて、ひいっ」

女は喉を引き攣らせた。丸いヒップは痙攣を起こし、振動するアナルバイブと永太の太棹を、食い締めた。

（わたしがひどい女なのは事実。夫を虜にして、今度は息子も）

栄介はゆう子を抱きながら、男を悦ばせるために生まれた身体だと言った。上村の実家への経営支援で大金を費やしたが、無駄な投資ではなかったと、年若い妻の肌にしゃぶりつきながら、勝ち誇ったように嗤った。

（金と引き替えの婚姻だった）

父親よりも年かさの栄介への恋愛感情は、乏しかった。それでも実家の苦境を救うため、結婚を受け入れ、中学生の男の子の母となることをゆう子は受け入れた。

（わたしが栄介さんとの再婚話を断固としてはねつけていれば、こうして永太さんを狂わせることもなかったのに）

二十三歳の逞しい逸物を全身で味わいながら、一番罪深いのは自分ではないかとゆう子は思う。

「永太さん、いやらしいママで、ごめんなさい」

「いいんだよ。遠回りしたけど、こうしてママは僕の腕のなかにいるんだから」

泣き啜る母に与えられる息子の赦しは、野太い男根だった。

ズンと膣道を走り、子宮を圧すように亀頭が膣底に押し当てられる。股間に差し込まれた指が、クリトリスを乱暴に揉む。振動を強めたアナルバイブで尻穴をヌプヌプとまさぐられた。

「どう、奥がいいんでしょう?」

「あああっ」

精液のたっぷり溜まったなかを、捏ねくられる感覚を教えてくれたのは、永太だった。身の崩れるような陶酔に、テーブルに這った女体は悶える。

(またイク……イキッ放しになる)

アクメの予兆に、ストッキングに包まれた太ももがぶるぶると震えた。

「ほら、泣きなよ。ママの好きな二本刺しだよ」

永太が両穴を責め立てる。

排泄欲を掻き立てられる不快感と、すさまじい肉の快美が交じり合い、嗚咽のような牝泣きが紅唇からこぼれた。スリップドレスからのぞく肩や二の腕は、ギラギラと汗を滲ませ、テーブルの上には流れた汗粒がポタポタと垂れた。

「ご、ごめんなさいっ、許してっ」

「謝らなくてもいいんだよママ。僕がいっぱい愛して、父さんとの記憶なんか、全部消してあげるから」

永太が荒々しい抜き差しで、ゆう子を犯す。射精前よりも、勃起が猛っていた。女は身に押し寄せる肉の悦びに、身を委ねるしかない。

「イクッ、イクッ、ゆう子イキますッ」

麗しい美母は倒錯の相姦快楽に浸り切って、よがり泣きを艶麗に歌い上げた。

「ママっ、そらっ」

肉茎が震えて、射精が始まった。

「ああっ、永太さんのミルクッ、いいッ」

新鮮な息子の精が注ぎ込まれた。淫らな牝として開花した肉体に恍惚を生む、貴重な樹液だった。

「いっぱいだして。ママのなかにぜんぶ……ああン」

むちっと張った臀丘が、歓喜の痙攣を起こす。

汗を滴らせる細首ががくっと力を失い、耳飾りがコトンとテーブルに落ちた。

そこで女の意識はふっと切れた。

ドアの隙間から、理奈はまばたきを忘れて見入っていた。

永太が深く腰を重ねたまま、大きく息を吐いた。裸の上半身から湯気が立って見えた。

一方、姉は失神したのか、テーブルに伏したまま身動きをしない。丸いヒップだけがピクピクと余韻に震えていた。

(終わった?)

理奈は自身のルームパンツのなかに入れていた己の右手を、引き上げた。べっとりと指先が濡れていた。二人の交わりをのぞき見ながら、いつの間にか自慰に耽っていた。

(も、戻らなきゃ)

音を立てないよう注意しながら、理奈はわずかなドアの隙間を戻した。

忍び足で、キングサイズベッドに戻る。間接照明だけの薄暗い寝室で布団をかぶり、ふうっとため息をついた。

(お姉さんと、お兄さん……してた)

飲酒のせいだろう。尿意で目が覚めた。トイレに行き、姉がいないのに気づいてリビングに繋がるドアに手を掛けたとき、喘ぎ声が耳に入ってきた。

そっとのぞき込んだリビングルームで繰り広げられていたのは、永太と姉の生々しい交わりだった。

(不倫っていうんだっけ? 違うよね。母親と息子なんだから……でも二人に血の繋がりはなくて)

いまだ状況は呑み込めない。緊張で喉が渇いた。ずっと心臓は早打っている。

(お兄さんの太いアレが後ろから出入りして、テーブルに上体を預けたお姉さん、真っ白なお尻をうれしそうに振ってた)

距離があったため、永太とゆう子の話し声までは聞き取れなかった。

(でもお姉さんのエッチな声は、どんどん大きくなって)

上品さを忘れたように、姉は艶めかしい喘ぎを奏でていた。

(めっちゃ、エロかった……)

二人の交わりの映像が、まぶたの裏に焼き付いたように消えてくれない。

ほんきの泣き声を、初めて耳にした。永太に責められていたときの姉は、自分の知っている清楚な姉ではなかった。ひたすら色っぽく淫らで、きれいだった。

（セックスってあんななんだ）

下腹が熱かった。パンティが熱く湿って、秘唇に貼り付いている。理奈は足を擦り合わせて、疼きを誤魔化した。

（パンツ、穿き替えた方がいいかな）

理奈がもう一度切なくため息を漏らしたとき、カチャッとドアの音がした。布団のなかで、肢体はビクッとする。

天井に細い光が差し、広がった。隣室から誰かがベッドルームのようすをうかがっていた。

（あっ、ぬいぐるみ、ドアのところに置きっ放しだ）

ぬいぐるみを携えてトイレに行き、のぞき見るときにドアの前に置いてそのままだった。

わざわざドアの側に、お気に入りのぬいぐるみを放置する理由がない。のぞき見していたと、証拠を残したようなものだった。汗がぶわっと噴き出した。

足音がした。ベッドの方に近づいてくる。理奈は目を閉じた。

「理奈ちゃん、起きてる？」

永太の声だった。声の近さで、ベッドの隣に立っているとわかる。

(ど、どうしよう)

理奈は息を押し殺して、どうすればいいのか必死に考えた。

「寝てるのかな。おやすみ」

眠ったふりをする理奈の隣に、なにかが置かれた。理奈は薄目を開けた。横にあるのは、くまのぬいぐるみだった。

「……ま、待って」

とっさに理奈は布団から手を出した。指にふれたのは、永太の綿のパンツだった。生地の端を指で摘まんだ。

「やっぱり起きてた」

理奈はそっと上を見る。永太が穏やかな相で、見下ろしていた。

「お、お姉さんはどうしたの？」

「向こうの寝室のベッドに寝かせたよ。ごめんね。変な場面を見せちゃって」

(やっぱりわたしがのぞき見してたって、バレバレなんだ)

「理奈ちゃん、怒ってる？」

永太が訊く。

「……うん」

言葉にし難い感情が、胸に渦巻いている。どう説明していいかわからず、理奈はとりあえずうなずいた。

「だよね。理奈ちゃん、お姉さんのこととっても慕ってたものね」

「あんなことしていいの？　わたしがお姉さんの旦那さまに、告げ口をしたら大変なことになるよ」

「告げ口するの？」

永太がベッドの端に腰掛けた。手を伸ばして、理奈の頭にふれる。髪をやさしく撫でてきた。

「しないけど。わたし、お姉さんの旦那さま、嫌いだから」

「奇遇だね。僕も嫌いだよ」

ふっと理奈は理解した。人間関係が悪化するのは確実な場面を見られたというのに、永太には慌てたようすが見られない。

（そっかお兄さんがずっと好きだったのって、お姉さんだったんだ）

落ち着いた態度の裏に、永太の姉に対する思いの強さ、覚悟が透けて見えた。

「父さんは、理奈ちゃんにも迷惑をかけていたみたいだね」

「高校に入ったばかりの頃かな、あの人、ゆう子みたいに成長するのかなってニヤニヤしながらわたしに言って、ぽんってお尻を叩く感じにさわってきたの。いつもいやな感じの目つきで見られてた」

栄介が心臓発作を起こして倒れる前は、ギラギラとした雰囲気でひたすら苦手だった。値踏みをするように、自分に向けてきた好色な眼差しが忘れられない。

「都内の大学に進学するなら、うちは部屋がいっぱい空いてるから、一緒に住めばいいよって。絶対に下宿なんかするもんかって思ったけど」

「だから理奈ちゃんは、父さんがいないときばかり狙って遊びに来てたんだ」

理奈は首肯した。なるべく顔を合わせたくなかった。いまでも栄介の染みの浮かんだ顔を見ると、生理的な嫌悪が湧いた。

「お姉さんの旦那さまの悪口、言ったらいけないと思って、ずっと我慢してたんだけど……お兄さん、裸じゃない。風邪引くよ」

永太は上半身裸のままだった。理奈は布団を持ち上げて、どうぞとベッドに誘う。

「いいの？」

「いいから。こういう内容、距離があると話しづらいから」

永太がそうだねと言って、ベッドに上がり理奈の隣に身を横たえた。二人並んで布団を被る。汗ばんだ肌と男っぽい香を感じた。

（お兄さんの匂いだ）

理奈は思いきって、身をすりつかせてみた。永太は拒まない。腕を回して、女の肩を抱いてきた。

「お父さんが、ちっさな我が子をよく膝の上にのせたりするじゃない。あの人が上村の家にきたとき、わたしもああいう感じでこっちにきなさいって膝の上に座らされたんだ。お姉さんの旦那さまだから我慢したけど、腰に手を回されて逃げようにも立ち上がれないし、首や耳に鼻息が当たってすっごく気持ち悪かった。それが中学生のときかな」

永太の胸に顔を押しつけて、理奈は告げた。

「で、でもね、お姉さんはわたし以上のことをあの人に毎日されているわけでしょう？」

声が震えた。一番引っ掛かっていたことだった。

ずっと姉の結婚に対して違和感があった。美しい姉が、なぜあんな父親以上に年の離れた男性の元に嫁がねばならなかったのか。

「わたしね、昔からお姉さんに対して、申し訳なさがあるの。お姉さんのおかげで、妹のわたしは恵まれてて、公平じゃないなって……。でもどうしていいかわからなくて」

理奈は永太にぎゅっと抱きついた。

上村の実家が経営する旅館やレストランは、栄介からの支援がなければ、破綻をしていたかもしれない。その支援が得られたのは、姉が妻として嫁いだからだった。自分がいま一人暮らしでなに不自由なく大学に通えるのは、姉が犠牲になったからだった。

「父さんとママが再婚したばかりの頃、ホテルから知らない女性と腕を組んで出てくる父さんを見たことがある。相手の女性は、ママより若い娘だったな」

永太が静かに話し始めた。

(それって浮気)

理奈は、視線を上に向けた。永太は表情を変えず、淡々と話を続ける。

「ママが後妻として宮坂の家にやってきたとき、僕はまだ十代の子供だった。若くて美人で性格もやさしそうで、父さんと結ばれるのが不自然で、どう接していいかわからなかった。同情？　憐れみ？　そんなの母親に抱く感情じゃないよね」

（そっか、お兄さんも同じだったんだ）

永太が継母のゆう子と、距離を置いていたことを知っている。そうさせていたのは、自分と同じように永太も消化できない思いを抱えていたからだと、理奈は初めて気づいた。

「だけど車の事故に遭ったとき、もやが晴れるようにわかったんだ。父さんがママをしあわせにできない、しあわせにするつもりがないのなら、僕がしあわせにしてあげればいいって。間違っているかな？」

そこで永太が首を倒して、腕のなかの理奈を見つめた。やさしげな瞳は、間接照明の光を浴びて、オレンジ色にかがやいていた。

「わ、わかんない。でもお姉さんのこと、真剣に考えてくれてるんでしょう？」

「そこは信じてくれていいよ」

二十歳の女の胸に広がる衝撃は大きい。

「お互い愛し合ってるの？　お兄さんとお姉さん」

「そうだよ」

永太があっさりと認める。理奈は眉をたわめた。胸の奥がチクッとし、同時に焦げ付くような熱も感じた。

（失恋？　なんなのこれ？　お姉さんとお兄さんは、この先どうするつもりなの？）

当人でない以上、考えても答えは見つからない。

「じゃあ、じゃあわたしは？　わたしもお兄さんのこと、ずっと好きだったんだよ」

動揺も混乱もまとめて、自分の気持ちを目の前にいる永太にぶつけた。そして永太の胸に額をコツンと当てて、吐息を漏らした。

（言っちゃったよ。こんなときに）

後悔を胸に湧き上がらせながら、身体の方はカアッと上気した。

「ありがとう。理奈ちゃんの好意はうれしいよ」

（余裕ぶって）

ここで大人の包容力を見せてもらっても、なにかが解決するわけではない。

「うれしいって言うなら、キスくらいしてよ。ファーストキスはお兄さんとしようって決めてたんだから」

心を乱された腹いせをぶつけるように、理奈は永太に無茶な要求をした。しかしその無茶が通ってしまう。

永太の指が理奈の細顎に添えられ、クンと上向きにされた。そして永太の口が、理奈の口元にふれた。なにか反応する隙もなかった。

(ファーストキス……お兄さんに奪われちゃった)

理奈は呆然と二十三歳の青年を見つめ、それからキスのときは目をつむると言っていた女友だちの話を思い出し、慌ててまぶたを落とした。唇は重なり続ける。

(もしかしてわたしいま、とんでもない状況にあるんじゃないの)

裸の永太にベッドのなかで抱き締められて、口づけを交わしていた。かなり危ういシチュエーションだと気づいて、二十歳の心身は焦りと緊張で沸き返る。

永太の口がようやく離れた。理奈はそっと目を開けた。

「お姉さん、怒らないの？　わたしとキスして」

「そんなことでママは怒らないよ」

永太が穏やかに告げる。

「なんでそんなこと、断言できるのよ」

尋ねてから、二人の間にある信頼、結びつきの深さ故の自信があるのだと気づいた。

「ついこの間まで、他人行儀だったくせに、もうお姉さんとそんな仲になっちゃってるの。どういう仕掛け？」

「ひたすら好きだって言って押し切ったよ」

やわらかな微笑が少女の惑いをふわっと受けとめ、青年がまた口を近づけてきた。今度は頬にキスをした。耳の横を舐め、耳たぶを甘噛みする。

「あん、なにそれ、恐いよお兄さん」

「ママにもよく言われる」

トレーナーのなかに、永太の手が入ってきた。脇腹を撫でられ、背中へと手が回っていく。

「ちょっと、お兄さんっ」

耳の裏側に永太の口が這っていた。そんな場所を舐められた経験はない。理奈はビクンと顎を持ち上げて、身を震わせた。トレーナーがずり上がって、首から抜かれる。

（これってベッドシーンだよね）

恋愛映画やドラマのなかで見ていた男女の濡れ場のシーンが、自分の身に起こっていた。ピンク色の唇からハアハアと息が漏れた。

（すごい。いつの間にか脱がされちゃってる。なにこのテクニック）

ルームパンツも腰からずれて、膝まで落ちていた。ぷつっと音を立てて、胸の締め付けがゆるんだ。ブラジャーのホックが外されて、二十歳の乳房がぷるんとゆれて表にでた。ツンと盛り上がった膨らみが、男の胸板に当たって擦れる。

「ま、待って、お兄さん。パンツは」

愛液で下着がじっとりと湿っていることを思い出して、理奈は慌てた。しかし脱がさないでと訴える前に、永太が下着の端に指を差し入れてスッと下げてしまう。

（なにこのスムーズな脱がせ方）

永太の手が、内ももの辺りを撫でてきた。

「え？　そ、そこはっ」

その先までさわられまいと、左右の太ももをぎゅっと閉じた。だがそれが悪手となってしまう。太ももに挟まれた永太の手が隙間に嵌まるように、股の付け根へと潜り込んだ。

「あ、あんっ」

永太の指が、過敏な箇所に当たっていた。理奈は美貌を赤らめて、首を振り立てた。永太の腕を摑もうと股間に手を伸ばす。だが届かない。

「理奈ちゃん、さっきオナニーしたの？　ぐっしょりだけど」

永太が耳穴に息を吹きかけて言う。おびただしい湿り気を知られた理奈は、顔の紅潮を強めた。

「し、知らない」

「正直に言わない悪い子は、お仕置きされるんだよ」

指先が亀裂の表面を撫でた。軽い刺激だが、未経験の肢体には痺れる電流となって背筋を走った。

「し、しましたっ。二回イッちゃった」

理奈はマスターベーションしたことを、告白した。羞恥で肌が火照り、汗ばむ。顔の横を流れる汗を、永太がペロッと舐めた。

「ちゃんと言えたね、いい子」

恥じらう女へのご褒美は、大人のキスだった。永太の口が、女の喘ぐ口元に重なってきた。男の舌が、閉じた理奈の唇をチロチロと舐めた。くすぐったさで理奈の口元はゆるんだ。その隙間に、永太の舌がヌルリと入ってくる。

「んっ、んふ、あむ」

理奈は驚きの喉声をこぼした。奥へと引いていた舌が、絡め取られる。

（お兄さんの舌とわたしの舌が、擦れてる）

ヌルヌルと巻きつく感覚、湿った温もりが直接交じり合う心地に、頭がぼうっとした。股間の指がクリトリスをさわっていた。ビクビクッと女の腰がゆれた。

（イキそう……）

股の付け根が、煮えるようだった。ふわっと浮き上がる昂揚に、肢体が呑まれそうになる寸前で、永太の舌が口腔から抜き取られた。

「濡れたパンティ、不快だったでしょう。僕がきれいにしてあげるね」

永太がささやいた。

「ねえ、いいの？　お兄さん、こんなことして」

理奈は二人の入り混じった唾液をコクンと呑んで、これは姉への裏切りではないのかと訴えた。永太の返事はない。唇から顎、首筋へ愛撫の口が移動し、やわらかに舐められ、吸われた。身を反らせて、理奈は細首を引き攣らせた。

（うそ、わたし、裸になっているよ）

二人の上に被さっていた布団が、足下側にずれていた。

ホックの外されたブラジャーが、右腕に巻きついているのが見えた。パンティとルームパンツは右足の足首にかろうじて、引っ掛かっていた。二十歳のみずみずしい肌を無防備に露出して、覆い被さった永太に抱かれていた。

永太の手がやわらかな乳房を摑み、胸の谷間を舌が舐めた。ピンと勃った乳頭を摘まれた。うぶな裸身は、男性から初めて受ける愛撫に、震えるしかない。脇腹にも口が這った。へそにキスをされた。

(なにこれ、お兄さん、上手すぎるよ)

永太の口が、流れるように肌の上を這う。手は常に性感帯を探るように動いていた。自分の身になにが起こっているのか把握できなかった。夢見心地のまま女体がとろけていく。女の足がくっと開かれ、股の付け根に吐息を感じた。

(なんで? お兄さんの顔がそんな場所にあるの。いつ下がっていったのよう)

気づいたときには、永太の頭が股間に入っていた。

太ももを摑まれ、足を閉じられなかった。理奈は両手を伸ばして、永太の頭を押さえた。その瞬間、ヌルンと身体の中心を舌が擦った。

「ひゃんっ」

子犬のような泣き声が、ピンク色の唇からもれた。

「ま、待って、わたし服を脱がせていいなんて言っていないから……あんっ」

潤う秘唇と、その周囲に広がった愛液を、永太の舌がチロチロと舐め取っていく。

「そんな場所、舐めていいとも言ってないでしょう」

どうしてこうなったのかわからない。わかるのは、いま永太から人生初のクンニリングスを受けている事実だった。ちゅうっとクリトリスを吸われた。

「ひいあ、あんっ、いやっ、お兄さんっ」

強い刺激に、目がくらんだ。羞恥と快感で身体が沸騰するようだった。

(お兄さんを止めなきゃ)

吸いながら陰核を舐められる。自分の指とは比較にならない舌愛撫のソフトな陶酔感に、女は膝を大きく曲げて下半身を悶えさせた。

(気持ちいいっ。飛んじゃう、飛んじゃうよう)

永太の舌が、尖った肉芽を強く弾いた。充血が増して、敏感な内側が露出していた。

「ひっ、だめっ、感じ過ぎちゃうから」

理奈は喉を晒して、喘いだ。舌を押しつけながら、花唇を指でまさぐられる。

垂れた愛液が永太の指に絡むのがわかった。指で亀裂を擦られながら、包皮を剝かれたクリトリスをヌルンと舐められた瞬間、痺れる快感が背筋を走り、女体は刺激に屈するように自ら足を大胆に開いた。

「イクッ、お兄さん、イクっ、ううっ、あああっ」

女はよがり泣きをこぼした。甘い官能が噴き上がり、脳裏を朱色が占めた。永太の髪を引っ張り、腰をゆすった。

絶頂を感じ取って、永太の愛撫がゆるやかになる。内ももにキスをされた。強く吸われる。

(キスマーク付けてるよ)

しっとりとした余韻に浸りながら理奈は思う。恍惚感で身体がゆるみ、だらしなく開いた足を閉じる余裕もない。

「いっぱいあふれてるよ。理奈ちゃんのここ、おいしい」

股間から永太のくぐもった声が聞こえた。後戯のやさしい舐め愛撫が続く。膣口から漏れる蜜液を、永太が啜っていた。

「おいしいって……お兄さん、恥ずかしいから」

指で花弁が左右に開かれた。やわらかな舌で、花唇の内をヌルンと縦に何度も舐められる。

(お兄さんの舌が、身体の奥にまで入ってくるみたい)

やわらかな舌と温かな唾液が、そのまま理奈の内に染みこんでくるようだった。盛り上がった官能は引かず、ビクビクと二十歳の肉体は細かに震え続ける。

（お兄さんにわたしの大事な箇所、見られちゃってる。いっぱい舐められて、キスされてるよう）

心構えもなにもできていないまま、踏み込んだ性愛に浸っていた。身の灼けるような羞恥が遅れてやってくる。

（こういうこと経験するの、もっと先だと思っていたのに。あ、漏れちゃいそう）

尿意に似た感覚が、下腹に生じていた。永太から口愛撫を受けると、切迫感が高まっていく。

「お兄さん、ストップ。あっ……あんっ、だめっ」

温かなものが下腹に満ちて、いまにもあふれそうだった。

理奈は焦って腰を引いた。永太の口が秘部から離れた。その瞬間、陶酔でゆるんだ肉体から、するりと温かなものがあふれだす。秘部から、液体が噴き出るのを感じた。

「な、なんか漏れちゃう。お兄さんっ、ごめんなさい」

理奈は叫んだ。不意の失禁と同じで、コントロールができない。永太の顔に、透明な液が降りかかっていた。だが永太は避けることをせず、逆に秘部に口を被せてきた。

「あっ、だめっ、おしっこ呑んじゃだめ」

理奈は、身を捩って引き剝がそうとした。だが太ももを摑んだ永太は、ぴっちり被せた口で、液体を受けとめる。

「だめだようお兄さん、ごめんなさい」

しおれた声で理奈は謝った。心の均衡が崩れる。仰向けの肢体は、目もとに手を当てて、啜り泣きをこぼした。

噴出が収まり、永太が口を離した。ごそごそと這い上がってくる。綿パンツと下着を脱いだらしく、ベッドの下にばさっと放る音が聞こえた。

「理奈ちゃん、泣かなくてもいいよ。それに理奈ちゃんが漏らしたの、おしっこじゃないと思うな。前に呑んだことがあるけど、匂いも違うし」

「の、呑んだことあるの？」

理奈の問いに、永太がうなずく。申し訳なさ、いたたまれなさが驚きでいっとき薄れた。

「誰の……お姉さん？」

また永太がうなずいた。

（お姉さんのおしっこ呑んじゃうなんて、お兄さんなにやってるの）

「理奈ちゃんのは、潮吹きじゃないかな」

「しお？　えっ」

永太の腰がぐっと沈んできた。女の足が開かれて、硬いモノが当たるのを感じた。

（あ、入りそう）

男性器の切っ先が、花唇に擦りついていた。女の裸身は絶頂感でとろけ、膣口はたっぷりの愛液で潤っている。このまま永太が腰を落とせば、スルッと嵌まってしまいそうだった。

「お兄さん、わたしの処女、奪っちゃうの？」

「だめ？」

永太が女の髪を撫でながら、訊く。理奈は涙で潤んだ瞳を向けて、首を左右に振った。

色々なことが身に降りかかりすぎた。思考力は衰え、初体験を迎える脅えや抵らせ続けていた。

抗感はほとんど湧かない。代わりに羞恥と興奮は延々と引かず、女体を熱く火照

「いいよ、初めてはお兄さんがいいって思ってたから」

理奈の返事を聞き、永太がやわらかに笑む。髪を撫でていた手で女の頬をつつ

み、唇に口づけをしてきた。理奈は目を閉じた。

永太の手が股間に入ってくる。薄い花弁を広げて、蜜口に先端を押し当て、そ

のまま腰を沈めてきた。

（くるっ……入ってくるっ）

姉を犯していた雄々しい形を思い出して、理奈は脅えたように相を強張らせた。

開いた足に、力がこもる。

「身体の力、抜いて」

永太がキスの口を引いてささやいた。理奈はうなずいた。口から息を吐き、弛

緩に努める。

その朱唇に永太が口を重ねて、舌を潜り込ませてきた。理奈も舌を差しだして

絡め合った。うっとりとしたキスの心地に浸っている間に、膣口が亀頭でジリジ

リと押し広げられる。

（お兄さんの大きいのが、わたしのなかに）

姉と永太の生々しいセックスをのぞき見ながら、オナニーで二回昇り詰めた。永太のクンニリングスでアクメし、潮吹きまで経験した。男性器の挿入を固く跳ね返すほどの強張りは、女体には残っていない。強い引っ掛かりのある狭い入り口を、クンと先端が通り抜けた。

「あんっ、入った」

挿入を感じて、男の下で理奈は歓喜の喉声をこぼした。永太がキスを止めて、女の顔をのぞきこむ。

「理奈ちゃん、つらい？」

「痛いけど平気だよ」

理奈は真っ赤な辛抱顔に、余裕の笑みを無理矢理作って、白い歯をのぞかせた。永太も笑みを返して、さらに勃起を埋め込んできた。腹部にモノがみっちり詰まる充塞の心地に、朱唇から呻きを発した。

（一つになってるよ）

初めて味わう結合感だった。充血するペニスの熱もじんわりと感じ、理奈は男の裸身にしがみついて、身体の隙間を埋められるセックスの感覚を噛み締めた。

せた。

「処女、もらっちゃったね」

「よかったよ。お兄さんに初めてを捧げられた」

好いた相手と初体験を迎えられた幸福感に、女はいまにも泣きそうに瞳を潤ませた。

(やっぱりうれしい)

姉と抱き合う場面を目の当たりにしても、永太への恋心は少しも色あせていない。

(わかった。お姉さんもお兄さんも、二人とも好きだからだ)

やさしい性格の姉が大好きだった。永太と抱き合う姿を見ても、不潔だと感じたり、嫌悪感を抱いたりはしなかった。

理奈は双眸をゆらして、自分を貫く男を見上げた。永太が目尻に浮かんだ涙を、口で吸ってくれる。理奈は目を伏せて、肩に頬を擦りつけた。

(それにお兄さん、真面目な人だから、二股を掛けて小ずるく立ち回ろうなんてしないだろうし)

この先、恋の行方がどうなるのかまったくわからない。しかし初めて男性に身を委ねたこの瞬間だけは、素直な己の愛欲の情に従ってもいいのではないかと女は思う。

「動くよ、理奈ちゃん」

耳もとで告げる永太に、理奈は濡れた瞳を返してうなずいた。野太い肉茎は、狭い膣穴ときつく擦れ合っていた。ジンジンとした破瓜の痛みが、抽送摩擦でぶり返す。

「あっ、あんっ」

(お姉さん、こんな太くて硬いので、あんないやらしい声を上げて悦んでいたんだ)

息詰まる嵌入感は生じるが、我を忘れるような快感とはほど遠かった。

「平気?」

つらそうに声を漏らす理奈に、永太が気遣うように訊く。

「だいじょうぶ。お姉さんとヤッてたときみたいにしていいよ。遠慮しなくていいからね」

姉と永太の、迫力ある交わりを目にしたばかりだった。物足りないのではと、理奈は永太をうかがうように見た。

永太は理奈の顔を見つめながら、ぐっぐっと腰を突き入れてくる。余裕のない摩擦に二十歳の女体は慣れない。漏れそうになる苦悶の声を、懸命に呑み込んだ。

「ああっ、すごいっ」

永太が腰遣いを止めて、呻いた。口が開き、表情からは凜々しさが消えていた。姉を抱いていたときに見せていた永太の恍惚の相に、理奈の内にふわっと悦びが湧き上がる。

「お兄さん、いいの？　わたしの身体、どう？」

姉と比べて、という語を心に秘めながら、理奈は尋ねた。恋する女である以上、対抗心じみたものがやはり顔をのぞかせてしまう。

「きつくて気持ちいいよ理奈ちゃん。すぐでそう」

荒く呼吸して、永太がまた大きく腰を沈めてきた。ストロークを深くして、ペニスを抜き差しし、口から息を漏らす。

（お兄さん、ハアハア息を吐いて、わたしの上で夢中になって腰振ってる）

理奈の口元に笑みが浮かんだ。

摩擦の疼痛よりも、本能的な満足感の方が勝った。開いた足を永太の足に絡めて、密着を強める。永太の抽送は激しくなった。

「ああっ、締まってる。でそう」

永太が震え声で言い、尋ねるように理奈を見た。

「だしていいよ、お兄さん」

「抜かなくていいの？」

避妊具を使わず、交わっていた。永太が幾分驚いたように問い返す。

「いいよ。今日はそのままで。お兄さんを最後まで感じたい」

生理周期を考えると、妊娠の可能性は低かった。理奈は永太に膣内射精を求めた。

（お姉さんだって、なかにだしてもらっていたし）

二人の交わりの情景を思い出して、理奈はゴクッとつばを呑んだ。姉はうっとりと官能に浸り切って、永太の精子を浴びていた。

「だったらだすね。理奈ちゃんのなかに」

永太が女体をしっかり抱き、強張ったペニスで女を犯す。若い乳房が永太の胸板に押し潰され、腰遣いに押されて開いた下肢がゆれた。

（ああ、変な感じ。身体が馴染んできた？）

破瓜の痛苦からくる強張りが抜けて、未通の膣道が男の硬さに慣れていくのを感じる。永太の興奮が伝染したように、女の下腹もジンと熱を帯びてきた。

「あんっ。お兄さんっ」

理奈は細顎を持ち上げて、色っぽい声を発した。

「感じるの？」

永太が訊く。理奈はうなずいた。膣粘膜が収縮し、肉茎に絡みつくのがわかった。

（わたしの身体、悦んでる）

「オナニーと違う感じだけど、ちょっと気持ちいいかも……それに」

「それに？」

「お兄さんのコレ、お姉さんをさっき犯したモノなんだって思うと、興奮する」

女体の発情、そして快感の萌芽が、あけすけな台詞を口にさせた。姉を雄々しく貫いた勃起で同じように突き犯され、これからたっぷり射精されるのだと思うと、説明し難い昂りが生じた。

（なに言ってるんだろう、わたし。ヘンタイかも）

「理奈ちゃん、かわいいな。ママと同じ、淫らな才能があるんだね」

「なに才能って」

「ふだんはお嬢さま然としてるのに、色っぽく泣いて昇り詰めるママの姿、理奈ちゃんも目にしたでしょう。さ、理奈ちゃんも、お姉さんを見習ってエッチな声を響かせようね」

「バ、バカ」

永太の台詞に二十歳の肢体はゾクゾクとしながら、そのアブノーマルな資質を押し隠すように罵った。

「あっ、だめ。激しいよ……あんっ」

永太は息づかいを忙しなくして、腰を遣う。容赦のない抜き差しだった。

理奈は抗議の声を上げるものの、その音色は艶を濃くしていく。抽送の痺れが、下腹に渦巻いていた。それが肉刺しの官能だとはっきり自覚しながら、理奈は濡れた瞳で永太を見た。

「気持ち……いいかも。どんどんお腹の奥の熱くなる感じが、強くなっていくよ」

「ママの妹だものね。やっぱり感度がいいんだ」

勃起の膨張が増し、充塞感も強くなる。その圧迫の心地も、恍惚を呼び込んだ。

「あ、あんっ、お兄さんっ」

ピンク色の唇は、姉に似た淫らな響きを奏でた。

永太の裸身から汗が垂れてくる。女体は男の下で喘ぎ、シャワーを浴びたばかりの柔肌も陶酔の汗を帯びて、甘い香が匂い立った。

「ああ、だすよ。理奈ちゃん、理奈っ」

ズンと深く差し込み、永太の抽送が止まった。勃起が膣内で震えを起こすのを感じた。

(でてるっ……お兄さんの精液っ、わたしのなかに)

理奈は啜り泣くような声を漏らして、永太の裸身にぎゅっと抱きついた。精液がドクンドクンと、処女の蜜肉に流れ込んでいた。下腹の熱の高まりと共に、意識が赤く染まる。そして噴き上がる波が、肢体を包み込んだ。

「お兄さん、理奈もイクよう……あん、イクッ」

理奈はよがり泣きをこぼして、絶頂感に身を任せた。四肢に広がる快感の痺れはクリトリス刺激とは違い、すべてを持って行かれるようだった。

(ああ、これがなかでイクって感じなんだ)

朱唇は湿った息を吐き、ヒクヒクと肢体が戦慄いた。

「ねえ、理奈ちゃんも、仲間になる?」

射精の律動が弱まった頃、永太が女の額に浮かんだ汗を指で拭きながら問いかけてきた。

「仲間？」

理奈は昂揚に染まった瞳で、永太をぼんやりと見た。永太が髪を指でやさしくすく。

「ママをしあわせにする会。父さんからママを奪い取ってやろうと思って」

「奪い取る……お姉さん、しあわせになる？」

永太が力強くうなずく。理奈が姉に対して抱える負い目を、きれいに振り払えそうな提案だった。

「いいかも、それ……あんっ」

注ぎ込んだ精液を隅々まで行き渡らせるように、ペニスがまたゆっくりと前後した。射精しても陰茎はしっかりと硬さを保っていた。アクメしたばかりの膣ヒダを擦られて、女の肌が繊細に震えた。

「やっぱり姉妹で、抱き具合違うね。ずっと食い締めがきついままだ」

「動いちゃだめ、お兄さん。わたしまだ敏感になっているから」

泣きそうな声で理奈は訴えた。絶頂を迎えた肉体は、わずかな刺激でも感電したように痙攣が起こった。

「仲間になってくれるなら、理奈ちゃんは会員番号二番だね。僕が一番」

理奈の訴えを無視して、抜き差しが速くなる。

(うう、またイキそう)

容赦のない責めで、快美がこみ上げる。開いた足で、シーツを蹴った。

「理奈ちゃんをしあわせにする会も作るね」

抜き差しを続けながら、理奈の耳穴に息を吹きかけて永太がささやいた。

「そ、それを作ると、どうなるの?」

理奈は声を上ずらせて、尋ねた。朱唇が戦慄く。官能の高まった肢体に、肉悦の波が押し寄せていた。

「僕が責任をもって、理奈ちゃんのこともしあわせにするよ」

「なに言ってるの。それってプロポーズじゃないの」

なかで蠢く勃起も、さらに硬さを増していた。この逞しさに姉は屈したのかもしれないと、理奈はふと思う。

「お姉さんだけじゃなくて、わたしも恋人にしちゃうの?」

永太がうなずいた。

(姉妹を恋人って、ふつうじゃないのに……)

永太は姉の恋人であり、愛し合っているはずだった。惑いは拭えない。

「理奈ちゃんも、僕のモノだよ」

所有をはっきりと宣言され、女の情感が一気に高まった。若い女に服従を迫るように、逞しい肉茎が女の中心を貫く。

「お兄さん、わたし、またイクよ」

肉体は雄々しさに押し流され、とろける心地が四肢を支配した。

「理奈ちゃんの恋人は誰？」

「お兄さん……永太さんっ」

理奈は泣き啜った。衰えとは無縁の抜き差しが、女を屈服させる。理奈は硬い肉棒を深く咥え込みながら、愛欲の声を響かせ、自分を犯す男の裸身にしっかりと抱きついた。

「イクッ、イクうッ」

髪を乱し、背を反らせて理奈は二度目のオルガスムスへと昇り詰めた。

恍惚のピンク色に染まる女の脳裏に、美しく魅力的な姉と肌を寄せ合って、永太に組み敷かれる未来が見えた。

4

ゆう子がベッドの上で目覚めたとき、右に理奈が、左に永太がいた。腕を持ち上げられて、添い寝する二人に腋の下を舐められていた。

「な、なにをしているの？」

ベッドの上でゆう子は身を捩り、驚きの声を発した。

右の腋窩に理奈がキスをし、左の腋窩を永太が舐める。二人に手首を摑まれて、頭の方に掲げられ、腕を下ろすことができなかった。

（確かわたし、永太さんにバックから中出しをされて……）

気を失ったことをうっすらと思い出し、美母は不安げに理奈と永太を見た。二人から愛撫を受けているいまの状況が、理解できない。

黒のスリップドレスとTバックパンティは、脱がされていた。白い肌に残っているのは、太もも丈の光沢ストッキングとガーターベルトのみだった。一方、永太と理奈は着衣のない素っ裸だった。

「おはようママ。目覚めのキスしようか」

ゆう子の紅唇は、永太の口づけで塞がれた。妹の目の前で、舌を絡め合うディープキスをされる。

「んっ、んふ、あふん」

事態が呑み込めず、混乱はさめない。それでも永太から濃厚なキスを受けると、情欲がぐんと高まってしまう。そういう性質の女へと躾けられていた。

「お姉さんのおっぱい。揉み心地いいね。ずっしり重いよ」

妹のやわらかな手が、右の乳房にふれていた。左の乳房にも硬い感触の手が重なり、揉んでいた。何度も味わった永太の指遣いだった。乳頭をきゅっと指先で躙られ、ゆう子は眉間に皺を浮かべた。

永太がキスの口を引く。

「ど、どういうことですか、理奈まで」

ゆう子はコクンと口内の唾液を呑んで、永太に疑問の瞳を向けた。

「これからは理奈ちゃんも一緒だから」

「一緒?」

「そう。お姉さん、お兄さんの女になったんでしょう? わたしも恋人二号になっちゃった」

理奈が照れたように口を挟むと、永太に倣って乳頭を摘まんできた。プルンとゆたかな双乳がゆれ、ゆう子は美貌を歪める。

「理奈、なに言ってるの」

「でも二号だから、わたしは二の次なんだ。ちゃんとお姉さんの恋を、応援するからね」

「わたしの恋？」

姉の疑問の声に、理奈がにっこりと笑む。

「そうだよ。お姉さん、ほんきの恋の相手、ようやく見つけたんでしょう」

そう言って理奈が永太に流し目を送った。ゆう子も釣られて永太を見る。永太が微笑んで、またチュッとゆう子の紅唇にキスをした。

「なぜ、こんなことに……んっ」

ゆう子の口元に、横からピンク色の唇が被さってきた。理奈の口だった。

（妹とキス……）

相姦のキスはやわらかで、妹の肌の香とさわやかな香水の匂いが鼻孔をくすぐった。永太と違い、舌を遣うこともなく、すっと口は離れた。

「お姉さんに、ずっとキスしてみたかったんだ。唇、ふわふわで甘いね」

目もとをピンク色に染めて、妹が恥ずかしそうに告げた。

「理奈、こういうことしちゃだめよ――」

自制を訴えるゆう子の言は、ピクンとした身体の震えで止まる。乳房から離れた妹の手が、無毛の恥丘にふれていた。

「お姉さん、剃っちゃったんだね。小学校のときのプール授業の着替え、思い出すな」

指先でツルンとしたヴィーナスの丘を撫で、そのまま股間にすべり落としていく。

「あっ、あんっ、そっちは、や、やめなさい」

ストッキングを穿いた足をゆすって、ゆう子は訴えた。敏感な粘膜の上を、細指がくすぐるように蠢いた。

「お姉さん、どうしてこんなに濡れてるの？　まだキスしただけなのに。ぐっしょりだよ」

「ち、ちが……さっき永太さんに抱かれたときの名残が」

気を失ったため、中出しの精液の後始末もしていない。膣口から愛液と一緒に永太の体液がトロリと垂れていた。

恥部をなぶった指を理奈が引き戻して、自身の口元に持っていった。舌が伸びた。指に付着した、精液混じりの姉の蜜液を舐めた。

「り、りなっ」

「お姉さん、好きだよ」

理奈がささやき、またキスをしてきた。今度は口を開けたディープキスだった。精液のほのかな香を感じながら、姉妹は舌を絡め合った。

ストッキングの足が開かれる。永太が足下に移動していた。腰を進めてくる。

「ん……うふんッ」

(犯されちゃう)

抵抗する間もなかった。膨張した勃起が、一気に差し込まれた。キスの喉声が、唸りに変わり、ゆう子は裸身を震わせた。

「お姉さん、気持ちいい？」

口を離して、妹が濡れた唇で尋ねる。永太が腰を遣い、媚肉を擦ってくる。奥を責める深突きだった。

「ああんっ、理奈見ないで。永太さん、許してくださいっ」

三十二歳の熟れた肉体は、一気に燃え盛ってしまう。

「ママはマゾだから、いじめてあげると悦ぶんだよ」

「お姉さんは、マゾなの？」

「ごめんなさい、訊かないで」

状況も呑み込めないまま身体を弄ばれ、快感にどっぷりと浸かっていた。マゾという指摘を否定できない。

「ふふ、ならわたしもいじめていいのかな」

右隣から理奈が肌を擦り合わせ、姉の耳もとに息を吹きかけ、耳たぶを甘噛みしてきた。妹の張りのある乳房が、ゆう子のやわらかな丸みに当たってゆれる。

「かわいがってあげて。いいよねママ」

永太が言い、雄々しい肉棒で従順な返事を迫る。ゆう子の敗北は最初から決まっているようなものだった。

「は、はい」

細首を引き攣らせて、ゆう子は首肯した。練れた膣肉から、子宮にまで肉刺しが響いていた。

（精液の溜まったなかを、捏ねくられている）

永太との性交は麻薬のようだった。一度精液を浴びてしまうと、痺れる余韻が長く続き、官能の世界から容易に抜けでられない。

「これからは、姉妹一緒だよ」

ストッキングの足を摑んで、永太が繰り込んでくる。ゆう子はつま先を折って、ふくらはぎをピクピクとさせた。意思を無視して犯され、肌は熱く火照る。女口はうれしげに、男性器に吸いついた。

「あ、あうう……永太さん、イクッ、イキますっ」

「こっちもでるよ。ママのなか、ザーメンまみれにしてあげるね」

「お姉さん、かわいい声」

息子に犯され、妹に愛撫される。魂まで浸食されるような相姦に、女体は震える。

「イクうっ」

ゆう子は紅唇を大きく開いて、よがり泣いた。

「お姉さん、一緒にしあわせになろうね」

絶頂へと駆け上がる姉の耳に、妹の声が聞こえた。次の瞬間、オルガスムスの波がさらに弾け、肢体は乳房をゆらして引き攣った。わずかに遅れて、永太が精を放った。

「ああっ、永太さんのミルク、いいッ」

肌を歓喜の汗が流れる。

膣内射精の恍惚が、一段上の絶頂感をもたらす。喉を絞って女は悦びの音色を響かせた。

永遠と思えるようなエクスタシーが続いた。三十二歳の肉体が行き着いたのは、爛れた桃源郷のなかだった。

エピローグ　美姉妹の味くらべ

朝、永太と理奈の話し声が廊下から聞こえた。

「今朝行くのは、大学じゃなくて植物園？」

「そう薬用植物園。授業の一環なの。昨日言ったの、お兄さん聞いてなかったの？　ほら急いで送って。遅刻しちゃうよ」

理奈が永太をせかす。

「あ、叔母さん、ちょっと待って」

「叔母さんって言うな。フィアンセだぞ」

ばしっと叩く音が聞こえて、スーツ姿の永太がダイニングルームに顔を出した。

ゆう子が近づいてお弁当を渡す。

「はい、お弁当ですよ」

「ありがとう。父さん、これ」

永太が、父の食事するテーブルの横に書類をバサリと置いた。

「うちの北陸リゾートホテルの稼働、半年前から、がくんと落ちてるでしょう。気になったところ、洗い出してみたから一応目を通しておいてくれるかな。じゃ、理奈ちゃんを植物園まで送らないといけないから、もう行くよ」

「今朝はお車ですか。事故に気をつけてくださいね」

廊下まででて、声を掛けた。待っていた理奈が、永太の手を引いて玄関に向かう。姉に気づくと、笑みを浮かべて手を振った。ゆう子も妹に手を振り返して、ダイニングルームに戻った。

「北陸ルート豪華列車を利用する宿泊客の増加、宿泊プランと高齢ターゲット層のずれ……まあ年寄りは車より、鉄道の方が楽だからな。なかなかよく調べてあるな。厨房の衛生状態に、熟練従業員の減少と、料理提供時間の遅れ？　あいつはこんな細かなことまでいつ調査したんだ？」

書類に目を通して、栄介がつぶやく。

「先週、理奈と車で現地まで行ったらしいですよ」

「ほう。あの二人の交際はうまくいっているのか」

永太が理奈と正式にお付き合いをしていると宣言したのは、一ヶ月前だった。上村の実家にも挨拶に行った。

「順調みたいですわね」

ゆう子は微笑で答えた。

永太は理奈の卒業を待って、結婚すると言っている。

理奈は、ちょくちょく宮坂家に泊まりにくるようになった。二十三歳と二十歳、若いがお似合いのカップルと周囲には思われている。

「まあ、自発的にあちこち視察に行くのはいいことだ。あいつも後継者の自覚がでてきたようだな」

栄介が書類を置き、満足そうにうなずいた。うまそうにコーヒーを啜る。

「来週、わたしも温泉宿に一緒に行こうと永太さんと理奈に誘われているのですけど、よろしいですか」

「そうなのか。構わんぞ。二人の邪魔にならんようにな」

永太と二人で旅行なら怪訝に思われるだろうが、妹が加わることで、家族旅行の趣が強くなる。夫はあっさりと了承した。

「わかっていますわ」

ゆう子は優雅に笑んだ。

温泉宿に入ってジャケットを脱いだ途端、永太に抱き締められた。案内の仲居が姿を消すのとほぼ同時だった。

「腕を上げて」

永太が命じる。ゆう子が着ていたのはノースリーブのシルクブラウスだった。腕を持ち上げれば、丁寧に処理されたなめらかな腋窩があらわれる。

「あんっ、永太さん。汚いわ」

「今日は一緒に、お風呂に入れるね」

舌を母の腋の下に這わせて永太が言う。ゆう子は、恥ずかしそうにうなずいた。

(お風呂だけじゃない、お布団も一緒。ここならいっぱい永太さんに愛してもらえる)

理奈を含めた三人で予約をしてあるが、理奈は大学の授業で、二時間ほど遅れて電車で来る予定になっていた。

(理奈は、わたしと永太さんの二人きりの時間を作るために、気を使ってくれた

のよね）

ゆう子は持ち上げているのとは反対の手を、永太の股間に伸ばした。ズボンのファスナーを下ろす。そこは既に硬く強張っていた。盛り上がりを軽く撫で回してから、下着のなかから陰茎を巧みに引き出した。

「ああっ、今日もすごい」

現れ出た息子の勃起に嘆声をこぼし、ゆう子は細指を絡めていった。シコシコと擦る。苦しそうに充血する息子の肉茎を、甘くマッサージしてやるのが母の務めだった。

（久しぶりに、扱いてあげられた。わたしは理奈と違って毎日コレにさわってあげられないから）

恋人同士と認められている理奈は、永太の部屋のベッドで夜を過ごすことも可能だった。一方ゆう子は、夫が隣にいる夫婦の寝室で、休まなければならない。妹が泊まりに来ると、ゆう子の胸にはもやもやとした感情が渦巻いた。

（理奈へのやきもちよね）

抑えられない嫉妬心を認めながら、亀頭の括れに指を巻き付け、きゅっと絞った。カウパー氏腺液をたっぷりと吐き出してくれるのがうれしい。尿道口を指腹でヌルヌルと弄った。

「ああ、いつもより濃いママの匂い」

すんすんと鼻を鳴らして、永太がうっとりと言う。

「濃いなんて言わないで。恥ずかしいわ」

「今日はいっぱい汗掻いた？」

腋窩にキスをして永太が言う。

「ええ、展示物の入れ替えの日だったから」

ゆう子の勤める美術館では、四半期ごとにテーマに沿った展示の変更がある。今日はその日だった。

「ごめんなさい。匂うでしょう」

「おいしいよ。ママの手のなかの勃起だって悦んでるの、わかるでしょう」

細指を弾く勢いで、肉柱がビクンビクンと震えていた。

「もうこんなに涎を垂らして。腋の匂いが好きなヘンタイな息子で、ママは悲しいわ」

「ごめんねママ」

腋愛撫が止まり、永太が母の口を吸ってきた。ゆう子は口を重ねながら、ペニスをヌルヌルと扱いた。穿いているタイトスカートにべっとりと先走り液が垂れるのも構わず、根元から絞り出すように指を遣った。

「川の流れる音が聞こえる」

キスの口が離れると、永太がつぶやいた。川縁に建つ高級旅館だった。

「部屋付きの露天風呂があるんですよ。そこからの眺めが絶景らしくて……あ、あんっ」

永太の手がスカートのなかに潜っていた。パンティの股布をずらして、潤んだ果肉を直接弄ってくる。

「ママもぐっしょりだ。腋を愛撫されてこんなに興奮する母親で、息子としては悲しいよ」

「ご、ごめんなさい」

謝る母の身体の向きが変えられる。息子の意図を悟って、ゆう子は座卓に手をつき、ヒップだけを高く掲げた。

「エッチなママに、お仕置きをお願いします」

永太の手で、タイトスカートがまくり上げられる。いつものようにセパレートストッキングを、ガーターベルトで吊っていた。

「ひどい濡れ具合だよ。トロトロに滴ってる」

淫乱さを叱るように、パチンと尻肌を叩かれた。打擲の刺激で、さらに蜜液の分泌が加速する。

「ああっ、永太さんっ」

泣き声を放った瞬間、ズブリと貫かれた。

「あううっ、永太さん、わたしっ」

挿入だけで軽いアクメに達してしまう。屈んだ女体は、ぶるぶると震えた。

「お尻、落としちゃだめだよ」

永太が括れた腰を掴んで、抜き差しを始めた。興奮の極まった息子の横柄さがうれしい。劣情にまみれて、荒々しく襲ってくれるのは、年上の女へのなによりのご褒美だった。

(永太さんは、こうして激しく抱いてくれるから)

貴重な逢瀬の時間、女は燃え上がる。

「どうぞっ、もっとママを叱って」

責めを請うよがり泣きは、切羽詰まった喘ぎと混じって、宿の部屋に響いた。

抜き差しの速度を上げて、息子が母を存分に貫く。

「でるよっ、ママ」

息子は濃い精液を、母の内奥に注ぎ込んだ。同時に母もアクメに達する。

「いいっ、永太さんのミルク……お腹が灼けそう」

ゆう子は丸いヒップをひくつかせて、膣内射精の歓喜に酔った。


露天風呂の縁に、姉妹は並んで立った。湯船の真ん中に立つ永太に背を向け、湯船の縁に置かれた丸石に手をつき、丸い尻を差し出す。

「ねえ、二人きりのとき、お兄さんどうだった？」

ぴったり二時間遅れで妹はやってきた。

その妹にひそひそ声で尋ねられて、ゆう子は美貌を真っ赤にした。恥じらう反応だけで、激しい営みが行われたと、妹には見抜かれてしまう。

「お姉さん、ひたすらヤリまくってたの？　何回イッたわけ？」

「わ、わからないわ」

ゆう子は、恥ずかしそうに声を低めて答えた。

騎乗位、バック、正常位、屈曲位、体位を変え、射精後の舐め掃除も丹念にした。久しぶりのアナルセックスも堪能した。

「ちぇ。なんだお兄さん、まだプロポーズしてないのか」

小声でごにょごにょと妹がつぶやくのが聞こえた。

「え、プロポーズ？」

ゆう子は尋ねる。

「ううん、なんでもない……あ、あんっ」

理奈が泣く。バックから永太が嵌めていた。ズンズンと貫く。

（姉妹の味比べがしたいだなんて）

永太の要望だった。困ったようにゆう子は眉根を寄せる。

（不道徳で、倫理観の欠片もない）

ゆう子は、もじもじと太ももを擦り合わせた。隣で実の妹が犯されているのを見て、花唇を熱く濡らしてしまう自分は、淫乱そのものだと思う。

「あんっ、永太さん」

尻肉を摑まれ、妹を犯したペニスがじっとりと潤った蜜穴に差し込まれる。

「ああ、あったかい。こうして繋がるたびに、ママとの絆がしっかり結ばれていくのを感じるよ」

（わたしも同じ……）

逞しい勃起で貫かれ、射精を浴びる度に、永太に抱かれるために生まれてきた気がした。

「ママ、早くに結婚したから、若い頃ろくにデートに行けなかったでしょう。これからも僕と理奈と、色んなところに行こうね」

永太が抜き差ししながら告げた。

（永太さんは、わたしのために色々考えてくれている）

心の華やぎは否定できない。永太がゆう子のなかから抜き、理奈の尻へと戻っていった。

「理奈、大好きなお姉さんと一緒にイケて、うれしいでしょう」

「う、うれしいよっ、あんっ」

妹が横で可憐によがり泣く。やがて雄々しさに屈した肢体は、立っていられなくなり、湯船の縁に肘をついて喘いだ。

永太がゆう子の元に帰ってくる。

「ママ、あと五年待ってね。僕はあと二年いまの会社で営業トップを続けて、結果を出して父さんの会社に移るから。残り三年で、周囲が認める後継者となるよ」

「五年……」

「父さんは引退したら、田舎に移り住むつもりでしょう。ママはこっちに残ればいい」

元々山歩きやアウトドアの好きな夫だった。山間の避暑地に、古くから山荘を持っている。リタイア後は、そこで悠々自適の暮らしをするつもりだと以前から言っていた。

「妻のわたしが残るの？」

「父さんが文句を言うなら、僕が説得する。だいじょうぶ。その頃には、僕の方が発言力は大きくなっているから」

ゆう子は息子を振り返る。線の細さは薄れ、自信にあふれていた。自分を抱くことで得られた自信なのだとしたら、女としてうれしさが湧く。

雄々しい男根が母をズンと貫いた。快感と共に生じるのは、逞しい男性へと成長する糧となれた悦びだった。

「それにママは、僕の妻だよ」

「ああっ、永太さん」

息子は女の欲しい台詞を与えてくれる。迷いと悔いに落ちそうなこの罪深い恋を、まっすぐな眼差しで導いてくれる。

（わたしが妻。プロポーズってこのこと……）

妹のつぶやきの意味が、ゆう子は理解できた。正式な妻と心で通じ合う妻、理奈とゆう子の姉妹を二人妻にすると、永太は言っていた。

「それにママ、自分の赤ちゃん、抱いてみたいでしょう。僕がママにプレゼントするから」

「赤ちゃん……いいんですか」

母は潤んだ瞳を、息子に注いだ。

「僕と添い遂げて欲しい。一生、ママと生きていたい」

「はい。ずっと……あなたと一緒に」

母は息子への愛を誓う。瞳に涙が滲んだ。

「イクよ、ママ」

「はい。永太さん」

母の膣内に、愛する息子はたっぷりの子種を吐き出した。母はそれを受けとめ、至福に浸った。ひたすらしあわせだった。

（完）

本作は『義母狩り』『後妻狩り　父の新しい奥さんは僕の奴隷』（フランス書院文庫）を再構成し、刊行した。

フランス書院文庫X

義《ぎ》母《ぼ》狩《が》り【狂愛《きょうあい》】

著　者　麻実克人（あさみ・かつと）
発行所　株式会社フランス書院
〒102-0072　東京都千代田区飯田橋3-3-1
https://www.france.jp
印　刷　誠宏印刷
製　本　若林製本工場

ISBN978-4-8296-7945-6 C0193